慈禧全傳典藏版 8

胭脂井

【下】

高陽——著

〈代序〉神交高陽

二月河

《康熙大帝》四卷書出齊時，我已小有名氣。有一天，一位讀者問我：『先生讀沒讀過高陽的書？』我一下子笑起來，高陽的書豈但『讀過』，且是見一本買一本，買一本讀一本。我自家作品中頗多技巧性的做法，還是拜賜了老先生的作品啓發。他的前後慈禧傳、《玉座珠簾》，以及後來才讀到的《乾隆韻事》，其中對皇帝對后妃的心理及行爲的描摹，和我所讀史的印證，也有頗多的溝通。我算是高陽先生不錯的一位神交呢！次後的日子裏，台灣一家文學機構多次邀我赴台一訪。就我的心情，即使見一見高陽，去一趟也是值得的，卻因俗事冗繁未能成行。忽然有一天，台灣『二月河讀友會』的盧淦金先生來電話，說『高陽先生今天去世了……』一驚之下一陣悵然，轉思人世緣分無常，心中又復悲淒。從茲失一神交，無法彌補渴見情懷了……

辛亥革命清室鼎謝。當時的口號裡有『驅逐韃虜，光復中華』的話頭。其實這口號還可以按時序上溯，直至皇明甲申之變。滿洲人入關殺漢人，入主中央執天下太阿，漢人幾百年沒有服氣過，也沒有停止過這種民族反抗。盤踞台灣的鄭家政權，朱三太子，還有吳三桂興的『三藩之亂』以及次後難以數計的小大起義，義軍會口號都和這個話頭差不多。錯話說幾百年說一千遍，似乎成了對話。其實只要靜心一想就明白了。『韃虜』也好、『夷狄』也好，難道不是『中華』之一部分？這口號自相矛盾了。實際這只是漢人極狹隘的情緒弘揚——也不能說全然沒道理，畢竟滿人入關嘉定三屠、揚州十日殺戮慘烈，眞的仇深似海。但從歷史的角度，從整個文明的角度審視，這口號是大可挑剔的。由於後來的革命變遷、人事轉換，人們又去想更新的事了，所以這口號的毛病也不大有人提起了。

然而當下的文化徵候還在繼續流播。反滿的文化傳統並未受到傷損。這種傳統影響到史學界，雖無法迴避這二百多年的『正統』，但對其研究中帶了『排滿』便言語失卻公允。這還只是少數人的事，帶到文學界，帶進民間口傳文學，這個因喪權辱國給民族帶來奇恥大辱的清室統緒，簡直是『洪桐縣中無好人』了。

高陽的多部作品都是反映晚清風貌風情的，連同近來三聯書店推出的《大野龍蛇》，風格都是那麼一致，那麼『如實』，不事誇飾，那麼娓娓綿綿情懷寬博和平，讀來如同剪燭良宵對友長談，就我的經驗，如無絕寬的襟懷，無絕大的學問作底蘊，無論怎樣的才華橫溢都是決計做不來的。

文學當然是觀念形態的東西，是人本位的張揚，每一個作者自己的政治、理想形態肯定要在他的作品中自覺或不自覺地流露。我以爲：既然如此，何必故意做張做智？比如說極峰之作《紅樓夢》，裡頭如果串上一段黃世仁楊白勞的情節，況味若何？一些非常了不起的作家，因了力氣去圖解自家的意識形態立場，結果如何？我常笑讀，心中想『這寫的眞是聲嘶力竭，氣急敗壞』。

看遍高陽的書，沒有這樣的玩藝。即使寫很慘酷、很壯烈激切的情事，也沒有張牙舞爪、歇斯底里的『作家意識』。我很疑這先生是舊八旗子弟，那份聰穎從容學不來。後來盧淦金先生告訴我，居然這是眞的。他的書讀起來平中有奇，有的處則窩平於奇，有點像與作者牽手而行於山陰道，由他指點譬話，評說侃語——這不是寫作的本事，這是天分了。

淦金先生和高陽是朋友，和我也是朋友，他曾約我到台北和高陽『一道兒喝老燒刀子』，可惜了沒這緣分。但高陽的書還在，不是麼？還可以侃下去的。

二〇〇一年五月下浣

端王載漪回府，天猶未黑，就在花廳院子裡天棚底下更衣，跣足短袴，一面聽差爲他用熱手巾抹背，一面在衣冠整齊的滿座賓客之前，大罵袁昶，說他是『人人可得而誅之』的『亂臣賊子』。

罵完袁昶，又罵劉永亨；由劉永亨又罵到近來上奏請懲治義和團的翰林與言官。正當口沫橫飛，越罵越起勁的當兒，有個親信護衛，悄悄到他的耳邊說了句：『董大帥在西花園，還有李先生。』

『喔，好！』載漪匆匆換上便衣，向等候已久的座客拱拱手，道聲：『失陪！』隨即趕到西花園。

西花園是載漪接見緊要賓客之處，除了董福祥以外，就只一個李來中；載漪跟他是第二次見面，但一見傾倒，已很熟悉，所以相見並無客套，開口便談大事。

『我有好消息，上頭已經交代了。決定招撫義民，歸你我倆負責。』載漪拍拍董福祥的肩說：『這下可好了，到底通了天了！』

『這當然是個好消息。』董福祥也很興奮，『火頭已經點起來了，正好大幹一番！我和來中特爲來跟王爺請示，是不是馬上就攻使館？』

『這，』載漪恨恨地說：『恐怕一時還不行！怕洋人的太多。今天還派了許景澄跟那桐出城，去勸洋人退兵；如果談成功了，老佛爺的心一定又軟下來了。沒有老佛爺點頭，動不得！』

『談不成功的。』李來中說：『這一層王爺不必顧慮。』

『怎麼呢？』載漪問道：『何以見得談不成功？』

『那兩人根本就見不著洋人，從哪兒談去？』李來中轉臉對董福祥說了句：『我想，通知豐台的弟兄，把那兩個人嚇回來。』

『啊、啊！』載漪笑逐顏開地拍手，『這個法子好，這個法子好！不過，』他忽又收起笑容，搖搖頭說：『這還不能讓老佛爺狠得下心來！』

『我正是要爲這件事，跟王爺商量。』董福祥努一努嘴：『來中，你跟王爺說。』

『王爺，』李來中說：『羅嘉傑的電報，已經到榮中堂手裡了；這兩天沒有動靜，不知道王爺可聽見甚麼沒有？』

『對了！倒提醒我了。』載漪詫異地，『怎沒有動靜？莫非西洋鏡拆穿了？』

『沒有。如果西洋鏡拆穿，我有內線，一定知道。』李來中停了一下說：『王爺，你看，榮中堂是不是有觀望的意思？』

『或許是將信將疑吧？』

『是！王爺料準了。我再請教王爺，倘或皇太后問到榮中堂，說有這麼一回事，榮中堂怎麼回奏？』

『那還用說？他還能說老佛爺的消息靠不住？』

『那就是了！如今王爺管著總理衙門，各國公使如果有甚麼照會，當然歸王爺先看；王爺看了，直接奏上皇太后。那時召見榮中堂一問，兩下完全合攏了。』

載漪先還聽不明白，細細一想，才知道妙不可言。『好！』他從丹田裡迸出來這一個字，『這一下，非把老佛爺的眞脾氣惹出來不可！』

使載漪想不到的是，榮祿已先一步將僞造的羅嘉傑的電報，密奏儀鸞殿；慈禧太后果然震怒，傳旨仍如前一天『叫大起』，地點亦仍舊是儀鸞殿東室。

『今天收到洋人的照會四條，天下錢糧盡歸洋人徵收，天下兵權盡歸洋人節制，這還成一個國家嗎？』

慈禧太后這幾句話，聲音出奇地平靜；但群臣入耳，如聞雷震。有極少數的疑多於驚，但無從究詰，唯有屏聲息氣，等待下文。

『如今洋人這樣子欺侮中國，亡國就在眼前了。如果拱手相讓，我死了有何面目見列祖列宗？』慈禧太后漸漸激動了，『反正天下是要斷送了，打一仗再送，總比不明不白亡國來得好！』

『老臣效死！』是崇綺的顫巍巍的哭音：『事到今日，與夷人不共戴天，請皇太后乾綱獨斷，下詔宣戰。老臣死亦不信，有這麼多的義民，就不能滅盡夷人！』

『崇綺的話，一點不錯。』載漪接口說：『大局壞到今天這個地步，就因爲漢奸太多，事事遷就洋人；洋人是禽獸之性，不懂禮義，不識好歹，得寸進尺，無法無天。請皇太后准崇綺所奏，下詔宣戰！』

有這樣慷慨激昂的論調，誰也不敢表示反對；於是慈禧太后提高了聲音說：『今天的情形，諸大臣都知道了。我爲江山社稷，不得已而宣戰；不過，將來是怎麼個結果，實在難說。倘若開戰之後，江山社稷仍舊不保，諸公今天都在這裡，應該知道我的苦心，不要說是皇太后送掉祖宗的三百年天下。』

一則說『諸大臣』，再則說『諸公』，這樣的措辭是從來不曾有過的，因而大小臣子，感受無不異常深切。便由御前大臣領班的慶王磕著頭，代表答奏：『臣等同心保國！』

『奕劻，』皇帝第一次開口：『兩國失和，宣布開戰，也總有一套步驟吧！』

『是！』慶王很謹愼地答說：『不妨先派人到使館說明，如果一定要開釁，就得下旗回國。』

『好！』慈禧太后說道：『兩國交兵，不斬來使，咱們中國從來就是寬大的。可以派幾個人去通知使館，限期下旗歸國。』

於是慈禧太后決定派三個人分往各使館交涉，一個是兵部尙書徐用儀，一個是內閣學士聯元，一個是戶部尙書立山。徐、聯二人總在總理衙門行走，職司所在，無可推辭，立山卻有異議。

『奴才從來不曾辦過洋務。』他說。

『去年在頤和園接待各國公使，不是你辦的差嗎？』皇帝質問。

慈禧太后卻不比皇帝那樣還好言商量，沉下臉來說：『你敢去，固然要去，不敢去也要去！』

立山不敢作聲，與徐用儀、聯元一起先退。慈禧太后倒也體恤，以此三人，身入險地，命榮祿派兵遙遙保護。

等廷議結束，軍機大臣及總理大臣還有許多事要商議，坐定下來，彼此互相詢問，慈禧太后所宣示的照會，從何而來？榮祿道是羅嘉傑的密電。

『這似乎太離奇了！』袁昶率直說道：『駐京各國公使，並無此說；駐天津的各國提督，亦無此說。李爵相、劉制軍從廣州、江寧打來的電報，都說各國外務部表示，這一次調兵來華，是爲了保護使臣，助剿亂民，斷不干預中國內政。而況旣未開戰，何所施其要挾？』

榮祿知道自己太孟浪了！默然不語。

許景澄與那桐虛此一行，狼狽而回，是讓義和團嚇回來的——兩人出齊化門到了豐台，遇見四十幾個義和團，亮著刀，張一面『扶清滅洋』的大旗，蜂擁而來；向正在茶棚子裡休息的許、那二人，很不客氣地問道：『你們倆幹甚麼的？』

『奉旨阻攔洋兵進京。』那桐答說。

『你們一定是吃教的。勾引洋兵來打中國人？』大師兄喝道：『走！』

不由分說，將許景澄、那桐連同隨從，一起擁到拳壇；按著他們的頭，向洪鈞老祖的神像行了三跪九叩的大禮。然後另有一個大師兄說道：『你們兩個是不是二毛子，勾引洋兵進京？要焚表請示。』

所謂焚表，是在燭火上燃燒一張黃裱紙，紙盡灰揚，表示神已默認，否則便有麻煩。

許景澄與那桐，都聽說過義和團那套哄人的花樣，料他們還不敢戕害大臣，便都靜靜地看著。果然，黃裱紙燒淨，灰白的紙灰冉冉升起。

『很好！你們不是二毛子。不過，你們說甚麼奉旨阻攔洋兵，這話不知道真假。就算是真，也用不著你們去攔！洋兵儘管來，來一千殺一千，來一萬殺一萬，自有天兵天將，六丁六甲保護大清江山。你們去攔他們，不教他們來送死，就是幫洋人的忙。不可以，不可以！』說罷，此人大搖其頭。

『大師兄，』那桐說道：『我們是奉旨辦事，不跟洋人見一面，不能覆命。』

『不能覆命，就不要覆命好了。』

不可理喻，唯有報以苦笑。那桐與許景澄就此廢然而返。

於是第二天一早回京，進城直趨宮門覆命，遞上一個簡單的奏摺，說是阻於義和團，未能與洋兵見面。本意等『叫起』以後，當面奏陳義和團種種蠻橫無理，目無朝廷的情形，或者可以感格天心，使慈禧太后有所覺悟；哪知竟沒有這樣的機會。慈禧太后有更重要的人，需要召見。

第一個是剛從涿州回京的剛毅。他已知道朝局有了極大的變化，變得比自己所想像的還要『好』。因此，他覺得對義和團不必力言當用、該用；應說能用、可用。該是進見之時，力炫義和團的『神奇』；慈禧太后就像平時聽李蓮英講外間的新聞似地，聽得忘了辰光。

剛毅的『獨對』，幾乎費了一個鐘頭，接下來是召見步軍統領崇禮，垂詢前門外大火的善後事宜。等軍機見過面，忽又特召署理順天府府尹陳夔龍；爲的是『四大恆』突然歇業，市面與人心俱亂，不能不趕緊設法。

原來北方的銀錢業與南方不同，以鑪房爲樞紐。在南方，鑪房由錢莊、銀號附設；無非將各種成色不同的元寶、銀洋、銀條回爐重鑄，畫一成色而已。而北方的鑪房，自成局面，除治銀鑄寶以外，經營存款、放款、匯兌等等業務，且可發行票據，代替現銀；論地位在票號錢莊之上。

京師的鑪房，不下二十家之多，都設在前門外，大柵欄以東的珠寶市。老德記一火，殃及池魚，二十家鑪房燒得光光。於是大小銀號、錢莊，立刻周轉不靈；設在東四牌樓的『四大恆』——恆興、恆利、恆和、恆源四家錢舖，不能不閉門歇業。四恆是二百餘年的老店，南北聞名，信用卓著，所開銀票，流通甚廣，一旦閉歇，不知有多少人的財產生計，倏忽成空；所以人心惶惶，不可終日。慈禧太后深知此事不能善後，不必等洋人來攻，京中就會大亂，自然著急。

『崇禮可恨！』慈禧太后一開口便是憤然的語氣，『四恆因爲鑪房燒了，呈請歇業。這件事關係太大，我叫崇禮想法子維持。本想他跟四恆有往來，又是地面衙門，容易料理，哪知他一味磕頭，推說順天府的事。你是地方官，我不能不找你！』

『是！』陳夔龍答說：『臣職責所在，不敢推諉。』

『我想，四恆向來有信用，亦不是虧本倒閉，無非鑪門不開爐，一時沒有現銀周轉。如果銀根眞的很緊，公家可以借銀子給他，叫他們趕緊開市，免得百姓受苦。』

『是！臣遵旨跟戶部去商量。』

『你也不必先指望戶部。』慈禧太后忽又改口，『你回衙門以後，趕緊找四恆的人來，跟他們商量復業的辦法，務必在三天以內開市。』

『是！』

『我聽榮祿、剛毅說，你很能幹，好好當差，我不虧負你！』

及至跪安退出，只見剛毅等在殿門以外，『筱石，』他迎上來說：『四恆的事，大后跟我談過，我說非足下不辦，如今有句話奉告，亦可說是拜託，四恆之事，不論你怎麼處置，千萬不要牽累當舖！』

話是每個字都聽得清清楚楚，卻不解他用意何在？只有唯唯應諾。回到衙門，隨即依照慣例，凡有關地方上的大事，請治中、經歷及大興、宛平兩縣一起來會商。

說明了召見經過，陳夔龍徵詢屬下意見。大、宛兩縣都是油滑老吏，看陳夔龍不次拔擢，一躍爲京城的地方長官，不知他有何本事？都要掂掂他的分量，所以相顧默然，不獻一策。治中姓王，山東人，忠厚無用，發言亦不得要領。最後便輪到經歷說話了。

經歷叫邢兆英，浙江紹興人，本來是幕友，因爲軍功保舉做了官，此人倒頗有經驗，從容獻議：『接濟四恆，先要籌款。城廂內外，共有一百十幾家當舖，不妨由大興、宛平兩縣傳諭，每家不必多，只暫借一萬銀子，馬上就有一百十幾萬，足可以救四恆之急。當舖都有殷實股東，萬把銀子，戔戔之數。聽說剛中堂就有三家當舖。』

陳夔龍恍然大悟，原來剛毅的本意如此！心裡雖不自覺地想起『肉食者鄙』這句話，可是畢竟不敢得罪剛毅，便搖著手說：『當舖與四恆風馬牛，不便拿官勢硬借。上頭原就答應過，准借官款，亦無需累及當舖。不過，四恆借了官款，將來怎麼還法，要請各位籌一善策。否則，責任都在順天府尹一個人身上，萬一四恆不還，我一個窮京官，在公事上怎麼交代？』

『那倒不必顧慮。』邢兆英說：『京裡的木廠、洋貨、票號、糧食舖、當舖，都是大買賣，一定都向四恆借款子，就拿他們的借據作爲抵押。如果奏借官款一百萬，就叫四恆拿一百萬的借據，存庫備抵好了。』

『這個法子使得。』陳夔龍說：『不過商號情形，各家不同，拿來的借據，總要靠得住的才好。』於是斟酌再四，認爲票號殷實，而且在山西都有老店；當舖即令倒閉，架子上有貨，亦可封存變賣。因而決定由四恆提供這兩種行業的借據作擔保，奏請撥借內帑、部款各五十萬兩。

此摺一上，立即准行，人心爲之一定。但內帑五十萬兩，立即自內務府領到，部款卻無著落，因爲正陽門以北、天安門以南一帶各衙門，就在這兩天已爲董福祥的甘軍所佔據。戶部銀庫，無法開啓；陳夔龍只好去找戶部尚書王文韶。

『局勢擺在那裡，連我都不能回本衙門，甘軍怎麼肯讓人進去搬銀子？再說，銀庫一打開，甘軍見財起意，洗劫一空，這個責任是你負、我負，還是叫董星五去負？』王文韶說：『事非得已，只有你自己設法去借；一旦銀庫能開，絕不少你分文。』

陳夔龍無奈，只好回衙門去想辦法。五十萬現銀，不是小數，從何籌措？正急得不知如何是好時，有人指點了一條明路。

此人是陳夔龍以前在兵部的同事，掌管輿圖，對宮禁要地，相當熟悉；他指出戶部有座內庫在東華門內，內閣內堂東南隅。這是陳夔龍所知道的；不知道的是，當咸豐年間英法聯軍內犯時，文宗曾命戶部尚書肅順，提銀一百萬兩，轉貯內庫，以備緊急之需。這筆鉅款自咸豐十一年十月，兩宮太后攜穆宗自熱河回鑾迄今，四十年未曾動用過；如今不用，更待何時？

聽得這話，陳夔龍喜出望外，立即趕往西苑找到王文韶說知其事。王文韶亦被提醒了，『確有此事。』他說：『可是此刻我無法替你去料理；馬上又要叫大起了！怎麼辦呢？』

事情很巧，話剛說完，發現英年匆匆趕到，遇到此人比王文韶更有用。因爲英年是戶部左侍郎，照例『兼管三庫事務』；而且看守銀庫的司官是滿缺，由滿缺堂官去指揮，也比較聽話。當即由王文韶說明經過，英年因爲奉旨交辦事件，不敢怠慢，由陳夔龍陪著走了。

第三次御前會議召集之前，傳來了一個很不幸的消息，大沽口失守了。

大沽口是五月廿一黎明爲聯軍所攻佔的。聯軍在前一天下午有照會給守將羅榮光，限期凌晨兩點鐘撤出大沽口炮台；羅榮光即時將原件轉呈裕祿，到了午夜，未接指示，爲了先發制人，開炮轟擊，打沉了聯軍兩條小船。而其時聯軍已有一小部分隊伍登陸，黎明時分，水陸夾攻，很輕易地佔領了兩座炮台。裕祿得報，還不敢馬上奏聞實情，只說在奮勇抵抗之中；隔了一天，方始飛奏失守。

『洋人打進來了！皇帝的意思，還在猶豫；是和是戰？你們大家說吧！』

『今日之下，有我無敵，有敵無我！』載漪接著慈禧太后的話，大聲說道：『這時候還不宣戰，莫非眞要等洋人殺進京來？』

『民心可用！』剛毅隨即附議：『而且人心可恃。這是報仇雪恥的好機會；倘或遲疑不決，民心渙散，那一下可眞是完了！』

有這兩個主戰的急先鋒，首先發言；附和的人一個接一個，便都顯得慷慨激昂了。老成持重的人，見此光景，噤若寒蟬；唯有聯元，獨彈異調。

『話不是這麼說！』他額上是黃豆大的汗珠，神態越顯得惶急，『如今在中國的洋人，有十一國之多；一國結怨十一國，勝敗之數，不卜可知。萬萬不可以魯莽！』

『甚麼叫魯莽？』慈禧太后勃然大怒。

『聯元是漢奸！』載漪厲聲怒斥：『請皇太后降旨，拿聯元立即正法。國事敗壞，多因爲漢奸太多，不殺個把，皇太后的話就沒有人聽！』

看慈禧太后盛怒之下，頗動殺機，莊王載勛不能不硬著頭皮爲聯元求情！因爲聯元是莊王屬下的『包衣』。類此情形，只要有人及時緩頰，自然可以挽回；聯元一條性命是保住了，但所說的話，一無用處。

見此光景，沒有人再敢發言；只有王文韶由於重聽的緣故，不知聯元因何激怒了慈禧太后？但從神色之間去推測，雨過天青，大見緩和；自己有幾句話，考慮又考慮，覺得到了不能不說的時候了。

『臣職司度支，籌餉有責。』他徐徐說道：『中國自甲午以後，入不敷出，兵力亦很孤單；眾寡強弱之勢，已很明顯。一旦開仗之後，軍費支出浩繁，何以為繼？不能不預先籌劃。請皇太后三思！』

不等他說完，慈禧太后就聽不下去了，拍桌罵道：『你這種話，我都聽厭了！現在是甚麼時候，洋兵都快進京城了！你去，你去攔住洋兵，不准進京。你如果不敢去，我要你的腦袋！』

語聲雖高，王文韶依舊不甚了了；但碰了個絕大的釘子是可以看得出來的，自然嚇得不敢再說甚麼。

『昨天派徐用儀、立山、聯元到各使館去交涉，各國公使都是空話搪塞，毫無結果。我看他們是在拖延，拖到洋兵進了京，他們的態度就不同了。事到如今，無需客氣，總理衙門馬上通知各使館，限他們明天就下旗回國。』

『是！』慶王答說：『奴才馬上就叫人去辦。』

說罷磕頭，單獨先退；趕到總理衙門，辦妥照會，即時派遣專差，分致各國公使。

午夜時分，慶王從床上被喚了起來；因為總理衙門的總辦章京童德璋求見，有緊要公事請示。

『剛收到九國公使聯名的照會。』童德璋說：『二十四點鐘的限期，認為太迫促，要求緩期。九國公使打算明天，不，應該說是今天了，今天上午九點鐘到總理衙門來拜會。他們的意思是，想跟王爺會面。』

『咱們限人家今天上午四點鐘下旗，是太苛刻了一點兒。我看，緩一緩日子，可以通融；皇太后四點鐘召見王公軍機，六點鐘叫大起，我當面奏明請旨就是。』

『是！』童德璋問道：『王爺是不是九點鐘接見各國公使？』

『不，不！』慶王亂搖雙手，『滿街的義和團、回子兵，囂張跋扈，毫無王法，簡直不成世界了！各國公使千萬不能來。請你務必通知到，緩期之事，我們另辦照會答覆，不必來署！』

等童德璋一走，慶王心事如潮，無法再睡，漱洗飲食，假寐片刻，到了兩點鐘，坐轎出府，到得西苑，才知道四點鐘只召見軍機；他要到六點鐘『叫大起』的時候，才有說話的機會。

想一想，只有託軍機大臣代奏；於是找到榮祿，說明其事。榮祿一口答應，並且表示不惜得罪端王，將有一番披肝瀝膽的奏諫。

交談未畢，聽得遙遙傳來清脆的掌聲，兩下一停，兩下一停，緩慢而均勻，是太監在遞暗號，兩宮御殿了。

果然，兩行宮燈，冉冉移過長廊；慈禧太后正由萬善殿燒過香，回到儀鸞殿。召見在即，慶王拍拍榮祿的肩說：『上去吧！仲華，好歹留個交涉的餘地。』

這句話恰恰說到榮祿的心裡，而且他相信亦會取得慈禧太后的默契，只是這話不便說破，只點頭匆匆回到軍機值廬，會齊同僚一起進殿。

時間準得很，一進殿便聽得七八架自鳴鐘此起彼落，各打四下。四點鐘曙色已露，而殿中燈火通明，東室御案上擺一盞鏤花銀座，水晶燈罩的大洋燈，光燄照處，只見慈禧太后神采奕奕，沉靜異常，看上去不僅成竹在胸，且彷彿智珠在握了。

『連著叫了三天的大起，到頭來也沒有談出個結果來。大沽口失守了，我看天津也快保不住了！是和是戰，咱們還沒有個準主意，莫非我這麼大年紀再逃一次難？如今是人家欺負到咱們頭上，有血性的誰不是想跟洋人拚命！只爲皇帝到現在還拿不定主意，畏首畏尾的人也有。這樣子下去，可怎麼得了？』慈禧太后停了下來，從禮王世鐸看到末尾的趙舒翹，方又接下去說：『你們都是與國同休戚的大臣，軍機處才是眞內閣。叫大起爲的是讓洋人知道，中國君臣一心，教他們不敢小看；辦大事拿大主意，還是咱們幾個。現在沒有外人，大家有話儘管說；咱們商量妥當了，回頭叫大起說給大家就是。』

這『沒有外人』四字，意何所指，盡皆明白；是說皇帝未曾在座。榮祿覺得這個機會很好，有皇帝在，他必得站在老太后這一面；如今反可暢所欲言，即便論調與皇帝相近，亦不至於傷了慈禧太后的面子。

這樣想著，便碰個頭說：『皇太后幾十年維持大局，報仇雪恥的苦心，天下皆知。洋人無禮，本來應該宣戰，不過端王跟一些大臣主張攻使館這一節，實在是想錯了！局勢到這地步，奴才如果不說掏心窩子的話，就是辜負天恩。奴才也知道話不中聽，可是不敢不奏；奏明了死亦甘心。春秋之義，兩國構兵，不戮行人；看不起各國公使，就是看不起他的國家。如果坐視義和團攻使館，盡殺使臣，各國視爲奇恥大辱，連合一氣，會攻中國；以一國而敵八、九國，奴才的愚見，不是勝負，是存亡所關。皇太后聖明，務求維持大局，以安宗國社稷。奴才受恩深重，粉身碎骨，難以報答；如今只有這兩句骨鯁之言，稍盡愚忠。倘不蒙皇太后鑒納，請皇太后即時降罪，奴才以後就再也不敢妄參末議了。』

慈禧太后當然很生氣。可是就像對李蓮英一樣，她有個從不懷疑的想法，榮祿不論說甚麼，都是爲她的好。只要這樣一轉念，便比較容忍，也比較能靜得下心來，細聽榮祿的話；這樣便能聽得出他最後那句話的弦外之音。

這是榮祿的暗示，攻使館，殺洋人，最好不要把他拉在裡面『一鍋煮』，容他置身事外，將來需要轉圜時，才有得力的人可用。慈禧太后四十年臨朝，經的事多，深知掌權不易；掌大權更要想到失去權力、或者權力所不能及時的困窘，預留退步。如今雖已決定宣戰，可是古今中外，沒有哪個國家能打幾百年、幾十年的仗；打敗要和，打勝亦要和。既然如此，不如留著榮祿，備爲將來跟李鴻章一起議和之用。反正，這也不過是做給人看的一套小小戲法；眞要榮祿去攻使館、殺洋人，他又何敢違抗？

想停當了，將臉一沉，負氣似地說：『我沒有想到你這樣不顧大局！你的話全是怕擔責任的私心，絕不能依你。你說甚麼春秋大義，幾千年前的情形怎麼能跟現在比？那時候列國交往，客客氣氣，有這樣子喧賓奪主，自己派兵來保護他們的「行人」的嗎？總而言之，如今已限洋人下旗回國，他們要走趕快走；不走，義和團要攻使館，是義憤所積，朝廷不便阻攔。朝廷不得已的苦衷，別人不知道，連你也不知道，眞是出我意料！你不必再爭了，爭亦無用。』說到這裡，略略提高了聲音，喝一句：『你下去吧！』

君臣一聽，默契至深；榮祿格外小心，怕爲人識破機關，還裝出碰了大釘子，彷彿震慄失次的神情，然後才跪安退出。

這一下，剛毅可得意了，『皇太后聖明！義憤所積，哀師必勝。』他碰個頭說：『回頭叫大起，就請皇太后斷然宣示，下詔宣戰。』

『宣戰詔書的稿子，已經備好了。』啓秀接口，同時從靴頁子裡取出白摺子寫的底稿，雙手捧上御案。

於是，侍候在殿門外的李蓮英，疾趨上前，將洋燈移一移近；慈禧太后就燈細看，看到『與其苟且圖存，貽羞萬古；孰若大張撻伐，一決雌雄』這兩句，不自覺地唸出聲來。

『這個稿子很好，正合我的意思。』慈禧太后問道；『是啓秀擬的嗎？』

『不是！』啓秀不能不說實話：『是軍機章京連文沖擬的。』

慈禧太后點點頭又問：『大家還有甚麼話？』

『一切都請皇太后作主。』禮王答說。

這下來就該剛毅開口了。李蓮英知道他每一發言，滔滔不絕，有時話又說不清楚，需要查問。這樣一耽擱，就會誤了慈禧太后更衣休息的時間；回頭『叫大起』搞得手忙腳亂，上下不安。因此，搶在前面說道：『請慈聖先回暖閣進茶膳。各位大人有話，一會兒兒「叫大起」也可以回奏。』

五點多鐘，天已大亮；朝曦從三大殿頂上斜射下來，照得一大片寶石頂子，雙眼花翎，光彩閃耀，輝煌非凡。可是除了極少數的人以外，大都臉色陰沉，默默無語。

就在這難堪的沉默中，慈禧太后與皇帝的軟轎，已迤邐行來；於是勤政殿前，王公大臣排班跪接——班次先親後貴，所以跪在最前面的是小恭王溥偉，其次是醇王載灃，再次是端王載漪，以下貝勒載濂、載瀅；鎮國公載瀾與他的胞弟載瀛。這是宣宗一支的親貴，皇帝的嫡堂兄弟與姪子。

再下來是世襲罔替的諸王，奉召的共是五位，慶王奕劻、莊王載勛之外，還有肅王善耆、怡王溥靜，禮王世鐸則歸入軍機大臣的班次。此外六部九卿、八旗都統、內務府大臣、南書房行走以及兼日講起居注官的翰林，亦都有資格參與廷議；黑壓壓地跪滿了一地。

皇帝的轎子在前，停在階前，出轎有小太監相扶，在小恭王之前跪接太后——鳳輿直到殿門。右面李蓮英，左面崔玉貴，扶掖慈禧太后升上寶座；臉色灰白如死的皇帝方始步履維艱地跨進殿去，坐在慈禧太后右面。

等王公百官行完了禮，慈禧太后先有一番事先好好準備過的宣諭，長篇大論，滔滔不絕，她並不諱言洋人曾有『歸政』的『無禮要求』，說是：『歸政這件事，朝廷自有權衡，非外人所能干預；皇帝體質太弱，垂簾聽政是不得已之舉。』又說：『臥薪嘗膽，四十年有餘！五月二十夜裡，洋人竟敢來要大沽炮台，實在大出情理之外；各國公使干預聽政之權，更爲狂妄。倘或稍有姑息，於國體大有妨礙，更何以對列祖列宗在天之靈？』

接下來是訓勉漢大臣：『應該記得本朝兩百餘年，深仁厚澤；食毛踐土，該當效力馳驅。』回憶到聽政之初，正當洪楊之亂；削平大難，轉危爲安，更有好些話可說。

使人感到大出意外的是，慈禧太后居然對聖祖仁皇帝有不滿之詞。她說：『西洋雖自稱文明國家，而他們在華一舉一動，大則侮慢聖賢，小則欺壓平民，積怨已深。我朝懷柔遠人，未嘗不以禮相待；但康熙年間，朝廷勉強許其來華傳教，以致多年民教相仇，實在是聖祖遺憂後世的一大缺點！』

最後就是申明同仇敵愾之義了，說是『我國共有廿一行省，四百兆人民，加之幾百萬義勇，急難從戎，忠義自矢，甚至五尺之童亦執干戈以衛社稷，眞是千古美談。』順便又提到咸豐年間，英法聯軍火燒圓明園的往事，勾起舊恨，憤慨之情，溢於言表，切齒而言：『那年洋人在京城燒殺擄掠，我們空有幾十萬兵，竟沒有一個人敢出頭擋一擋，可恥之極。當時文武大臣，互相觀望，自誤事機，先帝一提起來就痛心疾首。如今時局變化，跟當年大不相同，正應該乘機而起，共圖報復，不要負我的期望！』

這一口氣說下來，到底也累了。李蓮英與崔玉貴一個奉茶，一個打扇；慈禧太后喘息稍定，又問皇帝的意思如何？

皇帝被一問，原顯得漠然冷鬱的臉色，突然變得有生氣了，然而只是一現即沒，欲語不語，萬分爲難地自我掙扎了好一會兒兒，方始吞吞吐吐地開了口。

『請皇太后似乎應該聽從榮祿的奏請，使館不可攻擊，洋人亦該送到天津。不過，是否有當，應請皇太后聖裁，我亦不敢作主。』

『皇帝的意思，大家都聽見了；使館該不該攻，大家儘管說話。』

『回皇太后的話，』載漪高聲說道：『如今民氣激昂，硬壓他們不攻使館，恐怕會激出變故。這一層，不可不防。』

『民氣要維持，使館亦不能不保護！』吏部侍郎許景澄緊接著他的話說：『中國與外國結約數十年，民教相仇之事，無歲無之，可是總不過賠償損失而已。但如攻殺外國使臣，必致自召各國之兵，合而謀我，試問將何以抵禦。不知主張攻使館者，將置宗社生靈於何地？』

這是針對載漪的話反駁，十分有力；於是連日上疏諫勸而一無結果的太常寺正卿袁昶，幾乎用吼的聲音說道：『拳匪不可恃，外釁不可開。臣今天在東交民巷親眼看到，拳匪中了洋人的槍炮，屍骸狼藉，足見他們的邪術，都是哄人的話。至於洋人以信義爲重，臣在總署幾年，外洋的情形，自問頗有了解；各使照會請歸政一節，干涉他國的內政，萬國公法所不許，臣保其必無這個照會！臣可斷定，出於僞造。』

『僞造』二字還不曾出口，端王已經回過身來，一足雖仍下跪，一足已經踮起，戟指袁昶罵道：『你胡說八道，簡直是漢奸！』

殿廷之上，如此粗魯不文，全不知禮法二字；慈禧太后覺得是在丟旗人的醜，大爲不悅，當即厲聲喝道：『載漪！你看你，成何體統？』

載漪還臉紅脖子粗地不服，在他身旁的濂貝勒，也是他的胞兄，使勁扯了他一把，他才不曾出言向慈禧太后爭辯。就在這時候，太常寺少卿張亨嘉，有所陳奏，極力主張拳匪宜剿。只是他的福建鄉音極重，好些人聽不明白他的話；因而話到一半，便爲人搶過去了。

搶他話說的是倉場侍郎長萃，『臣自通州來，』他說：『通州如果沒有義和團，早就不保了！』

『這才是公論！』載漪一反劍拔弩張的神態，很從容地讚揚：『人心萬不可失。』

『人心何足恃？』皇帝用微弱的聲音說：『士大夫喜歡談兵，朝鮮一役，朝議主戰，結果大敗。現在各國之強，十倍於日本，如果跟各國開釁，絕無僥倖之理。』

『不然！』載漪全無臣子之禮，居然率直反駁：『董福祥驍勇善戰，剿回大有功勞，如果當年重用董福祥，就不會敗給日本。』

『哼！』皇帝冷笑了，是不屑與言的神情，但終於還是說了一句：『董福祥驕而難馭，各國兵精器利，又怎麼可以拿回部相比？』

看載漪有辭窮的模樣，慈禧太后有些著急；急切之間，只想找個親信爲載漪聲援，所以一眼看到立山，毫不思索地說：『立山，外面的情形，你很明白；你看，義和團能用不能用？』

立山頗感意外。他一向只管宮廷的雜務；廟堂大計，不但他有自知之明，從不敢參預意見；慈禧太后亦從來沒有問過他，這天無非隨班行禮，聽聽而已。哪知居然會蒙垂詢，一時楞在那裡，無法作答。

不過，這只是極短的片刻。定一定神立刻便有了話，是未經考慮，直抒胸臆的話：『拳民本心並不壞，不過，他們的法術，不靈的居多。』

這一下，變成慈禧太后大出意外，原來指望他幫載漪說話，誰知適得其反。氣惱之下，還不曾開口；載漪可忍不得了。

『用拳民就是取他們的忠義之心；何必問他們的法術？』載漪厲聲說道：『立山一定跟洋人有勾結，所以今天廷議，居然敢替洋人強辯！請皇太后降旨，就責成立山去退洋兵，洋兵一定聽他的話。』

這一說將立山惹得心頭火發，毫不畏縮地當面向慈禧太后告載漪一狀：『首先主張開戰的是端王，如今退洋兵，應該端王當先。奴才從來沒有跟洋人打過交道，不知道端王憑甚麼指奴才跟洋人有勾結？倘有實據，請端王呈上皇太后、皇帝；立刻將奴才正法，死而無怨。如果沒有證據，血口噴人；他是郡王，奴才拿他莫可奈何，只有請皇太后替奴才作主。』說罷『咚咚』地碰了兩個響頭。

『你是漢奸！』老羞成怒的載漪，就在御前咆哮：『外面多少人在說，你住酒醋局，挖個地道通西什庫，送麵送菜，不叫洋人跟做洋奴的教民餓死……』

『載漪！』慈禧太后覺得他太荒謬了，大聲呵斥著：『這哪裡是鬧意氣的時候！』

『皇太后聖明……』

『你也不必多說！』慈禧太后打斷立山的話，而且神色亦很嚴厲；接著，便以快刀斬亂麻的手法，作了結論：『今日之下，不是我中國願意跟洋人開釁，是洋人欺人太甚，逼得中國不能不跟他周旋到底。』說到這裡，用極威嚴的聲音向皇帝說道：『皇帝，你跟大家親口說明白！』

這是逼著皇帝親口宣戰。如果慈禧太后單獨作了決定，皇帝自然忍氣吞聲，逆來順受；而明知不可爲而強爲，只爲逞一時意氣，不顧亡國之禍，卻又將斷送二百多年大清天下，萬死不足以贖的奇禍大罪，強加在完全違反本心的皇帝頭上，這是他無論如何也不能接受的一件事。

然而積威之下，又何能反抗？皇帝有反抗的決心，但缺乏反抗的力量；此時此際，有如落水而將滅頂，只要能找到外援，那怕是一塊木板，或者任何一樣可資攀緣而脫險的東西，都會寄以全部的希望。

皇帝只想找一個人幫他說話，借那個人的口，道出萬不可戰的理由；此時心境如落水求援，唯求有所憑藉，他非所問，因而舉動遽失常度，竟從御座中走了下來。

走下御座之前，已選定了一個人；就是許景澄，他跪得並不太遠，但偏在一邊，離皇帝近，離太后遠；皇帝三兩步走到，抓住他的手說：『許景澄，你是出過外洋的，又在總理衙門辦事多年，外間的情勢你統知道。這能戰不能戰，你要告我！』

說到最後一句，不覺哽咽；皇帝的聲音本就不高，所以益覺模糊，在慈禧太后聽來，變成『你要救我！』頓時氣怒交加；許景澄的答奏，也就聽不清楚了。

許景澄的聲音也不高；他說：『傷害使臣，毀滅使館，情節異常重大，國際交際上，少有這樣的成案，請皇上格外慎重。』

也知應該慎重，然而自己何嘗作得來半分主？轉念至此，萬種委屈奔赴心頭；一時悲從中來，拉著許景澄的衣袖，泣不成聲。

許景澄當然亦被感動得哭了；袁昶就跪在許景澄身旁，大聲說道：『請皇上不必傷心，及今宸衷獨斷，猶可挽回大局。』

這『宸衷獨斷』四字，恰又觸著皇帝的內心深處的隱痛，益發淚如雨下。見此光景，慈禧太后厲聲喝道：『這算甚麼體統！』

這一喝，吃驚的不是臣子，而是皇帝，不自覺地鬆了手，掩袂回身，等他吃力地重回御座，慈禧太后已經示意御前大臣，結束了廷議，弄成個不歡而散的局面。

此散彼聚——東交民巷中，十一國公使正在外交團領袖西班牙公使署中集會。因爲前一天回覆總理衙門，要求展限出京，並派兵護送的照會，在末尾聲明，希望這天上午九點鐘獲得答覆，期限已到，並無消息，需要會商進一步的行動。

十一個公使中，膽怯的居大半；因此，德國公使克林德所提，依照前一天照會，不得答覆，即由全體往總理衙門當面交涉，不妨照預定步驟辦理的建議，反應冷落。有人主張投票表決此一提議，有人又以爲應該另覓其他途徑，議而不決，擾攘多時，克林德要退席了。

『我在昨天派人另外通知中國的「外交部」，約定今天午前十一點鐘去拜訪，現在時間將到，不能不赴約會。』

大家都勸他不要去，而克林德堅持不能示弱。於是會議亦告結束；因爲各國公使的想法相同，克林德此去，必有結果，至少亦可探明中國政府最後的態度。等他回來之後，根據他的報告，再來採取適當的對策是比較聰明的辦法。

於是克林德坐上他的綠呢大轎，隨帶通事，以及兩名騎馬的侍從，出了東交民巷，由王府井大街迤邐而去。

這條在明朝爲王府所萃，入清爲貴人所聚的南北通衢，此時家家閉戶，百姓絕跡，只有面目猙獰的義和團呼嘯而過，看到克林德莫不怒目而視。但亦僅此惡態而已，並沒有任何進一步的舉動。

轎子行到東單牌樓總布胡同口，總理衙門所在地的東堂子胡同已經在望了，突然衝出來一小隊神機營的兵，領頭的直奔轎前，那種洶洶的來勢，嚇壞了轎伕，剛將轎槓從肩上卸了下來，手槍已指著克林德，不由分說便乒乒乓乓地亂開一陣響。克林德的那兩名騎馬的侍從，見勢頭不好，撥轉韁繩，回馬向南急馳，逃回東交民巷；德國公使館的通事下轎狂奔，逃到鯉魚胡同一家中西教士堅守的教堂；克林德卻死在轎子裡了。

下手的那人是神機營霆字第八隊的一名隊官，他的官銜，滿州話叫作領催；這個領催名叫恩海，無意間殺了一名洋人，自以爲立了大功，丟下克林德的屍首不管，直奔端王府去報功。

端王府平時門禁森嚴，但這幾日門戶爲義和團開放，所以恩海毫不困難地，便在銀安殿的東配殿中，見著了端王。

『啓稟王爺，領催在總布胡同口兒上，殺了一個坐轎子的洋人。』

『喔，』端王驚喜地問道：『是坐轎子的洋人？』

『是！洋人坐的綠呢大轎。另外有頂小轎，也是個洋人，可惜讓他逃走了。』

『慢來！慢來！坐綠呢大轎的洋人，必是公使；你知道不知道，是哪一國的公使？』

『不知道。』

『這洋人長得甚麼樣子？』

『年紀不大，三十來歲，嘴裡叼根煙捲，神氣得很！』恩海說道：『如今可再也神氣不起來了！』

『啊！』載瀾跳起來說：『是德國公使克林德。洋人之中，就數這個人最橫。』

這一下，歡聲大起。因爲上次有兩名義和團受挫於克林德，端王及義和團的大師兄，爲此一直耿耿於懷。不道此人亦有今日！

『好極了！一開刀便宰了最壞的傢伙，這是上上吉兆！』端王大聲說道：『有賞！』

恩海是早已算計好了的，不要端王的賞賜，只要端王保舉；因爲賞賜不過幾十兩銀子，保舉升官，所得比幾十兩銀子多得多。

『領催不敢領王爺的賞；只求王爺栽培。』

『你想升官？』端王想了一下，面露詭祕的獰笑：『慶王府在哪兒你知道不知道？』

『知道。』

『你這會兒就去見慶王，把你殺了德國公使的事告訴他；就說我說的，請慶王給你保舉。』

恩海怎知端王是藉此機會，要拉慶王『下水』，一起『滅洋』；高高興興答應著，磕過一個頭，直奔慶王府去討保舉。

慶王府可不比端王府，侍衛怎肯放一個小小的領催進門？但恩海有所恃而來，亦不甘退縮，大聲嚷道：『是端王派我來的，有緊要大事，非面稟慶王不可。』

『甚麼大事，你跟我說，我替你回。』

『說不清楚。』恩海答說：『德國公使見閻王爺去了！』

一聽這話，侍衛何敢怠慢，急急入內通報。慶王既驚且詫，即時傳見恩海。

『你是甚麼人？』

『神機營霆八隊領催恩海。』

『你要見我？』

『是。』恩海答說：『德國公使叫克甚麼德的，在總布胡同口兒上，讓領催逮住殺掉了。端王說領催立了大功，叫領催來見王爺，請王爺替領催上摺保舉。』

慶王驚怒交加，恨不得一腳踹到跪在地上的恩海的臉上。但想到『打狗看主人面』這句話，礙著端王的面子，不便斥責；只冷冷地說了句：『我知道了！我會跟端王說。』

說完，回身入內，一面更衣，一面傳轎，直到西苑，去找軍機大臣談論此事。

軍機直廬中只有禮王、王文韶、剛毅三個人。午餐畢，禮王在打盹，王文韶神色陰沉，只有剛毅紅光滿面，興致勃勃，是剛喝了一頓很舒服的酒的樣子。

『子良！』慶王抑鬱而氣憤地說：『你聽說了沒有，神機營的兵，闖了一個大禍。』

『王爺是指克林德斃命那件事？』

『原來你知道了。這件事很棘手，你們看怎麼辦？』

『王爺的意思呢？』

『我看，非馬上回奏不可。』

『那，不必這麼張皇吧？』

『張皇？』慶王不悅，『子良，你這話甚麼意思？』

『王爺，你請坐！』剛毅將慶王扶坐在匟上，自己拉張凳子，坐在他對面從容說道：『王爺倒想，使館旦夕之間，就可以剷平；洋人能逃活命的很少，如今多殺一兩個，要甚麼緊？』

『錯，錯，大錯！』慶王深深吸了口氣，『公使非教民可比。如果不是馬上有很妥當的處置，各國引此爲奇恥大辱，連結一氣，合而謀我，這豈是可以兒戲的事？』

一句話未完，有個蘇拉匆匆進門，屈一膝高聲說道：『叫起！』

這是召見軍機。體制所關，慶王不便隨同進見，匆促之間，只拉住禮王說道：『德國公使被害這一節，請你代奏。我在這裡候旨。』

禮王答應著，與王文韶、剛毅一起在儀鑾殿東室，跟兩宮見面；他倒很負責，將慶王所託之事，首先奏聞。

將經過情形大致奏明以後，禮王又加了兩句剛毅所教的話：『據說是該使臣先開的槍，神機營兵丁才動的手；說起來是咎由自取。』

不管咎由自取，還是枉遭非命，總是殺掉了外國的公使；而這正是包括榮祿在內的許多大臣，所一再主張必須避免的事！慈禧太后有些不安；隨即傳諭，召喚榮祿進見。

這又是一次『獨對』，重提將各國公使護送到天津一事。榮祿幾次有此奏請，但等慈禧太后這時接納了他的建議，榮祿的回答卻令人大感意外。

『回老佛爺的話，晚了！奴才不敢說，準能將洋人平平安安送到天津。』

慈禧太后詫異地問：『這甚麼緣故？』

『董福祥早就不受奴才的節制了！至於義和團呢，連奴才都讓他們給罵了。』

『有這樣的事？』

『奴才怎麼敢在老佛爺面前撒謊？義和團眞敢攔住奴才的轎子，指著奴才的鼻子罵。』

『罵你甚麼？』

『漢奸！』

『這可不成話！』慈禧太后想了一下說：『不過也不要緊，反正到明天就有人管他們了。德國公使被害這件事，你看怎麼辦呢？』

『只要不攻使館，還可以平人家一口氣。』

『你說的甚麼話！』慈禧太后突然發怒：『你只知道平人家的氣；誰來平我的氣？』

榮祿不敢爭辯，只碰個頭說：『奴才慚愧！』

『既要宣戰，又不敢攻使館，』慈禧太后的神氣緩和了：『這話說不過去。』

『是！』榮祿答說：『不過投鼠忌器，東交民巷也住了好些王公大臣，徐桐是逃出來了；還有肅王，太福晉六十好幾了。』

『這不要緊！我已經告訴慶王，務必派人把他們接了出來。』慈禧太后又說：『也跟端王說了，讓他傳諭董福祥，等把人都接了出來再開仗。』

事已如此，回天乏術；榮祿覺得只有設法保住南方各省。想了一下，很婉轉地說：『劉坤一、張之洞、李鴻章，都有電報到京，希望大局不至於決裂。他們遠在南邊，京裡的情形，不大明白。疆臣守土有責，總要讓他們知道朝廷不得已的苦衷，才能聯絡一氣，支持大局。』

『這話很是。』慈禧太后說道：『你跟他們商量著擬個稿子來看！』

所謂『他們』是指軍機大臣，而榮祿退下來只找王文韶商議，字斟句酌地擬好一道電旨，再寫個奏片，一起用黃盒子送了上去，等候欽定。

這道電旨與前一天的口諭：『兵釁已開，需急招集義勇、團結民心、幫助官兵』；以及已經定稿，尚未發布的宣戰詔書，大異其趣，仍指義和團爲『拳匪』，說他們『仇教與洋人爲敵，教堂教民，連日焚殺，蔓延太甚，剿撫兩難。』

略道朝廷處境之難，總之以茫然的悲歎：『洋兵麇聚津沽，中外釁端已成，將來如何收拾，殊難逆料。』接下來便是寄望於疆臣，語氣親切而冷靜：『各省督撫，均受國厚恩，誼同休戚，事局至此，當無不竭力圖報者；應各就本省情形，通盤籌劃，於選將、練兵、籌餉之大端，如何保守疆土，不使外人侵佔；如何接濟京師，不使朝廷坐困？事事均求實際。』對於東南沿海及長江航運所通，外人能到之處，更特有指示：『沿江沿海各省，外人覬覦已久，尤關緊要，若再遲疑觀望，坐誤事機，必至國事日蹙，大局何堪設想？是在各督撫互相勸勉，聯絡一氣，共挽危局。時勢緊迫，企望之至。』

自同治初年以來，凡是讓督撫與聞大計，都是用這種婉轉提醒的語氣；除非萬不得已，絕不用任何『欽此欽遵』毫無寬假的詞句。這道上諭，在慈禧太后看，是要求疆臣同心協力，共赴國難；而隱約有不爲遙制之意，亦是一貫籠絡的手法，並無不妥，所以很快地就發了下來。

其實，榮祿與王文韶合擬這道短短的電旨，字字推敲，暗藏著好些機關。原來在上海的盛宣懷，正聯絡張謇他們這一班講求經濟實學的名士，在策動兩江總督劉坤一及湖廣總督張之洞，醞釀東南互保之策；榮、王二人，默喻其事，深爲贊成，但不便公然參預，所以借這一道上諭，爲劉、張等人，謀一憑藉。京師拳匪蔓延，剿撫兩難，而外省並無此種難處，所謂『應各就本省情形，通盤籌劃』，即是暗示不必以朝廷的舉措爲準；而『保守疆土不使外人侵佔』，刊在『接濟京師，不使朝廷坐困』之前，亦明明指出重輕急緩所在，至於『事事均求實際』六字，更有深意；意思是只要於國家實際有益，不僅不爲遙制，甚至不必重視上諭中的宣言——這是針對即將明發的宣戰詔書，預先作一伏筆。

派專差到天津、山海關的電報局發布這道電旨以後，榮祿總算略略鬆了一口氣。

準下午四點鐘，董福祥的甘軍，正式展開對各國使館的攻擊。第一個目標是奧國公使館；其地名爲台基廠，洋人稱爲『馬哥孛羅路』。台基廠有三條胡同，即名爲頭條胡同，二條胡同、三條胡同，奧國公使館在頭條胡同，單擺浮擱，與其他各國使館略有距離，因而首當其衝，爲甘軍所猛攻。

一半是甘軍的一股作氣，一半亦是奧國守軍的不中用，對峙了兩個多鐘頭，奧軍即往東交民巷撤退，於是甘軍半夜裡放火燒房，燒到黎明，載漪歡天喜地入宮，奏報『大捷』，火勢方始略減。

事已如此，而且『旗開得勝』，宣戰詔書當然發了出去。同時還有幾道上諭，或者明發，或者廷寄。

第一道上諭是以莊親王載勛爲步軍統領。因爲崇禮，苦苦奏請開缺；而載漪又覺得欲成大事，必須掌握這個俗稱『九門提督』的要職，所以保薦載勛繼任。

第二道是命各省召集義民，藉禦外侮。這就表示朝廷正式賦予義和團以『扶清滅洋』的使命。

第三道是京城戒嚴，民間購食維艱，著順天府會同五城御史，辦理平糶。所需米糧，隨時知照戶部撥給。這是安定民心的要著，但實效有限，因爲道路艱難，通州倉貯的糧食，很不容易運到京城。

『咱們揚眉吐氣的日子到了！』載漪得意洋洋地跟剛毅說：『現在有了這幾道上諭，咱們很可以放手辦事。不過，頭緒很多，得先挑最要緊的辦。子良，你倒說！我聽你的。』

『是！』剛毅摩拳擦掌地答說：『第一件是多招義民，激勵士氣。不過，義和神團，該有人統率；那樣子，王爺發號施令才方便。』

『不錯！這可得借重你了。』

『這，我義不容辭，也是當仁不讓。』剛毅答說：『最好再請一位王爺出面，更便於號召。』

『那就請莊王好了。』

『對！莊王是步軍統領，統率義和團，名正言順。我看，不妨把左右翼總兵也加上。』

『可以。我今天就進宮跟老佛爺去說。』載漪問道：『第二件呢？』

『第二件，得想法子給老佛爺打打氣。』

『是，是！這很要緊。』載漪連連點頭：『老佛爺常說，從英法聯軍火燒圓明園起，一口氣積了四十多年，不知道甚麼時候才能出氣？如今把使館一掃而平，洋人殺個雞犬不留，這口氣可眞出足了！老佛爺抓住權不放，就爲的出這口氣；這口氣一出，她自然就鬆手了。』

所謂『鬆手』即是不再訓政；也就是廢立而由大阿哥嗣位。剛毅對載漪的這番話，極其重視；兩眼亂眨著凝神想了好一會兒兒說：『此事關係重大。請王爺找董星五來，切切實實跟他說幾句好話。至於西什庫教堂，王爺不便親冒矢石，我去督戰。』

『那可是再好都沒有了！子良，你的辛苦功勞，我都知道，將來絕不會虧負你。』

這就儼然是『太上皇』的口吻了！剛毅想到一旦大阿哥接位，載漪以『皇帝本生父』的地位，依照醇賢親王的成例，不便干政，退歸藩邸；自己便可打倒榮祿，甚至取禮王而代之，領袖軍機，獨掌大權。這是何等得意之秋？

這樣轉著念頭，越發盡忠竭智，爲載漪劃策。要爲慈禧太后『打氣』，除了夷平使館教堂，殺盡洋人以外，還得有些足以令人鼓舞的事，一件是天津方面應該有捷報，一件是清議方面應該有表示。

『天津方面聽說打得不怎麼好！』載漪皺著眉說：『這倒是件可慮之事。』

『王爺請放心。』剛毅的語氣很輕鬆，『前幾天打得不好，是因爲朝廷的意向，到底未明；有法術的老師、大師兄還有顧忌。如今宣戰詔書一下，放手大幹，毫無顧慮，情形自然就不同了。』

載漪的全部希望都寄託在義和團身上，說義和團好，最易入耳；所以立即眉目舒展，右手握拳，使勁在左手掌上搗了一下說道：『對！放手大幹！』

放手大幹是在五月廿六那天。上午八點多鐘，東交民巷一帶，滾滾黑煙夾雜著橘紅色的火燄，沖霄而起，遮蔽了東城半邊天。西口的荷蘭公使館、東口的義大利公使館與比利時公使館，繼奧國使館而化爲斷垣殘壁。但是，甘軍與義和團的戰績亦僅此而已，不能再推進了。

各國使館的防線縮小，反易守禦。整個防守的區域，是以御河爲中線，北起北御河橋，南迄南御河橋的一個長方形地區。御河之東，最北面是肅王府，圍牆十八尺高，三尺厚，堅固異常，足以保障暫時被收容在內的教民的安全。肅王府以南，東交民巷路北，自台基廠轉角算起，由東往西是法國、日本、西班牙三館；法國公使館對面，也就是東交民巷路南，是德國公使館，它的後面一直延伸至南御河橋以東，靠近城根，是各國使館的俱樂部。東面的防線，即自肅王府至法國公使館，連接對街的德國公使館與俱樂部。

御河以西，與肅王府望衡對宇的是英國公使館；我國公使館在英館之南而略偏於西；對面自東交民巷路南以迄東城根，即是各國公使館中佔地最廣的美國公使館。三館西面的牆垣，配合街口的拒馬，連成一條防線——與東面的防線一樣，漏洞缺口甚多；但甘軍無法攻得進去，義和團則法術無靈，已頗露怯意了。

可是，鄰近使館的人家，卻已大受池魚之殃，民家固不免被搶，『大宅門』亦無例外。最倒楣的是協辦大學士孫家鼐；前一年因為戊戌政變之前奉旨提調京師大學堂，政變之後反對廢立，大有新黨之嫌，因而開缺家居。家住東單牌樓頭條胡同，首當其衝被洗劫一空，孫家鼐短衣逃難，避到安徽會館；有個兒子更被剝得只剩了一條洋布短褲。

是誰搶的，莫可究詰，有的說是義和團，有的說是虎神營，有的說是甘軍，還有的說是作為榮祿親軍的武衛中軍。反正只要牽涉到官兵，榮祿就脫不了干係；因為眾所公知，榮祿掌握著全部兵權，有節制所有官兵的義務。

為此，榮祿既驚且怒，派一名材官帶八名精壯的士兵，手持令箭到東城彈壓；誰知正在搶劫的官兵，人多勢眾，一擁而上，便待動手。那材官見勢頭不好，帶著人掉頭便跑，回到榮祿那裡，據實報告，自請處分。

『這不怪你！』榮祿面色鐵青，而語氣沉著，『傳我的令，撤回中軍。』

撤回中軍是自己先作一番澄清。接著，親自率領衛隊，坐上大轎，『頂馬』開道，『跟馬』護衛，趕到東單牌樓。果然，榮祿的威風不同，爲非作歹的官兵四散而逃；榮祿下令兜捕，一共抓住三十四個人，內有官兵十一名，義和團二十三名，盡皆就地正法，腦袋吊在牌樓下示眾；不過那二十三個義和團，不揭破他們眞正的身分，只說他們『假冒兵勇』。

西什庫教堂由剛毅親自督陣攻擊，徒勞無功；使館區卻又不能越雷池一步。合義和團與甘軍之力，不能制服京城內的少數洋人，又如何抵禦各國不斷派來的重兵？想到慈禧太后如果以此相詰，無言可答，載漪可眞有些沉不住氣了。

『星五，你得露一手啊！牛刀殺雞殺不下來，損你的威望吧？』

董福祥是極好爭強的性格，聽得這話，心裡當然很不好受；同時他也深爲困惑，眞的不明白，區區彈丸之地，何以不能一鼓蕩平？轉到這個念頭，不但羞愧，而且憤急，一急就要不擇手段了！

『王爺，投鼠忌器。』他說：『如果王爺肯擔當，福祥可以把使館都攻下來。』

『可以！你說，要我怎麼擔當？』

『現在各國公使，都聚集在英國使館；他這處地方，東面隔河是肅王府；南面有俄國、美國各館；西面是上駟院的空地，洋人用鐵絲網攔著，衝不過去，要拿槍打，咱們的槍不如他的好，打得不夠遠；只有北面可以進攻，可是有一層難處。』

『北面不是翰林院嗎？沒有路，怎麼攻？』

『能攻！』董福祥說：『把翰林院燒掉，不就有了路了嗎？』

『這，』載漪吸口氣說：『火燒翰林院，似乎……』他沒有再說下去。

『似乎不成話是不是？』董福祥說：『王爺，火燒翰林院，總比等洋人來火燒頤和園強得多吧？』

一句話說得載漪又衝動了，『好！』他毫不遲疑地拍一拍胸，『我擔當；只要能把使館攻下來。』

爲了西什庫徹夜槍聲，鼓譟不斷；慈禧太后決定『挪動』——挪到禁城東北角的寧壽宮去住。懿旨一下，各自準備；大阿哥問崔玉貴說：『二毛子也要從瀛台挪過去嗎？』

慈禧太后耳聰目明，正好聽見了；立即將大阿哥喚了進來，厲聲問道：『你在說誰？誰是二毛子？』

見此光景，大阿哥心膽俱寒，囁嚅著說：『奴才沒有說甚麼！』

『你還賴，好沒出息的東西！你說瀛台的二毛子是誰？』

大阿哥急忙跪倒碰頭；慈禧太后一夜不曾睡好，肝火極旺，將大阿哥痛痛快快罵了一頓，而猶有餘怒未息之勢。

挨罵完了，大阿哥磕個頭起身，生來的那張翹嘴唇，越發拱得了鼻尖上，帶著一臉的悻悻之色，甩著袖子，急匆匆地出了儀鸞殿。

『唉！』慈禧太后望著他的背影嘆口氣，『蓮英，你看我是不是又挑錯了一個人？』

李蓮英明白，這是指立溥儁爲大阿哥而言，他亦看大阿哥不順眼，不過端王載漪正在攬權跋扈之時，需得避忌幾分；爲恐隔牆有耳，不敢吐露心裡的話，只勸慰著說：『慢慢兒懂事了就好了。』

『哪一年才得懂事？心又野，不好好唸書。』說著，慈禧太后又嘆了口氣。

遇到這種時候，李蓮英就得全力對付，慢慢兒把話題引開去；談些新鮮有趣，或者慈禧太后愛聽的話、關心的事，直到她完全忘懷了剛才的不快爲止。

談不多久，只見崔玉貴掀簾而入，用不高不低的聲音說道：『萬歲爺來給老佛爺請安！』這是表示皇帝有要事要面奏，在外候旨；慈禧太后如果心境不好，或者知道皇帝所奏何事而不願聽，便說一聲：『免了吧！』沒有這句話，皇帝才能進殿。

這天沒有這句話，而且還加了一句：『我正有話要跟皇帝說。』

等皇帝進殿磕了頭，站起身來才發覺他神色有異；五分悲傷，三分委屈，還有一兩分惱怒，而且上唇有些腫，看上去倒像大阿哥的嘴。

『怎麼回事？』慈禧太后詫異地問。

『大阿哥在兒子臉上搗了一拳。』

慈禧太后勃然變色，但很快地沉著下來，『喔！』她問：『爲甚麼？』

『兒子也不知道爲甚麼！』

『你不知道，我倒知道。你到後面涼快、涼快去！』慈禧太后喊道：『崔玉貴！』

『喳！』

『傳大阿哥來！說我有好東西賞他。』

『喳！』

殿中的太監宮女，立刻都緊張了。知道將有不平常的舉動出現，而李蓮英則不斷以警戒的眼色，投向他所看得到的人。一時殿中肅靜無聲，頗有山雨欲來之勢。

不久，殿外有了靴聲；崔玉貴搶上前揭開簾子，大阿哥進殿一看，才知道事情不妙，可是只能硬著頭皮行禮。

『我問你，皇帝是你甚麼人？』

不用說，事情犯了！大阿哥囁嚅著笑說：『是叔叔。』

『叔父！』慈禧太后疾言厲色地糾正；然後將臉上的肌肉一鬆，微帶冷笑地說：『大概你也只知道你的「阿瑪」是端郡王。是不是？』

大阿哥完全不能了解他承繼穆宗，兼祧當今皇帝為子，獨繫帝系，身分至重的道理；所以對『老佛爺』這一問，雖覺語氣有異，但無從捉摸，只強答一聲：『是！』

大阿哥的生父——『阿瑪』本就是端王，他這一聲並不算錯的回答，實在是大錯。明明已成等於太子的大阿哥，而仍以自己是郡王的世子，這便是自輕自賤，不識抬舉！不但忘卻提攜之恩，而且也是在無形中表明了，一旦大阿哥得登大寶，將如明世宗那樣，只尊生父興獻王，其他皆在蔑視之列。當時的興獻王已經下世；而如今的端王方在壯年，將來怕不是一位作威作福的太上皇？

轉念到此，慈禧太后只覺得一顆心不斷地往下沉，脊梁上一陣一陣發冷。可是也不無慶幸之感，虧得發現得早，儘有從容補救的工夫——廢皇帝有洋人干預，莫非廢大阿哥也有洋人來多管閒事？她心裡在冷笑：你們爺兒倆別作夢！好便好，倘或不忠不孝，索性連爵位都革掉，廢為庶人！

未來是這樣打算，眼前還需立規矩；當即喝道：『取家法來！』

宮中責罰太監宮女，用板子、用鞭，而統謂之『傳杖』；慈禧太后所說的『取家法』，其實就是『傳杖』。不論大小板子或者籐條，這一頓打下來，哪怕大阿哥茁壯如牛，也會受傷。崔玉貴比較護著大阿哥，趕緊為他跪下來求情，李蓮英卻不能確定慈禧太后是不是眞的要打大阿哥？倘或僅是嚇一嚇他，便得有人替他求情，才好轉圜，所以幾乎是跟崔玉貴同時，也跪了下來。口中說道：『老佛爺請息怒，暫且饒大阿哥這一遭兒！』

『不能饒！』慈禧太后厲聲說道：『都是你們平日縱容得他無法無天，膽敢跟皇上動武！照他的行爲，就該活活處死！』她環視著黑壓壓跪了一地的太監宮女又說：『你們可放明白一點兒！有我一天，就有皇上一天；誰要敢跟皇上無禮，看我不剝了他的皮！』

就這幾句話，教訓了大阿哥，警告了崔玉貴，但也收服了在屛風之後靜聽的皇帝；以至於情不自禁地在連一根針掉在地上都聽得見的殿廷中，發出唏噓之聲。

『崔玉貴！』慈禧太后冷峻地吩咐：『取鞭子來，打二十。』

『喳！』崔玉貴不敢多說，乖乖兒去取鞭子。

『老佛爺，』李蓮英陪笑著說道：『茶膳預備下了，老佛爺也乏了，請先歇一歇吧！』

『你別來支使我！你打量著把我調開了，就可以馬馬虎虎放過這個忤逆不孝的東西？哼，你別作夢吧！』

這是慈禧太后有意護衛李蓮英。因爲這件事一傳出去，必是這麼說：『老佛爺可眞是動了氣了！連李蓮英替大阿哥求情，都碰了個好大的釘子。』那樣，端王與大阿哥就不會記他的恨；怪他能在老佛爺面前說話，而竟袖手不救。

等鞭子取了來，慈禧太后要笞背；畢竟是李蓮英求的情，改了笞臀——當著宮女剝下了大阿哥的褲子，在屁股上抽了二十鞭。

大阿哥到底只是一個從小被溺愛的頑童，心裡想爭強賭氣，不吭一聲，無奈從來不曾受過這般苦楚，疼得大叫：『老佛爺開恩！』又哭又嚷，亂成一片。

『與我著力打！』慈禧太后爲了立威，硬一硬心腸大聲地說。

這一頓打，自然將大阿哥屁股打爛了。但行刑的太監亦猶如內務司愼刑司的『蘇拉』，或者州縣衙門的皀隸那樣，對打屁股別有訣竅；對大阿哥格外留情，皮開肉爛而骨不傷，等打完向慈禧太后謝過教訓之恩，太監扶了回去，立刻便由崔玉貴領著在御藥房當差的老太監，用祕方特製的金創藥一敷，痛楚頓見減輕。

『玉貴！』大阿哥呻吟著說：『你得派人去告訴王爺……』

『是，是！』崔玉貴急急亂以他語：『大阿哥安心養傷吧！打是疼，罵是愛；老佛爺看得大阿哥尊貴，才勞神教導。不然，還懶得問呢！』

『我不怨老佛爺；只恨那個「二毛子」……』

『好了，好了！』崔玉貴再次打斷，而且帶點教訓的口吻：『大阿哥，吃苦要記苦，就爲的這句話挨的打，怎麼一轉眼就給忘了呢，量大福大，丟開吧。』

當然，崔玉貴暗地裡還是派了人到端王府，悄悄告訴，有此一事——若說祖母責罰頑劣的孫子，原非甚麼大不了的事；但載漪接到消息，既驚且怒，視作一個非常沉重的打擊。

『好，好！打得好！』他煞白著臉，對他的一兄一弟說：『你們等著吧，咱們這一支就該連根兒剷了！』

『這一支』是指他父親惇王奕誴的子孫；載濂、載瀾聽得這話，不由得一楞，往深處細想，才了解他的意思；但驚駭以外，亦不無疑問。

『老二，你是說，老佛爺的心變了？』載濂問說：『莫非還能對大阿哥有甚麼……』他沒有再說下去。

『爲甚麼不能？要廢要立全由她！果然要廢了大阿哥，你想想，』載漪掉了一句文：『「皮之不存，毛將焉附？」』

這倒是實話。如果慈禧太后對惇王這一支還有好感，就絕不肯輕易出此廢除大阿哥名號的舉動。倘或出此，便表示已無所顧惜——慈禧太后對她的三個小叔，感情、看法大不相同，老七醇王奕譞是妹婿，而且一向對她唯命是從；老六恭王奕訢當辛酉政變時，爲她立過大功，中間雖有誤會，但恭王臨終時，諄諄叮囑，皇帝應該疏遠新黨，慈禧太后大爲感念，特謚曰『忠』，配享太廟，飾終之典，務極優隆，足見恭王在她心目中的地位。至於老五惇王奕誴，賦性簡率，有時放言無忌，慈禧太后並不怎麼看得起他，對他的子孫，當然沒甚麼情誼可推。

載濂、載瀾算是被點醒了。於是親貴宗藩之間，許多受慈禧太后荼毒的故事，剎那間一齊奔赴心頭——他們的嫡堂兄弟載澍的聯襟，也是皇帝與載漪的聯襟，承恩公桂祥的女婿，只爲夫婦不和，慈禧太后徧祖母家，降懿旨杖責載澍，至今『圈禁高牆』；冬天只著一條單褲，居然沒有凍死！

一想到載澍的遭遇，載瀾打了個寒噤，『要廢要立由不得她！』他說：『大清朝是愛新覺羅氏的天下，不是她那拉氏的天下！』

『說得不錯！』載濂接口：『反正外頭的閒話很多，名聲也壞了，不如就痛痛快快來一下子。』

所謂『閒話很多，名聲也壞了』，是指載漪策動廢立，想當太上皇而言。這在載漪本人不但知道，而且在至親及親信之前，亦並不諱言。如今聽載濂一勸，不由得動心了。

『大哥，』他問：『你倒細說一說，要怎麼才能痛快？』

『好辦！』載濂將手往外一指：『現成不有人在哪裡？』

這指的是義和團。莊王府中設著『總壇』，各地義和團到那裡掛了號，便有口糧可領，是正式爲朝廷效力的義士；端王府中也設著壇，供養著好幾個大師兄，現成可用。

載漪凝神想了一會兒，頓一頓足，斷然說道：『好吧！幹！』

五月二十九一大早，載漪邀集莊王載勛、小恭王溥偉的叔叔貝勒載瀅以及他的一兄一弟，率領六十多名義和團，直闖寧壽宮。爲了壯膽，載漪喝了幾杯酒，臉上紅紅地，張出口來，酒氣噴人。

這天在寧壽宮值日照料的內務府大臣文年，看載漪來意不善，怕吃眼前虧，不敢攔他，任他腳步歪斜地直奔慈禧太后的寢宮樂壽堂。李蓮英聽得鼓譟之聲，大爲駭異；奔出來一看，越覺驚慌，『王爺，王爺！』他趕緊迎上去問：『你老這是幹甚麼？』

『幹甚麼？來抓二毛子！』

『王爺，輕點、輕點！老佛爺正在用茶膳。』

『我就要見老佛爺！』載漪是越扶越醉的那種神情，『請老佛爺把二毛子交出來。』

『到底誰是二毛子啊？』

『還有誰，不就是皇上嗎？』

一語剛畢，義和團大喊：『快把二毛子交出來！』

見此光景，李蓮英知道憑一己之力擋不住了。不過，他很清楚，載漪是色厲內荏；果然他有膽子來跟慈禧太后要『二毛子』就絕不會喝酒。而且除了他以外，其餘的人不但噤若寒蟬，一個個還臉色青黃不定，足見慈禧太后的威望，足以鎮懾得住！

計算已定，語氣便從容了，『好！請王爺候一候。』他說：『我去請老佛爺的駕。』說畢，掉身而去。

走回樂壽堂的東暖閣隨安室，慈禧太后已經怒容滿面地在等候報告。見此光景，李蓮英倒不免躊躇。這兩天慈禧太后因爲甘軍放火燒了翰林院，而英國使館仍未攻下，大爲生氣，召來董福祥痛責以後，氣仍未消；如今倘或得知載漪是如此狂悖胡鬧，盛怒之下，不知會有何激烈的舉動？自不能不先作顧慮。

但此時此地，不容他多作思索，唯有硬著頭皮奏陳：『跟老佛爺回，端王要見皇上。』

『他要見皇上幹甚麼？』

『奴才不敢問。』李蓮英放低了聲音說：『依奴才看，皇上是不見他的好。』

聽得這話，慈禧太后雙眉一揚，『怎麼著？』她微帶冷笑：『莫非他還敢有甚麼天佛不容的舉動？』

『那是不會有的。不過……』

『你別說了！』慈禧太后不耐煩地打斷：『你快傳我的話，讓榮祿趕緊多帶人來。』

其實不用李蓮英傳懿旨，榮祿已經得到消息；宮中本已加派了武衛中軍保護，此時只需集中兵力，加強警戒，而載漪毫未覺察，依舊借酒裝瘋，在樂壽堂的大院子中，橫眉怒目、挺胸凸肚地示威，正洋洋得意時，只見太監前導，宮女簇擁，慈禧太后出來了。

『老佛爺……』

他剛喊得一聲，便聽得厲聲喝道：『住口！』慈禧太后雙眼睜得極大，『你們是幹甚麼？要造反不是！載漪，你說，你要幹嘛？』

載漪一見慈禧太后，先就矮了一輩；此時聽得厲聲詰責，情怯之下，隻字不出；卻有個大師兄不知天高地厚，居然大聲說道：『要把皇上廢掉！』

『廢皇上是你們能干預的嗎？』慈禧太后的話說得極快：『該讓誰當皇上，我自有權衡。你們別以爲立了大阿哥就該讓他當皇上；要把大阿哥的名號撤了，攆出宮去，是一句話的事，說辦就辦，容易得很。現在是甚麼時候，不摸摸良心，好好效力，竟敢這樣肆無忌憚，眞是荒唐糊塗透了！載勛！』

『喳！』載勛響亮地答應。

『你趕快帶著他們走！以後除了入値，不准進來！』慈禧太后又說：『你們冒犯皇上，要給皇上磕頭賠罪。你們知道錯了不？』

『是！』載勛汗流浹背地磕頭，『奴才錯了！』

『知道錯，我開恩從輕發落，每人罰俸一年。』說到這裡，只見榮祿的影子一閃，慈禧太后知道部署已定，便又大聲說道：『至於團民，膽敢持槍拿刀，闖到宮中，犯上作亂，不能輕饒，凡是頭目，一律處死！』

此言一出，有人變色，有人哆嗦，有人發楞，就沒有一個敢開口，或者有何動作。而榮祿亦就趁慈禧太后威足以鎭懾亂臣賊子的片刻，指揮部下，繳了義和團的械。

眼看義和團爲武衛中軍，兩三個制一個，橫拖直拽地拉出宮門，載漪面如死灰，站在院子中間動彈不得。還是莊王比較機警，做個手勢，示意大家一起跪安，見機而退。

可是，載漪卻奉旨留了下來；慈禧太后此時又換了一副神色，是一臉鄙夷不屑的表情，『你放明白一點兒，趁早把你那個想當太上皇的混帳心思扔掉！告訴你，有我在世一天，就沒你做的，你再不安分，可別怨我，革你的爵，把你攆到黑龍江去！像你的行爲，眞配你那個狗名！』

載漪的漪有個『犬』字在內，所以慈禧太后有此刻薄的一罵。而載漪挨了罵，還得磕頭謝恩。退出宮去，掩面上轎，心裡難過得恨不能即時到東交民巷跟洋人拚命。

『榮祿，你看這個局面，怎麼辦？』慈禧太后毫不掩飾她的心境：『我都煩死了！』

『老佛爺也別太煩惱，局面還可以挽救。』榮祿從靴頁子裡掏出一疊紙，一面看，一面回奏：『李鴻章、張之洞、劉坤一跟各國領事談得很好，東南半壁，大概不會有亂；能保住這一分元氣，將來還有希望。』

『將來是將來，眼前怎麼辦？』慈禧太后說：『我本來在打算，能夠把使館攻下來，多少佔了上風，也給洋人一個警惕；那時等李鴻章來跟洋人談和，就不至於吃大虧。誰知道董福祥這樣沒用。至於義和團，唉！』她嘆口氣搖搖頭：『甭提了！』

『義和團原不可恃。董福祥剛愎自用，自信太過。』榮祿膝行兩步說道：『趁如今跟洋人講和，派兵保護著送回天津，還來得及。』

慈禧太后不作聲，慢慢喝著茶，考慮了一會兒兒，才問：『派誰去講和呢？』

『是奴才出的主意，奴才義不容辭。』榮祿答說：『東交民巷一帶槍子兒亂飛，派別人，別人也未必敢去。』

這表示榮祿去講和，亦是一件冒生命之險的事。爲國奮不顧身，慈禧太后深感安慰，亦很感動，便毅然決然地說：『好吧！別人去也未必有用。你跟慶王商量著辦吧！』

於是榮祿避開軍機大臣，直接到慶王府去商量部署，先下命令甘軍停戰；然後在下午四點多鐘，親自帶著人到北御河橋跟洋人打交道。兩軍對陣，彼此猜疑，爲了讓洋人了解他的來意，特意製了一面特大號的高腳木牌，上糊黃紙，寫著栲栳大的八個字：『欽奉懿旨，力護使館。』這面木牌，在御河橋北，不斷搖晃，希望洋人出面答話。

英國使館中的洋人，從望遠鏡中看到了木牌上的字；一時不明究竟，當然要會商應付的辦法。各國公使當然都歡迎慈禧太后這道友好的懿旨，決定也用一塊木牌，寫上四個大字：『請來議和』，作爲答覆。這件事做起來很容易，但如何將這塊木牌送交對方，卻頗費周章。因爲相距甚遠，木牌必須送到對方目力所及之處，才能發生作用；而目力所及，也就是洋槍射程所及，誰肯冒送命的危險去遞送木牌？

於是在使館區中臨時招募，重賞之下，總算有人應徵，是法國公使館的一個做中國菜的廚子，姓王。他戴一頂紅纓帽，左手提著木牌，右手持一面白旗，不斷搖晃，沿著御河，穿過翰林院的廢墟，往北行去。

王廚子是看在二十兩銀子的分上，作此『賣命』的勾當；一上了路，四顧荒涼，看見眼睛發紅的野狗在啃義和團的屍首，突然膽怯，雙腿發軟，想轉身時，趴在英國公使館北面圍牆上的外國人，都在鼓譟拍掌，督促他前進。想想事已如此，只得挺起胸，抬起頭，往前再闖。

誰知不抬頭還好，一抬頭正好看到宮牆下面的兵，都平端著槍，彷彿槍口對著自己。這一下子嚇得渾身哆嗦，一面使勁搖旗，一面左右張望，想找個高一點的地方，將木牌放下，讓對方能看見，自己就好交差了。

念頭剛剛轉完，發現左前方有一隻燒燬了的書架，雖然烏焦巴黑，但架子還在，心中一喜，毫不遲疑地，直趨而前，將木牌放在那書架上，如釋重負似地渾身輕鬆，掉頭便走。

可是，自己這面鼓譟的聲音卻更大了，抬頭看時，洋人在牆上拚命向外揮手。王廚子不解所謂，楞了一會兒兒，方始省悟，是要他往後看，於是很謹慎地掉轉身去看了一眼。

一看才知道自己做了一件大錯而特錯的事，那面木牌擺反了；『請來議和』四個字，對方何由得見？心裡在想，應該自動去改正，可是兩條腿不聽使喚，有它自己的主張，只肯往南，不肯往北。

其實，榮祿就不曾看到木牌上的字，只從白旗上去思量，他已知道使館的反應如何。可是他卻不曾再派人進一步地聯絡；因為就在這王廚子露面的那一刻，慶王派人來通知，宮中有懿旨：不必講和了！請他立即到府會面。

『怎麼回事？』榮祿一見面就問：『突然又變卦了！』

『唉！別提了！』慶王大搖其頭：『不知誰出的花樣，到皇太后面前報喜，說義和團在廊坊打了一個大勝仗，殺了上萬的洋人。皇太后很高興，當時找剛毅進宮，傳諭：神機營、虎神營、義和團各賞銀十萬兩。甘軍以前賞過四萬，再賞六萬。又說：講和也不必講了！洋人有本事自己出京好了。仲華，你說，這不是沒影兒的事！』

『沒影兒的事？廊坊沒有打勝仗，當然是打了敗仗了？』

『這，我可不清楚。倒是有個電報，得給你看看。』

電報是李鴻章打來的，道是『聞京城各使館尚未動手，董軍門一勇之夫，不可輕信。現在各國兵船各海口皆有，如攻京中使館，大局不堪設想。如各國兵並進，臣隻身赴難，不足有益於國，請乾綱獨斷。李鴻章拭淚直陳，請代奏。』

『那麼，王爺，代奏了沒有呢？』榮祿問說。

『剛收到，我想跟你商量了再說。看樣子，李少荃是絕不肯進京的了。』

『他怎麼肯來跳火坑？』榮祿答說：『不過，咱們也非得找一兩個幫手不可。』

『你看吧！看誰行，你我一同保薦。』

與使館講和這件事，總算打消了；而且慈禧太后還發內帑獎賞，對甘軍來說，當然大足以激勵士氣。可是，使館攻不下來，這是說甚麼也交代不過去的事。

不但載漪著急，董福祥更覺坐立不安；日有所思，夜有所夢，無非怎麼樣將『董』字帥旗，插在各國公使館的屋頂上。幕僚集議，所談的亦無非是如何有一條妙計，攻破使館。

最後是李來中出的主意，『武衛軍原有破敵的利器。』他說：『只要榮中堂肯把大炮借出來，一炮轟平了使館，甚麼事都沒有了。』

『啊，啊！』董福祥精神大振，一躍而起：『怎麼就想不起？我馬上就去。』

於是策馬到了東廠胡同榮府；上門道明來意，門上答說：『中堂交代，今天不見客。』

『不行！』董福祥的語聲很硬，『我有要緊事，非見中堂不可。』

門上皮笑肉不笑地答應著：『是了！我替董大帥去回。』

一報進去，榮祿奇怪；這幾天他無形中跟董福祥已經斷絕往來，如今突然上門，說有要緊事求見，倒要打聽一下。於是，一面派門上傳話，請董福祥等一等；一面立刻派人到甘軍中去查詢董福祥的來意——在甘軍中，當然有榮祿的『坐探』；很快地便有了確實的答覆，原來董福祥想來借炮。

『哼！』榮祿冷笑：『今天倒要看看他，有甚麼本事從我這裡把炮借走？』

這時董福祥已等得不耐煩了，繞屋旋走，嘴裡嘀嘀咕咕地罵他的部下：是指槐罵桑罵榮祿。如是等了有個把鐘頭，才將他引入書房。

書房中，榮祿靠在籐椅上，動都不動。如此待客，未免過於失禮；而董福祥有求於人，不能不忍氣吞聲地請個安，開口說道：『有件事請中堂成全。福祥想借紅衣大炮一用。』

『你要借炮，轟平使館？』

『是！』董福祥說：『上頭逼得緊，沒法子，只好跟中堂來借炮。』

『借炮容易！』榮祿很快地接口：『不過先得要我的腦袋。』

董福祥驚詫莫名，『中堂，』他茫然地問：『怎麼說這話？』

『我是實話！我再告訴你，要我的腦袋也容易，請你進宮跟皇太后回奏：要榮祿的腦袋。你是皇太后器重的人，朝廷的柱石，你說甚麼，皇太后一定照准。』

這下董福祥才知道是受了一頓陰損。借炮是公事，准不准都可商量，何必如此！這樣一想，把臉都氣白了，很想回敬幾句，卻又怕自己不善詞令，更取其辱。於是，楞了一會兒兒，狠狠頓一頓足，掉頭就走。

出了榮府，上馬直奔東華門；到了寧壽宮，侍衛不敢攔他，容他一直闖進皇極殿，抓住一個太監說道：『你進去跟老佛爺回奏，甘軍統領請老佛爺立刻召見。』

這是個供奔走的小太監，沒資格擅自走到太后面前，也從沒有人使喚他這樣的差使，只叫：『放手，放手！』正喧嚷之間，崔玉貴趕出來了。

『董大人，』他挺著個大肚子說：『有話跟我說。』

『我要見老佛爺。』

『這會兒，』崔玉貴看看當空的烈日，『老佛爺正歇息……』

『要見！』董福祥搶著說：『非見不可！』

『好吧！』崔玉貴問道：『見老佛爺，是甚麼事？能不能跟我先說一說。』

『一下子也說不清楚。回頭你就知道了。』

崔玉貴的樣子很傲慢自大，其實倒是了事來的；誰知董福祥全然不知好歹。便微微冷笑著說：『我替你去回；老佛爺見不見可不知道！』接著又向那小太監吩咐：『到宮門上去問一問，是誰該班？差使越當越回去了！』意思是責怪宮門口不該擅放董福祥入內。

說完，崔玉貴悄然入殿；正在作畫的慈禧太后，聽得簾鈎聲響，頭也不抬地問：『是誰在外面嚷嚷？』

『回老佛爺的話，是甘軍統領董福祥，一個勁兒說要見老佛爺；奴才問他甚麼事，他不肯說。』

『是他！』慈禧太后放下畫筆，平靜地說：『叫他進來！』

皇極殿的規制如乾清宮，東西各有暖閣。西暖閣作了慈禧太后習畫與休息之處；召見是在東暖閤，董福祥進殿磕了頭，還未陳奏，慈禧太后卻先開口了：

『董福祥，你是來奏報攻使館的消息？』

『不是……』

『好啊！』慈禧太后不容他畢其詞，便即打斷：『我以爲你是來奏報使館已經攻了下來呢！從上個月到今天，總聽你奏過十次了，使館一攻就破；哪知道人家到今天還是好好兒的！』

迎頭一個軟釘子，碰得董福祥暈頭轉向，定定神說：『奴才有下情上奏：使館攻不下來，不是奴才的過失。』

『是誰的呢？』

『榮祿！』董福祥想起榮祿的神態，不由得激動了：『奴才求見老佛爺，是參劾大學士榮祿，他是漢奸，只幫洋人。奴才奉旨，滅盡洋人；請慈命拿他革職。他武衛軍有大炮，如果用來攻使館，立即片瓦不留。奴才跟他借炮，他說甚麼也不肯借；還說：哪怕有老佛爺的懿旨，亦不管用！』

最後這句話，是董福祥自己加上去的。原意在挑撥煽動，希望激怒慈禧太后；哪知弄巧成拙，慈禧太后一聽就知道他在撒謊——榮祿的忠誠是不知道經過多少次考查試驗過的。當著她的面，他也許會據理力爭；而在他人面前，榮祿從不曾說過一字半句輕視懿旨的話。相反地，她不止一次接到報告，說榮祿曾向最親密的人表示：『老佛爺也許有想不到的地方；不過只要吩咐下來，不論怎麼樣都照辦，不能打一點折扣。』照此情形，何能向董福祥說：有懿旨亦不管用？

一句話不眞，便顯得所有話都是撒謊；慈禧太后厲聲喝道：『不准你再說話！你是強盜出身，朝廷用你，不過叫你將功贖罪。像你這狂妄的樣子，目無朝廷，仍舊不脫強盜的行徑，大約是活得不耐煩了！出去！以後不奉旨意，擅自闖了進來，你知道不知道，該當何罪？』

說完，慈禧太后起身便走，出東暖閣回西暖閣；董福祥既惱且恨，然而無可如何。

回到設在戶部衙門的『中軍大帳』，董福祥越想越氣惱；下令將設在崇文門的老式開花炮，向西移動，逼近德國使館，連續猛轟，結果德國兵不支而退，但設在德國公使館與俱樂部之間的『槍樓』，雖被開花炮彈的彈片炸得『遍體鱗傷』，而鋼筋水泥的架子，卻猶完好如初，居高臨下，一槍一個，迫得甘軍無法逼近，防線仍能守住。

可是西線的美國兵，一見勢頭不妙，撤而往北，這一下，各國公使大起恐慌，在英國使館連夜召集會議，一致主張，應該恢復原有的防線；美國的司令官阿姆斯當，表示獨力難支，要求支援，於是英國、俄國各派出十來個人，而實力仍嫌單薄；便再招募『志願軍』，各國使館的文員，投筆從戎，組成了一支六十個人的『聯軍』。

第二天黎明時分，阿姆斯當率領『聯軍』回到南御河橋以西，一看情況如舊；美軍雖已『棄地』，甘軍卻並未『佔領』，因此，阿姆斯當兵不血刃地『恢復』了『失土』。

進攻使館區歸甘軍負責，破西什庫則是義和團的事。但法術無靈，死傷纍纍；剛毅先還短衣腰刀，親臨督戰，後來因爲受不住中人欲嘔的屍臭，也就知難而退。不過，每天都要到莊王府探問消息，大師兄總是毫不在意地說：『鎭物太多！教堂頂樓，不知道有多少光腚女人，把法術衝破了！』

『這一說，西什庫教堂是攻不下來了？』

『哪有這話！』大師兄依然若無其事地：『破起來快得很！』

『很』字剛剛出口，大師兄的神色突然變了，眼光發直，雙唇緊閉，慢慢地眼睛閉上，神遊太虛去了。

好一會兒兒，大師兄方始張開眼來，慢慢搖著頭說：『不好，很不好！虎神營有漢奸！』

虎神營已是載漪的子弟兵，其中居然有漢奸，豈不駭人聽聞？而大師兄的語氣卻不像猜測之詞。

『那麼是誰呢？』

『此刻不能說。這也是天機，不可洩漏，到時候自見分曉。』

第二天就見分曉。虎神營一個管炮的翼長，名叫阿克丹，字介臣，本來是教民，爲義和團一擁而上，縛住雙臂，斬於陣前。據義和團說：阿克丹與西什庫教堂的洋人已有勾結，倒轉炮口預備轟自己人，所以用軍法處斬。

『這不像話！』趙舒翹向剛毅說：『倒戈自然應該軍法從事；可是總不能讓義和團來執虎神營的法。而況翼長是二品大員，不經審問，遽爾斬決，也有傷朝廷的體制。』

剛毅默然。好久，嘆口氣說：『騎虎難下了。』

『中堂應該跟端王提一聲，得想個法子約束才好！』

『約束？談何容易。如今東城是甘軍的天下，西城是義和團的世界，再下去，只怕連大內都難得清淨。』剛毅咬一咬牙，做出破釜沉舟的姿態：『如今沒有別的話說，只有一條路走到底，硬闖才能闖出頭。』

『怎麼闖法？』趙舒翹覺得有句話如骨鯁在喉，不管是不是中聽，都非吐出來不可：『就算拿使館踏平，西什庫教堂燒光，又能怎麼樣，還能擋得住洋人不在大沽口上岸？』

『上岸就把他們截回去。天津一定能守得住；守得住天津就不要緊。』

趙舒翹說不下去了。唯有寄望於馬玉崑與聶士成，能夠守得住天津。

以浙江提督的官銜，暫時統帶武衛左軍的馬玉崑，是六月初三由錦州到天津的。隨帶馬步軍七營，駐紮河東，只住民家空房；凡是上了鎖或有人住的房間，一概不准入內。亦不准士兵在街上隨便遊蕩。天津人久苦於義和團的蠻橫騷擾，一見有這樣一支有軍紀的軍隊，衷心感動，所以對馬玉崑大爲捧場，到處都有人在說：『洋人只怕馬三元，他一到了，洋人無路可走了。』馬三元就是馬玉崑，他的別號又叫珊園。

就在這天，張德成與曹福田會銜出了一張告示，說是『初三日與洋人合仗，從興隆街至老龍頭，所有住戶舖面，皆需一律騰淨，不然恐有妨礙。』這一帶在海河東岸，鐵路以西，爲各國的租界，統名紫竹林；猶如京師東交民巷，爲義和團攻擊的主要目標。

天津人此時對義和團已是不敢不信，不敢不怕；所以一見布告，從金湯橋的東天仙茶園開始，沿海河西岸到老龍頭火車站的店面住家，毫無例外地閉門的閉門，走避的走避。但馬玉崑的隊伍亦駐在這一帶，自然不理會這張布告；反而有好些士兵，特意挑高處或者視野廣闊的地方去做壁上觀。

但看到的只是遠處洋兵的嚴密警戒，直到黃昏日落，始終未見義和團出擊。而第二天一早卻紛紛傳言，有所解釋，據義和團說，這天是東南風，不利於軍；要家家向東南方面，焚香禱告，轉東風爲西北風，便是大破洋人之時。

有人拿這話去告訴馬玉崑，他聽罷大笑，『今天六月初四，東南風要轉西北風，起碼還得兩三個月。』他說：『咱們別信他那一套鬼話，自己幹自己的。』

於是馬玉崑下令構築工事，用土堆成好幾座炮台，安設小炮，架炮測距，不忙著出戰。可是市面上傳說紛紜，說馬玉崑如何如何打了勝仗。義和團相形見絀，威望大損；張德成覺得很不是滋味，決定去拜訪馬玉崑，設法找面子回來。

提督是一品武將，但張德成的派頭也不小，坐著裕祿所派來的綠呢大轎，到得馬玉崑的行台，先著人投帖；直到馬玉崑出來迎接，方始下轎。

『三元，』張德成大聲喊著，就像久不見面的老朋友似地，『你哪一天到的，怎麼不來看我？你我在天津都是客，俗語說：「行客拜坐客。」你不先來看我，是你不對！』馬玉崑一楞，心裡也有點生氣；與此人素昧平生，怎麼這樣子說話？本待放下臉來斥責，繼而轉念，他是故意套近乎，爲自己妝點面子。此人雖不足取，手下有好些不知天高地厚的義和團，成事不足，敗事有餘；自己得罪了他，要防他緊要關頭掣肘搗亂。爲了免除後顧之憂，說不得只好委屈自己了。

於是，他臉上堆起笑容，拱拱手說：『失禮，失禮！正要跟張老師去請教，不想反倒勞你的駕。請裡面坐，好好商量破敵之計。』

『是啊！不是爲商量破敵之計，我還不來呢！』說罷，伸了一隻手來，馬玉崑不能不理；張德成如戲台上所謂的『你我挽手同行』，大搖大擺，像走台步似地，牽著馬玉崑，往裡走去。

坐定下來，少不得還有幾句寒暄；及至談入正題，張德成自然大吹大擂一番。說的話荒謬絕倫，但意氣豪邁，不由得就使馬玉崑在心裡浮起這樣一個想法：這小子，莫非眞的有一套？

『三元，』張德成話風一轉：『不是我攔你的高興，我看見你安的炮位了，沒有用！要說炮，你敵不過洋人；洋炮多，而且準。天津城裡凡是緊要地方，都讓紫竹林過來的炮彈打中了。你這幾個炮位，遲早也得毀掉，白費工夫！』

『那麼，張老師，不用炮攻，用甚麼？』

於是馬玉崑以開玩笑的口吻，要求張德成做法，將洋人的大炮閉住——早有這麼一個說法，義和團的法術，能使炮管炸裂，或者將炮口封閉，失去效用；馬玉崑並不相信，故意出這麼一個難題，意在調侃。

誰知張德成大言不慚，『好！』他拍胸應承：『我把洋人的炮，閉六個時辰。』

『你能拿洋人的炮，閉六個時辰，』馬玉崑立即接口：『我就能拿洋人一掃而光。』

『一言爲定！』張德成倏地起立：『就此告辭。』

馬玉崑一笑置之，依舊管自己料理防務，並與駐軍南郊八里台，一面須防備義和團偷襲，一面與紫竹林各國聯軍不時接戰的聶士成取得聯絡。一夜過去，早將與張德成開玩笑的約定，拋在九霄雲外；哪知張德成居然派人來質問，問馬玉崑，可是已將洋人一掃而光了？

『不錯！』馬玉崑說：『我說過這話，不過那得張老師先將洋人的炮閉住啊！』

『是的。張老師已將洋人的炮閉住了。』

『甚麼時候？』

『昨天晚上。』

馬玉崑愕然。心裡大爲氣憤，可是無法與來人爭辯；入夜聯軍停戰不開炮，張德成便作爲他的功勞，那不太取巧了？

『去你娘的！』馬玉崑將來人轟走：『你們拿這些唬人的花樣來開老子的玩笑！』

來人狼狽而去，馬玉崑餘怒未已；很想去見總督裕祿，揭穿義和團的騙局。左右有人勸他，說裕祿已自陷於義和團的『迷魂陣』中，無法回頭了；幾次奏報，義和團如何忠勇，如何神奇，如何殺了洋人多少萬？而且還奏保張德成、曹福田『堪以大用』。這兩個人在總督衙門來去自如，裕祿奉若神明。在這種情形之下，試問，進言有何用處？

從關外來的馬玉崑，聽得這些話，詫爲奇聞；同時也不免洩氣，絕望地輕聲自語：『天津保不住了！』

京官逃的逃，躲的躲；或者衙門被毀，或者道路不通，一切公務，無形廢弛；亦沒有哪個衙門的堂官，再對部屬認眞考勤。唯一的例外是翰林院。

翰林院爲甘軍一火而焚，不知有多少清流名士，痛心疾首；但掌院學士徐桐並不以爲意，借了內城祖家街的鑲黃旗官學，作爲翰林院臨時的院址，出知單通知所有的翰林，照常辦事，但奉召而至的，十不得一。

徐桐非常生氣，吩咐典籍廳取本衙門的名冊來，逐一查問。名冊所列，除了東閣大學士崑岡與他本人所兼的掌院學士名銜以外，第一行就是『日講起注官侍讀學士黃思永』，恰好是他所深惡痛絕的人。

這黃思永字愼之，籍隸江蘇江寧，光緒六年的狀元。雖爲翰林，善於營商；道學家口不言利，已爲徐桐所輕視，更壞的是好談洋務，更犯了他的大忌。所以放眼一望，不見黃思永的影子，便即厲聲問道：『黃愼之呢？』

『送家眷到通州去了。』

『告假了沒有？』

『告了假了。』

『假期滿了沒有？』徐桐繼續追問。

『昨天滿的。』

『昨天滿的，』徐桐越發聲色俱厲，『何以不回京銷假？』

有個編修叫嚴修，字範蓀，天津人，是徐桐會試的門生，忍不住開口：『老師，黃愼之已經回京了。聽說昨晚上有義和團到他家，說是「莊王請黃狀元有話談」，不由分說，架著就走，至今下落不明。請老師作主。』

徐桐楞了一下，方始明白，黃思永好談洋務，爲義和團當作『二毛子』，架到莊王府，神前焚表，吉凶難卜。心想：這是他自作自受，何能爲他作主？

於是想了一下，用訓飭的語氣答道：『既知到莊王府，怎麼又說下落不明？你少管閒事！』

『老師！這個閒事你老可不能不管！也是你老的門生，奉命出差，路上讓義和團搶劫一空，狼狽不堪。』嚴修抗聲說道：『這樣下去，不待外敵，先自傾其國了。』

『是何言歟！』徐桐勃然變色：『你倒是說的誰？』

『駱公驌。』

此人亦是一位狀元，名叫駱成驤，四川資州人。他是光緒二十一年乙未的狀元；亦是徐桐會試的門生。殿試的名次本來列爲第三，應該是探花，由於他的策論中有兩句話：『君憂臣辱；君辱臣死』，而其時正當甲午大敗之後，皇帝感時撫事，認爲駱成驤血性過人，特地親手拔置第一，照例授職翰林院修撰。

這年庚子，子午卯酉，大比之年；駱成驤放了貴州主考。鄉試主考，照例邊遠省份最先放；駱成驤從京裡動身時，義和團已經鬧得很厲害了，見啓秀辭行時，啓秀告訴他說：『等你回京覆命時，京裡就沒有洋人了。』哪知洋人猶在，他的行囊資斧卻沒有了。

聽嚴修說罷經過，徐桐將臉一沉，『範蓀，』他擺出教訓的神色：『讀書明理，凡事不可不細加考察。義民忠勇奮發，向不貪財，否則會遭神譴；這明明是莠民假冒義和團幹的好事！』

嚴修還想爭，他的一個同年曹福元攔住他說：『算了，算了！駱公驌不過財去身安；劉葆眞連命都送在「莠民」手裡了！』

『莠民』是假意避忌的說法；其實也是義和團。被殺的劉葆眞，名叫劉可毅，江蘇常州人，光緒十八年的會元。此人精研麻衣相法，自道額有惡紋，恐有橫死之厄；而偏偏會試揭曉，琉璃廠賣『紅錄』，曾將他的名字錯刻爲『劉可殺』。

這個傳遍九城的新聞，將劉可毅會試奪元的滿懷喜悅，沖得一乾二淨，而且憂心忡忡，寢食難安。等殿試已過，點了翰林，心裡便在想，詞臣不會犯殺頭的罪名；只有科場舞弊，如咸豐八年戊午科場案，縱非有心，亦難免有綁赴菜市口的可能。因此，每逢點考官，他人惟恐不得，獨獨劉可毅相反。本來，想派充考官難，不想當考官很容易；翰林點考官，需先經過一次考試，名爲『考差』，如果不應考差，根本就不會點考官。可是，窮翰林舉債，都以『得了考差還』作爲保證；如果根本不應考差，債主問一句：『拿甚麼來還？』便無詞以對。所以劉可毅考差照樣參加，只是下筆草草，不望取錄；從入翰林以來，八年之中連個順天鄉試的房考官都沒有當過。

到了五月裡，義和團由近畿蔓延到京城，劉可毅一看勢頭不妙，找個藉口，請假回籍，想躲過這場劫難。那知冤家路狹，在潞河遇見一個無意之中所結的仇人。劉可毅未中進士以前，在一個親戚家當西席；有個廚子勾搭上了一個丫頭，幽會時爲劉可毅撞個正著，一時多事，告訴了居停，廚子被逐，因而結怨。不想十年以後，這個廚子當了義和團的大師兄；一見劉可毅，自然不肯放過，劫持以去，下落不明；又有一說，是遇害了；『可殺』竟成惡讖。

聽得劉可毅故事，清祕堂中，慘然不歡；徐桐卻板起臉來說：『這是咎由自取！夷人欺凌，神人共憤，不赴君父之難，只想獨善其身，眞是枉讀了聖賢書！』

『不過，老師，』曹福元說：『「莠民」冒充義和團橫行不法，也該嚴辦才是！』

『那當然要嚴辦；我要面奏皇太后，請再降嚴旨。不過，「福兮禍所伏，禍兮福所倚」，禍福無門，唯人自召，諸君只要存心光明正大，不投機、不取巧、雖在危城，亦必蒙神佑。』他搖頭晃腦地加了兩句：『勉之哉，勉之哉！』接著，便起身走了。

出了鑲黃旗官學，轎子抬往西華門，這是目前唯一的入宮之路，盤查甚嚴。徐桐是賞了『朝馬』的，通行無阻，轎子橫越禁城，直到寧壽宮前，『遞牌子』要見慈禧太后。

太后正在召見慶王與榮祿，談的雖是戰局，但由近及遠，北起關外，南到江浙，亦等於綜觀全局。

近的先談東交民巷使館區，『董福祥要大炮，我看，』慈禧太后說：『似乎不能不給他了！』『不是奴才不給，有一層不能不顧慮。』榮祿是早就防到慈禧太后有此主張，預先想好了一個萬駁不倒的理由：『大炮必得架在正陽門或者崇文門城垛子上，居高臨下，打出去才管用；不過由南往北，大炮不長眼睛，怕打了堂子，怎麼得了？』

一聽這話，慈禧太后悚然而驚。『堂子』對漢人而言，是個絕不許闌入的禁地；就是旗人，除非是天潢貴冑，或者在內務府當差而主管祭祀的官員，亦無由得窺其究竟。因爲如此，便有些離奇的傳說；道是堂子中所祭的是明朝名將鄧子龍。

明朝萬曆年間，日本豐臣秀吉征朝鮮；明朝因爲成祖的生母妃是朝鮮人，外家有難，理當援救。鄧子龍在萬曆二十六年，以副總兵的官銜，領水師從眩璘東征，與朝鮮統制使李舜臣共當先鋒；年逾七十的老將，身先士卒，銳不可當，以致在釜山以南的海面陣亡。

其時清太祖已經起兵，據說常微服至遼東觀察形勢；有一次爲明朝東征的士兵所擒，解送到鄧子龍那裡，一見投緣，私下放他出境。爲了報答這番大恩，特爲設祭。所以京城裡的人，提起堂子，都叫它『鄧將軍廟』。

又一說鄧子龍爲國捐軀，歿而爲神；在遼東的皮島上有他的廟。有一次太祖出戰不利，危急萬分；迫不得已在鄧子龍廟禱求神佑，結果竟得脫險，因而在遼陽立廟，每年元旦首先祭鄧將軍，如或怠慢誤時，鄧將軍就會在宮中顯靈。

這些說法，眞相如何，已無可究詰；不過，堂子爲皇帝家祭之所，祭事之鄭重，過於南郊祭天。猶如后妃不入太廟：慈禧太后亦沒有到過堂子；只是一提起堂子，便有懍懼之感。尤其有大征伐必祭堂子，如今在用兵之時，倘或堂子被燬，神失憑依，更何能庇佑三軍？

因此慈禧太后連連搖手：『算了，算了！那可動不得！』

『是。』榮祿答說：『堂子就在御河橋東，靠近翰林院；甘軍燒翰林院，沒有波及堂子，眞是祖宗有靈。如果落一兩個炮彈在那裡，奴才是管大炮的，可是萬死不足以蔽其辜了。』

慈禧太后皺著眉點頭：『我可就不明白了！』她說：『就那麼巴掌大的一塊地方，難道眞的攻不下來？』

榮祿不答，只拿眼睛往旁邊瞄了一下。受了暗示的慶王奕劻便即說道：『洋人是「困獸猶鬥」，甘軍呢，是「投鼠忌器」，就譬如堂子要保護，打仗就是一個牽制。皇太后、皇上聖明，就把使館拿下來，也是勝之不武！各國傳說開去，也不是件有面子的事！』

『要怎麼樣才有面子？』慈禧太后忽然激動了：『別說洋人，南邊各省也看不起朝廷。不過，也難怪，連京城裡自己的地方都收不回來，怎麼能教人看得起。』

『回皇太后的話，南邊各省……』

『你別替他們說話了！』慈禧太后打斷榮祿的話：『你看，三令五申，催各省調兵解餉，有理這個碴兒的沒有？』

於是慈禧太后從咸豐八年英法聯軍內犯說起，歷數幾次京師有警，只要一紙詔令，各省督撫或者親自領兵赴援，或者多方籌餉接濟。這一次根本之地的危急，過於咸豐八年，但應詔勤王的，只有山東巡撫袁世凱所派的一支兵，以及江蘇巡撫鹿傳霖晉京來共患難。至於催餉的上諭，視如無物，根本不理。撫今追昔，慈禧太后對朝廷威信的失墜，頗有痛心疾首的模樣。

其實就是袁世凱與鹿傳霖，也還不是尊重朝廷，只是賣榮祿的面子。袁世凱領武衛五軍之一，且爲榮祿所提拔，當然不能不聽指揮；鹿傳霖與榮祿則別有淵源——榮祿的岳父，已故武英殿大學士靈桂，是鹿傳霖的老師，本爲世交；及至榮祿爲寶鋆、翁同龢所排擠，外放西安將軍時，鹿傳霖正當陝西巡撫，對侘傺無聊的榮祿，頗爲禮遇，因而結成至交。這些都是慈禧太后所了解的；一想起來，更覺得榮祿畢竟與他人不同。而今如說朝中還有能爲督撫忌憚的大臣，怕也就只有榮祿一個人了。

就這一念之轉，慈禧太后覺得不宜再對榮祿多加責備；自己將胸中的一團火氣壓一壓，平心靜氣地問道：『李鴻章到底是甚麼意思？』

對李鴻章，已經三次電旨催促，迅即來京。而李鴻章始終表示，隻身赴難，無裨大局。如果要談和，第一、要保護各國公使；第二、要自己剿捕拳匪。換句話說，這就是李鴻章進京的條件；做不到這兩點，他是不會離開廣州的。

如果據實而陳，慈禧太后必以爲是李鴻章挾制朝廷，又挑起她剛平息下去的火氣。所以榮祿向慶王看了一眼，取得默契以後，方始答說：『用人之際，要請皇太后、皇上格外優容。奴才在想，如果調李鴻章回北洋，催他上任，他也就無可推託了。』

『莫非，』慈禧太后問說：『他是拿這個來要挾？』

『那，他不敢！』

慈禧太后想了一下說：『裕祿也實在太無用！可是，李鴻章是不是肯接北洋，我看，亦在未定之天。』

榮祿與慶王本來都有心病，一個怕他回北洋，一個怕他回總理衙門。如果慈禧太后在兩三個月以前說這話，必爲榮祿與慶王頌作聖明，但事到如今，巴不得能卸仔肩；有李鴻章來，總是一個大幫手，分勞、分憂、分謗，無論如何是於己有利的事。所以異口同聲地說：『肯接！』

『好吧！你們說他肯接北洋，那就讓他回北洋。』慈禧太后說：『當然是直隸總督兼北洋大臣；那麼，裕祿呢？』

『那只好另外安置了。』

『你們去商量。』慈禧太后很深沉地說：『不過，你們可得想一想，朝廷這樣子遷就，如果李鴻章仍舊不肯進京；那一來面子上更難看。』

『是！』榮祿答說：『絕不能再傷朝廷的面子。』

接下來談壓境的強敵，除了天津以外，關外的形勢亦很險惡，瀋陽、遼陽等處教堂被燬，鐵路被拆；而俄國軍隊不斷開到，如果發生衝突，必非其敵。因此李鴻章、劉坤一、以及駐俄公使楊儒，都直接打電報給盛京將軍增祺，請他切勿輕舉妄動，免得爲俄國資爲進兵的口實。這些電報，同時亦發到總理衙門，所以慶王對入侵之敵的動靜，大致了解。

『各國軍隊，就數俄國派得最多。除了關外，在天津的也不少。』慶王乘機說道：『李鴻章到過俄國，跟俄國掌權的戶部尙書微德，很有交情。前十天，微德告訴欽使楊儒，對我大淸朝，絕不失和；又說最好李鴻章到京裡來。德皇也告訴欽使呂海寰，讓李鴻章出來議和。事情實在扎手，請皇太后、皇上早降旨意。』

言外之意是要讓李鴻章來掌管洋務。慈禧太后覺得慶王未免太不負責任，心中不悅；便微微冷笑：『你們也別把「和」這個字，老擺在心裡！能和則和，不能和也就說不得了。李鴻章替國家效力多年，軍務、洋務都是熟手。至於怎麼用他，要看情形；這會兒怎麼能認定了，說李鴻章進京，就是議和來的！那不自己就先輸了一著了嗎？』

一聽話風不妙，慶王與榮祿在倉卒之間，都莫測高深；唯有碰頭，不發一言。

『皇帝，』慈禧太后轉臉問道：『你有甚麼話交代他們？』

皇帝有些猝不及防似地，哆嗦了一下；定定神答說：『沒有！』

『皇上沒有話；你們都聽見了？』

何需有此一問？彷彿預先留著卸責的餘地似地？慶王與榮祿更覺得慈禧太后這種態度，很難理解，更需防備；所以跪安退出以後，彼此商量，決定將慈禧太后的意思，轉達給『軍務處』，看是何反應，再作道理。

『軍務處』是徐桐所定的一個名稱。火燒翰林院，正當鬥志昂揚之時，慈禧太后曾有面諭：派徐桐、崇綺與奕劻、載漪等，會商京師軍務。因此，徐桐想出『軍務處』這麼一個名目，隱寓著有取軍機處而代之的意味在內。

『李鴻章眞了不起啊！』載漪大聲嚷著：『俄國人保他，德皇也保他！儘替外國人辦事了！』

『話不是這麼說！』慶王用慈禧太后的話說：『中外古今，沒有哪一國能打仗打個沒完的。』

『沒有打吶！可就想和了。』

『那……』慶王出口的聲音極重，但一下子就洩了氣，拖曳出長長的尾音——他本想頂一句：『那你就打吧！看你能有多大的能耐？』這是一時氣憤的想法，不待話到口邊，就知道不能這麼說，硬生生截斷，才有此怪異的聲調。

『王爺！』崇綺開口了：『這裡是軍務處，只管調兵遣將，何能議及談和之事？』

慶王雖不見得有多大的才具，但對付崇綺之流，卻是游刃有餘；當即答說：『好吧！咱們就談軍務。如今大沽口外，洋人的兵船到得不少；關外，俄國亦不懷好意。且不說南邊有沒有變化，光是這兩處的局勢就夠扎手的了。關外是根本之地，而且鞭長莫及，只有委曲求全之一法；天津這方面，如果抵擋不住，各國軍隊長驅直入，請教，怎麼樣才保得住京城？』

『天津當然非守住不可！』載漪很快地答說。

『那麼，兵力夠不夠呢？』慶王也極快地接口：『那裡只有聶士成、馬玉崑兩軍；有一處失手，就是個大缺口！』

『若有缺口，』徐桐很有把握地說：『義和神團，必能堵住。』

慶王笑笑不作聲。這付之一笑，是極輕蔑的表示；徐桐心裡當然很不舒服，可是，他還不敢惹慶王，唯有用求援的眼色，望著載漪。

載漪亦已看出義和團不足恃；不過，一則不便出爾反爾，說義和團無用；再則，義和團雖不能『滅洋』，但還可用來『扶清』——扶助大阿哥接位。載漪已經將交泰殿所藏的二十幾方御璽，偷了一方在手裡；必要之時，可以利用義和團的愚妄無知，硬闖深宮，行篡弒之實於先，然後以私藏御璽，鈐蓋詔書，假懿旨之名於後。因此，明知徐桐的用意，亦只好裝作未見，管自己針對著慶王的話作答。

『天津方面，馬上就有援軍到。山東有登州總兵夏辛酉，已經在路上了；另外再讓袁慰庭派三千人來。』載漪略停一下，又以很興奮的聲音說：『李鑒堂自動請纓，已經募了十六營湘勇北上了！』說著，他拿出一封電報來給慶王看。

慶王大感意外——李鑒堂就是李秉衡，此人以州縣起家，當到督撫，頗有賢能的名聲。上年由於剛毅的保薦，以欽差大臣巡視長江水師；這是當年特為彭玉麟而設的一個差使，地位在督撫之上，所以沿長江八督撫聯名致電榮祿，建議『東南自保』即由李秉衡領銜。但亦僅此一電列名，以後，關於東南自保，就只是在盛宣懷居中聯絡之下，由兩江總督劉坤一、湖廣總督張之洞與兩廣總督李鴻章在磋商主持。誰知李秉衡態度有變，但由主和一反而為主戰，且領兵勤王，無論如何是可詫之事，所以很仔細地看了李秉衡的電報。

電報中當然有一番忠義之忱溢於言表的慷慨陳詞，不過其中要緊的話，只有四句：『西兵專長水技，不善陸戰；引之深入，必盡殲之。』

看到這裡，慶王大為搖頭：『這個說法太危險了！京津密邇，「引之深入」引到甚麼地方？』他向載漪說：『老二，你可千萬別聽他的話！以為天津失守了都不要緊，還可以設伏邀擊。當年僧王那樣子神勇，就是為了有此想法，吃了大虧。』

『噢？是怎麼回事？』

『咸豐八年僧王守大沽口，也就是說，洋人不善陸戰，撤北塘兵備，縱敵登岸；哪知洋人的槍炮厲害，天津的地形，又是岡陵迭起，居高臨下，拿僧王的三千黑龍江馬隊，打得只剩了七個人，等僧王知道失算，大錯已經鑄成了。』慶王又說：『眞要說洋人不善陸戰，照我看亦不見得。東交民巷使館的兵，包裡歸堆，不到一千；甘軍比他們多好幾倍，到現在還是攻不下來。誰善誰不善，也就可想而知了。』

慶王前面的那段話，不免言過其實，是欺侮載漪與徐、崇二人，根本不懂軍務；後面那幾句話倒是振振有詞，因而使得載漪大感刺心，便有些惱羞成怒的模樣！

『慶叔，你也別長他人志氣，滅自己的威風。甘軍雖多，其器不利，如果不是榮仲華搗亂扯後腿，肯給大炮，使館早就夷成平地了！』

『京城裡開大炮，又是由南往北打；這件事，連皇太后都擔不起責任。』

這話的意思是怕毀了列祖列宗的享殿靈位。慶王搬這頂大帽子很管用，載漪語塞，更加蠻不講理。

『慶叔，反正不管你怎麼說，陣前不能易將；李少荃絕不能調直督！』

慶王覺得他的話硬得刺耳，未免不悅；於是又搬一頂大帽子：『有懿旨呢？』

『有懿旨也……』載漪突然把話截住。

雖只半句，未說完出來的幾個字，從語氣上亦可以猜想得到，是『不行』或者『不管用』。慶王悚然而驚；心裡在想，載漪要公然抗旨了！看來其禍不遠。

默然半晌，他不發一言地起身走了。

榮祿的大炮，終於不得不動用了。這一次是載漪進宮奏請：『炮子沒有眼睛，會打了堂子』的顧慮，當然要提出來。載漪力言無礙，說將炮架子築在東安門外北夾道，自北往南打，炮彈越過堂子，落在英國使館，方始爆炸，絕不致危及要地。

慈禧太后覺得言之有理；便召榮祿進宮，當面交代。這一下無可推諉了，榮祿只得答應；不過提出一個條件，大炮不能借給甘軍，得由他自己派隊伍操作。慈禧太后也同意了。

大炮是在榮祿親自指揮的武衛中軍中，專有一個『開花炮隊』；統帶名叫張懷芝，字子志，是出驢皮膠的山東東河縣人，天津武備學堂出身。學炮科的腦筋比較清楚，張懷芝拉炮入城，架好炮位，校好表尺；心想，這一炮下去，聚集在英國公使館內的各國公使，十九送命；殺了一個克林德，已經引起軒然大波，殺盡各國公使，責任豈不更重？

這樣一想，便嚴誡『炮目』，非自己親自在場下令，任何人指揮開炮，皆應拒絕；叮囑再三，方始上馬，直奔榮祿府第求見。

榮祿哪有工夫接見一名炮隊統帶，派人來問，何事求見？張懷芝答說：『大炮已經校準了，只要開炮，一定打中英國公使館；倘若落在別處，甘領軍法。不過，沒有中堂的親筆手諭，絕不開炮！』

『怎麼著？這還得中堂下條子嗎？』

『是！』張懷芝答說：『非下不可。』

來人不發一言，回身入內，將張懷芝的態度據實轉陳。榮祿聽罷，默無一語，只在書房裡繞圈子。

這是他從做官以來，所遇到的最大的一個難題；也是一生公私大小事故中最難作的一個決定。如果違旨，且不說將從此失寵；而且，載漪在洋人與義和團的激盪包圍之下，昏瞀狂悖，心智失常，說不定就會做出不測的舉動，性命或恐不保。倘或遵旨開炮呢，這個禍就闖得不可收拾了。一世聲名，付之流水，猶在其次；將來懲辦禍首，這一紙交與張懷芝的手諭，便是死罪難逭的鐵證。

足足徘徊了一個時辰，張懷芝等得不耐煩，託人來催問；榮祿無奈，只好這樣答說：『你告訴他，已經給了他命令了，還要甚麼手諭？』

來人如言轉達；張懷芝卻更冷靜，『不錯，』他說：『中堂給了我命令，教我拉炮進城轟英國公使館。不過，炮兵的規矩跟別的不一樣；到了陣地上，一切都布置好了，還得指揮官親口下令：「放！」才能放。勞你駕，再跟中堂去回。勞駕、勞駕！』說著，還行了個軍禮。

此人無奈，只得再替他走一趟；剛一轉身，卻又爲張懷芝喊住了。

『請慢！有句話，請你千萬跟中堂說到，要手諭！』張懷芝又加了一句：『口說無憑。』

『好了！俺替你說到。』那人操著山東口音，微微冷笑：『老鄉，你那個統帶，大概不想當了。』

話雖如此，倒是很委婉地替他將話轉到；榮祿嘆口氣說：『這個傢伙好厲害！簡直要逼死人。』

於是，復又徘徊，心口相問，終於想出一條兩全之計。但此計只可意會，不可言傳；倘或張懷芝不能領悟，還是白費心計。轉念到此，又嘆口氣，『看造化吧！』他說：『你告訴他：手諭沒有，炮要照開。反正宮裡聽得見就是了。』

『是！』

『你倒是把我的話聽清楚了！』榮祿特別提醒：『照我的話，原樣兒告訴他，不能少一個字，也不能多一個字！』

那人複述了一遍，隻字無誤；回出來便跟張懷芝說：『中堂說的：「手諭沒有，炮要照開。反正宮裡聽得見就是了！」』

張懷芝楞住了，『這，』他問：『中堂是甚麼意思呢？』

『誰知道啊？你回家慢慢兒琢磨去吧！』

張懷芝快快上馬，一路走，一路想；快走到東安門時，突然悟出榮祿的妙用，頓覺渾身輕快，心懷一暢。上得炮位，親自動手，將表尺撥弄了好一會兒，方始下令開炮。

『注意目標，正前方，英國公使館。』張懷芝將『英國公使館』五字喊得特別響，停一下又大吼：『放！』

炮目應聲拉動炮閂，一聲巨響，炮彈破空而起，飛過城牆；接著又是一聲巨響，只見外城正陽門大街與崇文門大街之間，煙塵漫空，卻不知炮彈落在何處？

榮祿的住宅在東廠胡同，離東安門不遠；因而炮聲震撼，格外覺得驚人。他沒有想到張懷芝會這麼快動手，意外之驚，更沉不住氣，從籐榻上倉皇而起，一疊聲地喊：『快拿千里鏡，快拿千里鏡！』一面說，一面往後園奔去，氣喘吁吁地上了假山——京中大第，多無樓房，只好登上假山，才能望遠；等千里鏡取到，向南遙遙望去，煙塵不在內城，方始長長地舒了口氣。

『請陳大人來！看炮彈打在哪兒？』

『陳大人』就是署理順天府府尹陳夔龍。因為榮祿要問炮彈落在何處，得先查問明白；所以隔了好久才到。

『炮彈落在草廠十條。』陳夔龍答說：『山西票號「百川通」整個兒沒了。』

『傷了人沒有？』

『怎麼能不傷人？大概還傷得不少；正在清查。』

『可憐！』榮祿搖搖頭，『無緣無故替洋人擋了災！』

『中堂！』陳夔龍詫異：『莫非……？』

『咱們自己人，說實話吧！張懷芝這個人，總算有腦筋；有機會得好好兒保舉他。』接著，榮祿將張懷芝來要手諭的經過，約略說了一遍。

『中堂眞是「運用之妙，存乎一心」。不過也虧張統帶居然體味出中堂的深意；這一炮雖說傷了百姓，倒是救了國家。』

『是啊！傷亡的請你格外撫恤。不過，不必說破眞相。』

『是，是！夔龍不能連這一點都不明白。不過，皇太后面前，就這一聲響，能搪塞得過去嗎？』

『我自然有法子。』榮祿突然定神沉思；好一會兒才說：『凡事豫則立。筱石，有件事，你悄悄兒去預備，備二百輛大車在那裡。』

聽得這一聲，陳夔龍立刻就吸了口氣。京官眷屬，紛紛逃難；甘軍又橫行不法，到處截車裝軍械、裝『擄獲』的物資，哪裡還能弄得到二百輛大車。

『筱石，』榮祿見他面有難色，不等他開口，先就說道：『你的前程，一半在這趟差使上。再跟你說一句：甚麼事都沒有這件事要緊。』

陳夔龍恍然大悟。翠華西幸，榮祿在替慈禧太后作逃難的打算了。

於是他問：『甚麼時候要用？』

『但願不用！要用，可是說要用就用！』

陳夔龍心想，天津是京師的門戶；兩宮如果仍如當年避往熱河，啓駕之期視天津存亡爲轉移，及今著手找車，還不致誤了大事，因而很有把握地說：『但願不用；果眞要用一定有。』

辭出榮府，最要緊的一件事，當然是處理被災之地的善後。百姓很可憐，但也很老實；逢到這種時世，無非自怨生不逢辰，糊裡糊塗成了義和團與甘軍手中的冤魂，不知多少的遺屬從沒有向官府提出過任何要求；如今遭了炮彈，順天府撫傷恤死，有錢有米有棺木，反覺得恩出格外，感激不盡。

可是，有件事卻使得陳夔龍有點擔心。原來崇文門大街以西，在元朝有條河，名爲三里河；河邊原是收積葦草之地，名爲草廠。三里河堙沒，逐漸化爲市廛；自東徂西，共有十條胡同，即稱爲草廠一條、二條至十條。此地爲各省旅客聚集之區，所以一多會館，二多票號。票號都是山西幫；在洋人不曾大批到中國以前，無論南北，提到『西商』，都知道是實力雄厚的山西客商。自從張懷芝一炮，百川通替英國公使館擋了災，鄰近的十幾家山西票號，連夜會商，決定遷地爲良，去投奔貫市李家。

貫市是京北不當大路的一個小鎭，但地不靈而人傑；提起貫市李家，頗有人知名。李家開鏢行，信譽卓著；主人很有俠義的名聲，手下亦有好些精通拳腳的『鏢頭』、『趟子手』，因而爲義和團所忌憚，在擾攘煙塵中，得以保持一小片樂土。京中票號，輸送現銀，向來多託貫市李家包運，相知有素，不妨急難相投。商量既定，即時喬遷；到得第二天中午，草廠的票號都在排門上貼出梅紅紙條：『家有喜事，暫停營業』。

票號對於市面的影響，雖不如『四大恆』那樣如立竿見影之速；但人心惶惶之際，傳說票號都已歇業，令人更有京師不保，大禍臨頭之感，以致秩序更壞，讓陳夔龍大爲頭痛。

還有件頭痛的事。突然間傳來一通咨文，說甘肅藩司岑春煊，領兵勤王，將到京師，咨請順天府從速供應車馬伕子，以濟軍需。再一打聽，岑春煊本人已輕騎到京，而且已由兩宮召見，頗蒙慈禧太后溫諭獎飾。照此看來，似乎還不能不買他的帳；可是供乘輿所用的二百輛大車，都還不知道在哪裡？何能再有多餘的車馬供應岑春煊。

因此，陳夔龍不能不又向榮祿請示。聽知來意，榮祿冷笑一聲說：『哼，這小子！你總知道他是怎麼混起來的吧？』

『聽是聽說過，不知其詳。』

『他小子最會取巧。他是……』

他是已故雲貴總督岑毓英的兒子，舉人出身；以貴公子的身分，在京裡當鴻臚寺少卿。冷衙閒曹，復又多金，所以每天只在八大胡同廝混；結識了一個嫖友，山東人，名叫張鳴岐，也是舉人。兩人臭味相投，無話不談。

其時正當戊戌政變之前，從四月下旬下詔『定國是』以後，天天有推行新政的上諭，亦天天有應詔陳言的奏摺。只要肯用腦筋，會出花樣，升官發財，容易得很。岑春煊是個極不甘寂寞的人，便跟張鳴岐私下商量，怎麼得能找個好題目，做它一篇好文章，打動聖心，上結主知？

張鳴岐想了一會兒說：『題目倒有一個。有了好題目，不愁沒有好文章。只是有一層難處，閣下先得丟紗帽。』

『丟紗帽就丟紗帽！區區一個鴻少，有甚麼大不了的？』

『我是跟你說笑話。』張鳴岐笑道：『若能丟掉那頂紗帽，不愁沒有玉帶。只恐仍舊讓你戴那頂舊紗帽，那就一定是白費心機了。』

原來張鳴岐所找到的一個好題目是，裁撤有名無實的衙門與駢枝重疊的缺分。建議京中裁六個衙門，第一個是詹事府，這本是所謂『東宮官屬』，職在輔導太子；清朝自康熙兩次廢太子以後，即不立儲，這個衙門，有名無實，自不待言。

第二個衙門是通政司。這個衙門在明朝是第一等的中樞要地，總司天下章奏出納；嚴嵩之能成爲權奸，就因爲有他的乾兒子趙文華當通政使的緣故。可是到了清朝，外有軍機，內有內奏事處；通政司就像內閣一樣，大權旁落，徒擁虛名了。

第三個衙門是光祿寺。這個衙門的職掌，是管祭祀及皇宮的飲食，職權早爲內務府所奪；所以『光祿寺的茶湯』，與『武備庫的刀槍，太醫院的藥方』等等，成爲京中的一個笑柄。

第四個衙門，就是岑春煊做堂官的鴻臚寺，職司鳴贊，事務極簡；除了祭典朝會司儀以外，無所事事。而且是個根本不該有的衙門；因爲鴻臚寺的職掌，太常寺全可兼辦。

第五個衙門是太僕寺，專管察哈爾、張家口的牧馬。職掌與兵部的車駕司，以及上駟院不大搞得清楚。

第六個衙門是大理寺。這倒是個『大九卿』中最重要的一個衙門，與刑部、都察院並稱爲『三法司』。若遇欽命三法司會審案件，若非『全堂畫諾』，即不能判處死刑。照會典規定：『凡審錄，刑部定疑讞；都察院糾覈。獄成，歸寺平決。不協，許兩議，上奏取裁。』本意是遇有重案，當刑部與都察院意見有出入時，歸大理寺評斷。但詞訟之事，往往以刑部爲主；都察司職司糾彈，審錄常讓刑部作主。爭端不起，大理寺也就很少發生作用了。

外官有四個缺應該裁撤。那就是督撫同城的湖北、廣東、雲南；所管僅只一省，而總督與巡撫同城而治，不是西風壓倒東風，就是東風壓倒西風，爲人詬病已久，但從沒有敢做裁撤的建議，因爲不管裁總督，還是裁巡撫，一下就要敲掉三顆紅頂子，誰也不敢冒這個大不韙。

因此，岑春煊主張裁撤湖北、廣東、雲南三省巡撫，許多人有先獲我心之感；而鄂、粵、滇三督，更加移開一塊絆腳石，稱快不止。

此外還有一個河道總督，亦是可有可無。清朝最重河工，分設總督兩員，專司其事，徐州以南的河道，歸江南河道總督管，簡稱『南河』，歲修經費四百萬，是有名的肥缺：山東、河南的河道，歸河東河道總督管，簡稱『東河』。洪楊之亂，東南淪夷，南河總督一缺裁去以後，即未恢復。剩下的東河總督，因爲獨一無二之故，所以簡稱『河督』；原駐山東濟寧，改駐兗州。

但河督雖駐山東，而山東的河工，早已改歸巡撫管理；堂堂一位總督，只管得河南境內的一段黃河，而猶需河南的地方官協力，才有事可辦。因此岑春煊認爲亦可省去，河南河工仿山東之例，歸巡撫兼辦。

這個奏摺，侃侃而談，無所避忌；先就對了銳意猛進的皇帝的胃口。而其中最討便宜的是，岑春煊自己的缺分，即在應裁之列；更足以證明他說的話是赤心爲國，大公無私。

七月十三上的摺子，十四就有上諭，如岑春煊所奏，裁撤冗雜，被裁各衙門事務，歸併有關衙門分辦；下一天召見岑春煊，奏對稱旨；再一天就放了廣東藩司。

這就是張鳴岐所說的，『丟了紗帽有玉帶』。但以五品京堂，一躍而爲二品的監司大員，並且放到富庶省份的廣東，不能不說是破天荒的異數。岑春煊當然躊躇滿志；不過一下子敲掉多少人的飯碗，自然會成爲眾怨所集，很有人想拿了刀子去跟他拚命；嚇得岑春煊連會館都不敢住，盡快領了文憑，由海道經上海轉到廣州接任。

不久，戊戌政變發作；岑春煊總算運氣，雖受牽累，並不嚴重。不過廣東藩司卻當不成了，改調甘肅。及至這年宣戰詔下，通飭各省練兵籌餉，共濟時艱；岑春煊認爲又是一個上結主知的機會到了，便向陝甘總督陶模自告奮勇，願意領兵勤王。

陶模知道他躁進狂妄，最愛多事；但勤王這頂帽子太大，不能不做敷衍，於是撥了步兵三營，每營四百多人；騎兵三旗，每旗兩百餘入。另外給了五萬兩餉銀，打發他就道。

於是岑春煊輕騎簡從，先由蘭州出發，穿越伊克昭盟的所謂草地，由張家口入關；到京就帶著一身風塵，先到宮門口請安，託人遞牌子請慈禧太后接見。

這是各省勤王的第一支兵。慈禧太后大爲感動；及至召見之時，只見岑春煊的一身行裝，灰不灰，黃不黃，臉上垢泥與汗水混雜，彷彿十來天不曾洗面似地，更覺得他勤勞王事，如此辛苦，眞正忠心耿耿，不由得就把他曾經附和新政的嫌惡丟開了。

『你帶了多少兵來？』

『四營、三旗，共是兩千人。』

一聽只有兩千人，慈禧太后覺得近乎兒戲，就有些洩氣了。

『隊伍駐紮在哪兒？』

『隊伍還在路上。』岑春煊解釋：『臣接得洋人無理，要攻我京城的消息，恨不得插翅飛來，晝夜趕路，衣不解帶。隊伍因爲騎兵要等步兵，又有輜重，所以慢了！』

『總算忠勇可嘉。』慈禧太后說道：『你也辛苦了，下去先歇著吧！』

一下來分謁當道：榮祿沒有見他。此時跟陳夔龍談起，仍然是卑視其人的語氣。見此光景，陳夔龍亦就決定不理岑春煊；等他的隊伍到了再說。

『那二百輛車，怎麼樣了？』榮祿亦不再談岑春煊；只問自己所關心的事。

『想出一條路子，正在接頭。』陳夔龍答說：『我想找十七倉的花戶。』

這下提醒了榮祿，『對！』他很高興地說：『虧你想得到！找花戶一定有車。如果有麻煩，我替你找倉場侍郎去說話。』

得此支持，陳夔龍便放手去辦了。京師與通州，共有十七個大倉庫，專貯漕糧；倉中有專門經手代辦上糧手續的番役，在倉場侍郎衙門中有花名冊，所以稱爲『花戶』，約有數十家，都是世襲的行當。此輩在正人君子口中，斥爲『倉蠹』，而無不家道殷實，起居豪奢，可以比擬內務府的旗人。

京通十七倉所的漕糧，號爲『天庾正供』；除了宮中所用以外，文武百官的祿米、京營將士的『甲米』，亦歸十七倉發放；此外又有專養各部院工匠的『匠米』，以及入關以來八位『鐵帽子王』嫡系子孫的『恩米』等等，都歸花戶運送。因此，每家都有數十輛、上百輛的大車；官府徵發且又照給車價，等於雇用，自然樂從，所以不等三天工夫，二百輛大車就都集在順天府衙門左右了。

陳夔龍很得意地去覆命；只見榮祿容顏慘淡，本來就很黃瘦的一張臉，越顯得憔悴不堪，不由得驚問：『中堂的氣色很不好，是哪裡不舒服？』

『聶功亭，唉！』榮祿答非所問地：『陣亡了！』

陳夔龍亦覺心頭一沉。整個大局，若論用兵防禦，亦只有聶士成比較可恃；這一來，天津的防守，看來更無把握。

『死得不值！』榮祿黯然垂淚：『死得太冤！』

『怎麼呢？』陳夔龍半問半安慰地：『中堂總要好好替他請恤囉？』

『眼前只怕還不行！』榮祿的聲音很微弱：『義和團跟他的仇結得太深；他打得很好，大家都知道，可就是沒有人敢替他報功。聶功亭就因爲上不諒於朝廷，下見逼於拳匪，早就存著不想活的心了。臨死以前，還出了一件事，提起來眞叫人肺都要氣炸了！』

原來天津的戰火，從六月初十起，大爲熾烈；與各國聯軍對敵的，雖有義和團以及稱爲『練軍』的民團，而眞正打仗像個樣子的卻只有聶士成、馬玉崑兩軍。聶士成由南面八里台移營往北，進駐日租界附近海光寺，與馬玉崑所部，向紫竹林猛攻，晝夜不斷。天津城內，炮彈橫飛，有的閉門家中坐，禍從天上來；有的在家如坐針氈，思量躲避，走到街上，反成了炮灰。直隸總督北洋大臣的行轅，幾乎全燬；搶劫燒殺，不辨誰何？天津眞正是遭劫了。

而就在聶士成身先士卒，奮戰方酣之時，有批義和團侵入聶家，將他的老母、妻子、女兒綁架而去。親軍急急報到陣前。聶士成大怒，分了半營人去救老母妻兒；追到半路上遇見一營練軍，跟義和團早有勾結，譁然大喊：『聶士成通敵！』隨即開槍攻擊。

做綁匪的義和團，見此光景，回隊反撲。聶軍兩面受攻，眼看要被消滅；這下，聶士成不能不親自來救。他帶了一個游擊宋占標，領兵趕了來；練軍與義和團，往南急走。聶士成恨極了此輩，窮追不捨；身上已中了好幾槍，渾似不覺，反而愈戰愈勇，一直追到八里台。

『不能再追了！』有個馬弁，拚死命拉住了聶士成的馬。

『滾開！』聶士成的一雙眼睛，全都紅了；一鞭子揮過去，奪馬便走。

就在這時候，聯軍發炮，一彈正中馬前，彈片四迸，聶士成腹破腸流而死，宋占標亦同時遇難。義和團還打算拿聶士成『戮屍』，恰逢聯軍追來，急急逃命，聶士成的馬弁，才能將他的屍首搶回來。

聽得這段經過，陳夔龍是嗟歎不絕。不過，他更關心的是天津的安危，『中堂，』他問：『天津不知道還能守幾天？』

『危在旦夕了。』

『那麼，就眼看它淪陷？』

榮祿不答。起身搓著手，繞了兩個圈子；突然站住腳問道：『你看，是換裕壽山好，還是不換他好？』

陳夔龍茫然不知所答。首先他得明瞭，榮祿何以有此一問？因而反問一句：『換又如何？不換又如何？』

『不換，天津一定保不住；換了，也有利有弊。』榮祿躊躇著說：『只怕裕壽山正找不到抽身之計，這一換，正好合他的意；越發可以不管，天津丟得更快些。』

『這當然要顧慮。不過，我看，關鍵並不在此。』陳夔龍答說：『直隸總督北洋大臣，督撫領袖，位高權重，平時誰不想這個缺？可是，這個時候，就不知道有誰肯臨危授命了？』

『這你不必擔心。有人？』

『哪一位？』陳夔龍問。

『合肥。』榮祿答說：『朝廷已經三召合肥，始終託詞不來。他的那一班人，像盛杏蓀，已經開出條件來了，合肥不回北洋，就不會北上；張香濤、劉峴莊亦一再電催合肥北上。既然眾望所歸，我想，皇太后亦不會嫌他有要挾之意。』

『要挾！』陳夔龍問說：『皇太后嫌李中堂非要回北洋才肯進京，是要挾？』

『皇太后的話，比這個還要難聽，說他簡直是借機會勒索。』

『我看，』陳夔龍說：『那也只是盛杏蓀他們那班人的想法；李中堂本未必有此意思。』

『不管他有亦罷，沒有也罷；如果調任直督，兩廣派人護理，他就不能不走了。否則不成了霸佔了別人的缺分，擋了別人的前程了嗎？』

『這，』陳夔龍笑道：『倒是逼李中堂進京的一個好法子。』他停了一下，將臉色正一正又說：『拿李中堂調回來，至少，可收安定人心之效。』

『啊，啊！』榮祿猛然一擊手掌：『這一說，更得這麼辦了！我志已決。』接著喊一聲：『套車。』

套車進宮，遞牌子要見慈禧太后。很快地，有個小太監出來招呼，說：『李總管請中堂說句話。』於是榮祿隨著他先去看李蓮英；見了面卻又不急著說話，拿西瓜，端金銀花露，又請他寬衣擦臉，張羅了好一會兒兒。榮祿宿汗既收，精神一振，覺得該辦正事了；便即問道：『蓮英，你有話？』

『沒有甚麼話。只請中堂來涼快、涼快；不忙著見老佛爺。』李蓮英說：『牌子我壓下來了，沒有遞。』

『怎麼著？老佛爺在歇午覺？』

『不是！』李蓮英說：『今天心境不好。誰上去，誰碰釘子；犯不著。』

原來是格外關顧之意，榮祿深爲心感；道謝之後又問：『是爲甚麼不痛快？』

『還不是那父子二人。』

所謂『父子二人』是指載漪與大阿哥；榮祿點點頭說：『一位已夠受了！何況還是爺兒倆！』

『唉！』李蓮英嘆口氣：『老佛爺一輩子好強；偏就是這件事，總是讓她不遂意。』

『怎麼啦？又惹老佛爺生氣了？』

『豈止生氣！』李蓮英放低了聲音說：『今天鬧得太不像話了！老佛爺差點氣得掉眼淚。』

榮祿大驚！慈禧太后生氣見過；慈禧太后掉眼淚也見過，可就沒有見過慈禧會氣得掉眼淚！

『那不是奇聞嗎？』

『也難怪，是老佛爺從未受過的氣。就是一個鐘頭以前的事，端王帶著一幫人進宮……』

『那一幫是甚麼人？』榮祿打斷他的話問：『是義和團？』

『中堂倒想，還有誰？』李蓮英答說：『今兒個情形不同，更橫了！有個大師兄見了老佛爺居然敢揚著臉、歪著脖子說：「宮裡也有二毛子，得查驗！」』

榮祿駭然，『這不要反了嗎？』他問：『老佛爺怎麼答他？』

『老佛爺問他：「怎麼查驗法？」他說：「如果是二毛子，只要當額頭拍一下，就有十字紋出現。」又說：「太監、宮女都要驗。」那樣子就像崇文門收稅的，瞧見外省進京的小官兒似地，說話一是一，二是二，簡直就沒有絲毫通融的餘地。』

『老佛爺讓驗了沒有呢？』

李蓮英苦笑了，『中堂，你倒請想，老佛爺如果一生氣訓斥一頓，他們回句嘴怎麼辦？若說不叫驗，就得跟他們說好話，更沒有那個道理。』說到這裡，他突然一翹大拇指，『中堂，今天我才眞的服了老佛爺！甚麼人都忍不住的事，老佛爺忍下來了；聲色不動地說：「你們先下去，馬上就有旨意。」大師兄居然下去了。險啊！就差那麼一指頭，紙老虎一戳穿；這時候就不知道成了怎麼樣一個局面了！』

聽得這話，榮祿剛收的汗，又從背上湧了出來；抹一抹額頭，急急問道：『以後呢？』

『以後，可就炸了馬蜂窩了！膽兒都小，哭哭啼啼地來跟我說；還有去求老佛爺的，請老佛爺作主，不叫查驗。老佛爺跟我說：「我也犯不著跟他們去講人情，而且，萬一人情講不下來，我怎麼下台？你跟太監宮女們去說，儘管出去，哪裡就拍得出十字來？果然拍出來了，也是命數；到時候再說。」我費了好大的勁，總算弄來二、三十個人讓他們去拍；也沒有拍出甚麼來，偃旗息鼓地走了。他們也明白，老佛爺給了面子；也還老佛爺一個面子。可是，中堂，你想想，老佛爺受了多大的委屈？』

榮祿不答，連連喝了兩碗涼茶；喘口氣問：『他們要查的就是太監、宮女，沒有要別人？』

聽得這話，李蓮英雙眼眨動，現出警戒的神態；將小太監揮走，拉一拉椅子，靠近榮祿說道：『中堂，有件事可非得跟你討主意不可了！我看，他們今天進宮，像是對付皇上來的；幸虧皇上仍舊回瀛台去了。照這樣子，不定哪天遇上了；萬一、萬一鬧一場大禍，怎麼辦？』

『絕不能鬧那麼一場大禍！一鬧出來，大清朝的江山就完了！』榮祿緊閉著嘴想了一會兒，用低沉的聲音說道：『蓮英，保護老佛爺跟皇上，就靠你我兩個了！我今天就調好手來守寧壽宮；不過，你得奏明老佛爺，下一道懿旨給我，未得老佛爺准許，誰也不准進宮；倘有不遵，不管甚麼人，格殺不論！』

李蓮英想一想問道：『穿團龍褂的也在內嗎？』

服飾的規矩，郡王以上的補服，是團龍褂；貝勒就只准繡蟒，不准繡龍。李蓮英這一問，顯然是指端王而言；榮祿毫不遲疑地答說：『對了，一概在內。』

剛談到這裡，只見一個小太監匆匆奔了來說：『李大叔，你老請吧！老佛爺在問了。』

『大概有事找我。中堂，你索性請待一會兒，我上去看情形，就把剛才說的那件事，辦出個起落來。』

等他走不多久，只見剛才來回話的那個小太監，又是匆匆奔了來，向榮祿來報，慈禧太后立等召見。跟著走到樂善堂，李蓮英已迎在東暖閣外，悄悄告訴他說，慈禧太后聽說他來了，神色之間很高興；看樣子有許多話要說，是個進言的好機會。

榮祿點點頭，略微站了一下；將慈禧太后此時的心境，揣摩了一番，方始入內。

『你總聽說了吧？甚麼儀制，甚麼規矩，全都談不上了！』

『奴才死罪！』榮祿似乎悲憤激動得聲音都變過了：『奴才只恨自己心思太拙；像這種無法無天的事，應該早就想到了的！』

『誰想到，端王……』慈禧突然頓住，好一會兒才很快地說：『你知道的，我做事向來不後悔；也不必去提他了！蓮英跟我回，說你要我寫張字給你？』

『是！』榮祿答說：『雖然有懿旨，奴才也不能魯莽。』

『這話說得對了！我可以寫給你。拿硃筆來！』

於是，李蓮英親自指揮太監，端來一張安設著硃墨紙筆的小條桌，擺在慈禧太后面前；照榮祿的意思，寫下一道硃諭：『凡內廷、西苑及頤和園等處，著榮祿派兵嚴密護守，非奉懿旨召見，不准闖入；倘或勸阻不聽，不論何人，均著護守官兵權宜處置，事後奏聞。特諭。』正中上方，鈐上一枚一寸見方的玉印，七個朱文篆字：『慈禧皇太后御筆』。

於是，李蓮英又權充頒詔的專使，捧著硃諭，南面而立，輕喊一聲：『接懿旨！』

榮祿膝行兩步，磕完頭，接過硃諭，仍舊雙手捧還李蓮英，讓他暫且供奉在上方，才又說道：『奴才謹遵懿旨，傳示王公大臣；諒來沒有人再敢無禮。』

『你瞧著辦吧！』慈禧太后又加了一句：『皇上也得保護！』

『是。』

『這個局面，』慈禧太后很吃力地說：『照你看到頭來是怎麼個樣子？』

榮祿不即答言；低下頭去，抑鬱地說了一句：『奴才不敢說。』

『是不敢說，還是不敢想？』

『是！老佛爺聖明，奴才不敢說，也不敢想。依奴才看，將來怕是要和都和不下來。』

慈禧太后倏然動容；好一會兒，臉色轉爲平靜了，『你打電報給李鴻章，』她說：『問他，要怎麼樣，他才肯來？』

榮祿很快地答說：『第一、停攻使館；第二、降旨剿滅拳匪。不過，這是一個月以前的話。』

『一個月以前，』慈禧太后略微遲疑了一下，終於將一句話說完：『我還能作主。』

榮祿悚然而驚！竟連慈禧太后自己都已承認，已受挾制，不能自主，這是件何等可怕之事？當然，他是不甘於承認有這樣的事實的；大聲說道：『現在，一切大事也還是老佛爺作主！』

慈禧太后的臉一揚，緊閉著嘴沉吟；好一會兒才說：『你的話不錯，我不作主，還有誰能作主？不過，也不能說怎麼就怎麼。如今先談李鴻章，我想先開了他的缺，讓他在廣州待不住，那就非進京不可了！』

這個想法的本意，與榮祿的打算不謀而合；但作法大不相同，『回老佛爺的話，』他說：『如果開缺，著令李鴻章進京陛見，恐怕於他的面子上不好看。』

『當然是調他進京。你看，是讓他到總理衙門，還是回北洋。』

『回北洋！』榮祿毫不遲疑地答說：『李鴻章的威望到底還在，讓他回北洋的上諭一發，於安定人心一節，很有點好處。』

『好！就這麼辦。裕祿太不成！』慈禧太后提出一種顧慮：『就怕他趁此推諉，天津的防務，越發難了。』

『是！』榮祿答說：『不過宋慶已經到了天津；先可以頂一陣。』

『那要在上諭裡面，格外加一句。』慈禧太后又說：『李鴻章能不能借坐外國兵船？總之，他得趕快來！越快越好！』

『是！奴才一下去，就發電報。』

『各國使館的情形怎麼樣？』慈禧太后問：『昨天載瀾跟我說，拿住好些漢奸，偷偷兒地運糧食給使館，都給殺了。又說：要不了多少日子，困在使館裡的洋人，就得活活兒餓死。當時我沒有說話，事後想想，這樣子作法可不大妥當。論朝廷的王法，就沒有把人活活餓死這一條。那怕大逆不道，凌遲處死，總也得讓犯人吃飽了才綁上法場。你說呢？』

她的話還沒有完，榮祿已經磕下頭去，同時說道：『老佛爺眞是活菩薩！洋人如果知道老佛爺是這麼存心，一定會感激天恩。奴才本來也在想，如果眞的把洋人餓死，這名聲傳到外洋可不大好聽。不過，奴才不敢回奏。如今老佛爺這麼吩咐，奴才斗膽請旨，可以不可以請旨賞賜使館食物水果？』

『這原算不了一回事，就怕有人會說閒話。』

『明理的人不會說閒話！就算洋人是得了罪的囚犯，不也有恤囚的制度嗎？冬天給棉衣，夏天給涼茶。這是體上天好生之德，法外施仁；誰不稱頌聖明仁厚？』

『說得有理。你就辦去吧！』慈禧又叮囑：『催李鴻章進京的電報，趕緊發。你跟禮王、王文韶商量著辦；電報稿子不必送來看了。』

這是軍機大臣獨自承旨，照規矩應該轉達同僚。時在下午，軍機大臣早已下値；榮祿便做了權宜處置，一面請王文韶到家，一面寫信告知禮王。等王文韶應約而來，榮祿已經親自將電旨的稿子擬好了。

說知究竟，斟酌電旨，一共兩道。第一道是：『直隸總督著李鴻章調補，兼充北洋大臣。現在天津防務緊要，李鴻章未到任以前，仍責成裕祿會同宋慶，妥籌辦理，不得因簡放有人，稍涉諉卸。』

第二道是專給李鴻章的：『李鴻章已調補直隸總督，著該督自行酌量，如能借坐俄國兵船，由海道星夜北上，尤爲殷盼。否則，即由陸路兼程前來，勿稍刻延，是爲至要。』

『這道上諭，』王文韶問：『是廷寄，還是明發？』

『當然是廷寄。』

『我看是用明發好。』王文韶說：『第一道上諭沒有催他立即進京，反而會引起誤會。照規矩，臨危授命，必有督飭之詞；所以這一道上諭，要用明發，才能收安定人心之效。』

『高見、高見！就改用明發。』

『如果改用明發，指明借坐俄國兵船，似乎不大冠冕。』

『那，怎麼改呢？』

『不如用「無分水陸，兼程來京」的字樣。』

『是！』榮祿提筆就改，改到一半，忽然擱筆：『夔老，我想不如用原文。借坐俄國船，說起來雖不大體面，另倒是有個小小作用，第一、讓外省知道，朝廷並不仇視洋人，不然不會讓李鴻章坐洋人的船；第二、讓各國公使、領事去猜測，李鴻章已經跟俄國先說好講和了！這一來，態度也許會緩和。』

『啊，啊！妙，妙！』王文韶大為讚賞：『我倒沒有想到，還有這樣的妙用在內。』

『我也是無意間想到。』榮祿又說：『「無分水陸，兼程來京」這八個字也很好；不妨明天再發一道上諭，以示急迫。』

說停當了，立刻就將兩道上諭發了出來；另外仍照原定的規制，抄送內閣明發。這一來，在『軍務處』的載漪、徐桐與崇綺自然都知道了。

『眞豈有此理！』載漪大為氣惱：『這樣的大事，怎麼不讓軍務處知道？北洋大臣的調遣不歸軍務處管，說得過去嗎？』

『也許剛子良知道。』

將剛毅跟趙舒翹請來一問，事先都無所聞。趙舒翹問了軍機章京，才知道是榮祿獨自承旨，禮王接到了通知，而王文韶是參預其事。

『這個老傢伙！』載漪罵道：『我要參他！』

『還有件事更氣人。』剛毅氣鼓鼓地說：『王爺，你知道不知道，皇太后有食物水果賞洋人？』

於是載漪咆哮大罵，從榮祿罵到李鴻章、劉坤一、張之洞，除了山西巡撫毓賢以外，有名的督撫，無不罵到，連裕祿亦不例外。當然，不會罵裕祿是漢奸，罵他『不成材、不爭氣、不中用』。

等他罵得倦了，趙舒翹取出一件裕祿的電報，詳奏聶士成陣亡的經過，請示如何議恤？

『議恤！』剛毅故作詫異地：『議甚麼恤？』

『死有餘辜！』徐桐接口：『國家恤典，非爲此輩而設。』

『一點不錯！』載漪雙手一拍，罵人的勁兒又來了：『義和團憑的是一股氣；氣一洩，神道也不上身了！第一個給義和團洩氣的，就是姓聶的那小子。甚麼陣亡？該死！』

在座的還有崇綺與啓秀，亦是默不作聲。見此光景趙舒翹大爲氣餒。不過禮王、王文韶都叮囑過他，聶士成受盡委屈，打得也不錯；陣亡而無恤典，不特無以慰忠魂，亦恐宋慶、馬玉崑的部下寒心，天津就更難守得住了！所以無論如何要趙舒翹設法疏通，爲聶士成議恤。因此，他不能不硬著頭皮再爭一爭。

『王爺跟兩位中堂的話，我有同感。不過，公事上有一層爲難的地方，聶功亭這個提督，至今還是革職留任。不管怎麼說，人是死在陣上；如果不開復一切處分，開國以來，尚無先例。』

『這應該開復！』崇綺開口了：此因第一，他畢竟是狀元，讀書人的氣質要比徐桐來得厚些；第二，對於敗軍之將，他另有一份出於衷心的同情——他的父親賽尚阿當洪楊初起時，喪師失律，垮了下來，差點性命不保；所以他之爲聶士成說話是不足爲奇的。不過言之要有效，得找一番冠冕堂皇的理由；很用心地想了一下，接下去說：『死者已矣！身後榮辱，泉下不得而知。說實話，恤死所以勵生；如今軍務正吃緊的時候，不妨借此激勵士氣。如聶某也者，亦能邀得恤典，他人捐軀，更可知矣！這也是一番千金市骨的作用。』

『千金市骨，也要一塊駿骨才行！』載漪不屑地說：『這是塊甚麼骨頭？』

大家都不答話。雖沒有人贊成崇綺的話，可也沒有人再反對。趙舒翹覺得這個局面似僵非僵，機會稍縱即逝，便鼓起勇氣問道：『請示王爺，是不是就照崇公爺的意思擬旨？』

『我不管！』載漪暴聲答說：『隨便你們！』

『中堂，』趙舒翹輕聲問剛毅：『你看如何？』

『好吧！』剛毅是趙舒翹的舉主，情分不同，無可奈何地說：『你就在這裡，擬道上諭看看。』

趙舒翹兩榜進士出身，筆下很來得；根據裕祿的電奏，加上幾句悼惜與恩恤的話，很快地擬好了旨稿，送給剛毅去看。

『不行，不行！不能這麼說。』剛毅毫不客氣地推翻原稿：『要把他種種措置失宜的情形說一說；不然，爲甚麼要革職留任呢？』

想想話也不錯。趙舒翹重新伏案提筆，這一次就頗費思考了，語氣輕了不行，重了更與撫恤的本意不符。

費了有二刻鐘，方始擬妥，隨即送交剛毅。未看正文，他先就在正文前面加了五個字：『諭軍機大臣』，表示與『軍務處』無關。

再看正文，寫的是：『統帶武衛前軍，直隸總督聶士成，從前頗著戰功；訓練士卒，殊亦有方，乃此次辦理防剿，每多失宜，屢被參劾，有負委任，前降諭旨，將該提督革職留任，以觀後效。朝廷曲予矜全，望其力圖振作，藉贖則愆，詎意竟於本月十三日，督戰陣亡；惻念該提督親臨前敵，為國捐軀，尚非畏葸者比，著開復處分，照提督陣亡例賜恤，用示朝廷篤念忠烈，策勵戎行之至意。』

『意思是對了，語氣不對！』剛毅提筆就改，首先將『篤念忠烈』改為『格外施恩』；然後再從頭改：『頗著戰功』改為『著有戰功』；『殊亦有方』改為『亦尚有方』；『每多失宜』改為『種種失宜』。總之，說聶士成好的，語氣改輕；說壞的就加重。

等他擱筆，徐桐說道：『我看一看！』

不僅看一看，還要改一改；徐桐在『督戰陣亡』之下，加了幾句：『多年講求洋操，原期殺敵致果；乃竟不堪一試，言之殊堪痛恨！』

寫完，將旨稿還給剛毅，得意地問道：『如何？』

這幾句話很刻薄，亦是對講求洋務的一大譏斥，很配剛毅的胃口；但有件事，使他大為不快。軍機大臣擬上諭，或者改軍機章京所擬旨稿的那枝筆，稱為『樞筆』；權威僅次於御筆。當年穆宗駕崩，深夜定計奉迎當今皇帝入宮，由於軍機大臣文祥抱恙在身，榮祿自告奮勇，擬了一道上諭；等另一位軍機大臣沈桂芬趕到，認為榮祿『擅動樞筆』，懷恨甚深，以後不斷跟榮祿為難，耽誤了他十來年大用的機會。當時是出了大事，倉皇急切之間，失於檢點，還是情有可原；如今徐桐明明看到一開頭就是『論軍機大臣』，居然擅作主張，一副首輔的派頭，未免太狂妄自大，目中無人了。

因此，剛毅冷冷地答道：『如今甚麼事都不講究了！何止於洋操這件事！』

徐桐聽出語風不大對勁，卻不知其故何在？剛要動問，趙舒翹又談到另一件大事。

『江浙兩湖的考官該放了。這幾天很有人來問消息，竟不知怎麼回答人家？』

原來子、午、卯、酉鄉試之年，以路程遠近，定放主考的先後。邊遠省份，早在五月初就放了；東南及腹地各省，應該在六月中旬放；然後，七月初放山東、山西、河南各近畿省份；最遲的是順天鄉試的正副主考，八月初六才傳宣，一經派到，立刻入闈。

京城裡天翻地覆，江浙兩省，繁華如昔；若能派任主考，借此遠禍，眞個『班生此行，無異登仙』，無怪乎夠資格放主考的翰林，人人關心；但作爲翰林院掌院的徐桐，卻嗤之以鼻！

『如今是何時世？朝廷哪來的工夫管此不急之務？』

趙舒翹心想，這話如果出於目不識丁的武夫之口，猶有可說；翰林院掌院以職位而論，巍然文宗，居然如此輕視科舉，眞是駭人聽聞；何怪乎董福祥會燒翰林院！

他很想痛痛快快駁他一駁，但以徐桐已成國之大老，話不便說得太重。就這思量措詞之際，剛毅開口了。

剛毅是因爲徐桐『擅動樞筆』，懷著一肚子悶氣；有機會可以發洩，當然不會放過，『掄才大典，不是小事！』他說：『不舉鄉試，各省的人才，怎麼貢得到朝廷來？這件事要好好商量。』

徐桐也知道自己失言了，急忙說道：『也不是不舉鄉試，只是今年秋闈總不行了！』

『還有一層，』啓秀爲他老師幫腔：『今年秋闈縱能舉行，明年會試恐怕來不及！滅了洋人，總還有許多論功行當，遣返士卒，慰撫黎民之類的善後事宜。不說別的，京裡遭遇這場大亂，百凡缺乏，一開了年幾千舉人到京，食、住兩項就有困難。』

這倒是實在話。照此說法，慢慢就可以商量了；趙舒翹便看著剛毅說：『我看今年鄉試，只能延期，就看延到甚麼時候？』

『要不了多少時候！』久未開腔的載漪突然出聲：『到閏八月就是洋人的死期到了！那時一戰而勝，天下太平。』

民間傳說，閏八月動刀兵；並沒有說，閏八月能打勝仗。趙舒翹覺得啓秀與載漪都在說夢話；不過要不了多少時候，倒是眞的，等李鴻章一到京，跟洋人議和，說不定閏八月就可以停戰。

『王爺這一說，我倒有個主意，明年來個春秋顚倒，亦是科舉的一段佳話。』

『何謂春秋顚倒？』

『今年的秋闈，改在明年春天。』趙舒翹答說：『明年的春闈，改在秋天。』

『這好！』剛毅首先贊成，『鄉會試都不宜延期太久，免得影響民心。』

說停當了，剛毅隨即與趙舒翹辭去。第二天到了軍機處直廬，跟禮王世鐸與王文韶說知前一天在『軍務處』商定的兩件事，禮王默無一言；王文韶看完爲聶士成而發的那道上諭，幾番欲言又止，最後只是付諸一聲長歎而已。

果然，李鴻章調回北洋的上諭一發，天津百姓，奔走相告，無不欣欣然有喜色。所謂『衛嘴子』喜歡夸夸其言，有人說：『李中堂在京裡跟洋人談好了，先停戰三個禮拜，從六月二十算起。』

這個消息，傳得很快；於是又有第二個消息，說李鴻章就在六月二十那天接印。可是，直隸總督行轅爲炮彈所燬，接印不能沒有衙門；因而又有爲人津津樂道的一說：『洋人替李中堂在紫竹林預備了公館，陳設漂亮極了。』爲了『證明』洋人禮重李鴻章，還說他進京時，各國公使率領大隊在崇文門外迎接。類似消息，不一而足，而且眞的有人相信，想逃難的不逃了，已逃在城外的，亦有許多回返舊居了。

見此光景，義和團個個膽戰心驚，此輩原是憑一股戾氣在撐持，而這股氣在洋人大炮長槍的無情打擊，早已一衰二竭，洩得乾乾淨淨；但因有張德成、曹福田爲總督奉爲上賓，請旨特賞黃馬褂、雙眼花翎，出入八抬大轎，威風凜凜，可爲護符，所以對百姓兇橫如故。但裕祿換成幾次上奏，力主痛剿拳匪的李鴻章，情形就大不相同！因此狡黠的便糾合『弟兄』，公然搶劫，發一筆橫財，溜之大吉。

張德成與曹福田，是早就成了鉅富了，還不必搶劫民家，也還不敢輕易開溜。因爲樹大招風，一舉一動，皆在他人耳目之下；要溜得先作一番布置，始無後患。而就在這時候，宋慶派人持著名片請他們倆到大營議事。

宋慶的新頭銜是『幫辦北洋軍務』，作爲裕祿的副手，卻是欽差的身分。等張、曹二人來到，坐著接見；簡單扼要地下令，派往城外東門至南門一帶防守，阻截洋人。

張、曹二人對宋慶這種自居爲主帥，視之爲部屬的態度，當然不會甘服；只是自度不敵，只能隱忍。一出了大營，兩人撇開隨從，悄然相語；張德成問道：『你看怎麼樣？』

『不能回壇了！宋慶這一來，弟兄們把咱們倆都瞧扁了！』

『那麼，你是怎麼個打算呢？』

『另開碼頭。』曹福田問：『你呢？』

『我回獨流。』

『空手走嗎？』

『空手走，不太便宜姓宋的？』張德成問道：『你有種沒有？有種咱們幹一票再走。』

『你說。』

『各路糧台都集中在總督行轅，現銀總有百把萬。』

『好吧！咱們幹！』

於是張德成、曹福田各率部下，到得總督行轅，見人就殺，見銀就搶。裕祿得報大驚！糊塗了好些日子，此一刻腦筋是清楚的，知道跟『張老師』、『曹老師』去理論，不僅毫無效果，且有性命之危。便由親兵保護著，出後門直奔宋慶大營。

宋慶大怒，找來三名最得力的統帶，當面交代：『你們在北西南三門，各守一處；凡有人帶著現銀出城的，先搜後問，如果是拳匪，替我殺！』

『是拳匪沒有帶現銀的呢？』

『也殺！』宋慶咬一咬牙，做個刀切的手勢：『拳匪沒有一個好東西，不知是十八層地獄，哪一層坍了，逃出這些惡鬼來！替我殺！』

『回大帥的話，』有個統帶叫李大川，頭腦很冷靜：『拳匪有許多是小孩子，殺小孩，恐怕弟兄們下不了手。』

宋慶想了一下說：『這話也不錯。看是孩子，問他們幾歲？十六歲以下，問明家鄉，給幾兩銀子，讓他回家。十七歲以上的照殺不誤。快！你們馬上帶隊伍走。』

這是第一道命令；還有第二道命令：派親軍入城，查封所有的義和團『神壇』；遇見義和團當然也是比照交代三統帶的命令辦理。

於是，武衛左軍這天主要的任務就是肅清拳匪；從中午到晚上，殺了兩百多人，搜到兩、三萬現銀。消息一傳，被裹脅的義和團，紛紛拋棄紅巾、紅帶，各自逃命。城裡倒清靜得多了，但謠言還是有。

有個傳播很廣的說法：紅燈照中有一位大姊，外號『一掃光』，已在來津途中，等她一到，定可將洋人一掃而光。還有個說法是：刻下蒙古王已經出京佔據了俄國；日本京城亦被紅燈照燒去一半。在天津的聯軍，我國兵人數最多，紀律亦最壞；日本兵則每任前鋒，亦為天津人所痛恨，所以頗有人信這種聊且快意的不經之談。

宋慶的舉動，大快人心；可惜大惡漏網，張德成、曹福田都逃走了。

『糟了！』裕祿得報，連連頓足：『這叫我怎麼跟朝廷交代？』

裕祿曾奏報張、曹二人如何忠勇奮發，法術無邊，朝廷寵以名器，犒以鉅金，又糜費大筆糧餉，特派道員爲張、曹二人辦糧台。現在天津行將不保，而曹、張先已棄城而逃。這件事，裕祿確是交代不過去。

有罪不說；最令人難堪的是，拆穿把戲，張、曹是這麼一路人物，而竟奉若神明，眞是古往今來，獨一無二的荒唐大笑話！即令朝廷有特恩，得以不死；而外慚清議，內疚神明，這日子又怎麼過得下去？

轉念到此，裕祿已無復生趣；貼身的一名老僕，知道主人已萌死志，晝夜看守，以致裕祿連想死都不容易，只有往西暫退，無形中將天津的防務都交給了宋慶。

宋慶受命於倉卒之間，一到就遇上義和團搗亂，既要肅清內部，又要拒敵城東，因而對整個天津防務還沒有工夫去做通盤的籌劃。城外有七八十營兵；而城內完全是空虛的。

聯軍先不知城內虛實；等抓住逃出城的義和團，細加盤詰，方知眞相。於是日本兵首先決定，佔領天津城內；而教民中亦確有漢奸，潛入城內，在六月十七四更時分，悄然登城；城上守卒全無，更鼓不聞；一聲暗號，城下另有數十名著洋裝的教民，用繩索攀緣上城，遍插洋旗，胡亂開槍，鼓譟狂呼：『洋兵來了，洋兵來了！』

天津城裡的百姓，難得有這麼一天，既無義和團的威脅，又有李鴻章回任帶來的無窮希望，心懷一寬，魂夢俱適；誰知連黑甜鄉這塊樂土，都難久留！倉皇出奔，滿城大亂；沸騰的人聲中，比較容易聽得清楚的一句話是：『北門、北門！』

難民往北門逃，『吃教』的漢奸帶著聯軍從南門進城，佔領了位居全城中心的鼓樓；鼓樓東西南北四門，與四面城門，遙遙相對，聯軍登樓只往人多的北門開槍開炮。死的多，逃的更多，如果有人倒在地上，後面的人，立刻從他身上踐踏而過；如果失足倒地，再後來的人，亦復如此，前仆後繼，層層疊積，很快地出現了一堆『人垃圾』。

張德成不敢回獨流鎮，出天津西門折而南，也不敢走大路，怕遇見宋慶的部下；只揀小路，茫然前奔，兩天兩夜的工夫，到了一處地方，很意外地，市面相當平靜。

『這是甚麼地方？』他問手下。

『你老連這裡都不認識？這不是王家口嗎？』

細看果然！張德成自己都有些迷糊了。王家口在獨流南面，是子牙河上的一個碼頭，自己行船來過不知多少回，居然沒有認出來！真連自己都不信有這樣荒唐的事。

提起王家口，他想起來了，這裡有個姓王的長蘆鹽商，外號『王百萬』，正好找他作個東道主。於是找個土地廟坐下來，吩咐手下：『去通知王百萬，說我到了，拿轎子來接！』

手下見他又擺出『張老師』的架子，就像唱戲一樣，角兒一開口，下手龍套自然知道該幹甚麼。當下將掖在腰裡的紅巾紅帶又紮束了起來，挺胸凸肚地到王百萬家通報：『天下第一壇的張老師駕到，趕快預備公館，打轎子去接！』

『王百萬』有些將信將疑，但看來人面目不善，覺得不能不敷衍，便派了自己的轎子，隨著來人到了土地廟。

此時張德成又換了裝束，頭戴紅纓帽，雖無頂戴，卻拖著一支極大的雙眼花翎；下身一條青綢袴；上身卻是一件黃綢馬褂；戴一副大墨鏡，正叼著一根煙捲，在土地廟前，負手閒眺。

一見這樣打扮，老實的『王百萬』不由得就跪倒在地，叫一聲：『張大人！』

『要叫張老師！』張德成的手下糾正他。

『是的。張老師，張老師。』

『你姓王？』張德成臉朝著天問。

『是。』

『轎子打來了沒有？』

『備好了。張老師請上轎。』

張德成雙眼一望，立刻發怒：『這是甚麼轎子？』他說：『在天津，裕制軍用八抬大轎來接我，我也不一定去。你敢這樣無禮！』

『王百萬』敢怒而不敢言；而跟著來看熱鬧的閒人，卻已有忍不住之勢。不過地方上管事的，總是老成持重的居多，跟王百萬一商量，決定委屈一回，敬鬼神而遠之。

『八抬大轎哪裡來呢？』王百萬說：『有錢也沒處去辦。』

有人想了條權宜之計，關帝廟有頂綠綢子蒙的神輿，姑且借來一用。等抬到土地廟，張德成恬然不辭地坐了上去，一直抬到王家。

王家已擺下筵席在等。小地方的排場有限，加以『王百萬』以勤儉起家，有魚肉的八大碗，自覺已是款待特客的盛筵；誰知張德成在首座一坐上來便皺眉。望一望席面，推箸而起。

『這種菜，怎麼吃？』

舉座色變；王家有個傭工，性如烈火，跳起來先使勁在自己胸口上捶了一拳，『他奶奶的，把我肺都氣炸了！』他破口大罵：『姓張的混蛋小子！老子就不信你刀槍不入！你來！等老子宰你！』

說著，搶了一根門閂在手裡，跳到院子裡，掄圓了往地上一搗，砰然大響，將門外看熱鬧的人都招引了進來。

張德成猶自強持鎮定，他手下卻沉不住氣，又喝又罵；這下犯了眾怒，一片鼓譟：『打，打！打死那些害苦老百姓的王八羔子！』

於是王家大亂，逃的逃，追的追，躲的躲，只是張德成爲眾矢之的，怎麼樣也逃不掉，一件黃馬掛被撕得七零八碎，紅纓帽與雙眼花翎亦被踩得稀爛，身上當然到處都是傷。

『眾位鄉親，我張德成是畜生，是混蛋！』他跪在地上，自己左右開弓地打自己幾個嘴巴，磕頭求饒，『求眾位鄉親饒我一條狗命！』

『張老師，你太客氣了！』有個人冷冷地說：『你有法術，有神道保護，刀槍不入，怕甚麼？』說完，嚓的一刀，將張德成的左臂砍了下來。

只要有人開頭，便無倖理，白刃齊下，將張德成剁成一堆肉。

曹福田也是往西南方向逃；路上遇見在總督衙門辦糧台的譚文煥，兩人搭檔作一路同行。

『老譚，』曹福田問：『你撈了多少？』

譚文煥發了二、三十萬銀子的財，看勢頭不好，早就暗地裡將財產運走了。就這樣，身上還有三、四萬銀子的銀票；不過，對曹福田自然不肯說實話。

『撈甚麼？竹籃子撈水裡的月亮，一場空！』譚文煥問道：『你呢？』

『不多，有個十來萬。』曹福田說：『錢是小事，咱們轟轟烈烈地開頭，弄到臨了是這麼一個下場，想想眞有點不甘心。』

『不甘心又怎麼樣？』

『我想到保定去一趟。你敢不敢去？』
兩人到了保定，謁見原任臬司，調任藩司的廷雍，曹福田依舊氣概不凡地說：『天津丟了，可以收復；只要有兵有餉，局勢立即可以挽回。』
直隸官場對義和團最信任的，除了裕祿，就是廷雍；可是，此刻卻不同了。廷雍不是不信任義和團，是看義和團聲勢驚人，頗像有一番作爲的模樣，想借助此輩建功立業，如今底蘊盡露，義和團原來這樣不濟事！心裡的想法就完全翻了個面。他忖度著不等李鴻章回北洋，朝廷就會降旨，嚴辦拳匪，追究天津失陷的責任，那時拿住匪首之一的曹福田豈非大功一件？
打定主意，不動聲色，將曹福田與譚文煥送到一家客棧安置，隨即派人暗中監視。譚文煥心知不妙，趁半夜臨廁之際，翻牆而遁，等曹福田發覺自投羅網，已經難脫縲絏了。
天津失守的消息到京，立即出現了一個難題，誰去奏聞慈禧太后？
顯然的，該面奏天津失守的人，就是該對天津失守負責的人。誰也不願意擔此責任，更怕面奏此事時，先挨慈禧太后一頓罵，所以成了彼此推諉的僵局。
首先，慶王表示，總理衙門只辦洋務，現在朝廷與各國失和，總理衙門除了打聽信息以外，無事可做。可是打聽信息，並不管奏報信息，向來軍國大政都是軍機處執掌，如今有了軍務處，更與總理衙門不相干。
軍機處呢，禮王向不管事；王文韶想管而不敢管；剛毅雖然勇於任事，但像這種自找倒楣的事卻無興趣；趙舒翹與啓秀的資格淺，能不管正好不管，看來只有榮祿一個人能管此事。

可是，他有很明白的表示：『我才不管哪！我不能拿個屎盆子往自己頭上扣。』他說：『天津防務薄弱，義和團不足恃，我早就不知道說過多少次？裕壽山不管用，我也曾說過，以早早拿他調開爲妙。誰知端王不贊成，說陣前不可易將，而況，防守天津的調兵遣將，都是「軍務處」承旨下上諭，現在天津丟了，且不說該誰負責，至少該軍務處去跟皇太后、皇上回奏。咱們軍機處管不著！』

『這，』趙舒翹問道：『軍機天天跟皇太后、皇上見面，兩宮少不得要問起天津的情形。請示中堂，那時候該如何回奏？』

『據實回奏！』榮祿很快地說：『你只說：天津的防務，都歸軍務處調度，請皇太后、皇上問端王好了！』

這話當然會傳到載漪耳中。想來想去，躲不過，逃不脫，只有硬著頭皮去見慈禧太后。

『天津失守了！』

很意外地，慈禧太后聽說天津失守，並無驚惶或感到意外的神色，只沉著地問：『怎麼失守的？』

『宋慶……』

『你別提宋慶！』慈禧太后打斷他的話說：『人家到天津才幾天。天津不是有義和團嗎？不是六月初十還聽你的話，賞了十萬銀子，嘉獎團民嗎？賞銀子的上諭，是你擬好送來，逼著我點頭答應的，你倒把那道上諭唸給我聽聽！』

這一下，載漪才知道慈禧太后的氣生大了，囁嚅著說：『奴才記不太清楚了。』

『哼！你記不得，我倒記得！』慈禧太后冷笑一聲，背誦六月初十所發的上諭：『「奉懿旨：此次北省有義和團民，同心同德，以保護國家、驅逐洋人爲分內之事，實予始料所不及，予心甚爲喜悅。

茲發出內帑十萬兩，交給裕祿發給該團民，以示獎勵！」不錯吧？』

『是！』

『那我問你，才不過幾天的工夫，天津怎麼失守了呢？義和團沒有能驅逐洋人，倒讓洋人驅逐了！這是怎麼回事？』

這樣兜過來一問，正好接上載漪原來要說的話：『回老佛爺，只爲有黑團夾在眞正團民中間，胡作非爲，以致開罪於天，搞出這麼一個大亂子。如今黑團都讓眞正義和團清理攆走了，從今以後，一定可以用法術在暗中叫洋人吃大虧。老佛爺萬安，京城一定不要緊！』

氣極了的慈禧太后，反而發不出怒了。『好吧，你說不要緊，就不要緊！反正，洋兵要一進京，我先拿你綑起來，擱在城樓上去擋洋兵的大炮！』慈禧太后揮揮手說：『你先下去等著。』

載漪不知有何後命？大爲不安，六月二十幾的天氣，汗流浹背而心頭更熱，只能耐心等待，派護衛去打聽，慈禧太后有何動作，召見甚麼人？

召見的是榮祿。載漪更加煩躁了！一直到日中，蘇拉又來通知：『老佛爺立等見面。』

這一次見面，慈禧太后可沒有先前那麼沉著了，不等載漪磕頭，便拍著御案厲聲問道：『你知不知道，甚麼叫欺罔之罪？』

載漪大驚，急忙碰頭答說：『奴才吃了豹子膽，也不敢欺騙老佛爺！』

『你不敢！你平常不是自以爲是好漢？天下有個抵賴的好漢？我問你，各國聯名照會，干涉咱們大清朝的內政，這個照會是哪裡來的？』

聽得這話，載漪恍如當頭一個焦雷打下來，震得他眼前金星亂迸，頭上嗡嗡作響，甚麼話也說不出來了！

『不是你叫連文沖僞造的嗎？』

要求慈禧太后歸政的假照會，確是載漪命連文沖僞造的，但是他不能承認，好在連文沖已經外放去當知府了，不妨拿他做個擋箭牌。

『那照會是連文沖送來給奴才的，奴才哪知道是假照會？』

『連文沖外放，不是你保的嗎？』慈禧太后冷笑著說：『哼，大概你也知道紙裡包不住火，遲早有敗露的一天，所以把連文沖弄出京師去，好把責任往他頭上推！』

『奴才絕不敢這麼欺騙老佛爺！』載漪答說：『而況榮祿也這麼奏過老佛爺的。』

『榮祿是誤信人言，後來跟我奏明了。我還不相信他的話，以爲他是替洋人說話，就因爲有你這麼個照會送進來。誰知道是假的！』慈禧太后忍不住激動了：『你這樣子不知輕重，狂妄胡鬧，上負國恩，也教人寒心。這多少天以來，你包藏禍心，翻覆狡詐，我都知道；洋人果然攻進京來，你看吧，我第一個就要你的腦袋！簡直是畜牲，人如其名。』

又罵到他那個『狗名』了！載漪眞恨不得把當初宗人府替他起名爲『漪』的那個人，抓來殺掉。而就在自己氣憤無可發洩之時，慈禧太后與皇帝已經起身離座了。

載漪少不得還要跪安。等一退出來，發覺李蓮英在走廊上，料知自己被罵得狗血噴頭的倒楣樣子，都落在太監眼中了。不由得臉上發燒，訕訕地說：『迅雷不及掩耳。』

『王爺，』李蓮英不接他的話，管自己說道：『請趕快回府吧！義和團在鬧事。』

載漪一驚！義和團鬧事不足爲奇，何以要請自己趕快回府，莫非義和團竟混帳得敢騷擾到自己頭上？這樣一想，大爲不安，連話都顧不得多說，急急離宮回府。

一回去才知道出了件令人痛憤而又大惑不解的事，義和團將副都統慶恆一家老小都殺掉了，最後連慶恆本人亦送了命！而且死得很慘，是七手八腳打得奄奄一息，方始一刀了帳。

慶恆是載漪的親信，現領著虎神營營務處總辦的差使，即爲虎神營實際上的當家人。虎神營與義和團等於一家，自己人殺自己人，所爲何來？

『這是黑團幹的好事！』住在端王府的大師兄說：『眞團都是受了黑團的累，以致諸神遠避，法術都不靈了。』

載漪倒抽一口冷氣。所謂『黑團』，是闖出禍來，深宮詰責時的託詞。其時有何黑白之分？不想大師兄居然以此爲遁詞，眞的認爲有黑團。這可不能不防！

『好！』載漪咬一咬牙說：『既有黑團，咱們就抓黑團！這樣子無法無天，不要造反嗎？』

於是立刻將莊王與載瀾請了來商議。這兩個人的意見不同，莊王覺得義和團不受羈勒，已成隱患，應該及早處治。而載瀾認爲義和團還有用處，需以手段駕馭，同時亦需顧慮到義和團爲了攻不下西什庫，就像餓極了而被激怒的猛獸那樣，處治不善，很容易激出意想不到的變故。

『這，』載漪大口地喘了口氣：『莫非就罷了不成？』

『那不能！』莊王斷然說道：『如果不辦，威信掃地，反而後患無窮！』

『是的！他們今天能殺慶恆，明天就能殺你我。』載漪又說：『再者，上頭一定會問。老佛爺已經不大信任團眾了，知道了這件事，說一句：「好啊！你們說義和團怎麼忠義，怎麼勇敢，如今西什庫攻不下來，反而殺了你的營務總辦！我看，就快來殺你了！」那時候，叫我怎麼回奏。』

『辦一辦當然未始不可。』載灡說道：『不過千萬不能派兵到出事的地方去搜查抓人，不然，死的人還要多！』

遇到難題了！辦是非辦不可，要辦又怕闖出更大的亂子來。載漪左思右想，只覺得窩囊透頂，氣得狠狠地打了自己一個嘴巴，『早知道義和團是這麼一幫不通人性的畜生，』他自謔似地說：『那個孫子王八旦才願意招惹他！』

『二哥，你也別抱怨了。』載灡說道：『只有一個辦法，可還得先跟掌壇的大師兄說明白，悄悄兒抓幾個人來開刀，發一道上諭，把這個亂子遮蓋過去。』

『唉！』載漪長歎一聲：『你瞧著辦吧！我的心亂得很。』說完，頽然倒在椅子上，自語著：『作的甚麼孽？好好的日子不過，來坐這根大蠟！』

莊王與載灡見此光景，相偕退出。回到總壇——就設在莊王府，找大師兄去情商。

『大師兄，』載灡說道：『這件事搞得實實在在太不對了！有道是親者痛、仇者快，窩囊之至。如今上頭震怒，總得想個法子搪塞才好！』

『慶恆早就該殺了！兩位知道不知道，他是漢奸？』

『漢奸？』載灡詫異：『怎麼會？』

『他平時剋扣軍餉，處處壓制團中弟兄。要兵器沒有兵器，要援兵沒有援兵，完全是二毛子吃裡扒外的樣子啊！』

『大師兄，話不是這麼說。』莊王正色說道：『如果慶恆眞有這種行爲，朝廷自有王法，拿問治罪，才是正辦。如今義和團有理變成沒理，這件事不辦，軍心渙散，不待洋人進京，咱們自己先就垮了！』

大師兄沉吟未答，意思是有些顧忌了，載瀾乘機說道：『大師兄，咱們自己人說話，這件事還是咱們自己辦的好。不然，上頭一定會派榮仲華查辦，他的鬼花樣很多，可不能不防。』

提到榮祿，大師兄有點膽寒，便即問道：『怎麼個辦法？』

『反正是黑團幹的，咱們抓幾個黑團來正法，不就結了嗎？』載瀾接著說：『當然，誰是黑團，還得大師兄法眼鑒定。』

意在言外，不難明白，讓大師兄抓幾個人來，作爲戕害慶恆的兇手，正法示眾，以作交代。這一層大師兄當然諒解，但也還有一個交換條件。

『西什庫的大毛子、二毛子，困在他們的鬼教堂裡，算起來日子不少了，居然還沒有餓死！這件事，』大師兄用平靜而堅定的語氣說：『要有交代！』

『何謂交代？』載瀾率直相問。

『當然有人挖了地道，私運糧食到鬼教堂。這個人，我已經算到，不過，不便動手。』

『喔！』載瀾急急問道：『是誰？』

『當然是有錢有勢的人！』

載瀾仔細思索了一會兒，突然想起一個人，頓覺精神大振。『大師兄，』他問：『你是指戶部尚書、總管內務府大臣立山？』

大師兄原是裝模作樣，信口胡謅。一聽載瀾提出立山，他也知道，此人豪富出名，但在慈禧太后面前很得寵，如果動他的手，說不定搞得不好收場。如今看載瀾大有掀一場是非之意，樂得放他一把野火，以便趁火打劫。

想停當了，便即答說：『朝廷的大臣，少不得要對他客氣三分。總得讓他心服口服。』

『不錯。』載瀾很快地問：『怎麼樣才能讓他心服口服？』

『要搜！搜出眞贓實據才算數。至於他的罪名能不能饒，要聽神判。』

『那當然。』載瀾說道：『既然大師兄算到立山挖地道私通西什庫教堂，當然要到他家去搜查。』

第二天一早，義和團先到酒醋局立山家門口設壇，大車拉來蘆蓆木料，又不知哪裡找來的匠人，手藝嫺熟，不到兩個時辰，已搭好了一座高敞的蓆棚，供設香案，高掛一幀關聖帝君的畫像。一切竣事，莊王、載瀾、大師兄，帶人到了，約莫兩百多人，十分之七是義和團，十分之三是步軍統領所屬的兵勇。

立山這天沒有上朝，親自指揮著聽差在曬書。得報義和團在他家門口設壇，心中不免納悶，只是切誡僕從不得多事，如果義和團有甚麼需索，盡量供給。此外，又關照在大門口設置兩大缸涼茶，大廚房預備潔淨素食，中午犒勞團眾。

到了十點多鐘，門上來報，莊王駕到，自然急整衣冠迎接。出來一看，大廳天井已擠滿了人，莊王與載瀾坐在廳上，臉上板得一絲笑容都沒有。

『王爺！』立山恭恭敬敬地請了個雙安：『有事派人來招呼一聲就是。怎麼還親自勞駕？眞不敢當！』

『豫甫，』莊王開門見山地說：『有人告你挖了地道，私通西什庫教堂。可有這事？』

立山大駭，『王爺！』他斬釘截鐵地說：『絕無此事！』

『我想也不會有這種事！你受朝廷的恩德，不至於做漢奸。可是，西什庫圍困好多天了，洋人跟教民居然還吃得飽飽兒的，有氣力打仗，彈藥也好像很多。這件事透著有點奇怪，義和團說要搜查，我不能不讓他們搜。』莊王緊接著說：『搜了沒事，你的心跡不就表明了嗎？』

立山倒抽一口冷氣，心知今天要遭殃了！曬在院子裡的宋版書與『大毛』衣服，陳設在屋子裡的字畫古董，還有櫃子裡的現銀，保險箱裡的銀票以及其他首飾細軟，都不知道還保得住、保不住？

『立山！』載瀾發話了：『你嘀咕點兒甚麼？』

一聽他這話，再看到他臉上那種微現的獰笑，立山明白，口袋底的恩怨，就在今天算總帳。算了！他咬一咬牙在心中自言自語：身外之物，聽天由命。

於是他傲然答說：『瀾公爺，你儘管請搜。可是有一件，搜不出來怎麼辦？』

載瀾變色，『甚麼？』他瞪出了眼睛：『莫非你還想威脅我？』

『何言威脅二字？』立山冷笑，『眞是欲加之罪。』

載瀾還以冷笑，『哼！只要你知罪就好！』他回頭吩咐：『動手吧！要細細地搜，好好地搜！』

這一聲令下，那兩三百人，立刻就張牙舞爪地動起手來。立山家僕役很多，可是誰也不敢上前，沒有主家的人在身邊，更可以暢所欲爲，只揀小巧精美的珍物往懷中揣、腰中掖。

莊王總算還有同朝之情，傳下一句話去：『可別驚了人家內眷！』

但也就是這句話，提醒了載瀾與義和團，找到一個搜不出地道的藉口。只是先不肯說破，只說：『地道的入口，一定在極隱祕的地方，一時找不到。』

『那，那怎麼辦？』受愚的莊王，覺得沒法子收場了。

『到壇上去拈香！』大師兄說。

於是將面如死灰的立山，拉拉扯扯，弄出大門去。進了壇，有人在立山膝蓋上一磕，他不由得地就跪倒了。

香案前面，這時已擺了四張太師椅，莊王與載瀾坐在東面，大師兄坐在西面，大聲說道：『立山是不是挖了地道，私通鬼教堂，只有焚表請關聖帝君神判。』

說到這裡，隨即有個團眾走上來，從香爐旁邊拈起一張黃表紙，就燭火上點燃。立山久已聽說義和團的花樣，焚表的紙灰上揚，便是神判清白無辜，否則就有很大的麻煩。因而不由自主地注視著焚表的結果。

說也奇怪，紙灰一半上揚，一半下飄；上揚的那一半，其色灰白，下飄的那一半顏色深得多。同樣一張紙，燒成灰會出現兩種顏色，眞不知道是甚麼花樣。

『看他是心中無主的樣子。』大師兄說：『還要再試。』

於是焚紙再試，紙灰下飄，立山的心也往下沉，低下頭去，看到自己雙膝著地，猛然警悟，頓覺痛悔莫及。自己是朝廷的大臣，久蒙簾眷，家貲鉅萬，京城裡提起響噹噹的人物，不管怎麼說，怎麼排，都少不了自己的份，剛才怎會如此糊塗，不明不白地跪在這裡，受上諭所指的『拳匪』的侮辱，留下一輩子的話柄，豈非大錯特錯！

這樣一想心血上衝，彷彿把身子也帶了起來。站直了略揉一揉膝蓋，向莊王說道：『王爺，你老也得顧一顧朝廷的體統！立山如果有罪，請王爺奏明，降旨革職查辦，立山自己到刑部報到。』說完，掉轉身就走。載瀾看他的『驃勁』，不減在口袋底的模樣，越覺口中發酸，獰笑著說：『好啊！你還自以爲怪不錯的呢！今兒你甭想回家啦！我送你一個好地方去。』說完，向身旁一嘴，道了一個字：『抓！』

身旁的護衛，兼著步軍統領衙門的差使，急忙奔了出去，只招一招手，立刻便有人上來將立山截住。

『你們幹甚麼？』

『立大人！』那護衛哈一哈腰說：『你老犯不著跟我們爲難。』意在言外，如果拒捕，就要動手了，立山是極外場的人物，慨然答說：『好吧！有話到了地方，跟你們堂官去說。』

爲了賭氣，立山昂著頭，自動往東面走了去，載瀾的護衛便緊跟在後。走不多遠，立山家的聽差，套著他那輛極寬敞華麗的後檔車趕了來，於是護衛跨轅，往北出地安門，一直到步軍統領衙門。立山就此被看管了。

『擒虎容易縱虎難！』載瀾向莊王說：『如果一放他回去，他到老佛爺那裡搶一個原告，不說別的，光是把他家搞得不成樣子這件事，就不好交代。』

『如今不是更不好交代了嗎？』

『哪裡，人在咱們手裡，還不是由著咱們說？』

莊王想了一下，恍然大悟，『這件事要辦得快！』他說：『咱們想好一套說法，趕緊進宮面奏。』

這一套說法是立山私自接濟西什庫的洋人，人贓並獲，據說他家還藏匿著洋人。此人不辦，義和團之憤不洩，不僅西什庫拿不下來，只怕還會激出別的變故。

當然，載漪聽說逮捕了立山，是絕不會怪載瀾魯莽的，當即與莊王一起到寧壽宮，也不必按規矩遞牌子才能請見，直接闖入樂壽堂，隨便找一個管事的太監，讓他進去回奏要見『老佛爺』。

『有這樣的事！』慈禧太后聽完，訝異的說：『這，立山可太不應該了！』

『立山一直就幫洋人，忘恩負義，簡直喪盡良心！如果立山不辦，大家都看他的樣，滿京城的漢奸，那還得了？』載漪緊接著說：『義和團群情洶湧，要砸立山的家，奴才竭力彈壓著。他家在酒醋局，緊挨著西苑，倘或彈壓不住，奴才可擔不起這個責任。』

聽得這幾句話，慈禧太后頗爲生氣，義和團眞該痛剿才是！轉念自問，派誰去剿？能打仗的，要對付來自天津的外國聯軍；不能打仗的，剿不了義和團，反而爲義和團所剿。像載漪，名爲管理虎神營，結果連虎神營的營務處總辦，都爲義和團所殺！他保不住一個慶恆，又怎能保護西苑，不受義和團的騷擾？

這樣一想，立刻便能忍耐。心想，反正李鴻章已經到了上海，使館亦已加以安撫，由總理衙門送蔬菜瓜果等物，以示體恤。等和議一成，再處置立山，或者釋放復用，或者革職降調，看情形而定。眼前且讓他在監獄裡住些日子，亦自不妨。

主意打定，隨即准奏。立山便由步軍統領衙門，移送刑部；到得俗稱的所謂『天牢』裡，思前想後，放聲大哭，一下子昏厥了過去。

獄卒大駭，急急掐人中，灌薑湯，一無效驗，只好趕緊報官。管刑部監獄的司官，職稱叫作『提牢廳主事』，定制滿漢兩缺；管事的是漢主事，名叫喬樹，四川華陽人，外號『喬殼子』，為人機警而熱心，得報一驚，但想到一個人，心就寬了。

『不要緊，不要緊！趕緊去請李大人來。』

『李大人』就是梁啓超的內兄李端棻；戊戌政變正由倉場侍郎調升禮部尚書，因為有新黨之嫌，聽從他同鄉陳夔龍的計謀，上任照例到禮部土地祠祭韓愈時，故意失足倒地，具摺請假，隨後自行檢舉，請求治罪，因而下獄。獄中都知道他深諳醫道；喬殼子這一說，獄卒亦被提醒了，急忙請了李端棻來，一劑猛藥，將昏厥的立山救得甦醒了。

醒過來仍舊涕泗橫流，自道哀痛的是，忝為朝廷一品大員，誰知一時昏瞀，以致屈膝於亂民之前，辱身辱國，死有餘辜，因而痛悔，並非怕死。

這幾句話，說得大家肅然起敬，都覺得平時小看了立山。就這時候，獄卒高唱：『崇大人到！』『崇大人』是崇禮。辭掉步軍統領，仍為刑部尚書。本部堂官，親臨監獄，是件不常有的事，李端棻是犯官，當然急急迴避，立山卻不知自己應該以甚麼身分見這個熟極了的老朋友？

正躊躇之際，崇禮已大步跨了進來，見面並無黯然的神色，反而很起勁地說：『豫甫，豫甫！我來給你報好信息。』

『莫非……』

『不是請你出去。』崇禮搶著說：『你還得委屈幾天。皇太后剛才召見，說你素來有癮，關照我格外照料。只要等和議一開，就可以想法子讓你出去！』接下來笑道：『奉懿旨在獄抽大煙，是從來沒有的事！這也是異數。百年以後，行狀上很可以大書一筆。』

立山報以苦笑，而心裡卻大感輕鬆。不過呵欠連連，復又涕泗橫流，是煙癮發了。

見此光景，崇禮知道立山發癮難受，便從荷包中掏出一個象牙小盒，將備著為自己救急的煙泡，送了他一個。立山吞了煙泡，方始止了呵欠，勉強有精神應酬崇禮了。

『豫甫，』崇禮問道：『你跟瀾公是怎麼結的樑子？』

『唉！提起來慚愧。』立山將當年在口袋底與載瀾為綠雲爭風吃醋的往事，細說了一遍。

『禍水！禍水！』崇禮大為搖頭，起身說道：『我不奉陪了。榮仲華那裡有個應酬，不能不到。』

崇禮是應榮祿之邀作陪，主客是巡閱長江水師欽差大臣李秉衡。

李秉衡是奉天海城人，捐班的縣丞出身，一直在直隸當州縣，號稱『廉吏第一』。以後為張之洞所賞識，在廣西當按察使，正當中法戰起，李秉衡駐龍州主持西運局，在餉源萬分艱困中，不但能夠讓士兵吃得飽，而且負了傷有醫有藥，因而才有馮子材的諒山大捷。

到了光緒二十年，李秉衡已當到山東巡撫，有為有守，是封疆大臣響噹噹的人物。只是仇外仇教，以致發生德國教士被戕事件。朝廷頗為諒解，照丁寶楨當年的例子，調升四川總督；而德國公使放他不過，杯葛不休。李秉衡竟因此罷官，在河南安陽隱居了三年，才由剛毅特薦復起，一度到奉天查案；事畢復命，隨即奉命整飭長江水師，依彭玉麟的前例，以欽差大臣的身分，巡閱長江。這一次是領兵勤王到京，宮門請安，隨即召見，是由榮祿帶引的。

陛見之時，李秉衡首先聲明，劉坤一、張之洞所發起的東南自保之事，最初由他領銜入奏，乃是盛宣懷假借名義，並非他的本意。接著慷慨陳詞，說洋兵專長水技，不善陸戰，誘之深入，不難盡殲。所以天津雖失，並不足憂，等聯軍到得通州一帶，就會吃極大的虧。

慈禧太后所憂慮的是京城被攻，聽得李秉衡的話，大感寬慰，當然也大爲嘉獎。很快地下了兩道上諭，一道是，李秉衡賞紫禁城騎馬，並在紫禁城、西苑門內准坐二人肩輿。一道是，山東、江西等處勤王的夏辛酉、張春發、陳澤霖、萬本華四軍，都歸李秉衡節制，同時加了他一個頭銜：『幫辦武衛軍事務』，作爲榮祿的副手。

榮祿對他的期望亦很高。倒不是希望他眞能擊退聯軍，只望他能切切實實抵擋一陣，李鴻章談和就會容易得多。因此，對李秉衡非常客氣。這天特設盛宴，專程爲他接風。

崇禮以及其他陪客都到齊了，李秉衡方始匆匆趕到，滿頭大汗，神色顯得有些張皇。匆匆寒暄數語，隨即向榮祿說道：『請中堂借一步說話。』

『是，好！』榮祿向陪客們告個罪，親自領著李秉衡到後屋去密談。

『中堂！洋兵這樣子厲害，戰事哪裡有把握。我這一次受命到前方，已經打定主意了，一死報國！請中堂趕緊奏明皇太后，電召李中堂到京議和，愈速愈妙！』

榮祿幾乎不信自己的雙耳，『鑒堂，』他很不客氣地問：『我不懂你的意思！在皇太后面前，你不是說，民氣不可拂，邦交不可恃，戰事一定有把握嗎？』

『是的！』李秉衡慚愧地低下頭去：『此一時，彼一時！我沒有料到這麼一個衆寡懸殊的局面，中午細細打聽一下才知道！』說完，拱拱手：『心亂如麻，實在沒法兒叨擾了！』

榮祿幾乎徹夜彷徨，直到天色微明，方始作了決定——他反覆在考慮的是，兩宮的行止。京城的防守，本來寄望在李秉衡，誰知道他自己先洩了氣。勤王之師，倉卒成軍，難禦強敵；宋慶與馬玉崑所部能撐持得幾天，實所難言。一旦聯軍到了城下，兩宮的安危，不能不顧。可是，皇太后與皇帝一離京城，人心動搖，不待敵來，先就潰亂了！當年文宗避往熱河的前車可鑒。

想來想去，總覺得兩宮在眼前還沒有離京的必要，以後看局勢再說。這其實是個不作決定的決定，但總比沒有決定來得好。想停當了，隨即進宮；照例的，在全班軍機進見以後，他被單獨留了下來，商議慈禧太后不願剛毅等人與聞的大計。

『添了李秉衡做幫手，看來局面可以暫時穩住了。』慈禧太后說：『李鴻章也該趕快進京了吧？』

『是！』榮祿答道：『只有再打電報給他。』

『我在想，如果他在上海與洋人議和，不一樣可以談嗎？』

『那怕不行！各國公使都在京裡，上海只有領事，作不了主。就算開議，各國的領事都要請示他們的公使，可是信息不通，領事也無奈其何。總而言之，如今唯有極力保護使館，留下議和的餘地。倘或再出甚麼亂子，局勢就更加棘手了。』

慈禧太后點點頭，轉臉問說：『皇帝是怎麼個意思？』

平時，皇帝總是這樣回答：『一切請皇太后作主。』而此時卻無這句話，眨著眼想了一下說：『榮祿，你要好好盡心，現在就靠你了。你的腦筋清楚，調度也很得法。剛才你說「唯有極力保護使館」，這話很是！就照你的意思，秉承皇太后的指示，好好去辦！』

從戊戌政變以來，將近兩年的工夫，榮祿從未得過皇帝這樣嘉許的話，因而不僅有受寵若驚之感，簡直有些感激涕零，連眼眶都潤濕了。

因此，不自覺地碰了一個頭，口中答說：『奴才謹遵聖諭。』

等他抬起頭來，才想到自己當著慈禧太后而有此舉動，似乎不妥；所以急急看了一眼，幸好，慈禧太后面色如常，方始放心。

『昨天，大阿哥勸我離京，我沒有理他。不過，有備無患，』慈禧太后停了一下問：『你看呢？』

這一問，恰好能讓榮祿說要說的話；當下答道：『皇太后萬安！奴才已經告訴陳夔龍，準備了兩百輛大車在那裡。誠如慈諭，是有備無患的意思。論到實際，奴才斗膽，請皇太后先擱下這一段心思。如今的情形，跟咸豐年間又不同；那時咸豐爺雖在行宮，京裡有恭王、有文祥、有僧王，都能撐持大局，而且只有外患，沒有內亂，所以還不太要緊。如今就仰仗皇太后的慈威，才能鎮壓得住。倘或皇太后跟皇上北狩熱河，京裡不知道派誰留守？依奴才看，誰也擔不了這個責任！再說，皇太后如果離京，李鴻章就更不敢進京了！』

聽到一半，慈禧太后已是連連點頭，及至聽完，立即答說：『這話倒也是！要跟李鴻章爲難的人很多，如果我不在京裡，他絕不敢來！七十多歲的人，受不起驚嚇。好吧！』她很英毅地：『我絕不走！』

『有皇太后這句話，眞正是社稷蒼生之福。』

『你也要小心！』慈禧太后關切地說：『恨你的人也不少。橫了心的人，昏大膽子，甚麼都會不顧；你千萬大意不得。』

『是！』榮祿又碰個頭：『奴才自己知道。請皇太后、皇上寬心，奴才絕不能受人暗算。』

『你看，立山！我實在不相信，他會是私通外國的人，可是……』慈禧太后沒有再說下去，搖搖頭，微微嘆息。

由於極力保護使館的宗旨，已由兩宮同時認可；榮祿認爲不妨放手進行。此事當然要跟慶王談；不過，慶王亦無非找許景澄與袁昶商議。既然如此，何不直截了當地，自己跟許、袁一談。

打定主意，正要著人去請；門上通報，袁昶來拜。這事很巧，榮祿立即吩咐：『快請！』袁昶是穿了便衣來的，一見面先告罪，未具公服。接著解釋原因，便衣比較易於遮人耳目。

這話就很奇怪了，『爽秋，』榮祿問說：『你我的交情，你來看我，亦是平常得緊的事，何必畏爲人知？』

『這是我的一點顧慮，怕累及中堂，所以表面上要疏遠些。』

這話就更奇怪了，『甚麼事會累及我？』榮祿問說。

『我有個稿子，請中堂過目。』袁昶從手巾包中取出一個白摺子，厚厚地有好幾頁。

揭開白摺子第一頁，榮祿只唸了一行，便即悚然動容；這不是立談之頃，便可有結果的事。

『來，來，爽秋！』他說：『咱們找個涼快的地方去。』

榮家後園，頗具花木之勝，靠東面有個洋式的花棚，洋磚鋪地，水泥架子上，綠油油地長得極密的『爬山虎』，日光不到，清風徐來，是個夏日晝長無事，品茗閒話的好地方。

賓主二人都卸去了夏布長衫，榮祿叫人打來新汲的井水，又端來一個盛滿蓮藕的冰盤；袁昶洗了臉，拈一片藕在口中，一面咀嚼，一面說道：『我已經跟竹篔商量過了，這個摺子聯名同上。』

榮祿不答，將他與許景澄聯名的這個奏稿，鋪在棋桌上，正襟危坐地細讀——案由是『爲密陳大臣信崇邪術，誤國殃民，請旨嚴懲禍首，以遏亂源而救危局』。一開頭幾句話就令人觸目驚心，說是

『拳匪肇亂，甫經月餘，神京震動，四海響應，兵連禍結，牽掣全球，爲千古未有之奇事；必釀成千古未有之奇禍！』又說，洪楊之亂，捻匪之禍，較之拳匪爲患，則前者爲『手足之疾』，後者爲『腹心之疾』；所持的理由是：『髮匪、捻匪之亂，上自朝廷，下至閭閻，莫不知其爲匪；而今之拳匪，竟有身爲大員，謬視爲義民，不肯以匪目之者；亦有知其爲匪，不敢以匪加之者！無識至此，不特爲各國所仇，且爲各國所笑。』

只看這一段文章，榮祿便可想像得到，袁、許二人要參的是誰？且先不言，再往下看。

下面是駁義和團『扶清滅洋』之說。先設一問：『夫「扶清滅洋」四字，試問從何解說？謂我國家二百餘年深恩厚澤，浹於人心，食毛踐土者，思效力馳驅，以答覆載之德，斯可矣！若謂際茲國家多事，時局維艱，草野之民，具有大力能扶危而爲安；「扶」者「傾」之對，能扶之，即能傾之。其心不可問，其言尤可誅！』

『說得痛快！道人所未道。而確爲實情。』榮祿把手蓋在白摺子上：『爽秋，到現在爲止，竟不知誰是匪首，亦不知誰在那班王公後面，發號施令？眞正是千古奇事！』

『我倒略有所聞。聽說董星五有個拜把子的弟兄，叫甚麼李來中，隱在幕後，遙爲指揮；並以洪秀全自命！「能扶之，即能傾之」這句話，我不是無因而發的。』

榮祿神色凜然地，深深點頭，沉思了一會兒，接著再往下看；就是指責禍首。首先被提出來的是毓賢；其次是裕祿；再次是董福祥。但此三人的『倒行逆施，肆無忌憚』，乃是『在廷諸臣，欺飾錮蔽，有以召之』；筆鋒一轉，誅伐眞正的禍首，一共四個人，各有八個字的考語。

大學士徐桐，『素性糊塗，罔識利害』；協辦大學士剛毅，『比奸阿匪，頑固性成』；禮部尚書啓秀，『謬執己見，愚而自用』；刑部尚書趙舒翹，『居心狡猾，工於逢迎』。

對於徐桐、剛毅，尤爲深惡痛絕，所以議論亦就格外激切；奏稿中說：『近日天津被陷，洋兵節節進逼，曾無拳匪能以邪術阻令前進。誠恐旬日之間，萬一九廟震驚，兆民塗炭，爾時作何景象？臣等設想近之，悲來塡膺！而徐桐、剛毅等，談笑漏舟之中，晏然自得，一若仍以拳匪可作長城之恃。盈庭憫憫，如醉如癡，親而天潢貴胄，尊而師保樞密，大半尊奉拳匪，神而明之；甚至王公府第，聞亦設有拳壇。拳匪愚矣，更以愚徐桐、剛毅等；徐桐、剛毅等愚矣，更以愚王公。是徐桐、剛毅等，實爲釀禍之樞紐。』

『實在是公論！』榮祿亦不覺悲憤了：『「談笑漏舟之中，晏然自得」，眞是有這樣麻木不仁的人。然而……』他突然頓住，『等看完了再說。』

榮祿的意思是，罪魁禍首，應該還有載漪；不知此奏中又作何說法？且再看最後一段：『臣等愚謂：時至今日，間不容髮，非痛剿拳匪，無詞以止洋兵；非誅袒護拳匪之大臣，不足以剿拳匪！方匪初起時，何嘗敢抗旨辱官，毀壞官物；亦何敢持械焚劫，殺戮平民。自徐桐、剛毅等稱爲義民，拳匪之勢益張，愚民之惑滋甚，無賴之聚愈眾。使去歲毓賢能力剿，該匪斷不致蔓延直隸；使今春裕祿能認眞防堵，該匪亦不敢闖入京師；使徐桐、剛毅等不加以義民之稱，該匪尚不敢大肆焚掠殺戳之慘。推原禍首，罪有攸歸，應請旨將徐桐、剛毅、啓秀、趙舒翹、裕祿、毓賢、董福祥等，先治以重典。其餘袒護拳匪，與徐桐、剛毅等謬妄相若者，一律治以應得之罪，不得援議親議貴爲之末減。』

看到這裡，榮祿忍不住了，『爽秋，文章是千古不磨的大文章。不過，你絕不能上這個摺子！』他很關切也很直率地說：『這個摺子，足以招來殺身之禍。』

『中堂，』袁昶平靜地說：『我最後幾句不說了？既上此奏，生死已置之度外。』

『最後怎麼說？』榮祿一面說，一面找到結尾數語，不自覺地唸出聲來：『庶各國恍然於從前縱匪肇釁，皆謬妄諸臣所爲，並非國家本意，棄仇尋好，宗社無恙，然後誅臣等以謝徐桐、剛毅諸臣；臣等雖死，當含笑入地。』

等他唸完，袁昶正式表明：『這是我跟竹篔的由衷之言。』

『我知道，我知道！』榮祿彷彿很著急似地：『可是，你跟竹篔不能死！局勢快要有轉機了，等李少荃一進京，議和是他的事；剿匪是我的事。我有袁慰庭做幫手；不能不替少荃也留兩位作幫手。爽秋，你跟竹篔還有重責大任，不可妄自菲薄。說是給徐蔭軒、剛子良抵命，那不是輕於鴻毛？』

『中堂的期許愛護，我跟竹篔都很感激。不過，「此心匪石，不可轉也！」』

榮祿心想，袁昶與許景澄雖抱著必死之心，而與當年吳可讀先自裁，後上奏的情況，究竟有別。然則，他以奏稿相示的原因，亦就可以想像得到，無非作無言的叮囑，果眞獲罪，希望他能仗義執言。

既然不能勸得他打消此舉，而又了解了他的本意，榮祿心裡便有主意了。『爽秋，』他說：『果然意不可回，但望能納我之諫，把這些「王公府第，聞亦設有拳壇」，「其餘袒護拳匪，與徐桐、剛毅等謬妄相若者，一律治以應得之罪，不得援議親議貴，爲之末減」等等，牽涉親貴的字樣拿掉。如何？』

袁昶想了一會兒答說：『中堂是出於愛護之心，我跟竹篔都感激得很，應該怎麼改，等我去跟竹篔斟酌。』

『好！』榮祿略停一下又說：『有句話明知說了無用，還是要說；這個摺子能不上，最好不上。』

『是！』袁昶起身一揖，『多謝中堂關愛之意。』

結果，這個奏摺還是一字不改地遞了上去。袁昶與許景澄雖然知道不牽涉及於親貴，則在需要榮祿相救時，他比較好說話；但明明是端王載漪先縱容義和團，剛毅、毓賢等人，才敢放手大幹；如果僅劾大臣，不及親貴，明顯著是畏懼載漪的勢力，不但剛毅等人不會心服，清議亦會譏評，而這個奏摺也就變得毫無力量，徒成話柄了。

看完這個奏摺，慈禧太后只覺得心煩；一時想不出處置的辦法，索性推了下去，發交軍機議奏。不巧的是，禮王與榮祿都未入值；王文韶耳聾易欺，所以剛毅可以一手遮盡軍機處的耳目，只將有關係的趙舒翹悄悄約到一邊，低聲密商。

細看了原摺，趙舒翹面色沉重，默無一語；剛毅問道：『要不要找「老道」去談一談？』

『老道』是徐桐的綽號；趙舒翹搖搖頭說：『不必！老道不會拿得出甚麼好主意，徒然張揚，僨事有餘。等咱們商量好了對付的辦法，告訴他怎麼做就行了。』

『那麼，你看怎麼辦呢？』

『這不能招架，要反擊！』

『著！』剛毅猛然擊桌，『他要咱們的命；咱們得先要了他們的命。』

『是！』趙舒翹說：『咱們得要好好布置一番，謀定後動；一擊不中就壞了！』

『一擊不中就壞了，一擊不中就壞了！』剛毅起身蹀躞，喃喃自語；好久，才站住腳說：『我看，咱們得找點他們私通外國的證據。』

『私通外國的證據不容易找；有樣東西能找得，可就很有用了。』趙舒翹壓低了聲音說：『袁爽秋給過慶王一封信，說是「端郡王所居勢位，與醇賢親王相同，尤當善處嫌疑之地。」這話，不就跡近離間了嗎？』

『這怎麼是離間？』剛毅用手指敲敲太陽穴：『天太熱，腦袋發脹，我的腦筋轉不過來了。』

『中堂請想，當年今上入承大統的時候，老醇王因爲本生父之尊，怕干政成了太上皇，辭卸一切差使，以避嫌疑。如今端王是大阿哥的本生父，情形跟老醇王差不多；所謂「善處嫌疑之地」，意思就是讓端王學老醇王的樣，退歸藩邸，不預政務。』

『啊，啊！你一說就容易明白了。』

『這還是就表面而論；其實內中還有文章。』趙舒翹略停一下說：『往深處看，等於在皇太后前告一狀，說端王想當太上皇。這不是離間是甚麼？』

『對！對！有理，太有理了！』

『不僅此也，還有。』

『還有？』剛毅越覺得有趣味：『快，快，請快說。』

『誰都知道，端王事太后，忠貞不二。如今讓太后疏遠端王，實在就是削太后的羽翼。』

『可不是！一點都不錯。』剛毅滿心歡喜，將趙舒翹的話，細想了一遍，作了個歸納：『可以這麼說，他這兩句話，表面冠冕堂皇，暗中挑撥離間，而作用是反對皇太后！』

『中堂說得太好了！』趙舒翹送上一頂高帽子：『就是這麼一回事。』

『好！就這麼一回事，送了他的忤逆。可是，』剛毅收斂了笑容：『那封信呢？總不能當面跟慶王要吧？』

『中堂自然不便去要；如果端王去要，或許能要得到。再不然，』趙舒翹壓低了聲音說：『慶王跟前我有條路，可以把那封信弄出來；不過得花個幾百銀子。』

『那是小事。就託你去辦吧，越快越好。』

『是！』

『還有呢？』剛毅翻弄著原奏：『咱們總得從這個摺子裡頭，挑出他幾項大毛病不可。』

『大毛病只要一樣就夠了！』

『你說，』剛毅把原奏攤開來，『哪裡有大毛病？』

趙舒翹不願明言，只說：『中堂久掌秋曹，當年讞獄，決過多少疑難大案，莫非他這個奏摺之中，呑吐其詞，意在言外的地方，還看不出來嗎？』

這也是一頂高帽子；不過在剛毅，對這頂高帽子，卻有不勝負荷之感。翻弄了半天，無從領會，只好又推託頭暈。

『不行！這個天氣把人的腦袋都搞昏了！展如，還是你說吧！』

『中堂，你只看這一句。』

他指的是『不得援議親議貴，爲之末減』；這是屬於律例上的所謂『八議』，同樣犯罪，親貴可以減刑。這一指點，剛毅恍然大悟。

『我明白了，意思是指端、莊兩邸、瀾公等等，也該議罪；而且該當何罪，還不能減免！好傢伙，厲害啊！』

『這是露出來的一言半語，雖說含蓄，意思總還可以看得出來；如果有看不出來的意思在內，那可眞是不測之心了！』

『展如，』剛毅率直答說：『你的話，我又不懂了。你就別賣關子了吧！』

趙舒翹笑了，『我豈敢在中堂面前賣關子？』他說實在是各有意會，不落言詮爲妙：『中堂請參詳這一段。』

指出的這一段是：『拳匪愚矣，更以愚徐桐、剛毅等；徐桐、剛毅等愚矣，更以愚王公。』一共二十幾個字，剛毅翻來覆去唸著；突有意會，不自覺地唸出一句來：『王公愚矣，更以愚皇太后！』

趙舒翹點點頭；剛毅則有豁然貫通之樂。兩人對看了半天，莫逆於心地笑了。

『好了！不怕了，不過這得稍微布置、布置，那封信很要緊；倒不是上呈皇太后，是給端王看。展如，請你趕緊去辦。這是其一。』

『是。其二呢？』

『其二，這個摺既然交下來了，總得議奏。』剛毅想了一下說：『怎麼能想個法子，一面先有交代；一面能把這個摺子壓下來，等咱們部署好了，再大掀一掀！』

『有個辦法，中堂看行不行？』趙舒翹答說：『請中堂領頭，咱們摺子上有名字的三個人，遞牌子請皇太后召見，就說，既已被參，不便再在軍機上行走，請旨解任聽勘。皇太后當然挽留，這個摺子不就壓下來了嗎？』

『這倒是好辦法。不過……』

剛毅的顧慮是怕弄巧成拙，皇太后准如所請，豈不是只好乾瞪眼？趙舒翹看出他心裡的意思，便即說道：『中堂不必三心二意，包管無事。第一、這是甚麼時候，撤換軍機，等於陣前易將；太后掌了幾十年權，還能做這種自亂陣腳的事？說實話，太后還指望著咱們將功贖罪呢！第二、如果准咱們解任聽勘，那麼其餘有名字的人，也是有罪囉！別人不說，皇太后總不能查辦「老道」吧！』

『對！』剛毅下了決心，『有老道擋著，不要緊！就這麼辦。』

果然，第二天約齊了啓秀一起請見，慈禧太后眞個爲趙舒翹所預料的，加以挽留。不過也訓誡了一頓，尤其是對剛毅與趙舒翹的涿州之行，慈禧太后頗有怨責之意。

這件事，榮祿很快地知道了。要了原摺來看，才知道袁昶與許景澄的奏摺，一字未改；心裡就在想，能有這樣大事化小，小事化無的結果，對袁、許二人來說，總算不幸中的大幸。因而也就不肯再多說一句，任令把這個摺子壓了下來。

再下一天，趙舒翹終於花了五百兩銀子，買通了慶王的一個書僮小寧兒；把袁昶的那封信偷了出來。交給剛毅，立刻又轉到載漪手中；當然有番挑撥的話，說袁昶居心狠毒，無異指責載漪想做太上皇。慈禧太后最忌諱這件事！剛毅認爲載漪應該防備；莫待太后詰責，就不易分辯了！

防備之道，莫善於先發制人；在剛毅、趙舒翹的參預之下，經過徹夜的密商，載漪有了充分的準備。打個盹醒來，看看恰好趕上慈禧太后召見臣工已畢，早膳過後，比較閒空的當兒；便即一面吩咐請慶王在朝房見面，一面關照套車進宮。

到得寧壽宮不久，慶王也趕到了；載漪拉著他到僻處，取出袁昶的那封信問道：『慶叔，你看看，這封信可是袁爽秋的筆？』

慶王接到手一看，驚愕地問：『這封信怎麼到了你手裡？』

『撿來的！』載漪不容他再追究來源，緊接著問道：『慶叔，當初你接到這封信，爲甚麼不回奏老佛爺？』

『這種話何必理他？多一事不如少一事。』

措詞很圓滑，載漪點點頭說：『慶叔總算明白我的心。不過，這封信我還是得給老佛爺看，我就說慶叔交給我的；行不行？』

『那也沒有甚麼不行。』

『好！我先上去。』載漪退後兩步，給慶王請個安，『慶叔，請你待一會兒兒。回頭請你別改口。』

『好吧！』慶王特意叮囑：『不過，你可別替我惹麻煩。』

『不會，不會。』

說著，載漪逕自入寧壽門去找李蓮英。正值慈禧太后用完早膳『繞彎兒』消食的時候。李蓮英陪侍在側，所以小太監一打手勢，慈禧太后也看到了，罵一句：『鬼頭鬼腦地幹甚麼？』

『端王爺在外頭，找李總管有事。』

『他來幹甚麼，你去看看！』慈禧太后厭惡地說：『如果沒有甚麼大不了的事，你就說，我歇著了。』

『奴才知道。』

等慈禧太后回到樂壽堂喝茶看金魚，李蓮英也就覆命來了，說是端王有機密大事，非當面回奏不可。

『好吧！讓他進來。』

載漪一進門跪下，便即大聲說道：『老佛爺，有人造反！』

『怎麼回事？』慈禧太后倒是一驚：『你是說誰啊？』

『袁昶、許景澄。』

『他們怎麼啦？憑他們兩個人，還能造反？』

『他們兩個人背後有洋人。』

聽得這話，慈禧太后不再是不在乎的神氣了；用沉著的聲音說：『你慢慢兒講！』

『奴才先請老佛爺看兩封信。』

載漪不把兩封信一起呈上去；先遞袁昶給慶王的那一封。慈禧太后看完，臉上便有不豫之色。

『是慶王交給你的？』

『是！』

『好多天了嘛！』

『是！』載漪答說：『袁昶挑撥離間，奴才怕老佛爺看了生氣。心想，反正奴才忠誠不二，問心無愧；這封信不遞也不生關係。』

『你能問心無愧最好！』慈禧太后說：『從前你「阿瑪」就最懂得避嫌疑，凡事謙虛退讓，像賞他一頂杏黃轎，他就從來不肯坐。所以諡法用「賢」字。你眞要學學你「阿瑪」才好！』

旗人稱父親爲『阿瑪』；慈禧太后讚揚的是醇賢親王。這在載漪不免有意外之感；原以爲她會不滿袁昶，誰知反倒是自己受了一頓教訓，只好答一聲：『奴才緊記著老佛爺的話。』

『還有一封呢？』

還有一封是仿照袁昶的筆跡僞造的；載漪一面呈上，一面說道：『眞是國家之福，天教小人奸謀敗露，這封信是撿到的。』

慈禧太后先不理他的；抽出信來一看，便即答道：『這「身雲主人」是誰啊？』

『奴才打聽過了，就是許景澄的別號。』

說著，不斷偷覷慈禧太后的臉色。不用多久，預期著的神態出現了；慈禧太后兩面太陽穴上的青筋躍動，嘴唇微微向右下角牽掣，那雙眼睛中所顯露的，威嚴逼人的光芒，更爲可畏。這是她盛怒之際的表情。

也難怪她盛怒。這封信僞造得非常惡毒，用袁昶與許景澄商量的語氣，隱約指出參劾徐桐、剛毅等人的那個奏摺，另有大作用在內。義和團被縱容得成了今天這種巨患，雖說載漪之流的王公不能辭其咎；但歸根結柢，如無慈禧太后的支持，載漪又何能爲力？即如最近六月初十，奉懿旨發內帑十萬兩獎賞義和團一事，煌煌上諭，天下共見；雖有利口，又何爲慈禧太后辯卸責任。

不過，現在要利用慈禧太后治徐桐等人的罪，不可有一言半語牽涉到她頭上；甚至對載漪等等，亦只可含蓄其詞。到了將來議和，洋人談到縱容義和團的罪魁禍首，必定會提出慈禧太后；那時便恰好利用這一點，請慈禧太后『撤簾』，將大政歸還皇帝。

在慈禧太后看這些話，字字打在要害上，眞有心驚肉跳之感。不過，載漪慣會造僞，未必可信；慈禧太后決定先詐他一詐。

『我看，袁昶未必會說這種毫無心肝的話。不要又是你在弄甚麼玄虛吧？』

『奴才哪敢這麼荒唐？請老佛爺核對筆跡好了。』

『誰知道筆跡是眞是假？』

聽得這話，載漪故意作一種受了冤屈而無從分辯的神情；然後像突然想到了一個好法子似地，欣快地說：『這好辦！慶親王進宮來了；請老佛爺傳他來，當面問他，那封信是袁昶給他的不是？』

慈禧太后想了一下說：『不必傳他來當面問。』說著，拿起一支象牙製的小搥，將放在御案上的一座小銀鐘，輕擊了兩下。

慈禧太后是派李蓮英去向慶王求證，覆命證實載漪所言不虛。第一封信不假，則以筆跡相同，情事相符的第二封信，當然也是眞的！慈禧太后再精明，也想不到有此，以眞掩僞，移花接木的陰謀在內。

『許景澄靠不住，我是知道的；想不到袁昶亦有這種糊塗心思！這不是自己找死嗎？』

『老佛爺聖明！』載漪緊接著說：『局勢不大好，不錯；不過，只要老佛爺在上，終歸能夠化險爲夷，轉禍爲福。奴才眞不知道這兩個人是甚麼心腸？』

他的意思是袁昶、許景澄刻意要挖大清朝的根基。凡是說慈禧太后在位，大局就壞也壞不到哪裡去之類的話，是最能打動她的心，激發她的勇氣的。因而沉吟了一會兒，問道：『這件事，你們看怎麼辦？』

『奴才不敢說。袁昶不是說了嗎，奴才得「善處嫌疑之地」。』

『這不相干！有我在，你就無所謂有嫌疑。』

『是！奴才自問，也是這麼個想法。可恨袁昶等輩，挑撥離間，無事生非；如果這些人不去，將來還不知道闖出甚麼不能收場的大禍來！』說到這裡，載漪取出一個白摺子呈上御案，『老佛爺請看看這個稿子，不知道能用不能用？』

慈禧太后很仔細地看完，臉色變得很沉重；好久才說了句：『交給我！』

等載漪跪安退出，慈禧太后隨即吩咐，將皇帝從西苑接到宮裡來；同時關照，皇帝的晚膳，開到寧壽宮來。

這是久已未有的事！太監們無不奇怪。但只有很少的人，為皇帝高興，認為太后已念及母子之情；而大部分的人替皇帝捏著一把汗，不知道太后又有甚麼不愉之事，要在皇帝身上出氣？

皇帝自己也持著這樣的想法，惴惴然地，連大氣都不敢喘。進宮請了安；慈禧太后喊一聲：『蓮英！』

『在！』李蓮英看了皇帝一眼；這是遞暗號，讓皇帝寬心。

『叫不相干的人躲開些！』

這不用說，是有極大關係之事要談；李蓮英出去作了安排，又親自在樂壽堂前面看了一圈，方又入殿覆命。

『你就在這裡侍候皇上筆墨好了。』

『是！』李蓮英答應著；倒退幾步，靜靜地站在門邊。

『這裡有兩封信，一封是袁昶給奕劻的；我讓蓮英去問過，』慈禧太后提高了聲音問：『蓮英，慶親王怎麼說？』

李蓮英小跑兩步，站定了用剛剛能讓御座聽得到的聲音答說：『奴才把信拿給慶王爺看了，慶王爺說不錯，是袁大人給他的，筆跡也不錯。』

『你聽見了吧？』慈禧太后問皇帝說。

於是懷著滿腹疑懼的皇帝，開始細看慈禧太后親手交下來的，那一眞一假的兩封信。眞的一封看完，鬆了一口氣；因爲那是指載漪想做太上皇而言，與己無干。

但是，那封假信，看不到幾行，皇帝剛鬆下的那口氣，又提了起來，一路看、一路想，想自己應持的態度。

情形很複雜，如果腳步站不穩，不知會受甚麼罪？有此警惕，不免沉吟；慈禧太后卻又動疑了：『你覺得袁昶的話，很不錯似地，是不是？』她慢條斯理地問。

因爲她的話慢，皇帝才不至於因爲驚惶失措而答錯了話：『袁昶簡直是胡說！一點兒道理都沒有。』

『就只是胡說嗎？』

顯然的，慈禧太后對於他對袁昶所作的批評，並不滿意；那就得再說重一點：『莠言亂政，不守臣道。』

『我看，他不知道安著甚麼心？』

『是！』皇帝想都不想地說：『居心叵測。』

『你可看得出來，他是在離間咱們娘兒倆！』

『可惡！』皇帝就像說相聲『捧哏』的一般，順嘴附和著：『太可惡了！』

『如果他眞的上個摺子，公然主張，也還不失爲光明磊落；這樣子陰險，可眞是死有餘辜。』慈禧太后緊接著說：『我早說過，今日無我，明日無你。只是你始終不能領悟我的意思。』

皇帝早就領悟了。不管慈禧太后說這話，是不是一種抓權不放的藉口；而就事論事，這話應該解釋爲如果不是慈禧太后『訓政』有權，能鎭得住載漪，大阿哥早就要奪位了。想到這平時早就想透了的一句話，他終於瞭然於自己應持的態度，就是與慈禧太后一致；緊靠著慈禧太后站，腳步一定穩當。

於是他立即跪了下來：『老佛爺處處衛護兒子，兒子豈能不知道？兒子再愚再蠢，也不能那樣子冥頑不靈。』他又說：『如今大局艱危，全靠老佛爺撑持；不管別人怎麼說，反正兒子只聽老佛爺的訓誨。』

『你總算心裡還明白。』慈禧太后點點頭是表示滿意的神情，『這兩封信，你看，怎麼處置？』

遇到這種有關係的事，皇帝從前年政變以來，一直不作主張，只循例答說：『請老佛爺作主。』

『我原以爲這兩個人熟於洋務，等李鴻章來了，叫他們倆作個幫手。誰知道這兩個人勾結洋人，挾制君上，這跟私通外國的漢奸有甚麼兩樣？治亂世，用重典，再不能姑息了！』

『是！』

慈禧太后再一次點點頭；然後提高了聲音說：『蓮英侍候皇上寫硃諭。』

『喳！』

這種差使，他是侍候慣了的；最重要的是，硃諭一定得當著慈禧太后的面寫。事實上亦非當著面不可，因爲皇帝的硃諭，不是她口授大意，便是乾脆唸一句，皇帝寫一句。

而這一次，慈禧太后卻並未開口，只把載漪呈上的一個稿子交了下來。皇帝接到手一看，心膽俱裂；不由得抬頭去望，只見慈禧太后臉板得一絲笑容都沒有。就這一副臉色，將他想為袁昶、許景澄求情的心思，硬壓了下去。

筆有千鈞，淚有滿眶，終於將一張硃諭寫完；一滴眼淚下落，還好，不是掉在硃筆上，不致使字跡漫漶。李蓮英在他側面，看得清清楚楚，心中老大不忍，急忙取一塊手巾交到皇帝手裡。

『請皇帝擦擦汗。』

語言跟舉動，都別有用意。話是說給慈禧太后聽的，表示硃諭上的水漬是汗；手巾則又不止於擦汗，主要的是供皇帝拭淚。

擦乾眼淚，皇帝轉身，雙手捧上硃諭；慈禧太后卻不接，只說：『你唸給我聽聽。』

『是！』聲音有些發抖。

李蓮英卻又趕緊捧上一杯調了蜜的菊花茶，『皇上先喝口水，潤潤喉。』說著，使個眼色，示意皇帝不可再發出抖顫的聲音。

皇帝微微頷首，喝口菊花茶，調一調呼吸，慢慢地唸道：

『吏部左侍郎許景澄、太常寺卿袁昶，屢次被人參奏；聲名惡劣。平日辦理洋務，各存私心。每遇召見時，任意妄奏，莠言亂政；且語多離間，有不忍言者，實屬大不敬！若不嚴行懲辦，何以整肅群僚？許景澄、袁昶，均著即行正法，以昭炯戒。欽此！』

『就這樣！』慈禧太后說：『你先收著，明天當面交給軍機。』

於是皇帝將那道硃諭，摺起藏起；跪安退出，上軟轎回西苑時，將有一個機會可以跟李蓮英說話。他輕喊一聲：『諳達！』

這是滿洲話，凡是教皇帝、皇子騎射或者滿洲語文的旗人，都叫『諳達』；地位不如漢人的『師傅』，但也是一種尊稱。皇帝從小就是這樣叫李蓮英的，而李蓮英倒從不敢以諳達自居，聽得招呼，急急趨至轎前，俯身候旨。

『你派人告訴榮祿，明天一早無論如何得上朝。』

『是！』

李蓮英知道，皇帝的用意是希望榮祿能救袁昶跟許景澄。可是他不敢道破眞相，也不敢轉述皇帝的口諭；只作爲他自己的意思，派人到東廠胡同求見榮祿，說是：『李總管說：請中堂明天一早，無論如何得上朝。』

就這一句話，害得榮祿睡不好覺；半夜裡便即起身，曙色初現，便即進宮，誰知還有比他更早的，是剛毅與趙舒翹，兩人都是笑容滿面，倒像有甚麼喜事似地。榮祿心中有事，懶怠去問，靠在籐椅上閉目養神。

『你看，』他聽見剛毅在說：『要不要通知徐楠士來待命？』

徐楠士就是徐桐的兒子徐承煜，從戊戌政變後，就當刑部左侍郎。召他進宮待命，想來必有大案交付刑部；這樣轉著念頭，再想到李蓮英的話，榮祿覺得非探問明白不可了。

要問，當然要問李蓮英；他找了個很能幹的蘇拉，密密囑咐，即刻去打聽李蓮英現在何處？立等回話。不久，蘇拉回報，李蓮英是在榮壽堂西面的小屋中休息。

榮祿知道那間屋子，急急趕了去；一見面便拉他到一邊問道：『今天是不是要殺人？』

李蓮英點點頭：『是的。』

『殺誰？』

『中堂馬上就知道了。』

『蓮英，事到如今，你別吞吞吐吐了！你說要我無論如何進宮，現在不來了嗎？』榮祿心想，李蓮英與立山交好，大概是要殺立山，託自己來救，因而率直追問：『是不是立豫甫又出了甚麼亂子？』

『不是。』李蓮英躊躇了一下：『跟中堂說實話吧，大概是殺許景澄、袁昶。請中堂今天無論如何進宮的話，是皇上交代的。』

聽這話，榮祿拱拱手，轉身就走；剛出樂善堂，只見禮王世鐸，已經帶班進見，便即跟在他身後，一起入殿。

行完了禮，慈禧太后問道：『王文韶呢？今天沒有來？』

『是！』禮王答說：『他昨天中暑，今兒個請假。』

慈禧太后沒有再問，只說：『皇帝，你不是有硃諭要交下去嗎？』

『是的！』皇帝的聲音極低，用蒼白纖細、彷彿一張皮包著骨頭的手，拿起面前的一張紙，從御案上伸了出來。

世鐸急忙站起，接過硃諭；站著看完，頗有手足無措的模樣。榮祿可忍不住了，伸手扯一扯世鐸的衣服。這一下，倒是提醒了他，立即將硃諭交了給他。有人去料理這個難題，他鬆了一口氣，擦擦汗，仍舊回原處。

這時榮祿已將硃諭看完，碰個頭說：『奏上皇太后，奴才有話。』

『甚麼話都可以說，』慈禧太后很快地接口：『替這兩個人求情可不行。』

『皇太后聖明，』榮祿說道：『照硃諭中所指責的罪狀，許景澄、袁昶並無死罪；奴才斗膽，請皇太后皇上收回成命。』

『許景澄、袁昶離間宮廷，罪名甚大；以皇上身分，有不便說、不忍說的難處。』

『果然如此，許景澄、袁昶罪有應得。不過，人才難得；請皇太后、皇上格外成全。留下他們兩條命，也許將來有可以將功贖罪之處。』

『你是說，讓他們跟洋人打交道？』慈禧太后冷笑：『依我看，不讓他們跟洋人打交道還好些！』

『皇太后的訓示，奴才不甚明白……』

『榮祿，』慈禧太后不耐煩地打斷：『你想抗旨？』

聽得這話，榮祿趕緊碰頭，但仍舊說了一句：『奴才請皇太后、皇上召見慶親王，當面交代！』

這因爲慶王是總理衙門的堂官；袁昶、許景澄可算是他的部屬。屬官有罪，責交堂官，本是正辦；榮祿的奏請，在表面上絕不能算錯；事實上是希望有些轉折，或許可以找出挽回之機。

哪知慈禧太后深知他的用意，不理會他的話；只說：『你告訴慶親王，就快輪到他了！』

這句話將榮祿嚇出一身冷汗。以慶王今日的地位，與當年慈禧太后母家貧困時，慶王時相周濟的情誼，她能說出這樣的話來，豈不可駭？再往深一層去想，慶王之後，只怕就要輪到自己了！

這個慈禧太后對慶王的直接警告，亦就等於間接警告榮祿，到這時候，他可再不敢多說一句了；跪安退出，汗濕重衣，將硃諭交回世鐸以後，倒在直廬的籐椅上，瞑目如死，好半晌動彈不得。

相反地，剛毅卻大爲興奮，從世鐸半討半奪地將硃諭拿過來，隨手就交了給趙舒翹說：『是你的事，照硃諭去辦吧！最好今天就覆命。』

趙舒翹是刑部尚書。此時卻有些兔死狐悲之感，戊戌政變殺的都是漢人；如今抓了個旗人立山在監獄中，未判死罪，卻又殺兩員漢大臣。自己也是漢人，想想覺得這件事做得過分了。

因此，他的臉色很沉重，當然也不會親自去料理此事；而徐承煜已經輾轉得到消息，趕了來了，趙舒翹唯有將硃諭交了給他。

徐承煜比剛毅又更高興，得意洋洋地回到部裡，一疊連聲地：『請喬老爺來，請喬老爺來！』

『喬老爺』就是外號『喬殼子』的提牢廳主事喬樹，應喚上堂，接到硃諭一看，不由得大駭，半晌說不出話來。

『你看，樹枏，這件大案，應該怎麼辦？』

『司官不知道。』喬樹搖搖頭答說：『即行正法的案子，沒有辦過。』

『我也沒有辦過！』徐承煜搔搔頭，大聲吩咐：『快請堂主事景老爺來！』

『景老爺』名叫景褑，是旗人；倒是刑部的老司，公事極熟。想了一下說：『只有這樣辦，先行文步軍統領衙門，按名逮捕；送入監獄，然後再「出大差」。』

『對，對！就這麼辦！』徐承煜向喬樹說：『請你預備地方，傳劊子手，預備「出大差」。』

『現成！』喬樹不大在乎地說：『用不著預備。』

『暫時拘禁的地方要預備。』徐承煜有意找麻煩：『兩個人分兩處關，不准他們交談。』

『這會也談不出甚麼名堂來了！』喬樹回到監獄，含著眼淚，爲袁昶與許景澄準備了乾淨房間、涼蓆、蚊帳、扇子，以及涼茶、井水等等。

其時步軍統領衙門，已派出人去，逮捕袁昶與許景澄兩人。其實，兩人都是騙來的；託詞衙門中有公事商量，等車出胡同口，不由分說，擁到步軍統領衙門，立即轉解到刑部；因此，兩人入獄時，穿的都是公服。

他們也實在不負那一身公服，兩個人都從容得很。進了所謂『詔獄』，喬樹親自接待；由於徐承煜的命令不能不聽，所以很恭敬地說：『兩位大人，分住南北。』

於是，袁昶握著許景澄的手說：『人生百年，終需一死。死本不足奇，所不解的是，因何而死？』

『死後自然知道了！』許景澄笑道：『爽秋，你還看不開嗎？』

袁昶低頭不語，鬆了手往南所走去；留下比較涼爽的北所讓許景澄住。喬樹在院子裡目送他們兩人的背影消失；考慮了好一會兒，終於還是不曾進屋，他怕袁、許二人或許會打聽消息，何以爲答。

也就是剛回到自己屋中，徐承煜已經派人來召請了。喬樹心知兩人的大限已至，悄悄吩咐司獄：『預備紅繩子吧！』

這是指示預備『出大差』；大臣被刑，照例用紅絨繩綑綁。等司獄備好車輛，紅絨繩，通知了劊子手，喬樹已氣喘吁吁地趕了回來了。

『不過堂了，直接到菜市口。』他突然淚流滿面，哽咽著向司獄說：『你去料理吧！好好侍候兩位忠臣。』最後一個字出口，隨即掩著臉，捂著嘴，腳步踉蹌地避了開去。

下午一點多鐘，驕陽如火，曬得狗都伸出了舌頭；而菜市口卻有好些人站在烈日之下，大多是白長衫、黑馬褂——袁、許兩家的親友，趕來見最後一面的。

刑部的車子畢竟到了，一直駛入北半截胡同臨時用蘆蓆所搭的官廳。徐承煜高坐堂皇，面有得色；一見袁昶與許景澄的服飾，便即大聲叱斥番役：『你們當的甚麼差，怎麼不把犯人的官服剝下來？』

『你別罵他們！』袁昶高聲說道：『我們倆雖逮下獄，並未奉旨革職。照例衣冠受刑。你身為刑部堂官，連這個規矩都不懂？』

徐承煜語塞，一時有些手足無措。監斬的差使，當過不止一回，但從未見過臨刑的人，還能侃侃然講道理，所以心理上毫無準備。不知道怎麼回答，甚至想找句話掩飾窘態都辦不到，只是脹紅著臉發楞。

『我們是死了！可是究竟是甚麼罪，得了幾句甚麼考語，而受大辟之刑？』袁昶揚臉問道：『請監斬官明白見示，也好讓我們瞑目於地下。』

『這是甚麼地方？』徐承煜有些惱羞成怒，『還容得你們來講道理！』

決囚本來有一套很嚴密的程序。立決人犯雖不比朝審秋決那樣需要『三覆奏』，至少須經過都察院刑科給事中這一科，認為上諭沒有不便施行之處，無需『封駁』，方始『發鈔』交刑部執行。只是大亂之世，一切從簡；殺人也方便了，此時只憑徐承煜一聲叱喝，兩顆人頭就很快地落地了。

袁昶與許景澄之死，為人在納涼聽炮聲之餘，平添了許多話題。有個傳說，頗為盛行；說袁昶臨刑之際，對劊子手笑道：『且慢！等我吟完一首詩。』

詩是一首七律：『爽秋居士老維摩，做盡人間好事多。正統已添新歲月，大清重整舊山河。功過呂望扶周室，德邁張良散楚歌。顧我於今歸去也，白雲堆裡笑呵呵。』據說『呵呵』兩字的餘音未斷，白刃已經加頸了。

這首詩難倒了人，誰也不知道他說的是甚麼？正像袁昶與許景澄的兩條命，能換來一些甚麼，一樣地令人茫然！

最使局外人困惑的是，殺了兩員深通洋務的大臣，並不表示朝廷對洋人勢不兩立，相反地，求和的跡象一天比一天明顯，已公然見之於上諭。第一道是：『現在各兵圍困西什庫教堂，如有教民竄出，不可加害，當飭隊保護。倘彼死守不出，應另籌善策，萬勿用槍炮轟擊。』不用槍炮轟擊，就只有『招降』一法，其實就是想講和。

第二道上諭，範圍更擴大了。第一道上諭還是『諭軍機大臣』，外間不會知道，朝廷對教民已經決定『網開一面』；第二道則是交內閣頒布的明發上諭，通飭各省遵行。說是：『前因中外釁端未弭，各國商民教士之在華者，本與兵事無涉，諭令各督撫照常保護。現在近畿大軍雲集，各路統兵大員，亦當仰體此意，凡洋商教士，均當設法保全，以副朝廷懷柔遠人之意。』

保護洋商教士之外，教民亦在保護之列，因為本『亦國家赤子，原無畛域可分，惟自拳教肇釁以來，該教民等多有盤踞村莊，掘壕築壘，抗拒官軍者，此等跡同叛逆，自不能不嚴行查辦。第念其究係迫於畏罪之心，果能悔禍自新，仍可網開一面。』

接著，以寶坻教民，經宋慶剴切曉諭後，自行解散為例；特行規定：『所有各處教民，如有感悔投誠者，著該將弁及該地方官，一體照此辦理，不得概加殺戮；其各處匪徒，假託義民，尋仇劫殺者，即著分別查明，隨時懲辦，以清亂源。』

不僅如此，對於各國公使，更有格外的照顧。這是內而慶王、榮祿；外而李鴻章、劉坤一所一致建議的，在京各國公使，應該先送出京。所以上諭特命榮祿『預行遴派妥實文武大員，帶同得力兵隊，俟該使臣定期何日出京，沿途妥爲護送。倘有匪徒窺伺搶掠情事，即行剿擊，不可稍有疏虞。』既有上諭，總理衙門自然要多方設法，與各國公使取得聯絡；誰知有的將信將疑，有的負氣不理，初步商談，竟不得要領。

而義和團的那些『大護法』，卻對這兩道上諭，既懼且恨。尤其是載漪，下令命董福祥增兵，加緊攻破使館，董福祥竟置之不理；一葉知秋，眾叛親離之勢已成，越發自危！

總有那麼兩三天，載漪通宵不成寐，自己心口相商，再找親信密議，認爲騎虎難下，唯有因勢驅虎，先發制人，才是上策。因而在心裡擬了一個名單，第一批是十五個人，殺以立威；第二批看情形辦理，如果慶王、榮祿亦竟不聽命，再殺！

於是單銜上了一個奏摺，列出十五個人，指爲與洋人裡應外合的漢奸，請旨即行正法。這十五個人，第一名是李鴻章，第二名是王文韶，『陪榜』的署理順天府尹陳夔龍。此外，督撫如劉坤一、張之洞；大臣如徐用儀、廖壽恆等，都包括在內。

慈禧太后一看這個奏摺，非同小可；隨即叫人封好，發交內奏事處，並有口諭：『交給榮祿，親自來拆！』

榮祿自然大吃一驚！正在細看全文時，王文韶到了。榮祿知道他膽子小，趕緊將原摺往黃匣子中一放，蓋上匣蓋，置在手邊。等召見軍機時，禮王世鐸請假，由榮祿帶班；入殿將黃匣子捧上御案，然後奏事。諸事皆畢，只剩下這個奏摺，未作處置；慈禧太后默不作聲，而皇帝只是用眼色向榮祿示意，鼓勵他有話儘管說。

見此光景，榮祿知道慈禧太后對載漪此舉，頗為不滿。心想，這就省事得多了，索性整個兒推翻它！

於是，他從黃匣子裡取出載漪的奏摺，略揚一揚，用低沉憤慨的聲音說道：『中外決裂，大局壞到如此，都是端王作成的！今天又有這麼一個奏摺，奴才眞不知道端王要拿祖宗的天下，鬧壞到怎麼一個地步，才肯歇手？』

『我亦不以為然！』慈禧太后很快地接口，略想一想又說：『這個摺子，把它「淹」了吧！』

『淹』是不作處置之意，原摺或者留中，或者交軍機處歸檔。榮祿立即答一聲：『是！』一面跪下去碰頭，一面轉臉向王文韶大聲說道：『趕緊碰頭謝恩！』

榮祿跟慈禧太后的對答，王文韶隻字不聞；驟然聽得這麼一句話，以為是慈禧太后有甚麼賞賜，便即碰頭說道：『謝皇太后的賞！』

慈禧太后繃著臉，不便有任何表示；皇帝卻露齒莞爾——這是兩年多以來，第一次開笑口。

回到軍機處，榮祿將提在手心裡的載漪原摺，遞給王文韶，『夔老，』他說：『皇太后賞了你一條老命！』

王文韶一看案由，便驚出一身冷汗；看完，才知道榮祿先前不給他看的道理，拱手長揖，感激涕零地說：『仲華，感激不盡！』

『總算太后聖明，大事化無。』榮祿又說：『這個摺子，太后說是把它「淹」了，那就索性讓它葬身海底永不見天日。』

說完，將載漪的原摺接了過來，吹旺手中的紙煤，一火而焚之。

縱然如此，摺中的內容還是洩漏了。陳夔龍心裡大為嘀咕；細細盤算，第一，只是署理順天府尹，替人受過，太覺不值；第二，載漪既然列名指參，可見得心有不慊，以後處處找麻煩，遲早會栽倒在他手裡；第三，大局日壞一日，順天府上要應付宮廷，下要安撫百姓，中間還有許多達官貴人，有事央託，不說別的，僅是抓車這件差使就吃不消了。

這樣一想，決意求去；找到榮祿，當面懇求。起初，榮祿還不肯放他走，最後談到載漪的居心險惡；榮祿才覺得不能不替他安排。第二天奏明慈禧太后，以原任順天府府尹，署理太僕寺正卿王培佑回本任；而陳夔龍則接王培佑的事，署理太僕寺正卿。

就在這樣走馬換將的第二天，大局急轉直下地壞了下去。日俄英美法義奧七國聯軍，共一萬八千多人，在天津編組完成以後，七月初十開始進軍京城，到得北倉地方，與亂兵及義和團一場混戰；結果李秉衡所統的勤王之師，聞警先潰；宋慶、馬玉崑及直隸提督呂本元所部，不支而退。裕祿退到楊村，聯軍接踵而至；不獨立足無地，連個喘息的機會都沒有。最後避入一家棺材店，也許是觸景生情之故，就用隨身所帶的一把牙柄小手槍，朝自己太陽穴開了一槍。

消息到京，慈禧太后大為震動，召見軍機、御前、總理衙門的大臣，眼圈紅紅地，只說：『局勢壞到如此，你們總要想個法子才好！』

唯一的法子就是盡速議和，但袁昶、許景澄的血跡未乾，誰也不敢自蹈虎尾；無非一些敷衍的話，電催各省勤王，下詔激勵民心士氣之類。不過，慷慨激昂的還是有；最顯得赤膽忠心的是，剛由前線回來的李秉衡！

『回皇太后、皇上的話，勤王之師，倉卒成軍，一上了戰場，不免膽怯。』他先爲所部不戰而潰辯解一句，接著說道：『臣與端王、莊王商議，都說義和團還可以一用；臣不才，願意率領義師，親效前驅！』

『能夠你去擋一陣，再好不過。』慈禧太后是病急亂投醫的口氣：『既然定規了，你要早早出發才好！』

『是！』李秉衡答說：『臣明天就帶隊出發。』

『好，好！』慈禧太后向戶部尙書王文韶大聲說道：『戶部先撥五萬銀子，作爲兩個月的恩餉！』

王文韶不大聽得明白，不過碰頭總沒有錯；伏倒磕個響頭，答一聲：『是！』

『謝皇太后的賞！』李秉衡謝了恩又說：『臣還要求皇太后賞一樣東西。』

『你要甚麼？』

『臣想請皇太后賜寶劍一把，以爲鎭陣之用！』

『鎭陣？』慈禧太后問：『還要擺陣法？』

『是！』

『那好！給你一把寶劍好了。』

宮中的好劍多得很，慈禧太后退朝以後，就叫人摘下一把乾隆年間所造的龍泉劍，頒賜李秉衡。他倒也言而有信，果然在第二天便帶領三千人出師。

事先仿照『登壇拜將』的說法，將領頭的、原住在莊親王府的義和團大師兄，讓上高台，端然正坐；李秉衡朝服朝冠，行了一跪三叩的大禮。看熱鬧的人，詫爲奇觀；知禮的說是褻瀆朝廷的體制，但有人爲李秉衡辯護，說他拜的不是大師兄，而是大師兄手中抱著的那把御賜的龍泉寶劍，不算失禮。

除了寶劍以外，還有鎭陣的法物，一面黑色長旛，名爲『引魂旛』；一面繡著風雲雷火的大旗，名爲『混天旗』；一把長柄紅色大羽扇，名爲『雷火扇』；一對形狀不一的銀瓶，名爲『陰陽瓶』；一個極大的銅製連環，一套九個，名爲『九連環』；一把形似如意的雪亮銅鉤，名爲『如意鉤』；再有一把上畫火燄、嶽廟中小鬼所持的木牌，名爲『火牌』。連同龍泉劍，共稱爲『八寶』。

李秉衡帶領八『寶』鎭陣的三千義和團，一出京城，就溜走了好幾百人。京中慈禧太后以及徐桐、載勛等人，還在盼望捷報；哪知傳來的消息，一個比一個壞。

七月十四，蔡村失守，宋慶退到通州的于家圩；十五，勤王之師張春發、夏辛酉所部，在河西務大敗，死者十之四五，潞河爲之不流。還有陳澤霖的一支勤王新軍，本跟李秉衡在河西務附近，一聽炮聲，譁然大潰，李秉衡也就只好退到通州了。

到此地步，除了徐桐與他的高足啓秀，還相信有天兵天將下凡助戰的奇蹟出現以外，其餘沒有任何人再存著能夠擊退聯軍的希望。因此，各人有各人的打算；當然，軍機大臣不能只爲個人之計，還得顧到慈禧太后與皇帝。

『總得替兩宮預先籌一條退路才好！』趙舒翹向剛毅說：『我看仍舊只有到熱河。』

『這件事很麻煩。宮裡多少人，多少輜重，得要預備多少輛車？』

『不要緊！』趙舒翹答說：『陳筱石預備得有二百輛在那裡。』

『都讓亂軍抓去了！』剛毅大搖其頭：『我看不行。而且，陳筱石已經交卸了。』

『雖已交卸，人還在順天府衙門。到此局面，還分甚麼彼此，只有拿這個差使硬套在他頭上。』

『好吧！你試試看！』

陳夔龍是何等角色？趙舒翹那一套搬不動他。而王培佑庸懦無能，不獨抓不到車，連陳夔龍原來移交下來的八十輛都讓武衛軍硬借走了。同時，榮祿怕慈禧太后一走，外則影響民心；內則有載漪竊號篡位之虞，所以對此事根本不起勁。趙舒翹白忙了一陣，看看不會有結果，也就落得省事了。

軍事是絕沒有轉敗爲勝的可能了！唯一的希望是能夠及時用和議將聯軍擋住在京城外面；這點希望又完全寄託在李鴻章身上。當德皇宣布以老將瓦德西爲聯軍統帥的同一天，朝廷降旨：特授李鴻章爲全權大臣，即日電商各國外交部，先行停戰。而逗留在上海的李鴻章，卻以體弱致疾爲由，電請賞假二十日作爲答覆。

於是色厲內荏的載漪，又要殺大臣立威了！他的摺子雖一參十五人，但自問能動得了的，只有兩個人。一個是內閣學士聯元，以守舊派而因他的女婿——當年『翰林四諫』之一，因學政任滿回京，納江山船妓爲妾而自劾的寶廷的長子，壽富的影響，一變而爲新黨，以致爲載漪所厭惡。五月間連叫三次『大起』，廷議和戰時，載漪就要殺他，但因他是莊王府的『包衣』出身，載勛不能不救。這一次可就不管他了。

另一個是兵部尚書、總理大臣徐用儀。此人籍隸浙江海鹽，軍機章京出身；但以底子是個舉人，所以在仕途上吃了虧，光緒十九年爬到吏部侍郎以後，就上不去了，而年紀已到七十。頗有人勸他急流勇退；他的女兒親家，也是『翰林四諫』之一的黃體芳，由浙江寄一封信給他，拆開來一看，只有『水竹居』三字。原來這是徐家別業的名稱；黃體芳的意思，當然是勸他退歸林下，安享清福；而徐用儀不受勸。

他也有他的想法，辛苦了一輩子，自問亦是朝廷的要角；而七十三年，不說入閣拜相，連個一品都沒有巴結到，未免於心不甘。他的打算，總要做一任尚書再告老，也還不遲。

這樣到了上年十一月裡，機會來了。吏部尚書孫家鼐，因爲辦京師大學堂有新黨的嫌疑被舊派排走。孫家鼐是狀元；吏部去了一狀元，來了一狀元，兵部尚書徐郙，調補孫家鼐的遺缺；而徐郙的遺缺，則以榮祿的推薦，由徐用儀調升。

在他當侍郎時，漢尚書由漢軍徐桐佔缺；及至徐桐升大學士，奉旨仍管吏部，所以徐用儀始終是他的部屬。但徐桐並不念同姓之誼，與徐用儀非常不睦。這有兩個原因：第一、徐用儀兼總理大臣，凡是辦洋務的，都是徐桐的仇人；第二、徐桐雖是個通人所看不起的翰林，但他又看不起只得一榜的徐用儀。前幾年友好勸他及早抽身，就因爲知道兩徐不相得，怕他遭受徐桐的毒手。結果，畢竟不幸而言中了。

其實，載漪對徐用儀並無多大惡感，只爲徐桐有殺徐用儀的意思，載漪便無可無不可地來拿他開刀了。

正在草擬奏摺時，載瀾趕到了，主張將繫獄已久的立山，一併列入。載漪自然同意——載瀾此舉倒不盡是爲了修口袋爭風的私怨，事實上是立山酒醋局的巨宅，被神機營、武衛軍、義和團幾番搜劫，已成了一個空殼子。如果不殺立山，反而無以交代了。

天氣也怪，從七月十五起，就是陰沉沉地彷彿爲一片愁雲慘霧所籠罩，偶爾還有霏霏細雨；那種蕭索的氣象，不由得令人興起國破家亡之感。這樣到了第三天，步軍統領莊親王載勛受載漪的指使，上午八點鐘派兵將徐用儀、聯元逮捕。同時，載漪進宮面奏，說徐用儀、聯元勾結洋人；立山家掘地道接濟西什庫，皆是確鑿有據，請旨立即正法。

等軍機大臣奉召入見，慈禧太后已在倉卒之中作了決定，並已傳旨刑部；召軍機面諭，不過擬旨而已。榮祿自然要爭，他說：『外面消息很緊，京師很危險，這個時候，似乎不宜殺大臣。即令有罪，亦要審訊明確；何況今天是文宗顯皇帝的忌辰，照例停刑。可否暫交刑部監獄，到明天問明了再辦？』

『現在已顧不得那許多了！』慈禧太后說：『治亂世，用重典；成命如果可以收回，這個時候就更沒有人聽朝廷的話了。』

榮祿無法再爭。退出來正好遇見慶王，將他拉到一邊說道：『今天又要殺徐小雲，眞是駭人聽聞。此人總要想法子保全才好。』

慶王亦很著急，『是啊！』他說：『袁、許一喪，再去了一個徐小雲，將來議和就沒有幫手了。』

『我想，我跟王爺倆再請起，代爲求恩。不過，』榮祿想了一下說：『這兩天，咱們倆也犯嫌疑，最好邀蔭軒、文山一起上去，力量比較大。』

『好！』慶王深表同意，『幸好他們都在。』

於是榮祿奔到朝房去求援，先跟崇綺商量；他說：『我跟徐小雲雖沒有深交，亦沒有甚麼意見。可以同去。』

『感同身受！』榮祿拱拱手說：『我再去約蔭軒。』

徐桐聽罷來意，未曾作答，先來一聲冷笑：『仲華，』他說：『你還要假作好人？照我看，這種漢奸，舉朝皆是，能多殺幾個，才消我的氣！』

榮祿聽得這話，倒抽一口冷氣；但還不死心，又說：『勉爲其難如何？』

『不行！』徐桐斷然拒絕，『我兒子奉旨監斬，我怎麼能代他去求情。』

榮祿頹然而返，有氣無力地說得一聲：『不成功！』

就這樣，到了下午四點鐘，畢竟又殺了徐用儀、聯元與立山。隨後便有一道上諭：『兵部尙書徐用儀屢次被人參奏，聲名甚劣，辦理洋務，貽患甚深；內閣學士聯元，召見時任意妄奏，語涉離間，與許景澄等，厥罪惟均。已革戶部尙書立山，平日語多曖昧，動輒離間。該大臣受恩深重，尤爲喪盡天良，若不履行懲辦，何以整飭朝綱！徐用儀、立山、聯元，均著即行正法，以昭炯戒！』

就在徐用儀被逮斃命之日，聯軍前鋒已到了通州的張家灣。全軍一萬八千三百人，大炮七十門，其中日本的野心最大，所以獨佔半數有九千人之多，到張家灣的聯軍，亦就是日本軍隊。

其時李秉衡也是剛到。他從七月十三日出京時，聯軍已經攻陷北倉，潰兵所阻，軍不能前；夏辛酉請他退守張家灣，李秉衡不肯。到了七月十五那天，到河西務不遠的地方，只見馬玉崑倉皇而來，一見面就說：『鑒帥，敵眾我寡，勢所不敵。趕緊退！』

『甚麼話？』李秉衡大聲叱責：『軍法有進無退。現在我軍還有三四萬之眾，拚力前進，還可以擋得住敵軍。』

馬玉崑看話不投機，敷衍幾句，悄然退下，帶著殘部，直奔南苑。而日軍卻不取河西務，直攻李秉衡的大營。與萬本華一軍遭遇；李秉衡又命夏辛酉夾擊，相持了一晝夜，彈藥俱盡，而日軍卻忽又解圍而去，李秉衡無法，只好退守張家灣了。

這夜，李秉衡找了奏調在軍的翰林院編修王廷相、曾廉置酒傾談，回憶到京的情況，未語之先，已是雙淚交流。

王廷相大驚，『鑒帥，』他問：『何故如此？』

『我是相到當年史閣部的處境。』

明末史可法，駐紮揚州，名爲節制四鎮，結果號令不行，狼狽以死。如今李秉衡也是節制四軍；這四軍的無甚用處，與當年的『江淮四鎮』相似；不聽號令，亦復如是。感昔撫今，李秉衡自然要掉眼淚了。

『初到京的時候，徐相國一見我就說：「鑒翁，萬世瞻仰，在此一舉。」見太后、見端王，無不諄諄期勉，逼得我非一戰不可。可是，拿甚麼來戰？』

據李秉衡說，他曾向總理衙門要天津的地圖，竟亦無以爲應。又向榮祿要彈藥，榮祿答覆他：行文山東調撥。哪知第二天一問，說是忘記了！

『榮中堂何嘗會忘記？』王廷相說：『是故意不給；他又何嘗願意鑒帥請纓。』

『是啊！可是當時我並不知道。後來看看不是路，我獻過三策……』

『獻過三策？』王廷相詫異地：『從未聽說過呀！』

『沒有下文，自然大家就不知道了。』

『那麼，是哪三策呢？』

『第一策，送使臣回國，調甘軍當前敵。』

『這第一策就行不通！』王廷相笑道：『甘軍豈肯當前敵？』

『原是有意難他的。』

『難他就是難端王，何怪乎不見用。請問第二策呢？』

『第二策是斬裕祿以勵戎行。』

王廷相默然，心想，兵敗就該斬，則李秉衡今日就不知何以自處了。

因爲有事在心，所以李秉衡所說的第三策，竟不曾聽清楚。但亦無關宏旨，上中兩策不行，第三策爲下策，更不必談了。

『我在想，史閣部當年在江淮煞費經營，到頭來猶不免受困；某何人斯！倉卒奉召勤王，豈有旋乾轉坤之力？此行亦無非略盡人臣心意而已！秉衡今日與諸公訣別了！』

在座的幕僚，無不驚駭動容，但都苦於無詞相慰。

其中有一個是漢軍，本姓馬，名字叫作鍾祺，字味春。勳臣之後，襲有子爵；本身的官職是二等侍衛，與李秉衡是在關外的舊交，以後又入李秉衡幕府，從江南隨同入京勤王。此時大聲答道：『鑒帥如果殉國，後事都在我身上！』

居然有人會作這樣的承諾，王廷相心想，這是戰國、東漢的人物，久矣絕於世了！倒要看看李秉衡是何表示？

一個念頭未曾轉完，只見李秉衡撲翻在地，悲喜交集地說：『味春，那，我就重託了！』

鍾祺趕緊跪下相扶，四臂相接，淚眼相望；在座的人看在眼裡，酸在心頭，都有手足無措之感。

『生離死別尋常事！』李秉衡強自笑道：『我還有一件大事要交代。』接著便喊一聲：『李升！』

李升是李秉衡的老僕，應聲而上，手裡托著一個朱漆盤，上面有七八個梅紅箋的封套，不知裡面裝著甚麼？

『諸公早自爲計吧！區區程儀，略表寸衷，不足以盡我對諸公患難相從的感激之忱。』

接著李升捧托盤到賓客面前，先都不拿；到了鍾祺面前，伸手取了一個。接下來是王廷相，考慮了一下，也取了一個。有這兩個人開了頭，大家就都覺得伸手亦不難；片刻之間，所有的幕友，都收到了二百兩的程儀。

『諸公請各自去整裝吧！』李秉衡說：『我也要息一息了。』

於是鍾祺首先起身出室，一個個默默無言地，跟在他後面。最後一個是王廷相，走到門口，卻又轉身，平靜地問道：『鑒帥能不能緩死須臾？』

『喔，』李秉衡問道：『莫非我還有可爲國效力之處？』

『我在想，義和團的一切，果眞是無根之談，何至於如此歆動人心？總有點道理在內。或許最後有奇蹟出現，亦未可知。』

原來王廷相亦是迷信義和團的，所以有此妄想。李秉衡不便說他『至死不悟』，只笑笑答說：『梅岑，這不足讓我緩死！』

梅岑是王廷相的別號。聽得李秉衡這麼說，深爲失望，垂著頭也走了。

這一夜不是在整理行裝，就是在打聽何處安全，只有王廷相，甚麼事都不做，燈下枯坐，心事如焚，與李秉衡相識以來的一切，都兜上心頭來了。

除了感於李秉衡的知遇之外，他當然亦要捫心自問，平時處處爲義和團揄揚，譽之爲忠義，譽之爲神奇，是不是太過分了？

而最使他困惑的是，李秉衡似乎對義和團毫無信心，然而又何必煞有介事地以『八寶』鎮陣，甚至用『登壇拜將』的故事，來抬高義和團的身價？

『不明白、不明白！』他唯有嘆息：『大概凡是亂世，必定是非不明。是非越不分明，世亂愈亟。』不過有一點，他覺得是很清楚的，綱常忠義，不可稍忽。既有李秉衡死國之忠，就應該有李秉衡的死友之義！

轉念到此，心裡好過多了。倒頭睡下，不知多少時候，方爲炮聲驚醒。

『王老爺！王老爺！』

王廷相掀開帳子一看，床前站著兩個人，一個是李秉衡的老僕李升，一個是他的才二十歲的兒子王履豐。

『爹！』王履豐說：『李老伯請爺趕快回通州。意思急迫懇切得很！爹，行李我都收拾好了，馬也備好了。你老人家請快起床吧。』

『王老爺，請盡快。』李升也說：『洋人逼近了，遲了通州怕會關城。』

『關城也不要緊，我不走。』

『爹、爹，你老人家怎麼可以不走？』王履豐幾乎要哭了，『別辜負了李老伯的盛意。』

說完，跟李升倆，將王廷相扶了起來；初秋衣著簡單，硬替他套上一件紡綢與竹布的『兩截衫』，拉了就走。攙弄著扶上馬，在熹微晨光中，直奔通州而去。

一路上潰兵流離，慘不忍睹；到得通州，王廷相又變了主意，執意不肯進城，要回張家灣跟李秉衡共患難，同生死。

『李老伯也不知在哪裡？也許到前敵去了呢！爹不如進城暫息一息，把消息打聽確實了，再尋了去也還不遲。否則，彼此錯失，就是欲速則不達了！』

王廷相想想兒子的話，不無道理，才肯進城。一投了店，也不回自己屋裡，只坐在櫃房裡，一遇旅客上門，便打聽張家灣的情形與李秉衡的行蹤。

到傍晚有了確實消息，張家灣的守軍又是不戰而潰；李秉衡寫了一夜的信，寫到大天白亮，吞金自盡。亂兵之中，恐怕屍首都無覓處了。

李秉衡之死在意料之中，王廷相倒沒有多少眼淚；不過，堅持要去尋屍。王履豐勸了一夜勸不聽，只得陪著老父出城；騎來的馬，早已給潰兵搶去了，此外更無任何代步之具，唯有步行。

一路走，一路問，有人回答『不知道』；有人說是個『瘋老頭子』，連理都不理。這樣走到下午，後面有消息傳來，通州也失守了。

一直尋到潞河，沿路訪問，誰也不知道李秉衡的屍首在哪裡？天卻暗下來了；秋風襲體，淒涼滿狀。極目所見，無非道路流離、悲泣呼號的無告之民。

於是王廷相怔怔地望著潞河中漂浮不絕的屍首，突然喊一聲：『鑑帥等我！』隨即縱身一躍，投入潞河！

『爹！』王履豐悽厲的喊，急急赴水救父。老父不曾救起來，自己差點滅頂；幸喜難民中識得水性的很多，總算王履豐可以不死。

京城裡的情形，比咸豐年間英法聯軍內犯，僧格林沁、勝保相繼在近畿兵敗之時，悽慘百倍！由於潰勇三五成群，光著脊梁拿著刀，隨便進城，隨便朝緊閉的大宅門亂砍，所以九城盡皆關閉，由神機營派兵看守，有緊要公務，方得出入。

糧食店早已被搶的被搶，歇業的歇業；這一個多月來，全靠城外負販接濟，城門一關，家家廚房中大起恐慌，連御膳房都不例外。

御膳房本來以糟蹋食料出名，從來也不曾想到過，會有一天沒有現宰的豬送進來。豬肉是主要配料，一天得用到三、五十頭；忽然斷絕來源，怎麼得了？

沒奈何只好多用雞鴨海味。各宮妃嬪自設的小廚房則更慘，不但沒有豬肉，由於深宮不如御膳房能自養雞鴨，以至於葷腥絕跡。青菜蔬果也談不上了。

各宮『主位』自己與名下的宮女、太監受苦，猶在其次；最爲難的是，照例每天要孝敬慈禧太后的一樣菜都無著落。

『怎麼辦呢？』住在永和宮的瑾妃跟宮女發愁。

有個宮女叫福雲，從小隨父母駐防成都，會做許多四川小吃，靈機一動，喜孜孜地說道：『主子，咱們做豆花兒孝敬老佛爺吧！』

想一想，沒法子，『好吧！』瑾妃同意：『就做豆花兒。只怕老佛爺還是第一回吃呢！』

於是磨黃豆、做豆花。作料要好醬，那倒現成；太監們用剩下的『克食』做的黃醬，比市面上賣的甜麵醬好過不知多少倍。

到了樂善堂傳膳的時候，瑾妃後到；揭開食盒，捧上膳桌，慈禧太后驚異地說：『那兒來的豆腐。』

『回老佛爺，這不是豆腐，叫豆花兒，四川的小吃。』瑾妃不安地說：『實在不成敬意。』

『原來是豆花！我也聽說過，四川窮家小戶吃的叫豆花飯。不想今天也上我的膳食了！』

『這是奴才的不是！』瑾妃趕緊蹲下來請安：『奴才不知道是窮家小戶吃的東西，太不敬了！』

『不、不！你錯會意思了，我不是怪你！我是自己感慨。說眞的，我還挺愛你孝敬的這樣東西。你看！不是雞，就是鴨！我想吃個蝦米拌黃瓜都辦不到。』

慈禧太后就在這嘆息聲中，吃了半碗小米粥，就算用過膳了。平日妃嬪侍膳，就都肅靜無聲，這一天更是沉寂如死。侍候完了，各自悄悄歸去；偌大一座樂壽堂，頓時冷冷清清。

瑾妃回到永和宮，便有一個名叫壽兒的宮女，喜孜孜地來說：『崔玉貴向老佛爺請了一天假，回家去了。』

『喔，』瑾妃略有喜色，想了一下說道：『看還有豆花兒沒有？給她帶一點兒去！』

『她』就是瑾妃的胞妹，被幽禁寧壽宮後面的珍妃。寧壽宮分爲三路，東路、中路，是慈禧太后常到之處，殿閣整齊，陳設華麗；西一路從符望閣到倦勤齋，久無人居，近乎荒蕪。珍妃被禁之處，即是鄰近宮女住處的一間破敗小屋；原來的門被取消了，裝了一道柵門，形式與監牢無異。裡面四壁皆空，灰泥剝落；砌牆的磚，歷歷可見。其中有幾塊是活絡的，珍妃有一個梳頭匣子，有幾件舊衣服，都藏在裡面，需用時抽開活絡青磚取了出來，用過隨即放回原處。若非如此，連這點窮家小戶都不以爲珍貴之物，亦會被搜了去。

帶人來搜的，總是崔玉貴。他是由慈禧太后所指定，負有看守珍妃的全責。而除他以外，那裡所有能接近珍妃的宮女、太監，對她都抱著同情的態度；因此，一遇崔玉貴出宮，確定他不會闖了來時；必定會到永和宮來通知。

瑾妃當然不敢冒大不韙，去探望胞妹，但衣服食物，經常有所接濟。這個差使是壽兒的專責；她的人緣好，到處有照應，所以瑾妃總是派她。

提著一瓷罐的豆花，隔著柵門送了進去；壽兒笑道：『珍主子趁熱吃吧！今兒瑾主子進老佛爺的，也是這個。』

『豆花兒！』珍妃揭開蓋子一看，『好久沒有嚐過了。』

雖然處境這樣不堪，珍妃還是保持著從容不迫的神態；將瓷罐擺在地上，自己盤腿坐了下來，膝蓋上鋪一塊舊紅布當飯單，然後拿她手頭唯一貴重的東西——一把長柄銀匙，舀著豆花，蘸點作料，慢慢送到嘴裡。

『珍主子，今兒給你進的甚麼？』

所謂『進的甚麼』，是指送來的飯菜。平時總是粗糲之食，而這天不同；『嘿！』珍妃笑道：『今兒我可闊了，有肥雞大鴨子。』

壽兒先是一楞，想一想明白了，『從來都沒有聽說過，膳房沒有豬肉；老佛爺想吃蝦米拌黃瓜都不成。』壽兒感歎地說：『反倒是珍主子這裡，膳食跟老佛爺的一樣。』

『三十年河東，三十年河西。要變起來，誰也料不定。』珍妃慢慢站了起來，扒著柵門很仔細地看了看，方始又說：『外面消息怎麼樣？』

珍妃所聽到的消息並不少，太監、宮女看崔玉貴不在時，都會抽空來跟她閒談；哪怕是匆匆忙忙三五句，人來人往積起來，也就不少了。可是，那些消息，道聽途說，離奇荒誕，甚至自相矛盾，莫衷一是，所以珍妃要跟壽兒打聽；她有一樣好處，沒有一般宮女信口開河的習氣，有甚麼說甚麼，是她不知道的事便笑一笑，或者說一句：『誰記得那麼清楚？』所以她的消息雖不完整，比較可靠，自有可取之處。

『江南來了個李大人，老佛爺很看得起他，召見了好幾回。前幾天帶兵出京的時候，還跟老佛爺要了一把「八寶劍」，不知道怎麼一下子打敗了，呑金尋了死！老佛爺爲這件事，彷彿還很傷心！』

『那李大人是誰？』珍妃想不出來：『不會是李鴻章吧？』

『珍主子是說廣東的李中堂？不是！』

『對了，李鴻章在廣東，不是說要讓他到京裡來嗎？』

『人家才不來哪！』壽兒撇一撇嘴，向四周看了一下，低聲說道：『都說端王爺吃了秤砣，鐵了心了！前天又殺了三個大臣……』

『又殺了三個？』珍妃一驚，『倒是些誰啊？』

『有立大人！可憐。』壽兒搖搖頭：『沒有錢受苦，錢太多了又會送命！錢，眞不是好東西。』

珍妃無心聽她發議論，搶著問道：『還有兩個是誰？』

『不大清楚。聽說有一個是浙江人，都快八十了！還免不了一刀之苦，端王爺眞是造孽。』

『浙江人，快八十了！』珍妃自語著，照這兩點一個一個去想，很快地想到了：『那是徐用儀！』

『不錯，不錯，姓徐。』

『還有一個？』

『還有一個聽說是旗人。』壽兒說：『旗人只殺了這一個，漢人殺得多；所以李中堂也不敢來，怕糊裡糊塗把條老命送在端王爺手裡。』

『那，』珍妃問道：『洋人打到哪裡了？』

『打到通州了！』

『打到通州了！』珍妃大驚，『通州離京城多近，老佛爺不就要心慌了嗎？』

『是啊！前兩天叫人抓車，後來車抓不來；榮中堂又勸老佛爺別走，不能不守在宮裡。往後也不知怎麼個了局？』

珍妃不響，慢慢兒坐了下來，剝著手指甲想心事。見此光景，壽兒覺得自己該回宮覆命了。

『珍主子，奴才要走了，可有甚麼話，讓奴才帶回去？』

『慢一點，你別走！』珍妃又起身扒著柵門問壽兒：『這兩天瞧見皇上沒有了？』

『瞧見了，還是那個樣子。』

『皇上，有沒有一點兒……』珍妃很吃力地找形容詞，想了半天才問出口：『有沒有一點兒心神不定的樣子？』

『那可看不出來了。』

『壽兒，你等一等，替我帶封信給你主子。』

壽兒最怕這件差使。因爲珍妃在內寫信，自己得替她在外把風，提心吊膽，最不是滋味；而傳遞信息，又是宮中最犯禁忌之事！口信還可抵賴，白紙黑字卻是鐵證，一旦發覺，重則『傳杖』活活打死；就輕也得發到『辛者庫』去做苦工，自己一生幸福，不明不白地葬送在這上頭，自是萬分不願。

但不願亦無法，只哀求似地說：『珍主子，你可千萬快一點兒；寫短一點兒，用不著長篇大論！有話我嘴上說就是。』

『我只寫兩句！』

珍妃急步入內，在牆上挖下一塊磚，伸手從裡面掏出一個本子——一本厚洋紙的筆記簿，上面有條鬆緊帶，夾著一枝鉛筆。這是皇帝變法維新那段辰光，和太監在琉璃廠買來，備爲學英文之用的。變法失敗，皇帝的英文也學不成了；留下這些東西，爲珍妃所得，在眼前是她的最珍貴的財產。

値不了錢把銀子的這本洋紙筆記本，珍妃捨不得多用，只撕下小半張，拿本子墊著，用鉛筆在上面寫了一行字，摺成一個方勝，隔著柵門，遞給壽兒。

『很快吧。』

『是！』壽兒很滿意地答應著。

『再跟你主子說，』珍妃左右望了一下，招招手，讓壽兒靠近了才輕聲說道：『我看這樣子，非逃難不可！那時候大家亂糟糟的，各人都只顧得自己。你跟你主子說，可千萬別把我給忘了。』

只求早點脫身的壽兒，連連答說：『不會，不會！如果我主子忘了，我會提醒她。』說罷，匆匆忙忙地走了。

回到永和宮，略說經過，便要呈上珍妃那張紙條；探手入懷，一摸口袋，頓時臉色大變！

『怎麼回事？』瑾妃問。

『珍主子讓我帶回來的那封信，不知道哪兒去了？』

瑾妃一聽慌了手腳；『你，你會弄到哪兒去了呢？』語聲中竟帶著哭音。

壽兒像被馬蜂螫了似地，渾身亂摸亂抓，就是找不著！急得方寸大亂，手足無措。最後仍舊是瑾妃提醒了她：『快回原路去找。』

『是，是！』壽兒如夢初醒似地，飛步急奔。

奔到外面，腳步可慢了，東張西望，細細往前找；越找越著急，越找越心寒。路上紙片倒撿了不少，還有半張舊報；也記不得是廢物該丟掉，仍是一步一步直找到珍妃幽禁之處。

『怎麼啊？壽兒！』

壽兒還不敢說實話，也不敢問她寫的那句話是甚麼？只說：『掉了一根簪子。』

『金的嗎？』

『是金的。』

『掉了金簪子你還想找回來？別做夢了！』珍妃問道：『你手上是甚麼？』

『一張廢紙！』壽兒隨手往牆角一丟。

珍妃已經看清楚了，是張舊報，趕緊說道：『給我，給我！』

這半張舊報，在珍妃看得比甚麼都貴重。坐下來細細看『京中通信』，一條條記的是：

初九日，錄京中某君家書：『宮中只有虎神營兵駐守東華門，任團匪出入，橫行無忌，太后亦不能禁止。都中內城，自正陽門至崇文門三里，所有民房，概行燒燬，各使館圍攻一月，竟成焦土，惟英使署無恙。所傷居民教民及洋人不下六、七千人，城外大柵欄及煤市街一帶金店各民房均燬盡，京官逃難至京東者，日有數起。湖南杜本崇太史喬生，於六月攜眷出都，遇團匪截住，用刀捋其腹中，又用竿刺其夫人立斃，杜太史經各兵環求，幸未殞命。

『京都九門俱閉，義和團號稱五十萬，刻下京中各住宅，日日被團匪派人搜查，並稱需焚香磕頭迎接，都中香店生意大旺，京官雖一二品大員，亦不能不爲所脅。京中金價已漲至六十換，而以金易銀使用，即跌至三十換，亦無人肯兌。銀根奇緊，有某君向日以三十萬兩存放某票號內，此次因欲出京避難，向之索銀，以作路費，往返數次，只得一百六十金而已。』

又有某京員家書云：『王協揆現住軍機處，不復下班。太后不日將西遷。京中米價每石漲至二十五兩。張樵野侍郎，被人指爲通俄，故奉旨正法。尚書立山之下刑部，係因拳匪奏其吃教之故。』

『團匪攻營口租界，華兵又助之，交戰竟日，俄國炮船一艘，以炮擊營口城，華人及道台以下各官，均沿河逃去，俄兵與各西人，均無死傷。』

『聞人言，前直隸藩司廷方伯奉內召之命進京時，被團匪拘獲，欲加殺害，再三求解始得釋。惟謂之曰：「我之權力只能及涿州，過此以上，爾之性命，尚未可保」云。』

半張舊報中，所記載的只是這麼幾條『京中通信』；此外就是官署的告示，商號的廣告，珍妃不管它，只是翻來覆去地看『京中通信』。

『初九？』她自言自語，『應該是七月初九，一個多月前，還談不上西遷！』

轉念到此，自己覺得很得意，因爲報上也說太后將西遷，足以證明自己的判斷正確。

『壽兒啊壽兒！』瑾妃容顏慘淡地說：『你怎麼闖這麼一個大禍！倘或落到外人手裡，反正，我陪著你死就是了。』

『主子！』壽兒急得『哇』地一聲哭了出來，『奴才恨不得馬上就死！』

『你死了也沒用。看造化吧！』

造化弄人，偏偏這張紙條是爲崔玉貴手下的親信太監小劉撿到了。打開來一看，嚇一大跳；趕緊很仔細地照原來的疊痕，重新摺好。

等崔玉貴一回宮，小劉忙不迭地將那紙條送了上去；由於神色嚴重，崔玉貴便問：『甚麼玩意？』

『我說不上來，反正總有場大禍！』

崔玉貴嚇了一大跳，待動手去拆那紙條，卻又爲小劉一手按住；崔玉貴不悅，呵斥著說：『你這是幹甚麼？』

『二總管，你先別拆；等我告訴了你，你再拿主意。』小劉是放得極低的聲音：『這張紙，你看清楚了，是張洋紙；裡面是洋鉛筆寫的字，只有一行「設法留皇上在京，主持和議。」』

一聽這話，崔玉貴毫不遲疑地把紙條拆開，細看果然是這麼一行字；而且稍加辨認就看出來了，是珍妃的筆跡。

『這張紙哪兒來的？』

『在符望閣西面牆外撿的。』

『是你？』

『是！』小劉說：『也眞奇怪！我都有一個多月沒有打那兒經過了，今天心血來潮，想去看看，誰知道就撿了這麼一張紙。』

『好！小子，你有造化。』

說完，崔玉貴直奔樂壽堂。其時已經下午五點鐘，雖然初秋的白晝還很長，太陽尚未下山，可是按規矩，宮門已應關閉下鑰，只爲慈禧太后這天第八次召見榮祿，所以宮門未閉；而崔玉貴亦必得等榮祿走了以後，才能見到慈禧太后。

這一等等了有半個鐘頭，榮祿辭出，而宮門依然未閉；說是還要召見載漪。趁這片段空隙，崔玉貴直趨慈禧太后御座左右，請安說道：『奴才銷假。』

『你回來了！外面怎麼樣？』

『可不大好！』崔玉貴答說：『街上沒有甚麼人了！聽說洋兵是打東面來。』

『那還用你說，從通州過來，當然是打東面來。』

碰了個釘子的崔玉貴，心裡格外有警惕；『老佛爺這會兒可有工夫？』他很小心地說：『奴才有事回奏，這件事三言兩語說不完。』

『你說吧！』

『是，奴才先請老佛爺看樣東西。』

等崔玉貴將那張紙條拿出來，慈禧太后一看是洋紙，便連想到皇帝，臉上立刻就縮緊了。及至看完，慈禧太后的神色大變；嘴角與右眼牽動；太陽穴的青筋突起，那副心血上衝的怒容，在見過不止一次的崔玉貴，仍然覺得十分可怕。

『這張紙是哪兒來的？』

『劉玉撿到的。』劉玉就是小劉，『在符望閣西牆根撿的。』

『你說，是怎麼回事？』

『奴才不敢胡猜！』

『誰要你胡猜？』慈禧太后沉著臉說：『你就不查一查嗎？』

『奴才得請老佛爺的旨，不敢胡亂動手。』

這句話答得很好。慈禧太后點點頭，臉色又變了；這一次變得十分陰沉。而就在此時，太監來報：載漪已經奉召而來，在外候旨。

『讓他回去吧！』慈禧太后厭煩地揮一揮手；接著又問：『蓮英呢？』

等將李蓮英找了來，慈禧太后將紙條交了給他，並由崔玉貴說明經過，然後問他的意見。

『老佛爺不必當它一回事！這會兒也沒有工夫去理這個碴兒；見怪不怪，其怪自敗。』

李蓮英一向言不虛發。要說了，慈禧太后總會聽從；即或有時意見相左，慈禧太后亦會容忍。誰知這一次竟大爲忤旨！

『哼！我不知道你安著甚麼心！你沒有工夫你走開，別在我跟前胡言亂語！』

這幾句話，在慈禧太后訓斥載漪之流，算不了一回事；對李蓮英來說，就是『嚴譴』。他不敢多說，碰個頭悄悄兒退了下去；心裡卻頗爲自慰，輕輕易易地脫出了漩渦，可以不至於做出任何對不起皇帝的事。

由於李蓮英的被責，激發了崔玉貴的雄心，久屈人下，當了多少年的『二總管』；這一回自覺有取李蓮英的地位而代之，成爲『大總督』的希望了。

『人逢喜事精神爽』，因而也就『福至心靈』，一下子把這件事想通了，『事情明擺在那兒，』他說：『有人寫了這張紙條，託人帶給另一個人；受託的人，把這張紙條弄丟了。鬼使神差讓劉玉撿到了，眞是老天爺有眼！』

『嗯！』慈禧太后問道：『那兩個人是誰呢？』

『一個是……』崔玉貴毅然決然地說出口來：『珍主子。』

『字跡不錯吧？』

『不錯！』

『不知道甚麼時候掉的？』

『一定是今天。紙條還很乾淨，再說，隔一天也早就掃掉了。』

『你派人到永和宮去看看，我等著你回話。』

崔玉貴派了個很機警的太監去打聽動靜；回來報告：永和宮一定出了事，上上下下都哭喪著臉。有個叫壽兒的宮女，被三四個宮女輪班看守著；屋子外面還有太監守衛，說是怕壽兒尋死。

『那就是了！』崔玉貴立即奔回樂壽堂覆命；同時建議，召瑾妃來詢問。

慈禧太后沉吟了好一會兒說：『不必！永和宮的，爲人老實。她不知道這回事！』

『這，奴才就不明白了。』

『如果她知道，就不怕傳信的人上吊，那不就滅口了嗎？照現在看，她們都不知道內中寫的甚麼；只是怕傳信的事發覺，我會查問，所以不敢讓傳信的人尋死！』

『是！』崔玉貴心悅誠服地說：『老佛爺聖明。』

話到此處，慈禧太后就不再說下去了。顯然的，對於瑾妃，她是諒解的；至於珍妃的『罪孽』是更深重了！崔玉貴猜想，慈禧太后此刻是考慮處置珍妃的辦法。

其實，如何處置珍妃，在慈禧太后看並不是一件很爲難的事。她是在考慮自己的行止；這一天召見榮祿八次，反覆商量的，就是走，還是不走？經過八次的垂詢，她一時未曾想到的疑問，以及榮祿起初不肯明說的話，差不多都被發掘出來了。然而她並未完全被榮祿說服。

榮祿一再力言的是：『聖駕萬萬不可出巡！應請當機立斷，施行安民的辦法。非將載漪等人置諸重典，不足以挽危局而贊大猷，釋群疑而彰慈仁。』談到『出巡』的地點，榮祿表示，不論熱河行宮，或者一度提到過的山西五台山，皆非樂土，因爲若不議和，則我能到，洋人亦能到，而如決心議和，則眼前即可設法謀求停戰，根本不必『出巡』。

如果慈禧太后眞的要走，榮祿已經聲明，潰兵滿地，號令不行；萬一驚了駕，他只有徒呼奈何。倒不如深居禁城，反來得安全。那時他會親自擔任守衛大內，保護聖躬之責。至於議和一事，李鴻章與張之洞已分別奉派爲頭、二等全權大臣，在上海與漢口跟洋人談判時，得以便宜行事，很快便可停戰。在京師，榮祿認爲奉懿旨賜瓜果食物，已留下很好的轉圜的餘地。最後榮祿還留下一著棋，撤走甘軍以後，趁使館洋兵疲憊鬆懈之際，劫持各國公使，逼得洋人非和不可。

話是說得很有道理，但慈禧太后還是不能明白宣示，一定不走。第一、想到聯軍包圍紫禁城，不免心悸；第二、這場滔天大禍，是由戊戌政變演化而來，洋人很可能提出這麼一個條件；議和可以，先請皇帝復位。那一來，自己是非交出政權不可了！但如『出巡』在外，則閃避搪塞，怎麼樣都可以想得出法子。

如今有珍妃的這張紙條，慈禧太后更覺得自己的所見不差。不過，要走非先說服榮祿不可；派誰留守，主持和議，亦是一大難題。

『唉！』她不自覺地嘆口氣：『眞煩人！』

『船到橋門自會直。』不知何時出現在她身邊的李蓮英，勸慰著說：『老佛爺請寬心。多少大風大浪都經過了，奴才絕不信這一回會過不去！』

『這一回不比往常。』慈禧太后又嘆口氣：『這會兒有當年六爺那麼一個人在，就好了。』

『六爺』是指恭王奕訢。當年文宗避難熱河，京裡就因爲有恭王留守，主持對英法的和議，大局才能穩定下來。如今環顧皇室，及得上恭王一半的都沒有一個。就是忠藎幹練的大臣，榮祿又何能比當年的文祥？撫今追昔，慈禧太后興起一種好景凋零，木殘葉禿的蕭瑟淒涼之感。

也因此，四十年前倉皇出奔，避往灤陽的往事，又兜上心頭。當時魂飛魄散，只覺能逃出一條命去，是僥天之倖；但以今視昔，則欲求當年的處境亦不可得！那時，通州還有僧王與勝保在抵擋；京裡，肅順雖可惡，才幹還是不錯的，乘輿所至，宿衛森嚴，供應無缺，軍機章京照樣揹著軍機處的銀印『趕烏墩』——沿途隨時可以發布上諭。此刻呢？連抓幾輛大車都困難，其他還談得到甚麼？

這樣一想，更覺愁煩，『聽天由命吧！』她說：『反正甚麼樣也是死！』

『老佛爺！』李蓮英急忙跪了下來：『可千萬自己穩住！不然，宮裡先就亂了！』

這話使得慈禧太后一驚！立刻就想到了珍妃的那張紙條；如果宮裡一亂，會成甚麼樣子？皇帝會不會乾綱忽振，挺身出來問事？只轉到這個念頭，不必往下多想，慈禧太后的那顆心，立刻又提了起來。

定神細想一想，覺得不能不作最後的打算，『蓮英，』她說：『你悄悄兒去備一套衣服，就像漢人小戶人家的老婆子所穿的。』

『是！』李蓮英大吃一驚；心想，這是喬裝改扮避難，爲人識破了，大爲不妥。正在想提出疑慮，慈禧太后又開口了：『你馬上去辦！』

『是！』

『崔玉貴呢？』慈禧太后說：『找他來！』

等兩個人換了班，慈禧太后吩咐崔玉貴，即時召珍妃，在景祺閣候旨。

『你自己去！不必跟她多說甚麼。』

『是！』崔玉貴答應著，即時趕到珍妃幽禁之處去宣旨。

在珍妃，當然大感意外；一轉念間，想到自己所寫的那張紙條，以及壽兒來找金釵的那種慌張的神色，不由得大感不安。

『玉貴，』她問：『老佛爺召見，是有甚麼話問嗎？』

『那可不知道了。主子請上去吧！一見了面，不就知道了嗎？』

珍妃碰了個軟釘子，不由得有些生氣，傲然答說：『我當然要上去！怕甚麼？』

說完，用手掠一掠鬢髮。出門跟著崔玉貴往北走，十幾步路就到了景祺閣。珍妃照例在走廊上先站一站，等崔玉貴進去通報。

『叫她進來吧！』

珍妃聽得裡面這一聲，不待崔玉貴來傳，自己掀簾子就進去了；屈雙腿請安，用平靜的聲音說：

『奴才給老佛爺請安！』

『你替我跪下！』慈禧太后急促地說：『你知道不知道自己的罪孽？』

跪在青磚地上的珍妃，微揚著臉，而且視線是偏的，不知望在何處？這種不拿正眼看人的輕蔑態度，惹得慈禧太后勃然大怒。可是，火氣一上來就被自己很快地硬壓了下去；因爲在她所遇見過的人之中，常惹她生氣，往往無可奈何的，只有兩個人，一個是從前的『五爺』惇王；一個就是眼前的珍妃，軟哄不受，硬嚇不怕。脾氣發得自己下不了台，不如聰明些不發爲妙。

因此，慈禧太后只是鐵青著臉問：『今兒誰到你那裡去過了？』

『除了送飯的，沒有別人。』珍妃答得很快。

『送飯的是誰？』慈禧太后轉臉問崔玉貴。

『回老佛爺的話，』崔玉貴答說：『不相干！送飯的都靠得住。』

這是說，送飯的不會傳遞信息；那就一定另外有人——事實上已經知道，是永和宮的壽兒。珍妃

等慈禧太后將裹在綢手絹中的那張紙條一取出來，珍妃倒是大吃一驚，覺得脊梁上一陣陣發冷，

『這張紙上的字，是你寫的不是？』

既不承認，只有拿證據給她看了。

可是馬上將心一橫，由崔玉貴手中接過自己所寫的密簡時，已經作了決定，矢口不認。

『奴才沒有寫過這麼一張紙。』

這一回答，大出慈禧太后意外！她原以爲珍妃很硬氣，會一口承認；誰知道居然抵賴了！

然而，這一賴眞所謂『欲蓋彌彰』，可以確定是寫給瑾妃，囑她設法轉呈皇帝。她之所以要抵賴，只是爲了維護胞姊而已。

於是慈禧太后要考慮了。若是必欲了解眞相，瑾妃現在正派人看守著壽兒，惴惴然等待著查問；只要一傳了來，不必動杖，就能讓壽兒和盤托出。可是，她不能不顧到後果。

這個後果，就是會造成一種傳說：如果洋人打進京城，慈禧太后會逃，皇帝不會逃。他留下來還要跟洋人議和呢！

有此傳說，隱患滋多。想一想決定放過瑾妃；而這正也是變相籠絡的一種方法，有所損亦有所益，不算失策。

打定了主意，冷笑著說：『你也有嘴硬不起來的時候！國家搞成今天這個樣子，都是你當初花裡胡哨地哄著皇上胡作非爲的緣故。洋人不攻進來便罷，若是攻了進來，我第一個就處你的死！』

聽得這話，珍妃心血上衝，滿臉脹紅；覺得世界上的謊言，沒有比慈禧太后的這番話，更不符事實。明明是她自己聽信了載漪、徐桐之流的話，縱容義和團闖下的滅國大禍；誰知會輕輕將責任推在皇帝與自己身上，豈不可恨！

她沒法子一口唾沫吐在慈禧太后臉上，只能在態度上盡量洩憤；揚起臉，偏過頭去，大聲答道：『隨便怎麼辦好了！』

這更是公然犯上的行爲；可說從未有人敢這樣子對她說話過。然而，慈禧太后還是忍了下來，只『嘿、嘿』連聲地冷笑著走了。

而珍妃反倒有爽然若失之感。當她出言頂撞時，便已想到慈禧太后會氣得臉色鐵青，渾身發抖；期待著有此一副模樣爲她帶來報復的快意，稍稍補償這兩年多來被幽禁的諸般苦楚。然後，拚著皮肉受苦，當慈禧太后痛責時，毫不客氣地頂過去，乘機發一發積之已久、藏之已深的牢騷怨恨，那就雖死無恨了。

沒有想到，慈禧太后居然會忍平時之萬不能忍；自己所期望的一切，亦就完全落空，反倒留下一個疙瘩在心裡——不斷地在想，慈禧太后會有怎麼樣的處置？

那當然是極嚴厲的處置！但嚴厲到何等地步，卻非她所能想像。一個人坐在沒有燈火的屋子裡，怔怔地望著低掛在宮牆上端的昏黃的月亮，不辨自己心裡是何滋味？

不知過了多少時候，突然發覺東面的炮聲密了；不但密，而且聲音也跟平常所習聞的不同。不過，這也只是心頭一閃即過的感覺；反正炮聲司空聽慣，無足爲奇。而爲了希望忘卻炮聲的喧囂，又常常自己逼著自己去回憶往事——唯有在回憶中，她才能忘掉眼前的一切。

這時，腦中所浮現的，是一個壯碩的影子。她一直覺得奇怪，高大胖得近乎粗蠢的『文老師』——文廷式，能寫出那樣清麗的詞；說甚麼文如其人？在文廷式可眞是破例了！

一陣風過，爲她平添了深深的寒意；記起文老師教過她的，黃仲則的詩：『全家都在西風裡，九月衣裳未剪裁』，不由得心裡在想：文老師的處境，只怕比黃仲則也好不了多少！

『海風起天末，君子意如何？』她低聲吟哦著；由不知在天邊何方的文廷式，拉拉雜雜地勾起一連串的記憶，打發了大半夜。

九城隔絕，家家閉門；如果有外出的，十之八九是爲了想探得眞正的消息。可是，誰也不知道道聽途說中，哪一句是眞話，哪一句是謠言。

有的說，東直門、朝陽門外，聯軍的前驅，已經到達；有的說，天壇已到了好些頭上纏布，膚色漆黑的『洋鬼子』；也有人說，兩宮已經出奔，目的地是張家口。

這一說可以確定是謠言，慈禧太后依舊住在寧壽宮；當然，她也聽到了敵人已抵城下的傳聞；想起前一天通宵不息，來自東面的炮聲，她知道破城的時辰快近了。

『有件事該辦了！』她自語著站起身來，大聲吩咐：『找崔玉貴！』

崔玉貴正領著四十名快槍手，把守寧壽宮通大內的蹈和門；就在樂壽堂西面，相距極近，一傳便到。

『傳她來問吧！』

『她』就是珍妃。早有默喻的崔玉貴答應著；匆匆往北，親自去傳召珍妃。

接著，慈禧太后也走了，不帶一名宮女，也不帶一名太監；由樂壽宮西暖堂出來，繞西廊過頤和軒，走到西角門，崔玉貴迎上來了。

『馬上就到！』崔玉貴說了這一句，扶著慈禧太后出了西角門。

門外就是景祺閣西面的一個穿堂；西牆之外，便是久已荒涼的符望閣與倦勤齋之間的大天井。老樹過牆，兩三頭烏鴉『呱、呱』地在亂叫。

這個穿堂亦很少人經過，其中空空如也，甚麼陳設都沒有；崔玉貴想去找把椅子來，慈禧太后搖搖手，示意不必，就坐在南面的石階上，一抬眼就可以看到一口井，是寧壽宮除了小廚房以外，唯一的一口井。

不久，珍妃到了，進門不免有詫異之色，何以慈禧太后是在這裡召見？當然，此時不容她細想，從容走到慈禧太后面前，跪下說道：『老佛爺吉祥！』

『洋人要進京了，你知道嗎？』

珍妃一驚，隨即恢復爲沉著的臉色；慢條斯理地說：『昨兒晚上的炮聲，跟往常不同；想來洋人是打東面來的。』

『你倒全都知道。』慈禧太后用一種略帶做作的聲音問：『洋人要來了！那麼，你瞧該怎麼辦呢？』

珍妃想了一會兒答說：『國家大事，奴才本不該過問；既然老佛爺問到，奴才斗膽出個主意，老佛爺儘管出巡熱河，讓皇上留坐在京裡，跟洋人議和。』

話還未畢，只聽慈禧太后斷喝一聲：『誰問你這些？』

珍妃亦不示弱，『既不問這些，』她說：『奴才不知道老佛爺要問些甚麼？』

『洋人進了京，多半會胡作非爲；那時莫非咱們還遭他們的毒手？』

『果然如此，奴才絕不會受辱！』

『你怎麼有這樣的把握？』

『無非一死而已。』珍妃說道；『一個人拚命了，還有甚麼大不了的事？』

『說得不錯。可是也有一個人求死不得的時候；你既然有此打算，何不自己在此刻就作一個了斷？』

一聽這話，珍妃顏色大變；但還能保持鎮靜，『求老佛爺明示。』她說。

『你不是有殉難的打算嗎？』慈禧太后以略有揶揄意味的語氣說：『怎麼這會兒倒又裝糊塗呢？』

『奴才不糊塗，奴才到死都是明白的。』珍妃激動了：『奴才死並不怕，不過想明白，是不是老佛爺要奴才死？』

『你要這麼說也可以！其實，你早就該死了！』接著，慈禧太后大聲喊道：『崔玉貴！』

『喳！』崔玉貴先答一聲，然後轉臉對珍妃說：『請主子遵旨吧！』

『這是亂命……』

一語未畢，將慈禧太后昨天積下來的怒氣，惹得爆炸了，厲聲喝道：『把她扔下去！』

於是崔玉貴上前動手，剛扯著珍妃的衣袖，她使勁將手往回一奪，趁勢站了起來，虎起臉喝道：

『你要幹甚麼？』

『請主子下去！』

順著他的手指一看，珍妃似乎第一次發現有一口井在她身後不遠之處；怔怔地望著，彷彿一時拿不定主意似地。

『請主子下去吧！』崔玉貴哄著她說：『主子下去，我還下去呢！』

誰知這句話惹得珍妃大怒，瞪圓了眼睛斥責：『你不配！』

『是！奴才不配，請主子一個人下去吧！』

人隨話到，崔玉貴躥上兩步，拉住珍妃的手臂，使勁往前一帶；等她踉踉蹌蹌往前撲時，崔玉貴順勢導引，一直拖到井邊，當然有所掙扎。井口不大，井欄不高，要想推她入井，不易辦到；崔玉貴便從她身後，攔腰一把抱緊，自己身子往後一仰，珍妃的一雙腳不由得便離了地；接著，崔玉貴一腳踏上井台，又是往後一仰，等珍妃的雙足套入井欄，隨即身子往下一沉，雙手鬆開，只聽『撲通』一響！崔玉貴的手法極快，不等井中有何呼喊的聲音發出來，便將極厚的一具棗木井蓋蓋上了。

慈禧太后突然發覺，槍炮聲都消失了！淡金色的陽光，從西面宮牆上斜照下來，半院秋陰，蕭爽非凡。好一個恬靜的初秋！慈禧太后怎麼樣也不能想像，京城已快要淪陷了！

『老佛爺，老佛爺！』

突然有驚惶的喊聲，打破了岑寂；慈禧太后從窗外望出去，只見載瀾步履張皇地奔了進來，而李蓮英已經迎了上去。這就不必再等李蓮英進來奏報，慈禧太后自己打著簾子就跨出房門了。

『老佛爺！』神色大變的載瀾，滿頭是汗：『洋人來了！』

慈禧太后大吃一驚，急急問說：『在哪裡？』

『在外城。』李蓮英怕她受驚，搶著在載瀾前面答了一句。

『老佛爺非走不可了！』載瀾氣急敗壞地說：『而且還得快。』

洋人還在外城，隔著一道內城，一道紫禁城，亦不必太慌張，慈禧太后問道：『事到如今，當然要走！你能不能保駕？』

『奴才挑不起這個千斤重擔！』載瀾答說：『奴才手裡沒有兵。』

『那，』慈禧太后略一沉吟，急促地說：『快找軍機！』

軍機大臣不召自至，不過只來了兩個，一個是剛毅，一個是趙舒翹。他們亦是來告警的，說有幾百名『纏頭的黑兵』，已經屯駐天壇。但語焉不詳，慈禧太后問到『纏頭的黑兵』，屬於哪一國？剛、趙二人都無法作答。因此，慈禧太后疑心是新疆來的勤王之師。

『絕不是！』剛毅答說：『是夷人沒有錯。奴才請聖駕務必即刻出巡，否則其禍不堪設想；奴才真不忍說下去了。』

『走！我亦知道應該走。可是，到了這個時候，怎麼走法？你們想過沒有？』

剛、趙二人與載瀾，相顧無言，唯有唏噓，慈禧太后亦就忍不住掉下眼淚；心裡有無數的牢騷怨恨，但一想到自己亦曾一再讚揚過義和團，頓時氣餒，甚麼責備的話都說不出口了。

就在這時候，又來了兩個人，一個是載漪，進宮來探問慈禧太后的意旨；一個是榮祿，剛到軍機大臣直廬，聽說慈禧太后召見，立即趕來候旨。

『洋兵已經到京，不錯。不過大隊還沒有到，東便門有一小隊，大概是俄國兵；天壇亦有，是英國派來的印度兵。』榮祿又說：『甘軍已經出彰義門，一路放槍，一路往西走了。』

慈禧太后心亂如麻，只望著群臣發楞；好半晌才說了句：『那、那怎麼辦呢？』

這話該誰回答呢？若是召見軍機，該由榮祿回奏；而論爵位，則應載漪發言。榮祿是恨極了此人的，這時候就有主意，也不肯拿出來，而況本無主意，越發要擠一擠載漪，『端王必有辦法！』他說：『請皇太后問端王。』

『沒有別的辦法。』載漪硬著頭皮說：『只有張白旗。』

『張白旗就是投降？』慈禧太后問。

『是！』載漪把個頭低得垂到胸前。

『投降！』慈禧太后終於連語聲都哽咽了。

見此光景，群臣一起碰頭自責；慈禧太后卻拭一拭眼淚，指名問道：『榮祿，你看該怎麼辨？』

『只有一個法子，可以試一試，趕緊給使館去照會，先停戰，後議和，甚麼條件都可以答應。』榮祿略停一下又說：『這麼做，總比張白旗，面子上也好看一點兒。』

慈禧太后連連點頭，『只有這麼辦，只有這麼辦！你快找奕劻去商量，越快越好！』她又顫聲加了一句：『我們母子的性命，都在這上面了。』

『是！』榮祿答應一聲，隨即起立，後退兩步，轉過身去，急步出殿。

『剛毅！』慈禧太后重新恢復了威嚴的聲音：『你得趕快去找車！』

『是！』剛毅對此事一無把握，只好這樣答說：『奴才盡力去辦！』

由這一刻開始，慈禧太后才眞的下定決心出奔。不過，越是這種緊要關頭，她越能冷靜，所以想得亦比他人來得深。坐在樂壽堂的後廊下，目送秋陽冉冉而沒，她在心裡作了一個決定，走是走，還得悄悄兒走；不然就走不成了。

但是，有一個人非預先告訴他不可；那就是李蓮英。等他照例在黃昏來陪著閒話時，她左右望了一下，閒閒地問說：『還有誰在？』

李蓮英知道，這是有不能爲第三者所聞的話要說，便一面向遠處的兩名宮女揮一揮手，一面輕聲答道：『沒有人。』

『蓮英，』慈禧太后說：『咱們可得走了！』

『是！』李蓮英的聲音如常，但神色顯然緊張了，把腰更彎一彎，兩眼不時上翻，看著慈禧太后的臉。

『還不定甚麼時候走。』慈禧太后略停一下說：『不是明天，就是後天，得看情形。』

『是！』李蓮英問道：『該怎麼預備？』

『還談甚麼預備？剛毅去找車，不知道能找來幾輛？』

『不管怎麼著，皇上總得跟老佛爺走。』

『那當然。此外……』慈禧太后沉吟著：『看各人的造化吧！』

這意思是，碰上了跟著走；不在慈禧太后面前，就得留在宮裡。以後生死禍福，各憑天命了。

這樣一想，便即了然，慈禧太后出宮逃難的事，必須保守祕密；否則宮眷們哭哭啼啼，這個也要跟著走，那個不敢留在宮裡，亂成一片，不但麻煩，或許會牽累得慈禧太后都走不成。

『讓你預備的衣服，怎麼樣？』

『備好了。』李蓮英答說：『竹布褂子，黑布裙；拿黃袱包著，交給劉嬤嬤了。』

劉嬤嬤原來是宮女，遣嫁以後守了寡；有年慈禧太后突然想到這麼個人，命內務府傳了進來，專門侍候慈禧太后寢宮中一切洗濯之事。爲人極靠得住，所以李蓮英把這套衣服交了給她。

『好！』慈禧太后又說：『今兒宮門上多派人看守；鑰匙是交給誰，千萬弄清楚。』

『是！不會誤事。』

『榮祿也許會請起；他一來，你就「叫」！』

『是！奴才格外關照下去。』

慈禧太后一心以爲榮祿必有消息，誰知等到九點多鐘，都無音信。派崔玉貴去打聽，說是道路隔絕，只怕無法進宮了。

連榮祿都無法進宮，情勢之危殆可知；慈禧太后立即吩咐：傳召軍機及御前大臣。

結果來了三個軍機大臣：王文韶、剛毅、趙舒翹。這三個人是因爲住在軍機直廬，所以能夠在深夜奉召而至。

『就你們三個人啊！你看，別人都丟下我們娘兒倆不管了！』

話到此處，秋風入戶，御案上燭光搖晃不定，照映出慈禧太后憔悴的臉色，皇帝慘淡的容顏。偌大殿廷，多少回衣冠濟濟，雍容肅穆的盛世氣象，兜上君臣心頭，益覺此際極人世未有的淒涼；無不淚被滿面了！

『榮祿都不見影兒了！』慈禧太后擤一擤鼻子又說：『如今是非走不可了！你們三個人，務必跟我們娘兒倆一起走。王文韶年紀這麼大，還要吃這一趟辛苦，我心裡實在不忍，不過這也是沒法子的事；只好隨後趕來。剛毅跟著趙舒翹，都會騎馬，一定要跟著一起走！』

『是！』剛毅答說：『奴才與趙舒翹，捨命保駕！』

『好！』慈禧太后轉臉問道：『皇帝有甚麼交代？』

『王文韶！』皇帝用少有的大聲說：『你一定要來。』

王文韶並未聽得清楚，碰個頭，不說話。剛毅便又問道：『請皇太后、皇上的旨，預備甚麼時候走？』

『這會兒也說不上來。』慈禧太后此時不便嚴詞要求，只能用商量的語氣說道：『總得有幾輛車才動得了。』

『是！』剛毅答道：『奴才盡力去預備。』

『對！你盡力、盡快；等預備齊了，咱們馬上就走。』

說罷退朝，慈禧太后回到寢宮，默默盤算了好一會兒，方始歸寢，但睡不到一個時辰，便已驚醒；原來槍聲復起，不過若斷若續，看樣子是潰兵騷擾，不足縈心。

於是起床漱洗，正在梳頭時，只聽接連不斷怪聲，破空而過，『眇、眇』地有如貓叫。

『哪來這麼多貓？』

一語未畢，慈禧太后發現，有樣小東西在磚地上亂蹦亂跳，發出『咭咭格格』一種很扎實的聲音。等它停了下來，有個宮女撿起來一看，恰好識貨，不由得失聲喊道：『是顆子彈！』

就這一句，恍如青天霹靂，無不驚惶失色，慈禧太后正要查問來歷，又聽得簾子外面有個顫抖的聲音：『洋兵進城了！老佛爺還不快走？』

定睛看時，跪在簾子外面的是載瀾；一時在走動的太監、宮女都停住了腳步，視線不約而同地集中在慈禧太后臉上。

『來得這麼快！』慈禧太后走向簾前問道：『洋兵在哪裡？』

『在攻東華門了！』

怪不得子彈橫飛！慈禧太后到這時候才眞的害怕；因爲東華門一破，往北就是寧壽宮。敵人不僅已經破城，且已深入大內，眞有不可思議之感！

但是，她的思路卻更敏銳了；叫一聲：『載瀾！』

『老佛爺！』載瀾應聲。

『應該出哪個門？』

『應該往西北走！』載瀾答說：『好些人趕到德勝門候駕去了。』

『你的車子呢？』

『在神武門外。』

『好！我馬上就走。』慈禧太后接著便吩咐：『快找皇上來！』

『是！』李蓮英答應著；關照崔玉貴說：『你去招呼皇上跟大阿哥；我在這裡侍候老佛爺換衣服。咱們各辦各的，越快越好。』

『是了！』崔玉貴一面走，一面說：『我去找皇上。』

於是，李蓮英便向慈禧太后請示：『老佛爺是先更衣，還是先梳頭？』

『梳頭』？慈禧太后一摸腦後，方始恍然；旗人婦女梳的頭，式樣與漢妝的髮髻不同，分兩股下垂，名爲『燕尾』，俗稱『把兒頭』，如果只換衣服，不改髮髻，依舊難掩眞相。

『先換衣服吧！』

轉入寢殿後軒，等將黃袱包著的一套布衣布裙取了出來，慈禧太后不由得楞住了！她在想卸卻皇太后的服飾，便等於卸除皇太后的身分；自此以往，也許號令不行，也許無人理會，遇到危急之時，倘或不能善爲應付，而忘其所以地擺出皇太后的款式，也許就有不測之禍。

『不行！』她在心裡說：『不能這麼隨便降尊紆貴！辱沒自己，就是辱沒大清朝的列祖列宗！』

一個念頭轉完，正在拿不定主意的時候，又聽得『盼』地一聲，窗外飛進來一顆子彈。這下，她不再考慮了；讓趙嬤嬤侍候著，換了衣服，也換了鞋，搖搖擺擺地走到前面，自覺渾身很不得勁。

太監、宮女們見慈禧太后這副打扮，無不感到新奇，但沒有人敢多看一眼。反是慈禧太后自己看了看身上，解嘲地強笑道：『你們看，我像不像個鄉姥姥？』

『要像才好！』李蓮英扶著她的胳膊說：『奴才侍候老佛爺梳頭。』

李蓮英已經多年未曾動手爲她梳頭了，但手法仍舊很熟練，解開『燕尾』，略略梳一梳，三盤兩絞，便梳成了一個漢妝的墜馬髻。

『當初義和團剛鬧事的時候，哪裡會想到有今天這麼一天？』慈禧太后故作豁達地說：『更沒想到，有一天我會學漢人打扮！』

李蓮英不答，略停一下問道：『請老佛爺的旨，除了皇上、皇后、大阿哥；再派甚麼人隨駕？』

這使得慈禧太后躊躇了，宮眷如此之多，帶這個不帶那個，顯得不公；倘或全帶，又是累贅。想了好一會兒，才毅然決然地說：『誰也不帶！』

『是。』李蓮英悄悄退下，喚一個親信小太監密密去通知瑾妃：慈禧太后將由德勝門出京，請她自己拿主意。

就這時候，正在壽皇殿行禮的皇帝已經趕到了；慈禧太后不等他下跪請安，便即說道：『你這一身衣服怎麼行？快換，快換！』

於是宮女們七手八腳地爲皇帝摘去紅纓帽，脫去袍褂，李蓮英找了一件半舊玄色細行湖縐的薄棉袍，替皇帝穿上。皇帝瘦弱，而棉袍是寬襟大袖，又未束帶，看上去太不稱身，但也只好將就了。

其時各宮妃嬪，都已得到通知，齊集寧壽宮請安待命。慈禧太后自顧這一身裝束，實在有些羞於見人；但既爲一宮之主，出奔之前，無論如何，不能沒有一句話交代。一個人靜下心來，細想片刻，覺得由於自己這一身裝束，反倒易於措詞；於是恢復了平時的沉著，緩步出室——只是一直穿慣了『花盆底』，驟易漢人的平底鞋，就使不出那一種一步三擺，搖曳生姿的樣子。

『洋人進京了！』慈禧太后說得很慢，聲音也不高，『我跟皇上不能不走；爲的是李鴻章議和，容易跟洋人講條件。你們大家暫時不必跟我一起走！我沒有爲難各國公使；各國公使也一定不准他們進宮騷擾。你們別怕，耐心守個幾天；我跟皇上到了地頭，看情形再降旨。』

話到此處，已有嚶嚶啜泣之聲。慈禧太后亦覺得此情難堪；拿衣袖拭一拭眼淚，少不得還要說幾句安慰大家，並藉以表白的話。

『其實我亦捨不得你們，不過事由兒逼著，也教沒法子。你們看我這一身衣服！一路上會吃怎樣的苦，誰也不知道：倒不如在宮裡！』慈禧太后靈機一動，撒個謊說：『我已經交代榮祿了！他會跟各國公使辦交涉，一定會好好兒保護你們，各自回去吧！』

宮中的妃嬪，除了井中的珍妃以外，誰也不敢跟慈禧太后爭辯；而且看這樣子，跟著兩宮一起逃難，也還是吉凶莫保。然則一動不如一靜，且聽天由命好了。

這樣一想，就更沒有人提出願意扈從的要求；由年齡行輩最長的文宗祺貴妃修佳氏，說一聲：『皇太后、皇上一路福星，早日回鑾！』然後在蹈和門前排班，等著跪送兩宮啓蹕。

在慈禧太后，到此地步當然甚麼儀注都顧不得了！出蹈和門急步往西而去，後面跟著皇帝、皇后、大阿哥，還有個慈禧太后的『清客』，籍隸雲南，善書能畫的繆素筠；此外就是一大群太監、宮女了。

到得西華門前，只見三個漢裝婦女跪著接駕；走近了方始看出，是瑾妃與慶王的兩個女兒三格格、四格格。瑾妃不等慈禧太后開口，先就說道：『奴才跟了去侍候老佛爺。』

『好吧！你跟著。』慈禧太后又問慶王兩女：『你們姊兒倆，怎麼也在這兒？』

『奴才的阿瑪，叫奴才兩個來侍候老佛爺！』

雖在這倉皇辭廟之際，慈禧太后仍然神智清明，了解慶王此舉，所以明心；表示絕不會勾結洋人，出賣太后，遣此兩女陪侍，實有留爲人質之意，因而欣然答應說：『好！好！你們也跟我走。』並又問了一句：『你阿瑪呢？』

『在外面候駕。』三格格指著西華門外說。

西華門外候駕扈從的，不止慶王，有肅親王善耆，莊親王載勛、載漪、載瀾兄弟，鎮國公載澤，貝子溥倫，軍機大臣剛毅、趙舒翹，以及內務府大臣兼步軍統領衙門右翼總兵英年等等。

草草行過了禮，慈禧太后說道：『都起來說話。』

『是！』慶王答應著。首先站了起來。

『就這幾輛車？』

慶王不答，載漪亦不作聲，其餘王公自然更不會開口；於是剛毅站出來說：『皇太后、皇上坐英年、載瀾的車好了。』

慈禧太后點點頭，簡單明瞭地說：『溥倫陪著皇上坐一輛；大阿哥在我車上跨轅兒！』

『是！』大阿哥大聲答應；歪著脖子，撅起厚厚的嘴唇又說：『老佛爺，是先上哪兒啊！』

『不許這麼大聲說話！回頭趕車是車把式的事，不許你插手！』慈禧太后又說：『大家上了車，都把車簾子放下來，別讓人瞧見。』

說完，攜著慶王兩女上車；李蓮英便走向慶王面前，低聲說道：『老佛爺的意思，從德勝門出城。王爺，你看這麼走，可妥當？』

『也只有出德勝門這一條路。北平城都是日本兵，我派人先去打交道。』慶王想了一下說：『不如老佛爺先上西苑歇一歇，等辦好了交涉，再來請駕。』

『是的。就這麼說了。』

於是慈禧太后的車子，先到西苑；傳膳未畢，慶王來報，德勝門可以走了！慈禧太后丟下金鑲的象牙筷，起身就走；坐上車子直奔德勝門，輪子在難民叢中一寸一寸地移動，幾乎費了個把鐘頭，才能穿越城門。

到這時候，慈禧太后才拉開車簾，回頭望了一下；但見城頭上已樹起白旗了。

兩宮出亡，聯軍入城，首先死的是大學士徐桐。

徐桐從東交民巷逃出來以後，就借住已故大學士寶鋆的園子裡，聽得城上已樹了降旛，便命老僕在大廳正樑上結了兩個圈套，然後喚來兩個兒子，行三的徐承煜與最鍾愛的幼子徐承熊。

『我是首輔，國家遭難，理當殉節。』他對徐承熊說：『你三哥位至卿貳，當然亦知道何以自處。』說到這裡向繩圈看了一眼：『我死以後，你可以歸隱易州墳莊，課子孫耕讀傳家，世世不可做官。』

『爹……』徐承熊含著兩泡眼淚跪了下來，哽咽著有言難訴了。

『老么！你快走。』徐承煜說：『你這樣會誤了爹的一生大節！』

『說得不錯！』徐桐閉上眼睛強忍著眼淚說：『你快走，莫作兒女之態！』

『快走，快走！』徐承煜推著幼弟與老僕說：『等鬼子一來，你們就走不脫了。』

『那麼，』徐承熊含淚問道：『三哥你呢？』

『我，』徐承煜答說：『身爲卿貳，當然盡國。走，走，你們快走！不要誤了爹與我的大事。』老僕知道，處此時際，最難割捨的，便是天倫骨肉之情。徐承熊在這裡，徐桐與徐承煜或許就死不了，失節事大，非同小可；所以拉著徐承熊就走。

於是徐承煜將老父扶上踏腳的骨牌凳，徐桐踮起腳，眼淚汪汪地將皤然白首，伸入繩套；眼睛卻還望著右邊，是期待著父子同時畢命。

『爹，你放心，兒子一定陪著你老人家到泉下。』

聽得這句話，徐桐將眼睛閉上；雙手本扳著繩套的，此時也放下了。徐承煜更不怠慢，將他的墊腳凳一抽；只見徐桐的身子往下一沉，接著悠悠晃晃地在空中搖盪著。

徐承煜助成了老父的『大節』，悄悄向窗外看了一下；老僕大概是怕徐承熊見了傷心，將他拉得不知去向了。此時不走，更待何時？徐承煜脫去二品服色的袍褂，就是一身短裝，悄然離家，準備趕上兩宮扈駕；『孝子』做不成，做個『忠臣』再說。

誰知一出胡同口就遇見日本兵，前面是個漢裝的嚮導，認識徐承煜，遠遠就叫：『徐大人，徐大人！』徐承煜不答，低頭疾走；這一下反惹得日本兵起了疑心，趕上來一把將他抓住。徐承煜雙腿一軟，跪了下來。

及至嚮導趕到，日本兵問明他就是徐桐之子，兩次監斬冤死大臣的徐承煜，就不肯放他走了。押著到了他們的臨時指導部——順天府衙門，將他與啓秀關在一起。

『你怎麼也在這裡？』徐承煜問。

『唉！』啓秀不勝懊悔地說：『一念猶豫，失去了殉國的機會。』

徐承煜跟他平素就不大投機，此時也說不到一起，只默默地坐在一旁，自己打脫身的主意。

『老師呢？』啓秀說。

『殉國了！』徐承煜說：『我本來也要陪伴他老人家到泉台的；無奈老人家說，忠孝不能兩全，遺命要我扈從兩宮，相機規復神京。如今，唉，看來老人家的願望成虛了。』

『喔，老師殉國了。』啓秀肅然起敬地說：『是怎麼自裁的？』

『是投繯。』

『可敬，可敬！』啓秀越發痛心：『唉！我眞是愧對師門。』

『如今設法補過，也還未晚。你一片心，我知道；只恨我失去自由，如能脫身北行，重見君上，我一定將你求死不得、被俘不屈的皎然志節，面奏兩宮。』

啓秀聽他這番話，頗感意外；彼此在平時並不投緣，何以此刻有此一番好意？細想一想明白了，便即低聲問道：『你有何脫身之計？若有可以爲助之處，不吝效勞。』

徐承煜是希望啓秀掩護，助他脫困。啓秀一諾無辭；正在密密計議之際，不想隔牆有耳，日本軍早布置了監視的人在那裡，立刻將啓秀與徐承煜隔離監禁，同時派了人來開導，千萬不必作潛逃之計，否則格殺勿論。

到此地步，徐承煜只得耐心枯守。到得第二天，他家老僕徐升得信趕來探問，一見面流淚不止；反而是徐承煜安慰他：『別哭，別哭！國破家亡，劫數難逃。四爺呢？』

『四爺』是指徐承熊，『另外派人送到易州去了。』徐升拭拭眼淚答說：『四爺本不肯走的，我說老太太在易州不放心，得趕去報個信；四爺才匆匆忙忙出的城。』

原來徐家的婦孺眷口，早就送到易州墳莊上避難；徐承煜聽說幼弟去報信，便問：『怎麼報法？』

『老太爺殉了難……』徐升遲疑著未再說下去。

『還有，』徐承煜指著自己的鼻子說：『我呢？』

徐升知道他的意思，若說本已許了老父，一起殉國；哪知道竟爾棄父偷生！這話就是在家人面前，說出來也是令人無地自容的事。所以徐承煜特感關切。事實上徐承熊發現他三哥悄然遁去以後，本就問過徐升，見了老母如何說法？徐升的答覆是：有甚麼，說甚麼。而此時爲了安慰徐承煜，卻不能不說假話。

『我想，四爺大概會告訴老太太，說三爺不知去向。』

『我本來要跟了老爺子去的，不想剛剛侍候了老爺子升天，日本兵就闖進來了！那時我大聲叫你，你們到哪裡去了？』

『我跟四爺都沒有聽見。』徐升答說：『那時候，我在後院，勸四爺別傷心。』

『怪不得你們聽不見。』徐承煜說：『事已如此，也不必去說它了。老爺子盛殮了沒有？』

『也不知到哪裡去找棺木？只好在後院掘一個坑，先埋了再說。』徐升嘆口氣，又掉眼淚：『當朝一品，死了連口棺木都沒有。』

徐承煜不作聲，咬著指甲想了半天，突然向看守的日本兵，大聲說道：『我要見你們長官！』

日本兵聽不懂他的話，找來一名翻譯，方知徐承煜的請求是甚麼，當即允許；就派那名翻譯代爲去通報。不一會兒，來了一名通漢語的日本少尉，名叫柴田；向徐承煜說：『你有甚麼話，跟我說。』

『我的父親死了，我得回去辦喪事。你們日本人也是講忠孝的，不能不放我出去吧？』

『你父親叫徐桐是不是？』

『是的。』

『徐桐頂相信義和團是不是！』

『不是，不是！』徐承煜說：『我父親並不管事；他雖是大學士，是假宰相。這話跟你也說不清楚；反正他上吊死了，總是眞的。請你跟你們長官去說，我暫時請假，辦完喪事，我還回來。』

那少尉答應將他的請求上轉；結果出人意料，『請假』治喪不准，但徐桐的後事，卻由日軍派人代爲料理，起出浮埋的屍首，重新棺殮。當然，那不會是沙杭、楠木之類的好棺木，幾塊薄松板一釘，像口棺木而已。

不管怎樣，徐桐是未蓋棺即可論定的。而有些人卻眞要到此關頭，才能令人刮目相看的；其中最令人震動的是寶廷的後人。

寶廷是當年響噹噹的『翰林四諫』之一；爲了福建鄉試事畢，回京覆命途中，娶了富春江上的船妓『桐巖嫂』爲妾，自劾落職，從此不仕，築室西山，尋詩覓醉，逍遙以死。

在他死前兩年，長子壽富，已經點了翰林，壽富字伯茀，家學淵源，在旗人中是個讀書人。最難得的是，壽富雖爲宗室，卻通新學；與他的胞弟壽蕃，在徐桐之流的心目中，都是『大逆不道』的『妖人』。

壽富、壽蕃以兄弟而爲聯襟，都是聯元的女婿。聯元本來是講道學的守舊派，只爲受了壽富的影響，成了新派，因而被禍；死後，一家人都投奔女婿家。壽富自覺岳父的一條命是送在他手裡的，所以聯軍未破京以前，死志已萌。

到得兩宮出奔，京中大小人家，不知懸起了多少白旗。壽富與胞弟相約，決意殉國；死前從容整理了遺稿，然後上吊。壽富是一個大胖子，行動不便；壽蕃就像徐承煜侍奉老父懸樑那樣，扶他上了踏腳凳，親眼看他投繯以後，跟著也上了吊。壽富還留下一封給同官的遺書，請他們有機會奏明行在，說他『雖講西學，並未降敵』。

深惡西學的崇綺，雖然也沒有降敵，但跟著榮祿，由良鄉遠走保定；他的妻子出身於滿洲八大貴族之一的派爾佳氏，性情極其剛烈。聽說聯軍進了京，深恐受辱；命家人在後院掘了兩個極深的坑，然後集合家人，分別男女，入坑生瘞。她的兒子散秩大臣葆初，孫子員外廉定，筆帖式廉客、廉密，監生廉宏，居然都聽她的話，勇於一躍，甘死不辭；全家十三口，除了留下一個曾孫以外，闔門殉難。消息傳到保定，崇綺哪裡還有生趣？大哭了一晝夜，在蓮池書院用一根繩子，結果了自己的一條老命。

此外舉家投水、自焚、服毒；甚至如明思宗那樣先手刃了骨肉，然後自殺的，亦還有好幾家。只是漢人殉難的不多；四品以上的大員，只有一個國子監祭酒，名重一時的山東福山王懿榮。國子監祭酒，亦是滿漢兩缺；滿缺的祭酒叫熙元，他是裕祿的兒子，平時不以老父開門揖盜爲然，而此時亦終不負老父，與王懿榮一樣，服毒殉節，不愧爲士林表率。

儘管國門已破，京城鼎沸，而近畿各地，特別是西北方面，大多還不知道大清朝已遭遇了類似崇禎十七年三月十九的大難；義和團亦橫行如故，但只如枯井之蛙，努目喧囂，無非在那尺寸之地而已。

有個曾紀澤的女婿，名叫吳永，字漁川，舉人出身；以直隸試用知縣，辦理洋務，頗得張蔭桓的賞識，加以有世交李鴻章的照應，得以調補懷來知縣。這個地方是出居庸關的第一站，地當京綏孔道，衝要繁雜，光是驛馬就三百多匹，所以雖是一等大縣，卻是很不容易應付的一個缺分。

吳永爲人幹練，而且年富力強，倒也不以爲苦；但從義和團開始鬧事以來，這半年多的工夫，幾乎沒有一天沒有麻煩，使得吳永心力交瘁，日夜不安。自從天津失守，潰軍不時竄到，處境越發艱難；義和團亦有戒心，將東、南兩面的城門，用石塊沙包，塡塞封閉，只留西門出入，日夜派人看守盤查；往來公文，用個籮筐從城頭上吊起吊下，而且先要經義和團檢查過，認爲無礙，方始收發。

這天是七月二十三，黃昏時分，天色陰晦，益覺沉悶，吳永心裡在盤算，唯有到哪裡去弄點酒來，暫圖一醉，才是破愁之計。

就在這時候，義和團派人送來一通『緊急公文』。接到手裡一看，只是捏縐了的粗紙一團；吳永心想：這叫甚麼緊急公文？姑且將紙抹平了看上面寫些甚麼？

一看不由得大驚！入眼就是『皇太后』三字；急忙再看下去，橫單上寫的是『皇上、慶王、禮王、端王、肅王、那王、瀾公爺、澤公爺、定公爺、濂貝子、倫貝子、振大爺、軍機大臣剛中堂、趙大人、英大人。』在『皇太后、皇上』字樣之下，註著『滿漢全席一桌』；以下各人是『各一品鍋』。此外又有『神機營、虎神營，隨駕官員軍兵，不知多少，應多備食物糧草。』下註：『光緒廿六年七月廿二日』；上蓋延慶州的大印。吳永看字跡，確是延慶州知州秦良奎的親筆。

接著，又有驛站來的消息，慈禧太后及皇帝，這天住在岔道——這是延慶州所屬的一個驛站；往西廿五里，即是懷來縣所屬的榆林堡，再過來二十五里，就是縣城了。

吳永大爲焦急，只有趕緊請了所有的幕友與官親來商議，『荒僻山城，市面壞到如此，怎麼來辦這個皇差？』他說：『兩宮明天一早從岔道啓蹕，當然是在榆林堡打尖，非連夜預備不可。』

大家面面相覷，半天作不得聲；最後是刑名師爺開了口：『以我看，不如置之不理。既無上官命令，而且是在這樣兵荒馬亂的時侯，辦不了皇差，勢所必然。』他略停一下：『不接手還好，一接了手，供應不能如意，反會遭受嚴譴。豈非自取之咎？』

這種話不說還好，說了徒亂人意；吳永躊躇再四，總覺得事到臨頭，假作不知，不僅失卻君臣之義，就算陌路之人遭難，亦應援手。至於一切供應，能否滿上頭的意？此時不必顧慮，只要盡力而爲，問心無愧；想來兩宮看一路上蕭條殘破的景象，亦會諒解。

主意一定，立即發號施令，首先是派人通知榆林堡驛站，兩宮明天中午在那裡打尖，盡量預備食物；其次是悉索敝賦地搜尋庫房與廚房，將比較珍貴的食料，如海參、魚翅之類，全數集中，分出一半，派小廚房的廚子攜帶，連夜趕到榆林堡，幫同料理御膳。同時發出知單，請本縣的士紳齊集縣衙門議事。

這時已經起更了，秉燭聚議，聽說大駕將臨，所有的士紳，相顧錯愕，不發一言。因爲辦皇差是一件極騷擾的事，有錢出錢，有力出力，哪家的房子好，要騰出來；哪家有古董字畫，要借來擺設，都是言出必行，從不許駁回的。但如今時世不同，何能與承平時期相比？所以這保持沉默，便意味著是不滿，是戒備；如果縣官提出過分的要求，立刻就會遭遇反抗。

見此光景，吳永趕緊用慰撫的語氣說：『大家不必擔心！兩宮無非路過，住一晚就走的。至於隨扈的官兵，亦容易應付；爲了應變，家家都有存糧，分出一半來，烙點餅、蒸點饃、煮點稀飯，多多益善。能夠再預備點鹽菜甚麼的，那就更好了。至於價款多少，將來由縣裡照付，絕不會連累到百姓。』

聽這一說，滿座如釋重負；首席一位耆紳代表大家答說：『這樣子辦差，是做得到的，一定遵命。』

話剛說到這裡，聽差來報，義和團大師兄，帶了十幾個人，要見縣官。吳永便告個便，出二堂，經暖閣，到大堂去接見。

『聽說縣官半夜要出城？』義和團大師兄問。

『是的。』吳永答說：『皇太后、皇上明天上午會到榆林堡，我要趕了去接駕。』

『他們是從京城裡逃走的，哪裡還配稱太后、皇上。』

『皇上巡狩全國，哪裡都可去，怎麼說是逃走？』

『不是逃走，爲甚麼舒舒服服的皇宮內院不住，要到這裡來？』

吳永心想，這簡直是存心來抬槓！義和團無可理喻，而且也沒工夫跟他們講道理；同時也很厭惡，所以話就不好聽了。

『太后、皇上不能舒舒服服住在皇宮內院，是因爲義和團吹牛，說能滅洋人，結果連京城都守不住！只好逃走。』

話還未畢，大師兄大喝：『住口！完全是二毛子口氣！』他又暴喝一聲：『宰了！』

吳永是有準備的，回身急走；吩咐分班輪守的馬勇：『他們敢闖入二堂，就開槍，不必有任何顧忌！』

那些馬勇原是恨極了義和團的，一聞此令，先就朝天開了一排槍；大師兄的氣燄頓挫，帶著手下，鼠竄而去。

二堂中的士紳，無端受了一場虛驚，都爲吳永擔心，有人問道：『拳民頑劣，不可理喻；老父台恐怕不能出城！怎麼辦？』

『不要緊！』吳永答說：『我是地方官，守土有責，現在奉旨迎駕，非出城不可。義和團平時動輒自稱義民，如今御蹕將到，而不讓我出城，那不就要反了？治反賊，有國法在，我怕甚麼？』

於是，等士紳辭出，吳永又召集僚屬與帶領馬勇的張隊目，商議大駕到時，如何維持地方的治安。張隊目人頗精幹，當即表示；他的弟兄雖只二十名，但馬上單手開槍，亦能十發九中，保護縣官，他敢負全責。

『好！你明天帶八個人跟我一起出西門，有人敢阻擋，馬上開槍，格殺不論。』

『堂翁，』是縣丞插話；州縣都是正印官，用『正堂』的頭銜，所以稱他爲『堂翁』。他說：『有件事恐怕不妥。大駕自東而來，當然一直進東門；而如今只有西門通行，不能讓鑾輿繞道吧？』

『當然，當然！』吳永想了一下說：『這件事就拜託老兄了，明天一早就派人把東門打通；堵塞城門的泥土石塊，正好用來鋪路。還有十二名馬勇，我留給老兄；不過，對義和團還是以嚇住他們，不敢輕舉妄動爲宜。』

『我知道。扈駕的大兵馬上就到了，諒他們也不敢出頭阻撓。』

正談到這裡，只見門外人影，面目看不清楚，而觸目驚心的是胸前一大片紅，一望而知是血色。喚進來一看，竟是遣到榆林堡的廚子。

『筵席材料是雇了兩頭驢，馱了去的；出西門往東繞道去，走不得兩三里路，來了一群丘八大爺，攔住了要驢子。我說：「這是馱了東西，預備去侍候太后、皇上的。」有個爲頭的就罵：「甚麼太后、皇上。」拿刀就砍！』廚子指著裹了傷的右臂說：『我這裡挨了一刀。連東西帶驢子都給搶跑了。』

吳永與僚屬面面相覷，無以爲計。最後只有決定，早早趕到榆林堡，看情形就地設法。

第二天拂曉出城；義和團已知縣官蓄意不善，乖乖地放他出城。一路上紅巾狼藉，可以想像得到，義和團也怕官兵一到，便有大禍，所以拋卻紅巾，逃命去了。

十點鐘到了榆林堡，策馬進鎮，一條長街，竟成死市；除了覓食的野狗以外，不見人煙。吳永心裡著慌，急急趕到驛站；平時老遠就可以聽到櫪馬長嘶，此刻寂靜無聲，喊了好半天，才出來一個人，是吳永的老僕，特地派到驛站，以便招呼往來貴人的董福。

『董福，』吳永第一句話就是：『你有預備沒有？』

董福苦笑著答說：『榆林堡空了！稍微像樣一點的東西，都逃不過亂兵的眼；驛馬剩了五匹，都是老得走不動路的。昨天接到老爺的通知，急得不得了；看來看去，只有三處騾馬店，房子比較整齊，也還有人，我跟他們商量，借他們的地方讓太后、皇上歇腳，總算稍微布置了一下。至於吃食，商量了好半天才說定，每家煮一大鍋綠豆小米粥；哪知道一煮好就亂兵上門，吃得光光。還剩下一鍋，是我再三央求，說是不能讓太后、皇上連碗薄粥都吃不上。亂兵算是大發慈悲，留了下來。』

聽得這話，吳永心裡很難過，但這時候不容他發感慨，只一疊連聲地說：『還好，還好！這一鍋粥無論如何要拚命保住。』

於是吳永由董福陪著，到了存有一鍋綠豆小米粥的那家騾馬店；進內巡視了一轉，正屋是兩明一暗的瓦房，中間放一張雜木方桌，兩旁兩把椅子，正中壁上懸一幅米拓的『壽』字中堂。細看四周，也還乾淨，可以將就得過；便即帶著馬勇，親自坐在大門口把守，散兵游勇望望然而去之，一鍋粥終於保住了。

不久，來了兩騎馬，後面一騎是肅王善耆；吳永在京裡跟他很熟，急忙起身請安，肅王略無客套，直截了當地關照：『皇太后坐的是延慶州的轎子。後面四乘馱轎，是貫市李家鏢店孝敬的；皇上跟倫貝子坐一乘；其次是皇后；再次是大阿哥，最後一乘是李總管。接駕報名之後，等轎子及第一乘馱轎進門，就可以站起來了。』

吳永諾諾連聲，緊記在心；不久，只見十幾匹馬前導，一路走，一路傳呼：『駕到，駕到！』這樣又過了好一會兒，才看到一乘藍呢轎子，由四名轎伕抬著，緩緩行來；將到店門，吳永跪下高唱：『懷來縣知縣臣吳永，跪接皇太后聖駕。』

轎中毫無聲息，一直抬進店門；接著是第一乘馱轎，皇帝與貝子溥倫，垂頭喪氣地相向而坐。吳永又唱名接駕；起身以後，仍舊坐在店門口，只見七八輛騾車陸續而來，一起都進了騾馬店。此外還有扈從的王公大臣，侍衛護軍，及馬玉崑部下的官兵，亂糟糟地各找地方，或坐或立，一個個愁容滿面，憔悴不堪。

就這時，裡面出來一名太監，挺著個大肚子，爆出一雙金魚眼睛，扯開劈毛竹的聲音大叫：『誰是懷來知縣啊？』

吳永已猜想到，此人就是二總管崔玉貴，便即答道：『我是！』

『走！上邊叫起，』崔玉貴一把抓住吳永的手腕，厲聲說道：『跟我走！』

見此來勢洶洶的模樣，吳永心裡不免嘀咕；陪笑問道：『請問，皇太后是不是有甚麼責備？』

『這哪知道？碰你的造化！』

帶到正屋門，崔玉貴先掀簾入內面報，然後方讓吳永進屋。只見布衣漢髻的慈禧太后，坐在右面椅子上；吳永照引見的例子，先跪著報了履歷，方始取下大帽子，『鼕鼕』地碰響頭。

『吳永，』慈禧太后問道：『你是旗人還是漢人？』

『漢人。』

『哪一省？』

『浙江。』

『喔，』慈禧太后又問：『你的名字是哪個永字？』

『是，』吳永順口答道：『長樂永康的永。』

『哦！是水字加一點？』

『是！』

『你到任三年了？』

『前後三年。』

『縣城離這裡多遠？』

『二十五里。』

『一切供應，有預備沒有？』

『已敬謹預備。』吳永答說：『不過昨天晚上，方始得到信息，預備得不周全，不勝惶恐之至。』

『好！有預備就得了。』慈禧太后一直矜持隱忍著的淒涼委屈，由於從吳永答奏中感到的溫暖，眼淚如冰解凍，再也忍不住了，突然放聲大哭，且哭且訴：『我跟皇帝連日走了幾百里地，竟看不見一個百姓，官吏更不知道躲到哪裡去了？昨天到了延慶州，才有人招呼；如今在你懷來縣，你還衣冠接駕，可稱我的忠臣。我眞沒有料到，大局會壞到這麼一個地步！現在看你還不失地方官的禮數，莫非本朝江山還能保得住。』

說罷，哭聲愈高；滿屋中的太監，無不垂淚，裡屋亦有窸窣、窸窣的聲響，料想后妃宮眷亦在傷心。見此光景，吳永鼻子一酸，喉頭哽咽，雖未哭出聲來，但也說不出話來。

慈禧太后收一收淚，又訴苦況：『一連幾天，又冷又餓。路上口渴，讓太監打水；井倒是有，沒有吊桶；太監又說，沒有一口井裡，不是有人頭浮在那裡，嚇得渾身哆嗦。實在渴不過，採了幾枝秫稈，跟皇帝嚼一嚼，稍微有點漿汁，總是聊勝於無。昨天晚上，我跟皇帝只有一條板凳，娘兒倆背貼背坐了一夜；五更天冷得受不了，也只好忍著。皇帝也很辛苦，兩天沒有吃東西，這裡備得有飯沒有？』

聽這一說，吳永才知道延慶州知州秦奎良，帶著大印躲開了，除了一乘轎子，不曾供應食物；橫單上甚麼『滿漢全席』、『一品鍋』，不過慷他人之慨而已。

這樣想著，覺得雖是一鍋豆粥，亦無所愧怍；便即答說：『本來敬謹預備了一席筵席，哪知爲潰勇搶光了；另外煮了綠豆小米粥，預備隨從打尖的，亦搶吃了兩鍋。如今還剩一鍋，恐怕是粗糲，不敢進呈。』

『有小米粥？』慈禧太后竟是驚喜的聲音：『很好，很好！快送進來。患難之中，有這個就很好了，哪裡還計較好壞？』

『是！』

這時慈禧太后才想起來，『你應該給皇帝磕頭！』她轉臉吩咐：『蓮英，你給吳永引見。』

皇帝就站在桌子左面的椅子背後，不過照規矩見皇帝，必得有人『帶班』；李蓮英便權充『御前大臣』，向皇帝宣報：『懷來縣知縣吳永進見。』

吳永便轉過半個身子，磕下頭去，皇帝毫無表情；吳永磕完抬頭，才略略細看皇帝，只見髮長逾寸，滿臉垢膩，身上穿一件又寬又大的玄色舊湖縐棉袍。那模樣令人想起破落戶中抽大煙的敗家子。

『吳永！』慈禧太后代皇帝吩咐一句：『你下去吧！』

下去第一件事就是將一鍋小米粥抬進來；另外有幾隻粗碗，可是沒有筷子。幸好吳永穿的是行裝，荷包中照例帶著一副牙筷；另外還有一把解手刀，擦拭乾淨了，進奉慈禧太后使用；此外就只好就秫稭梗子代替了。

門簾放下不久，便聽得裡面唏哩呼嚕吃粥的聲音；很響，也很難聽，驟聽彷彿像狗在喝水。

恭候在門外的吳永，感慨萬千，心裡有種說不出的悲傷；可是，掀簾出來的李蓮英，臉色恰好相反，帶著笑容翹一翹大拇指，先做個讚賞的手勢，然後才開口說話。

『你很好！老佛爺很高興。』他說：『用心侍候，一定有你的好處。』

這在吳永當然是安慰，隨即答說：『一切要請李總管照應。』

『當然，當然！』李蓮英又用商量的語氣說：『老佛爺很想吃雞子兒，你能不能想法子？』

這出了一個難題，吳永只能硬著頭皮說：『我去想法子！』

等李蓮英一轉身，吳永立即懊悔，不該輕率答應；一堡皆空，哪裡去覓雞蛋？說了實話，可蒙諒解，如今辦不到倒不好交差了。

一路想，一路走，抱著姑且碰一碰的心思，走到街上；有家小店，裡面空空如也，但懸著乾辣椒、蒜頭之類，似乎是家雜貨店，便走了進去，在櫃台上隨手拉開一個抽屜看一看。

一看之下，吳永簡直不相信自己的眼睛了；抽屜裡好好擺著五枚雞蛋。吳永喜不可言，取下頭上的帽子，將這五枚雞蛋放在裡面，小心翼翼的捧回驛馬店。

可是從人四散，而原來看店的人，又因御駕駐蹕，嚇得溜之大吉，這五個生雞蛋，如何煮熟了進呈，便大費周章了。

迫不得已，只好自己動手。幸而荷包裡帶著一包原名『洋火』，因爲義和團忌『洋』字而改稱爲『取燈兒』的火柴；火種有著，生火不難，找到冷灶破釜，用碎紙木片燒開一小鍋水，煮熟五個『臥果兒』，盛在一隻有缺口的粗瓷碗中，加上一撮鹽，小心翼翼地捧了進去，交給太監轉呈。

不多一會兒，李蓮英又出來了，『吳大老爺，』他說：『你進的五個雞子兒，老佛爺很受用，吃了三個；還有兩個賞了給萬歲爺，別的人，誰也沾不上邊兒。這是好消息。不過，老佛爺想抽水煙，你能不能找幾根紙煤來？』

這又是一個意外的難題，吳永一面答應，一面思索。想起義和團焚表叩天，看紙灰升降定人生死所用的黃表紙，正就是製紙煤的材料；又記起不遠一家人家，門口『義和神團』、『扶清滅洋』等字樣的殘跡猶在，必是一處拳壇，其中或者可以找到黃表紙。

找到那裡，果不其然，地上有張踐踏過的黃表紙，髒而不破，勉強可用；吳永將它裁成兩寸寬的紙條，很用心地搓捲成紙煤。一共搓成八根，完好可用的卻只得一半，但已足可交差。

呈進紙煤不久，但見門簾一掀，慈禧太后由李蓮英陪侍，捧著水煙袋緩步而出；站定了一面自己吹著紙煤吸水煙，一面左右顧視，意態已近乎悠閒了。

一眼發覺躲在廂房中待命的吳永，慈禧太后立即用紙煤招一招，喊道：『吳永！』

『臣在！』吳永答應著，閃了出來；顧不得院子裡的泥濘，跪了下來候旨。

『這次出行太匆促了，甚麼衣服都沒有帶。這裡已是關外了，天很冷；你能不能想法子預備一點禦寒的衣服？』

吳永想了一下答說：『臣妻已故，鏡奩衣箱，都存在京裡。署中並無女眷，不過臣母有遺下來的幾套穿衣，恐怕粗陋不足用。』

『能夠保暖就可以了。不過皇帝的穿衣亦很單薄，還有格格們都只得身上一套衣服。你能多預備一點更好。』

『是！臣回臣的衙門裡，立刻檢點進呈。』

『好！你可以先回去料理，我跟皇帝也快要動身了。』慈禧太后又說：『我坐延慶州的轎子到這裡，轎伕很累了，這裡能不能換伕子？』

『臣已經有預備了。』

『延慶州的轎伕很好。這裡換的人，不知道能不能像延慶州的轎伕那樣？』

『都是官伕，向來侍候往來差使慣了的，應該都差不多。』

『人家侍候大官兒，不知道多少？』李蓮英在一旁插嘴：『豈有連轎子都抬不好的道理！』

於是吳永在泥濘中跪安退下；接著便有懿旨，傳呼起鑾。這一次慈禧太后坐的是吳永的轎子，延慶州的轎子歸皇帝乘坐。吳永在門外報名跪送之後，隨即由間道策馬回城；東門已經洞開，義和團則殊無蹤影，一問才知道，此輩已經得到消息，扈從的官兵不少，怕遭毒手都逃走了。

行宮預備在西門，本是招待過往達官的一處行台，房舍本就寬整敞亮，只要灑掃清潔，加上鋪陳，便覺粲然可觀。這件事，吳永託了他的至親在辦，十分用心，裡裡外外，不但張燈結綵，而且貼上許多梅紅箋紙的門聯，雖都是堯天舜日之類的老套，但紙新墨濃，顯得很有精神，吳永頗爲欣慰。

不過有個景象很不妥當，城中因爲畏懼亂兵，家家雙扉緊閉，街如死市，氣象蕭索，便即多派差役，找著地保，逐家通知：『居民一律啓戶，門外擺設香案；有燈綵的懸燈綵，否則亦當用紅紙張貼。大駕到時，不必迴避，儘可在門外跪著看，不過不准喧嘩亂動。』

剛辦了這件事，打前站的太監已到；陪著看了行宮，滿意之餘，不覺感慨：『今天總算到了地頭了！』

除了御膳以外，還得供應扈從的王公大臣、大小官員、隨駕士兵的伙食。王公大臣的『一品鍋』，畢竟有限；大小官員、太監、士兵的人數不少，只有以大鍋菜相餉——懷來縣向來沒有豬肉舖，由縣衙門裡的廚子親自動手，宰了三頭豬，留下上肉供御膳，豬蹄作一品鍋，其餘的皮肉臟腑，加上蔬菜，爛煮成幾大鍋雜膾；不問身分，每人一杓菜，一碗粥，另外兩個黑麵饃。但供應不能遍及，難免騷擾；如說為了覓食，還情有可原，而事實上不止於此。因此，吳永除辦大差以外，還得接受百姓的呈訴，眞有焦頭爛額之感。

到得下午五點鐘，天猶未黑，而傳膳已過；慈禧太后再次召見吳永，她穿的是吳老太太所遺的一件呢夾襖；皇帝穿的是吳永的藍湖縐夾袍與玄色寧綢馬褂，威儀稍整，與榆林堡所見的模樣大不相同了。

『很難為你！差使辦得這樣子，眞不容易了。』慈禧太后說道：『我跟皇帝只住一、兩天，不至於過分累你們。你差使上如有甚麼為難的地方，儘管跟我說。』

這一下，吳永自然想起士兵的騷擾，當即據實陳奏。慈禧太后一聽便皺眉了。

『這些人實在可恨！我在路上已吩咐馬玉崑嚴辦，一次正法了一百多人，梟首居庸關，哪知道還是不能禁止。如今我只有特許你，遇有士兵搶掠，不問是誰的隊伍，准你拿住了就地正法！』

等吳永領旨退出，慈禧太后隨即召見軍機；依舊是慶王領班，連剛毅、趙舒翹，一共三個人，行完了禮，靜靜待命。

慈禧太后經過這半天的休息，精神大好；思路亦依舊十分敏銳，在千頭萬緒中，把握住最急要的幾件事，首先是何去何從，得定規下來。

剛毅仍然是勇於任事的態度，不等慶王開口，便即回奏：『自然是駐蹕太原，可進可退。』

『怎麼走法？』

『經張家口，過大同，進雁門關往南走。』

『太原離京城不遠，洋人會不會得寸進尺，追了過來？』

『不要緊！』剛毅答說：『洋人如果想到山西，得南下石家莊，越過太行山，穿井陘才到得了，那不是件容易的事。只要責成毓賢、董福祥守住娘子關，保聖駕萬無一失。』

『如果從咱們來的路上攆了來呢？』

『這……』剛毅想了一下說：『馬玉崑的隊伍不少，讓他抽幾營守居庸關、南口好了。』

慈禧太后點點頭：『好！咱們一件一件辦，馬上寫旨，讓毓賢、董福祥守井陘；山西藩司李廷簫趕緊來迎接。馬玉崑守居庸關，不但要攔住洋人，散兵游勇亦不准放出來！』

於是趙舒翹先退出去，找個地方坐下來擬旨；慶王與剛毅留在御前繼續談第二件大事。

『留京辦事得要有人。』慈禧太后直截了當地說：『榮祿是一定要的。此外，你們看，再派誰？』

『留京辦事大臣，一要資望相當，二要肯盡心辦事。崇綺、徐桐都沒有出來；奴才保薦這兩人，隨同榮祿一起辦事。』

『留京辦事，要跟洋人打交道，這兩個人肯嗎？』

『跟洋人打交道是榮祿的事；讓崇綺、徐桐在一起，遇事據理力爭，就不會太吃虧。』

這不就成了掣榮祿的肘了嗎？慈禧太后心裡不以爲然，但一時想不起還有甚麼人合適，只好同意。

『還有件要緊的事，跟來的官兵不少；陸續還有人會趕到行在來，糧餉一項，要趕緊籌劃。』

『是！』剛毅答說：『奴才請旨，降旨各省，將明年的京餉，一律提前報解太原。』

『一律報解太原？』慈禧太后問道：『咱們就不回京了嗎？』

一句話問得剛毅瞠然不知所對。心想自己是錯了，如果各省京餉一律報解太原，不但會招致嚴重的誤會，以爲朝廷連京城都不顧了；而且壇廟祭享，八旗糧餉，以及在京大小衙門的開支，皆無著落，更是一大窒礙。

『我看，除了山西本省的京餉以外，另外就近指定一省報解太原，行在夠用就行。此外，』慈禧太后沉吟一下說：『京裡還不知道怎麼樣了？只好暫且解到保定，責成直隸藩庫收存，非奉旨意，不准動用。』

奏對已畢，即時擬旨呈閱，但至封發時，卻成了難題；因爲上諭只是白紙黑字，並無任何簽押，可資爲憑信的，只是鈐用軍機處銀印的印封。向例皇帝出巡，派出隨扈的軍機章京以後，指定專人掌管銀印。這一次倉皇出奔，軍機章京只出來了一個姓鮑的，銀印還留在京裡。沒有印封，就不能發上諭，此事大費躊躇。

就這時候，吳永來商量如何整飭軍紀，又談到甘肅藩司岑春煊，亦已帶兵趕到懷來保駕。剛趙二人一聽到這個消息，臉上不約而同地擺出鄙夷的神色，同時『嘿，嘿』冷笑。

『莫非他亦要你供應？』趙舒翹撇一撇嘴說：『你這麼一個山僻小縣，哪來那麼多閒飯，供養不相干的人？』

吳永覺得他這話很刻薄，心中不免反感，當即答說：『他是領了勤王兵來的，似乎不能不一例招待。』

『他是奉旨防堵張家口的，離著這裡還有兩百里路呢！跑到這裡來幹甚麼？他既然擅違旨意，你何必理他？』

吳永不知剛趙二人，爲甚麼對岑春煊如此不滿？不過說起來也是爲他設想的好話，不宜再爭辯。話不投機，告辭就是。

『慢慢，漁川！』趙舒翹突然拉住他說：『我有件事跟你商量。現在要發廷寄，可是軍機處的印信沒有帶出來，想借你縣裡的大印一用。如何？』

發上諭借用縣印，這怕是從雍正七年創設軍機處以來，從未有過的奇事，吳永正不知如何作答，剛毅開口了。

『這件事我覺得頗為不妥！向來借印要平行衙門，方合體制。借用縣印，似乎太不稱了！』

『這是甚麼時侯，還講體制？』趙舒翹亦是很不以為然的神情：『有縣印可借，已是萬幸。要知道，在這條路上，只怕任何部院的國防印信，都不及懷來縣那塊「豆腐乾」管用。如說一定要平行衙門的印信，莊王帶著步軍統領的大印，不妨借用。可是八百里加緊的文書，恐怕驛站反而視為無關緊要，轉成遲誤。』接著又向吳永說：『漁川，你總知道的，從來廷寄都是交兵部專差寄遞，普通驛站，哪識得其中的輕重。你別聽老頭子的話，管自己辦去。』

『是！』

吳永趕回到縣衙門，取十個沒有銜名的白紙大公文封，在正中蓋上縣印，親自送了去。步出大堂，只見門上傳報：『王中堂到！』

接著一輛單套的騾車，已直入儀門，吳永迎上前去一看，王文韶已由他的長子王稚夔扶著下車了。他跟吳永素識，此時自然不必作何寒暄，只說：『當時來不及隨駕，今天才趕到。』

『中堂辛苦了！』吳永答說：『公館已經預備好了。不遠！』

『我不走了！累得寸步難行，就在你衙門裡住一晚再說。』

住一晚固無不可，無奈衙門的所有差役，連吳永貼身的聽差，都派出去供奔走了，而貴賓不能沒人侍候，是一大爲難之事。迫不得已只好由吳永的寡嫂親自下廚，草草設食，而在王文韶父子已是無上盛饌，飽餐已畢，隨即上床，少不得還有幾句話交代吳永。

『漁川，拜託代爲陳奏，我已經到了，今天實在累得不得了，不能到宮門請安，準定明天一早入直。』

『是！』吳永惦念著剛、趙二人在等候印封，答應一聲，掉頭就走。

『喔，還有件事，請你務必代爲奏明，軍機的印信，我已經帶來了。至要、至要！』

『那太好了！』吳永亦代爲欣慰：『今天剛、趙兩位，還爲印信大抬其槓呢！』

行在辦事，還是如在京時的規制，慈禧太后仍是一早召見軍機。見了王文韶，慈禧太后又傷感、又安慰，溫語慰問，談到北來途中的苦況，君臣相對零涕，把眼圈都哭紅了。

王文韶是七月廿二黎明出京的，雖只晚得兩宮一天，卻帶來了許多重要的消息，慈禧太后最關心的當然是大內。

『大內是日本兵看守。聽說因爲日本也是皇國的緣故，所以很敬重中國的皇宮，沒有進去騷擾。』

『這話靠得住嗎？』慈禧太后驚喜地問。

『臣聽好些人這麼說。想來不假。』

『那倒難得。』慈禧太后深感安慰，而且激起了希望，覺得局勢猶有可爲，想了一下問道：『榮祿呢？在不在京裡？』

『聽說是往良鄉這一帶走的。』王文韶答說：『大概是到保定去了。』

『李鴻章呢？可有消息沒有？』

『還是在上海。』

『如今自然是要講和了！既然講和，越快越好。』慈禧太后問道：『你們看，該怎麼著手？』

『回皇太后的話，』剛毅答說：『奴才的意思，除了催李鴻章趕緊進京以外，眼前不妨責成榮祿、徐桐……』

『徐桐死了！』王文韶插了一句嘴。

這一下打斷了剛毅的話，慈禧太后急忙問說：『徐桐是怎麼死的？』

王文韶一向圓滑，不喜道人短處，此時卻有些忍不住了，『徐桐是懸樑自盡的！總算殉了國。』他說：『不過，徐桐的兒子徐承煜眞是梟獍。臣聽人說，徐桐本來命徐承煜一起上吊，父子同殉，哪知徐承煜將老父送上了圈套，還抽掉了墊腳的凳子，然後自己悄悄兒溜掉。哪知天網恢恢，疏而不漏，徐承煜落在日本兵手裡，如今關在順天府衙門。』

慈禧太后長歎無語；剛毅、趙舒翹則不無兔死狐悲之感。君臣默然半晌，仍是慈禧太后強打精神，計議國事，接續未完的話題，決定一面命李鴻章立即籌商辦法，向各國轉圜，一面命榮祿與英國公使直接商談，如何講和。

談和當然要條件。從出京以來，慈禧太后雖在顚沛流離之中，仍念念不忘此事，心口相商，已打算了好幾遍了。賠兵費，當然是免不了的，如需割地，必得力爭，爭不過亦只好忍痛。最使她爲難的是懲凶。罪魁禍首是載漪、載勛、徐桐、剛毅、趙舒翹、李秉衡、毓賢等人，固已成公論，但她自問，又何能卸責？如果自己懲辦禍首，則追究責任，到頭來『訓政』之局，便將不保；倘或不辦，洋人必以爲無悔過之意，講和更難。此中的關係委曲，唯有榮祿能夠了解，而眼前則只有王文韶還可以談一談。

因此，這天中午又獨召王文韶入對，爲了優禮老臣，更爲了讓重聽的老臣能聽得清她的話，特意吩咐，站著回奏好了。

『王文韶，』慈禧太后提高了聲音說：『你是三朝老臣，國家到此地步，你要知無不言、言無不盡才好。』

王文韶側著聽力較好的左耳，屏息聽完慈禧太后的話，一時摸不清她的用意，只得答一聲：『是！臣趕來了，就是跟皇太后、皇上來共患難的。』

『對了！』慈禧太后欣慰地說：『也必得你們幾個存著這樣的心，才能挽回大局。』她停了一下又問：『你第一次進總署是甚麼時候？』

王文韶想了一下答說：『是光緒四年八月裡。』

『廿二年了！』慈禧太后說：『記得這一次回總署是前年六月裡。』

『是！』

『你對洋務也很熟悉，看看各國公使對講和是怎麼一個意思？』

『各國公使倒還好。』王文韶說：『上次皇太后慈命，餽贈各國公使瓜果食物，人非草木，他們也是知情的。』

聽得這話，慈禧太后喜動顏色，『是啊！我也是留了餘地的。』她說：『我也是早就看出來，義和團已經不足用了，無奈那些人像吃錯了藥似地，成天歪著脖子瞪著眼，連我都認不得了。這裡面，我的難處，外面不知道，你是在內廷行走的，總該看得出來。』

『是，臣都看到了。』

『我擔心的是，各國不明我中國的情形，只以爲凡事都是我作主。其實，凡有大事，我總是找大家商量，這一次宣戰，不也連叫了三次「大起」嗎？』

『是！』王文韶已懂得她的意思了，莫讓洋人歸罪『無辜』，想了一下答說：『臣的意思，朝廷沒有表示，也不大妥當。』

『大局鬧得如此之糟，』皇帝突然插了一句嘴：『對百姓總要有個交代！』

此言一出，慈禧太后的臉色變了！王文韶卻不曾聽明白，因爲皇帝的聲音低，他又站得比較遠。不過從神色看，可以猜到皇帝說了一句不中聽的話。

『皇上的意思，』慈禧太后爲他轉述那句『不中聽』的話：『大局鬧成這個樣，京城都失守了，說對百姓要有個交代。王文韶，你說，該怎麼交代？』

這一問，不難回答：『無非下罪己詔！』王文韶應聲而答。

不動聽的話，立刻變成動聽了，慈禧太后心裡大感輕鬆，但不便表示意見，只問：『皇帝，聽見王文韶的話了吧！』

『是！』皇帝咬一咬牙，毅然決然地說：『總是兒子的過錯。』

這一下，慈禧太后更不便說甚麼了，只跟王文韶商議：『皇上也覺得應該下這麼一道上諭。你看，應該怎麼措詞呢？』

王文韶想了一下答說：『總要委婉聲明不得已的苦衷。至於細節，臣此時亦無從回奏，要回去細細琢磨。』

『對了！這個稿子怕要你親自動筆。』

『是！臣一回去，馬上就動手。』

『好！你要多費心思。』慈禧太后沉吟了一下又說：『冰凍三尺，非一日之寒。大局壞到如此，也不是一個人、兩個人的錯，果然大小臣工，實心實力，念念不忘朝廷，也就不至於有今天的艱難了。』

『是！』王文韶答說：『皇太后這一層訓示，臣一定敘進去。』

慈禧太后點點頭，轉臉問說：『皇帝有甚麼要交代王文韶的？』

皇帝想了一下說：『劉坤一……』

『王文韶，』慈禧太后打斷他的話說：『你站過去，聽皇上跟你交代。』

等王文韶到了身邊，皇帝略略提高了聲音說：『劉坤一、張之洞曾經奏過，沿海沿江各地，照商約，保護洋人，應該照辦。各省教民，地方官要加意保護。』

『是！』王文韶停了一下，看看兩宮皆無別話，便即說道：『臣聽說皇太后、皇上打算巡幸太原，似乎不妥。』

『喔，』慈禧太后問：『怎麼呢？』

『毓賢在山西，殺洋人、殺教民，手段狠毒；怕洋軍不饒他，會派兵到山西，驚了乘輿。』王文韶答說：『不但太原遭了浩劫，其他還有大同、朔州、五台、榆次、汾州、平定、徐溝各縣，洋人跟教民死的也不少。以臣測度，各國聯軍，怕會進兵山西。』

慈禧太后爲之發楞，好半晌才問：『不到太原，又到哪裡去呢？』

這一問將王文韶問住了，不過他賦性圓滑，從不做推車撞壁的事，想了一下，從容答道：『乘輿所駐，就目前來說，自以太原為宜。倘或講和講得順利，皇太后、皇上回鑾也方便。如今要籌劃的是，怎麼樣讓洋人不至於往山西這面來。』

『對了！必得往這條路子上去想，才是正辦。』慈禧太后說：『井陘是山西通京城的要路，必得多派人馬把守。』

『是！』王文韶答說：『這是一定的。此外，臣以為不妨下一道上諭，說暫駐太原，這樣緩急之際，再挪別處，就不至於驚擾人心了。』

『這個主意好！』慈禧太后很坦率地說：『預先留個退步，免得看起來是讓洋人攆得無路可走，面子上好看些。』

『可是，』皇帝插進來問了一句：『除了太原，還有甚麼地方好去？』

『西安啊！』慈禧太后毫不思索地答說：『關中自古帝王之都，有潼關天險，不怕洋人攆了來，只要朝廷能照常辦事，不怕洋人的威脅，講和也就容易多了。』

『是！皇太后高瞻遠矚，看得透徹。不過，洋人恐怕放不過毓賢。』

『放不過的，豈止毓賢一個？』慈禧太后略略將聲音放低些：『王文韶，你倒想，這是甚麼時候？自己都還沒有站穩腳步，能講紀綱嗎？』

『是，是！』王文韶連聲答應，不由得就想，怪不得慈禧太后能獨掌大權數十年，胸中確有丘壑。

『王文韶，國家危難的時候，全靠老臣。所以，我一定要你趕了來，讓你吃這一趟辛苦，實在也是萬不得已。如今榮祿還不知道在哪裡，就算有了下落，怕也要讓他留京辦事。行在軍機處，你要多費點心！』

『臣盡力而爲，絕不敢絲毫推諉。』

『不是說你推諉，是要你多拿主意。』慈禧太后又說：『我聽說你在京的時候，遇事退讓，以後可不必像從前那樣子謙虛了！你記著我的話，放在心裡好了！』

最後這句話的言外之意，是非常明顯的；剛毅與趙舒翹獲罪，是遲早間事，榮祿留京，禮王與啓秀未曾隨扈，則行在軍機處，總有一天，只剩下自己獨挑大梁。

意會到此，恐懼不勝之感，多於簾眷優隆的喜悅。王文韶在心裡說：一條老命，怕要送在太原或者西安了。

到得第三天，吳永大爲著急了。兩宮及王公大臣的供應難支，猶在其次，各處潰散的士兵，越來越多，由於有馬玉崑的支持，軍紀倒還能維持，但食物已有匱乏之勢。兩天來，鄉人如趕集般進城來賣糧、賣菜、賣用百物的，接連不斷，城門口擁擠不堪；到得這天，大爲減少，顯然的，存貨出清，無物可賣了。

眼看供應難周，而慈禧太后卻並無啓蹕的意思，吳永焦急不堪，只有到軍機處去訴苦。王文韶頗爲深沉，聲色不動；趙舒翹已窺出端倪，如俗話所說的『泥菩薩過江，自身難保』，不敢多事爲吳永出甚麼主意；倒是剛毅有擔當，慨然說道：『回頭我替你面奏。』

到得午後，有了好消息，兩宮決定次日啓駕。接著，由軍機處來了一紙通知：『本日奉上諭：吳永著辦理前路糧台。』初承恩命，不免驚喜交集，可是靜下心來細細一想，才發覺這個差使幹不得！

於是吳永趕到軍機處，先向王、剛、趙三人恭恭敬敬地行了禮，方始開口：『三位大人，不是吳永意圖推諉，從來大駕巡幸，沒有派縣官爲糧台的先例……』

『漁川！』保薦吳永這任差使的剛毅，揮手打斷他的話說：『軍機處的廷寄，直接發給縣官，亦是沒有先例的。這是甚麼時候？只要事情辦通，還講甚麼儀制！』

『就因爲事情辦不通。』吳永答說：『第一、此去一路荒涼，拳匪潰兵騷擾，只怕地方官早就躲開了。就能找得到，市面蕭條，士紳四散，要糧沒有糧，要錢沒有錢，我這個前路糧台的責任擔不起。第二、大駕起行，我如果扈駕隨行，地方善後，無人負責，散兵游勇，目無法紀，教我職司民牧的怎麼對得起懷來的百姓。』

『這你倒不用愁！』王文韶說：『跟馬玉崑商量，讓他留一營人在這裡鎮壓，不就沒事了？』

『對了！』剛毅接口說道：『至於辦前路糧台，實在非明敏練達如足下不可，時世艱難，上頭也知道的，稍有不到之處，絕不會有甚麼責備。漁川，你勉爲其難吧？』

眾口一詞，勸慰勉勵，吳永無法，只得硬著頭皮，挑起這副千斤重擔。當天料理了啓蹕諸事，又處理了縣政與家務，擾攘終宵，等黎明跪送兩宮以後，隨即上馬打前站。

第一站就是明英宗蒙塵之處的土木堡，此地像榆林堡一樣，本是一個驛站，這時不僅驛馬無存，驛丞逃得不知去向，而且堡內人煙斷絕，兩宮中午到此打尖，連茶水亦無著落。

正在焦急無計之際，幸好宣化府派了人來接駕，備有食物，吳永如釋重負，匆匆交代過後，趕到二十里外的沙城去準備兩宮駐蹕。

沙城仍是懷來縣的轄區，駐有巡檢；吳永前一天已派了人來通知，選定一處俗稱『東大寺』的古剎爲行宮。部署粗定，大駕已到。送入東大寺後，連日勞頓，幾無寧時的吳永，已近乎癱瘓，連上馬的氣力都沒有了。

『老爺，』他的跟班吳厚勸說：『不管怎麼樣，先歇一歇再說，病倒了，可是件不得了的事。』

這話讓吳永悚然一驚。果眞病倒了，不但無醫無藥，而且還不能不力疾從公，即令性命能保，差使一定幹不好。與其如此，則不如拼著受一頓責備，先找個地方將養一陣，好歹等精神稍稍恢復了再作道理。

於是找了一座破廟，吳厚將馬褥子卸了下來，在廟內避風之處鋪好，讓吳永半坐半躺地休息。哪知門外的一匹馬洩漏了行蹤，不多一會兒，隨扈的各色人等都趕了來找吳永，要這，要那，吵鬧不休。

就這時候，又來了一群士兵，爲首的自道是武衛左軍，問吳永要糧餉之外，還要馬料。

『你們看見的，土木堡空空如也，哪裡來的糧餉馬料？』

『你是糧台，幹甚麼的？』爲首的那人橫眉怒目地說：『快想法子！說空話沒有用。』

『快想法子！快、快！』另外有人在催，而且將手裡的刀一揚，大有威嚇之意。

吳永本就積著滿腹的怨憤，經此一激，百脈僨張，將胸一挺，厲聲說道：『你們都是國家每年糜費大把餉銀養著的，養兵千日，用在一朝，哪知道洋人一到，嚇得不戰而潰，以至於聖駕蒙塵，慘不可言！你們不想想自己的罪孽，到今日之下，還是這副魚肉百姓的態度！我奉旨辦糧只有一天，剛剛趕到這裡，甚麼都沒有布置，哪裡來的糧餉馬料？性命，倒有一條，隨你們怎麼處置好了！』

說到這裡，連日所受的氣惱、委屈，以及種種可恥可痛的見聞，一起湧到心頭，不覺悲從中來，放聲大哭。

這一哭身子就軟了，仆倒在地，只覺得哭得越響，心裡越舒服，淚如泉湧，自己都奇怪，一個人何能蓄積如許淚水。

哭得力竭聲嘶，漸成抽噎，只聽吳厚在喊：『老爺、老爺！不要太傷心！』

吳永收淚張目，入眼便有清涼之感，太監、王府護衛、士兵、京官等等一大群人走得一個不剩了。

『人呢？』

『都讓老爺這一哭，嚇跑了。』

這是意料不到之事。吳永茫然半晌，漸漸能集中思慮了，心裡在想，此刻雖以一哭解圍，而來日大難，身無一文之餉，手無一旅之兵，何以爲計？

想來想去想到一個人。岑春煊手裡有五萬餉銀，如果肯借出來，可以暫救眉急，而且他還有步隊騎兵，彈壓散兵游勇，綽綽有餘。看此人性情雖然褊急，但總是伉爽任俠一路的人物，一定可以商量得通。

吳永的盤算要想見諸事實，必得面奏允准。經過這兩天的閱歷，對於宮門的規矩，已頗了解；知道此時要見慈禧太后，非先經御前大臣這一關不可。因而直奔東大寺，找到了莊親王載勛，說有事面奏太后，請他帶領。

載勛亦不問他要面奏的是甚麼事？只說：『明兒不行嗎？』

『是！很急的事。』

載勛不再多問，派人進去通報；不一會兒，李蓮英從角門中出來，訝異地低聲問道：『這時候還要請起嗎？』

『喏，是他！』載勛指著吳永說：『有很急的事，要面奏。』

『既然一定要見，我就上去回。』

去不多久，另有個太監來『叫起』；載勛帶著吳永進了角門，遙遙望見慈禧太后捧著水煙袋，站在大雄寶殿正廊上等候。於是疾趨上前，載勛請個安說：『吳永有事面奏。』接著站起身來，回頭說道：『你說！』

吳永先行禮，後陳奏：『臣蒙恩派爲前路糧台，應竭犬馬之勞；不過臣是知縣，品級太低，向各省藩司行文催餉；在體制上諸多不便。就是發放官軍糧餉，行文發布告，亦有許多爲難之處。現在甘肅藩司岑春煊，率領馬步各營，隨駕北行。該藩司官職較高，向各省催餉，用平行的公事，易於措詞。可否仰懇明降諭旨，派岑春煊督辦糧台。臣請改作會辦；所有行宮一切事務，臣就可以專力侍候，不致耽誤了緊要差使。』

慈禧太后不即發話，吸著水煙沉吟了好一會兒才開口：『你這個主意很好！明天早晨就有旨意。』接著又說：『載勛，你先下去。』

『是！』載勛跪了安，揚長而去。

『吳永，』慈禧太后很親切地說：『這一趟差使，眞難爲你，辦得很好。你很忠心，過幾天我有恩典。對於外面的情形，我很知道；皇帝亦沒有甚麼脾氣。差使如此爲難，斷斷不至於有所挑剔。你儘管放心，不必著急。』

這番溫語慰諭，體貼苦衷，不同泛泛。吳永想到王公大臣，下至伕役，從無一個人說這一句見情的話；相形之下，越覺得慈禧太后相待之厚，不由得感激涕零，取下大帽子，『咚咚』地在青石板地上碰了幾個響頭。

『你的廚子周福，手藝很不壞，剛才吃的拉麵很好，炒肉絲亦很入味。我想帶著他一路走，不知道你肯不肯放他？』

這亦是慈禧太后一種籠絡的手段；吳永當然臉上飛金，大爲得意。不過，有件事卻不免令吳永覺得不是味道——周福賞了六品頂戴，在御膳房當差；而吳永這個知縣，不過七品官兒。

得興一齊來！再有件事，不但使吳永大掃其興；而且深爲失悔，自己是做得太魯莽了。

這件魯莽之事，就是保薦岑春煊督辦糧台。首先岑春煊本人就『恩將仇報』；在東大寺山門口遇見吳永，他很生氣地怨責：『多謝你的抬舉。拿這麼個破沙鍋往我頭上套！讓我無緣無故受累。』

說完，跨馬而去；留下一個愕然不知所對的吳永在那裡發楞。

『漁川兄，上諭下來了；以後要請老兄多指教。』

吳永轉臉一看，是新交的一個朋友俞啓元。此人是湖南巡撫俞廉之的兒子；而俞廉之是剛毅的門生，以此淵源，所以本來在京當司官的俞啓元，隨扈出關以來，一直跟在剛毅左右。此刻聽他的話，不知意何所指？吳永只有拱拱手，含含糊糊答道：『好說！好說！』

『漁川兄！』俞啓元遞過一張紙來：『恐怕你還未看到上諭！』

接來一看，上諭寫的是：『派岑春煊督辦前路糧台；吳永、俞啓元均著會辦前路糧台。』

吳永恍然大悟。俞啓元這個會辦，必是剛毅所保；彼此成了同事，所以他才有『多指教』的話。便即答說：『好極、好極！以後要請老兄多多指點。說實在的，我在仕途上的閱歷很淺，只不過對人一片誠意而已。』

『老兄的品格才具，佩服之至。不過，既然成了同事，而且這個差使很難辦，彼此休戚有關，我很放肆，有一句話，率直奉勸：「逢人只說三分話，未可全拋一片心。」』

吳永心中一動，『承教，承教！』他緊接著問：『老兄的話，必是有感而發？』

『是！』俞啓元看一看左右，放低了聲音說：『聽說岑雲階跟你發了一頓脾氣。你道你眞的以爲是你給他扣了一個破沙鍋。非也！只是覺得他是藩司，你是縣官，恥於爲你所薦；更怕你自恃督辦是你所保，心裡先存了個輕視他的念頭，不服調度，所以倒打一耙，來個下馬威！』

『原來如此！』吳永失聲說道：『這不是遇見「中山狼」了嗎？』

『反正遇事留心就是。』

吳永失悔不已，怏怏上道。到了宣化府的雞鳴驛，王文韶派人來請，一見了面，便沉下臉來，大聲責備：『你保岑雲階當督辦，事先也要跟我們商量、商量，居然就進宮面奏了！你是不是覺得軍機是多餘的？』

吳永一聽這話，大爲惶恐；急忙分辯：『吳永錯了！不過絕不敢如此狂妄，連軍機都不尊重。』

『這也不去說它了。我只告訴你，此人苗性尚未退淨，如何能幹此正事？將來不知道會鬧出多少笑話來！你自己受累，是你自己引鬼進門；以後有甚麼麻煩，你不要來找我，我絕不過問！』

王文韶爲人圓滑平和，此刻竟這樣子大發雷霆，足以想見對岑春煊的深惡痛絕。吳永轉念到此，才眞正體認到自己幹了一件不但荒唐，而且窩囊的事，無端得罪了執政，而被保薦的岑春煊，猶復惡聲相向，這不太冤了嗎？

不過，簾眷優隆，卻是方興未艾，一到宣化府就奉到上諭：『吳永著以知府留於本省候補，先換頂戴。』七品縣令一躍而爲五品黃堂，總算可以稍酬連日的受氣受累。

京裡最先挺身出來斡旋大局的，是總理衙門的總辦章京舒文，他是鑲黃旗的漢軍，在總理衙門的資格最深，與總稅務司赫德是知交；所以在聯軍破城的第二天，就有接觸。赫德告訴他說，各國公使都在找慶王，希望他出面談和。

慶王已經隨兩宮出奔了。口外的消息不通，不知如何找他；就找到了，慶王不奉上諭，又何敢擅自回京，與洋人議和？凡此都是一時不能破除的窒礙。

不過，無論如何舒文的行動是自由的；而且他的在東四牌樓九條胡同的住宅，已有日本兵自動前來站崗保護，因此，幸而未曾受辱被害的吏部尚書敬信、工部尚書裕德、侍郎那桐，都投奔在舒宅。最後又找到了卸任順天府尹陳夔龍，一起商量；先打聽到慶王因病留在懷來，隨即公議，聯銜具奏，請飭令慶王回京議和，許以便宜行事。

『這樣說法不妥。』陳夔龍指出：『各國公使指名以慶王爲交涉對手，萬一兩宮不諒，慶王處於嫌疑之地，不便自行陳請。豈非誤了大事？』

然則如何措詞呢？陳夔龍以爲不如據情奏請欽派親信大臣，會同慶王來京開議。大家都聽從他的主意，而且推他主稿；同時多方找大臣聯名會銜，結果是由東閣大學士崑岡領銜，依次爲刑部尚書崇禮、裕德、敬信、宗室溥善及阿克丹、那桐，殿後的是唯一的漢大臣陳夔龍。

奏摺備妥，由吏部郎中樸壽專程赴懷來投遞。由於陳夔龍與慶王關係密切，所以另外附了一封信，說明原委，並建議處置辦法；請慶王派專差將原摺賫送行在，守候批覆。

此時兩宮已經到了大同，正要啓鑾駐蹕太原；接到八大臣會銜的奏摺，慈禧太后大感欣慰，召見軍機，即時作了三個決定：第一、派慶王奕劻，即日馳回京城，便宜行事，毋庸再赴行在；第二、廷寄總稅務司赫德，內附發李鴻章即日到京議和的上諭一道，命赫德商請洋人兵輪，專送上海；第三、榮祿已有奏摺，退駐保定，再圖恢復，改派崑岡，至陳夔龍等八人，爲留京辦事大臣。同時吩咐，給慶王的上諭，派載瀾專送懷來。

等廷寄辦妥，慈禧太后將載瀾找了來，有話交代：『你跟奕劻說，要他吃這一趟辛苦，也是沒法子的事！他兩個女孩子跟在我身邊很好，他不必惦念；京裡現在還很亂，你把載振接了來，也省得他不放心！』

『是！』載瀾答說：『奴才一定把載振接了來。』

載振是慶王的長子。慈禧太后此舉，表面是體恤慶王；其實是防著他會出賣她，所以拿載振帶在身邊，作爲人質。

慶王當然懂得其中的作用，冷笑一聲說道：『哼！這位老太太，還跟我耍這種手腕！何苦？』

『話不是這麼說，慶叔！』載瀾的神色，極其鄭重：『洋人如果有甚麼要懲凶的話，你可千萬不能鬆口！』

『你放心好了！我到京裡，只管維持市面；議和的事，等李少荃到京再談。』

因此，慶王一進京，會同留京八大臣，在北城廣化寺見面時，開宗明義地表示：『談和等全權李大臣來，目前先談安定人心。』

『是！』說得一口極好中國話的赫德答說：『凡是能夠爲百姓效勞的，鷺賓一定極力去辦。』鷺賓是赫德自取的別號。

『筱石，』慶王轉臉對陳夔龍說：『你把商量好的幾件事說一說。』

事先議定，向聯軍提出的要求，一共兩條：開放各城門，以便四鄉糧食蔬菜，照常進城；各國軍隊不得強佔民房，更不得姦淫擄掠。赫德一口答應，不過也提出了一個警告。

『北京城內，有各國軍隊駐紮，治安無虞；可是近畿各州縣，聽說還有義和團勾結土匪、潰卒，胡作非爲。各國對這種情形，嘖有煩言。這件事，希望中國地方官能夠切實負責；否則外國派兵清剿，玉石俱焚，我亦幫不上忙了。』

『我知道了！』慶王很負責地說：『我通知順天府各屬，一律設防自衛。』

接著談了些劫後見聞感慨，赫德告辭而去。慶王隨即叮囑陳夔龍，將這天會議的情形，專摺馳報行在。

『有件事，我想可以加個附片。』崑岡說道：『徐蔭軒以身殉國，從容就義，應該附奏請恤！』

『辦不到！』慶王勃然變色，拍著桌子，像吵架似地答覆崑岡：『徐桐可惜死得太晚了！他要早死幾天，何至有徐小雲論斬之事？』

接著，慶王將當時如何會同榮祿，約請徐桐與崇綺想救徐用儀；如何崇綺已經同意，而徐桐峻拒的情形，細細說了一遍。

『徐小雲一條命，實在是送在此人手裡的；倘使小雲不死，今天跟洋人交涉，豈不是多一把好手？』慶王再一次拍桌表示決心：『徐桐死了活該；我不能代他出奏請恤！』

崑岡沒有想到碰這麼大一個釘子，雖覺難堪，無可申辯，好在經過這次大劫，衣冠掃地，臉皮也變得厚了；一笑自解，揖別各散。

從八月初十起，慶王等於做了皇帝，裡裡外外，事無大小都聽他一言而決，當然，頭等大事，是與各國修好；所以連日拜會各國公使，一則慰問致歉，聯絡感情；二則探聽各國對議和的態度。

首先拜會的是英國公使竇納樂。由於赫德的斡旋，英國的態度比較平和；而且作了一個很好的建議，說西班牙雖未派軍，但西班牙公使葛絡幹是駐華外交團的領袖，不妨多下點工夫。慶王欣然接納，當天就辦了一通照會致送葛絡幹，請求協力維持北京地面的秩序。

其次拜會日本公使西德二郎。這次聯軍進攻，日本軍最起勁，攻得也最狠；但破京以後，軍紀卻是第一，不但保護了紫禁城，就是分段而守，在日本防區的居民，亦比較少受騷擾。因此，慶王見了西德二郎，首先致謝；然後表示在議和時，希望日本格外協力。

西德二郎提出兩點建議，認爲中國政府能夠自己下令肅清近畿的義和團，同時懲辦禍首，表現悔過的誠意，和議的條件就比較好談了。

懲辦禍首幾乎是各國一致的要求，尤以德國最爲堅持，斷然表示，必須先懲辦罪魁，方能開議。那種說一不二，絕無還價餘地的強硬態度，使得慶王大爲不安，回到府裡，立即召集幕僚會議。

『這一次因爲德國公使克林德被戕，所以各國推德國派將官掛帥；德皇派的是老帥瓦德西，如今正在東來途中。』舒文提出警告：『京城已破，而聯軍統帥尚未到達；一到以後，是不是另外還有作戰計劃，就很難說了。是故，德國的態度，非常要緊；能夠乘瓦德西未到之前，先走一著棋，對緩和大局，很有關係。我看，王爺應該據實奏聞。』

此議一出，無不首肯。但慶王還在躊躇，結果是議而不決。等舒文等人辭去以後，他將陳夔龍單獨留了下來，密密商酌。

『筱石，有件事，你大概可以想像得到，上頭對我的猜忌極深；走錯一步，身家不保。你看，懲辦禍首的話，我能說不能說？』

當然不能說。說了，即使慈禧太后諒解，載漪兄弟及載勛等人，亦必恨之刺骨，設法傾陷。不過，不說又於大局有害。陳夔龍想了一會兒，有了計較。

『懲辦禍首，理所當然，誰都可以說，不必王爺上奏。』

『話是不錯。可是總亦要有人肯說，尤其是要明說，此爲各國的公意。』

『容易！容易！』陳夔龍的方法說穿了無足爲奇，只要慶王分電李鴻章、劉坤一、張之洞，在告知到京與各國公使洽談的經過中，透露出都希望中國政府自動嚴懲禍首的意向，就一定會有人向朝廷提出建議。

其實，不必慶王電告，李鴻章已經有了這樣的建議；而懲凶不過是他進京議和的條件之一——六月廿五李鴻章到達上海，雖託病不願北上，暗中已在多方活動，一方面探測各國的意向，一方面直接與駐德的呂海寰、駐俄的楊儒等『星使』，電報往來，力謀疏解。李鴻章自恃與俄國的關係很深，又看俄國正進兵東三省，在關內的商務、僑民方面的利害關係不深，所以定下一個在東三省讓步，換取俄國在北京自動撤兵的策略，以便要求其他各國，照樣辦理。這一策略在李鴻章看，是議和成敗的關鍵；如果沒有眉目，他覺得『跳火坑』亦是白跳。

六月廿五日以來，隨著俄國軍隊陷瑷琿、取營口、攻入黑龍江省城，李鴻章換取俄國在關內讓步的策略，亦漸次實現。俄國不但承諾，願將軍隊、公使、僑民由北京撤至天津，而且接受李鴻章的請託，代爲勸告德皇，同意自北京撤軍。到了這個地步，李鴻章才開始考慮北上的行期。

而在事先，李鴻章單獨電奏，請懲辦禍首以外，又會同劉坤一、張之洞合奏，說俄國表示善意，應該致謝。同時建議責成直隸總督剿匪；派奕劻、榮祿進京會議；下罪己詔；最後轉述日軍方面希望：請兩宮回京。

罪己詔是早就下過了，是王文韶的手筆；皇帝自責並責臣下之外，並無一語歸咎於慈禧太后及親貴。自行剿匪一節，亦可照辦，已責成護理直隸總督的藩司廷雍，認眞辦理。此外各節，『亦當照請施行，惟事有次第，不得不略分先後』。這是暗示，懲凶一節的時機尚未成熟。李鴻章當然亦能諒解，兩宮還在道路流離之中，何能辦此大事？起碼亦要到了太原，讓『行在』有了朝廷的樣子，才談得到追究責任，整飭紀綱。如今有此表示，便見誠意；所以李鴻章決定過了中秋，由海道北上。

八月廿一動身，廿六到天津，沿途安全，都由俄國軍隊負責；而就在這半個月中，東三省的俄軍又攻陷了吉林省城與奉天的牛莊。黑龍江將軍，早在八月初俄軍攻入齊齊哈爾時，便已自殺。這種情形，剛到太原的兩宮，毫無所聞；李鴻章雖然知道，卻緊閉著嘴，不敢作聲。

在京城裡，地方秩序自然是一天比一天有起色；可是各國公使與聯軍對中國政府的態度，卻反而越來越強硬，並且眾口一詞，說慈禧太后與皇帝應該早早回鑾，對和議有益。

『這是甚麼意思？』慈禧太后問王文韶：『各國軍隊都還佔著京城，怎麼能回鑾？』

王文韶不知道慈禧太后是眞的不了解各國的用意，還是裝糊塗？反正他覺得這是萬不能說破的一件事——兩宮回京，各國便可以請求覲見皇帝爲名，迫使慈禧太后歸政；這在德國外交部對呂海寰的談話中，表現得最爲露骨；德國外交部表示：議和固以懲凶爲前提，還要看兩宮的大權已否旁落。如已旁落，則所派的議和代表，德國不能承認。這看起來像是懷疑兩宮已爲載漪等人所挾持，身不由主；而實際上是指皇帝的大權，落在慈禧太后手中。

因此，儘管慶王、李鴻章、各省督撫，甚至崑岡等留京辦事大臣，紛紛籲請回鑾；而行在不是避而不談，便是以京師『城門街道，此時仍由洋兵看管』爲理由，認爲『遽請回鑾，於事體未爲妥協』。見此光景，李鴻章知道回鑾一事，不必再談；可是懲處禍首，卻必須做到。所以在天津發了一道電奏：『請致謝俄國，優恤德使，懲處禍首，冀早開議停戰。』

於是閏八月初二，太原發了三道上諭，兩道明發，一道是：『德國駐京使臣克林德前被兵戕害，業經降旨，深爲惋惜。因思該臣駐華以來，辦理一切交涉事宜，和平妥協；朕追念之餘，倍更珍惜。著賜祭一壇，派大學士崑岡，即日前往奠醊。靈柩回國時，並著南北洋大臣，妥爲照料。抵本國時，著再賜祭一壇，派戶部右侍郎呂海寰前往奠醊。用示朕篤念邦交，惋惜不忘之至意。』

另一道便是中外矚目的『懲處禍首』。說中外開釁，變出非常，實非朝廷本意。致禍之由，『皆因諸王大臣等，縱庇拳匪，啓釁友邦，以致貽憂宗社，乘輿播遷；朕固不能不引咎自責，而諸王大臣亦亟應分別重輕，加以懲處。』

被處的一共九個人。領頭的是莊親王載勛，其次是怡親王溥靜、貝勒載瀅、載濂，這四個作一起，『均著革去爵職。』

下來是端郡王載漪，特加『從寬』字樣，處分一共三項：撤去一切差使、交宗人府嚴加議處、停俸。再輕一等的是輔國公載瀾、都察院左都御史英年：『均著交該衙門嚴加議處。』最後是剛毅與趙舒翹，交吏部議處。

另外一道廷寄，專爲答覆李鴻章：『所奏各節，本日均已照辦，分別降旨。該大學士接奉此旨，著即日進京開議，勿再遲延。』可是李鴻章仍然逗留在天津，主要的是聯軍統帥瓦德西，即將抵達，李鴻章在德國跟他見過，雖無深交，總有見面之情，所以在天津等候著，想先盡一盡地主之誼。

其次，李鴻章決定在天津接直隸總督的任，先將兵權抓在手裡再說。

瓦德西是閏八月初四到天津的。這位六十八歲的老將，是個尚未結婚的老光棍，當過德國的總參謀長，具備做首相的資格；而且跟李鴻章一樣，也是伯爵。地位相等，且爲八國聯軍的統帥，當然絕不可能先去拜訪李鴻章；而李鴻章爲了維持個人的威望，亦不便自己登門求教，因此，只是側面設法，託人暗示瓦德西，邀李鴻章一晤。誰知瓦德西個性嚴峻，而且東來之前，曾奉有德皇的命令，須以嚴厲態度對待中國政府，因而置之不理。

看看事已無望，李鴻章只好打點進京；閏八月十八到了京裡，以賢良寺爲公館，跟慶王見過面，隨即傳見總稅務司赫德，由他陪著，遍訪各國公使。回到行轅，隨即發了一個電報，請將招致大亂的諸王大臣，從嚴治罪，不可隨往行在。電奏中明白指出，這是各國公使一致的意見；倘不見聽，不獨和議難開，聯軍亦有西犯的可能。

其時兩宮行駕，已過山西聞喜，將抵臨晉。隨扈的軍機大臣中，剛毅自知是罪魁禍首，憂悔交加，復以旅途勞頓，已染病在身。前幾天接到京裡的電報，說各國公使對原在保定，奉派參與和議的榮祿，因爲圍攻使館的武衛軍就是他的部下，所以表示『不予接待保護』，等於拒絕他進京。待榮祿尚且如此，對禍首之恨之切骨，可想而知，以致病情添了幾分。

如今李鴻章的電報，成了剛毅的催命符，再聞喜病勢陡然加重。王文韶奏明慈禧太后，准他折回太原養病，但到得曲沃的候鳥鎮，已經不能再上路了；延到閏八月廿五，一命嗚呼。

就在這一天，兩宮渡過風陵渡，進了潼關。慈禧太后將莊王載勛留在河東蒲州；端王載漪留在潼關，不准隨往西安。同時電知奕劻及李鴻章，對肇禍王大臣應如何加重處分，不妨密擬具奏，以憑定奪。

也就是在這一天，保定爲法英德義聯軍所佔領，設立聯軍公所，組織軍法處，逮捕了藩司廷雍、臬司沈家本、城守尉奎恆、參將王占魁，還有一個爲張德成辦過糧台的候補道譚文煥，審問七月初一，英美教士十五人在保定被屠殺一案。

不但保定失守，官員被捕；而且聯軍有進窺山西的模樣。已經到達西安的慈禧太后，知道重懲禍首一事，如果不能有比較明快的處置，麻煩將會層出不窮。果然，九月十八日得報，廷雍、奎恆、王占魁，已由瓦德西批准槍決；譚文煥移解天津，梟首示眾六天；沈家本則猶被拘禁在本衙門派兵看守，已覺膽戰心驚；第二天李鴻章來了一個電報，就更可怕了。

原來在義和團最猖獗時，以前好些客死中土的有名教士，如利瑪竇、南懷仁、湯若望的墳墓，都被盜毀，瓦德西爲了報復，更爲了威脅，特爲派兵到易州，將有不利於西陵的舉動。

世宗泰陵、仁宗昌陵、宣宗慕陵在易州的永寧山，總名西陵；德國兵的紀律很好，而且奉有瓦德西的嚴厲命令，只准封閉，不准騷擾，更不准破壞，所以西陵的享堂下鎖以後，鑰匙交由英軍收管。這樣處置的作用，是在向西安行在，提出嚴重警告；如果慈禧太后還想庇護懿親，雍正、嘉慶、道光三帝，就可能有身後的慘禍。

慈禧太后再有擔當，也承受不起這個『不自殄滅，禍延祖宗』的罪名。而且，洋人既能擾易州的西陵，就能擾遵化昌瑞山的東陵；那一來就更嚴重了！世祖孝陵、聖祖景陵、高宗裕陵、文宗定陵、穆宗惠陵之外，自己的已花了上千萬銀子修建的萬年吉壤，亦在定陵之東的普陀峪，若爲洋人侵擾，壞了風水，是件死不瞑目的事。

因此，慈禧太后一面急電奕劻、李鴻章，向『德國在京使臣，切實詰問』；一面不能不考慮加重禍首的處分。及至李鴻章的『洋兵趨向進止，均由瓦德西帥調遣；瓦德西擅居儀鸞殿，堅不接晤，無從共商』的覆奏一到；隨即便有一道『肇禍諸臣，前經降旨，分別懲處。現在京畿一帶，拳匪尚未淨盡，以致地方糜爛，生民塗炭，思之實堪痛恨，若不嚴加懲治，無以服天下之心，而釋友邦之憾』的上諭發布。

這第二次懲處禍首，首當其衝的是載漪，與載勛同科，革爵，暫交宗人府圈禁；俟軍務平定後，再行發往盛京，永遠圈禁。怡親王溥靜及老恭王的次子貝勒載瀅，亦交宗人府圈禁，載漪的胞兄載濂，著令『閉門思過』，是軟禁在家。

相形之下，載瀾就便宜得多了，處分是『停公俸，降一級調用』。這因爲他在八月初被派爲御前大臣，軍機既不能不賣個情面，慈禧太后亦覺得他還有可供驅遣之處，特意加恩。

至於親貴之外，英年的處分最輕，降二級調用；毓賢的處分最重，『發往極邊，充當苦差，永不釋回』，因爲他『在山西巡撫任內縱容拳匪，戕害教士教民，任性妄爲』之故。本來，剛毅的罪名最重，但以病故，免其置議；趙舒翹倒是頗得慈禧太后諒解的，落得一個『革職留任』的處分，仍舊當他的軍機大臣。

上諭最後，還有一段聲明，慈禧太后借皇帝的口說：『此事始末，惟朕深知，即如怡親王溥靜，貝勒載濂、載瀅，中外諸臣迭次參奏，均未指出；即出使各國大臣電奏，亦從未提及，朕仍據實一體懲辦，可見朕於諸臣處分輕重，一秉大公，毫無偏袒，當亦海內外所共諒也。』

這話是說給洋人聽的，特別是希望瓦德西能聽得進去。但是，慈禧太后是失望了！

李鴻章終於跟瓦德西見了面。他在電奏中所說的『堅不接晤』，並非事實；事實是李鴻章希望跟瓦德西在宮外見面，而瓦德西則堅持在儀鸞殿相會不可。

看看無法堅持，李鴻章只得委屈，以期打開僵局。事先以書面聯絡，約定九月廿四會晤；到了那天清晨，李鴻章由副都統蔭昌陪同，坐轎到了西苑門。由此到太液池西、紫光閣南，作爲慈禧太后寢宮的儀鸞殿，還有好長一段路，而李鴻章堅持下轎步行；從人紛紛相勸，置之不顧，他說：『縱或乘輿在外，體制不可不顧。』

走到儀鸞殿，花了將近三刻鐘；氣喘吁吁，面無人色。不過，瓦德西倒很客氣，儀隊從東向的寶光門擺起，一直排到南向的景福門；瓦德西在來薰門外迎接，進了門，就是儀鸞殿，延入東面的多福齋見禮。

他們是在德國京城的舊識，透過蔭昌的翻譯，有長長一段的寒暄，李鴻章問到有『鐵血宰相』之稱的俾士麥；德皇與皇后，和倫洛熙王爵，與現任的首相褒洛夫伯爵；以及瓦德西的老師，德國名將毛奇的後人。然後又問瓦德西本人及他的僚屬；最後的話題一轉，問起聯軍的動向。

『我聽說聯軍打算開到張家口？』李鴻章問。

『不！』瓦德西答說：『不過長城爲止。聽說那裡有許多中國軍隊。』

『如果有，也只是爲了彈壓地方。』

『保定府亦有許多中國官軍。不幸地，這些軍隊並不剿除拳匪。』

『可是，』李鴻章針鋒相對地答說：『亦並不與西洋人爲難。』

『中國官軍沒有紀律的很多，北方的民眾都不能原諒他們。』

『我想，這是道路流言，並不確實。』

『如果貴大臣能夠擔保，中國官軍不與聯軍衝突，我一定不會再派兵到各處。』

李鴻章乘機說道：『聯軍現在究竟佔據了哪些地方，我還不知道。』

這意思是說，必須先知道聯軍所佔的地方，才可以約束官兵注意避免衝突。瓦德西當即表示，願意送李鴻章一張記明聯軍屯駐地點的地圖。

然後，瓦德西問起兩宮的消息；又問如何通電。李鴻章告訴他說：『由北京到上海，轉漢口到西安。』

『貴國皇太后、皇帝，應該早日回京爲宜。』

『是的。貴國大皇帝，亦曾以此相勸。不過，』李鴻章答說：『皇上有點膽怯。』

剛談到這裡，慶王奕劻也到了。他跟瓦德西是第一次見面，便由李鴻章引見；握手以後，慶王開口先說：『我想跟貴統帥締交，已有好些日子了。』

瓦德西亦表示久已仰慕。接著慶王大談德國亨利親王訪華，相共遊宴的情形；適與李鴻章大談在德故人的用意相同，都是『套交情』。

豈知瓦德西老辣非凡，交情是交情，公事是公事；連李鴻章要求發一張與中國官軍聯絡，通過聯軍防區的護照，都不能同意。慶王與李鴻章此來，除了一張聯軍佔領區的地圖以外，一無所獲。

李鴻章的煩惱猶不止此，他還懷著一個鬼胎。東三省的局勢，越來越糟；這個鬼胎已有掩藏不住之勢——一旦敗露，即令不至於成爲張蔭桓第二，首領不保；但身敗名裂，是可以預見的。

原來甲午戰後，朝中重臣及有權的督撫，都主聯俄拒日；於是光緒二十二年春天，李鴻章奉派以慶賀俄皇加冕專使的身分，帶著大批隨員與他的通洋文的長子李經方，到了聖彼德堡，簽下一份『中俄密約』。李鴻章此行，躊躇滿志，向人誇耀：『從此至少可保二十年無事！』

這份『可保二十年無事』——二十年之內，不怕日本侵略的『中俄密約』，一共六條，主旨是兩國共同防日；而條件是『當開戰時，如遇緊要之時，中國所有口岸，均准俄國兵船駛入』；這猶在其次，最主要的一款是准俄國在黑龍江、吉林接造鐵路，以達海參崴。密約中又記明，這條鐵路由設在上海的華俄道勝銀行承辦經理。

這條鐵路，後來定名爲中東鐵路，由華俄道勝銀行出面建造。其中特爲撥出一筆經費，總數三百萬盧布，約合一百五十萬美元，準備分三次致送李鴻章。第一筆一百萬盧布，是在光緒二十三年春天，由華俄道勝銀行總辦吳克托穆王爵，在北京當面交給李鴻章的。

到了這年冬天，俄國因爲德國佔領膠州，便出兵佔領了旅順、大連。交涉結果，俄國非強租旅大不可。這個交涉中國方面是由李鴻章與張蔭桓所承辦；俄國方面，仍爲一直主持對華交涉、與李鴻章關係極其密切的財政大臣微德所經手。爲了怕夜長夢多，希望早日簽約，微德指定駐華代辦巴布羅福，向李、張二人各致一份重禮，總值七十五萬盧布。

這一次義和團之亂，俄國除了一面派兵在大沽口登陸，參加聯軍以外；一面藉口東三省亦有義和團，派兵入侵，八月初六攻佔黑龍江省城；將軍壽山服毒自殺。八月二十九侵入吉林省城；將軍長順，束手降敵。這已經使得李鴻章深感不安了；而最糟糕的是，閏八月初八，俄軍攻入瀋陽以後，盛京將軍增祺在李鴻章與瓦德西相晤的四天之前，簽訂了一份以俄文爲準的『奉天交地暫約』，一共九款。如照此約實行，奉天等於成了俄國的屬地。消息傳到北京；李鴻章心驚肉跳，當夜就病倒了。西安行在，自亦放不過增祺，電旨嚴斥『著即革職，飭令回京』；下一步當然是『廢暫約』的交涉，爲李鴻章更添一大棘手之事。

在這時候，華俄道勝銀行的總辦，吳克托穆王爵，悄悄到了北京，住在賢良寺，作爲李鴻章的上賓。看起來，這是爲他增加了聲勢，其實，來得很不是時候。

原來李鴻章對外辦交涉，最怕的一件事就是『合而謀我』；所以未入京以前，就已決定了策略，務必拆散各國，以便於個別操縱。當然，這非從俄國方面下手不可；在上海就曾與吳克托穆商量過，因而他一到京，便有俄國首先撤兵之舉；俄國的公使古爾斯，並曾一度離京，作爲對李鴻章的聲援。可是，各國並不想步俄國的後塵，也看出李鴻章所耍的一套把戲，猜疑日深，反成隔閡。

如今吳克托穆潛居賢良寺，並引起各國之忌。載漪等人闖的大禍，牽涉十一國之多，派兵的亦有八國，儘管俄國異調獨彈，步驟不一，而影響極微；該提的條件，還是照提不誤。

開議的主要條件，還是在懲凶。這一次提出來兩個人，一個在朝廷無所顧惜，一個卻不能不有所顧忌。

無所顧忌的毓賢，有所顧忌的董福祥。手握重兵的悍將，逼急了變生肘腋，眞可有覆國之禍。因此，西安行在從慈禧太后到剛抵達的榮祿無不憂心忡忡。

不但李鴻章與奕劻，根據各國公使的意見，電奏朝廷，認董福祥是主要的禍首，而且隱約諫勸，不可容榮祿袒護其人；而且劉坤一、張之洞亦一再有電報到西安，說是英法外交官先後表示，毓賢、董福祥必置諸重典。如果董福祥一時不能嚴懲，務必設法奪去他的兵權，攆得遠遠地，方能釋各國之疑。

正當朝廷疑難焦憂之際，李鴻章又有奏報，說各國已『另備哀的美敦照書，禍將莫測』。同時又密電榮祿，說京中謠言，劉坤一、張之洞將被撤任；倘有此舉，將引起各國極大的反感，和議根本無望。

於是在榮祿主持之下，發了兩道密電：一道是闢謠，亦即等於提供保證，劉、張二人，絕不會調動；另外一道，說是『毓賢將置重典』，不過『懿親不得加刑』。是拿毓賢來換載漪等人的命；至於董福祥，當然只有緩緩圖之。

過了慈禧太后的萬壽，終於下了一道上諭：『甘肅提督董福祥，從前在本省辦理回務，歷著戰功，自調來京後，不諳中外情形，於朝廷講信修睦之道，未能仰體，遇事致多魯莽。本應予以嚴懲，仍姑念甘肅地方緊要，該提督人地尚屬相宜，著從寬革職留任。其所部各軍，現已裁撤五千五百人，仍著帶領親軍數營，尅日馳回甘肅，扼要設防，以觀後效。』

這樣處置董福祥，對各國公使總算有了交代。同時和約的草案大綱，亦由各國磋商定案，通知奕劻、李鴻章兩位全權大臣準備開議；附帶有一番聲明。

聲明中說：各國明知條款苛刻，但亦是中國政府咎由自取。將來條款送到中國政府，不可有一字之駁。如果願意接受，則自奉旨之日起，戰事即算結束；軍費的賠償，亦以此日爲止截之期而結算。否則，各國聯軍基於軍事上的考慮，有所行動，後果十分嚴重。

這自然是恫嚇，但不受就不能開議。所以奕劻、李鴻章密電行在備案。定於十一月初一在西班牙公使館開議。

事先，西班牙公使有一個照會，以『廨宇狹隘，座位無多』爲理由，限制中國方面的『來賓』，不得超過十個人。兩全權大臣及英、法、德、日俄五名翻譯以外，另外只能帶三個隨員；奕劻與李鴻章商量，決定只帶兩個人，一個是陳夔龍，一個是戶部侍郎那桐。

到了那一天，賢良寺傳出話來，李鴻章病勢加重，不能出席和議。延期勢不可能，只好由奕劻帶著陳夔龍、那桐赴會；賓主相向一揖，亦無寒暄，隨即由西班牙公使葛絡幹，朗誦和約大綱，一共是十二條：

一、戕害德使一事，由中國派親王專使，往德謝罪，並於被害處，樹立銘碑。
二、嚴懲禍首，其戕害凌虐各國人民之城鎮，五年內停止科考。
三、戕害日本書記生事，需用優榮之典，以謝日本政府。
四、於污瀆發掘各國人民墳墓之處，建立碣碑。
五、軍火及專爲製造軍火之材料，不准運入中國。
六、賠補外人及爲外人執事之華人身家財產所受損失。
七、各國駐兵護衛使館。
八、北京至海邊需留出暢行通道。大沽炮台，一律削平。
九、由各國駐兵留守通道。
十、張貼永禁軍民人等仇視各國之諭旨。
十一、修改通商行船各約。
十二、改變總理各國事務衙門及各國公使覲見禮節。

唸完將文件交給慶王奕劻；唸的是法語，文件亦是法文，奕劻不知道內容是甚麼，只這樣答說：『今日承各公使面交和約一件。我立刻會電達西安行在，等奉到電旨，立即知照。』說完，將文件隨手交給陳夔龍，然後拱拱手告辭。

十一國公使只是站起身來，便算答禮；賓客辭出，連送都不送一送。奕劻的臉色當然就很難看了。

『你看，端王迷信拳匪，鬧這麼一場大禍！』

陳夔龍知道慶王有受辱之感；心想：這也未免太看不開，想不透了！城下之盟，受辱理所當然，如果受辱而不能負重，則爲兩失。應該勸勸他，不必生些閒氣，養養精神在會議桌上極力一爭，才是正經。

念頭還不曾轉完，慶王又發話了：『我爲國受辱，無話可說。你們倆趕緊回賢良寺，跟李中堂去報告；會銜的電奏，今天一定要發出。電稿不必送給我看了，發電以後，抄個稿子給我好了。』

陳夔龍答應著，目送慶王上了轎，回頭去找那桐；一見不覺吃驚！那桐面色發青，身子顫抖，頗有支持不住的樣子。

『琴軒！』他問：『你怎麼了？』

原來西班牙公使館中，生得極旺的火爐，洋人本來穿得少，室內又照例卸去厚呢外套，爐火雖旺不礙；那桐穿的是大毛出鋒的袍子，外罩貂褂，禮節所關，不能脫卸，以致爲爐火逼得汗出如漿，出來朔風撲面，毛孔一閉，就此受病，已是寒熱大作了。

陳夔龍無奈，只能派人將那桐送回家，一個人到賢良寺去辦事。接待的是他的會試同年，以道員而在李鴻章幕府的楊士驤。

『中堂不能見客。』

『那怎麼辦？』陳夔龍叫著楊士驤的別號說：『蓮府，勞你駕，把和約大綱送進去，讓中堂先過一過目，再請示方略。』

『中堂這時候沉沉昏睡，就叫醒了，也未見得能看得下去。依我說，不如請你先擬個電稿，呈中堂閱定即發，來得便捷。』

『茲事體大！』陳夔龍大感躊躇，『沒有中堂的指示，我實在不便擅擬。』

『事機迅急，間不容髮，這個電報，今天不辦，萬難推到明天。老年兄，試問你不敢擬，還有誰敢擬？來，來，馬上動手吧！』

楊士驤親自爲他照料筆硯，鋪紙磨墨，硬捺著他在書桌前面坐下；陳夔龍握筆在手，久久不能著一字。

其實，李鴻章之不願陪奕劻一起到西班牙公使館，以及此刻之不願見陳夔龍，都是有意做作，爲的是和議成後，必受清議攻擊；甚至朝廷過河拆橋，反而有所追究，那時便好以病勢正劇，思慮難免不周，作個卸責的餘地。此時見陳夔龍挑不下這副千斤重擔，不能不助他一臂之力了。

於是李鴻章命他的幼子李經邁出來說：『家君昨天說過，這一次的奏件，要用重筆。』

陳夔龍的疑難立解。不用重筆，不能邀得慈禧太后的准許；便即笑道：『用重筆，只好請出宗廟社稷，才能壓倒一切！』

於是，陳夔龍以『西安軍機處』開頭，先敘奕劻與十一國公使會晤的經過；次錄和約大綱華文全文十二款，最後一款有『以上各款若非中國國家允從，並適各國之意，各本大臣難許有撤退京畿一帶駐紮兵隊之望』的話，所以奏請允准和約大綱，就從這段話上發端，『請出宗廟社稷』，說是：『臣等查條款末段所稱，詞意決絕，不容辯論。宗社陵寢，均在他人掌握，稍一置詞，即將決裂；存亡之機，間不容髮，惟有籲懇皇太后、皇上上念宗社，下念臣民，迅速乾斷，電示遵行，不勝迫切待命之至。』

果然，覆電是『敬念宗廟社稷，關係至重，不得不委曲求全』；不過其中利害輕重，仍責望奕劻、李鴻章『設法婉商磋磨，尙冀稍資補救』。看語氣是完全照准了。

誰知西安將和約大綱十二條分電重要督撫以後，張之洞接二連三提出意見，首先指出第五款內『製造軍火之材料』，不准運入中國，則永無禦侮之具；各省的製造局及槍炮局亦必無事可辦，均需停閉，所以這一句必須刪去。

第二個電報是對第七、八、九三款有異議，認爲大沽撤炮台，使館駐護兵，津沽設兵卡，則『使館永遠安寧，而中國變成門戶之防全撤，不容自衛，是朝廷永遠危險，似欠平允。』需兩全權大臣，『於此節務商善法』。

再有一個電報，說條款前言內『京師各使館被官兵與義和團匪勾通，遵奉內廷諭旨，圍困攻擊』這段話中的『遵奉內廷諭旨』六字，句中有眼，用意難測，必須刪去，此事『萬分緊要』。

緊接著又來了第四個電報，說第二款內，『日後指出，一律嚴懲等語，日後二字，甚屬不妥；以前所指之人，朝廷已分別重輕辦理，若不劃清界限，後患無窮』，應將此二字刪去。

這四個電報中的建議，朝廷無不照轉兩全權大臣。尤其是『遵奉朝廷諭旨』，很明顯地是爲了保護慈禧太后，替她卸除縱容義和團的責任，朝廷更爲認眞，責成奕劻、李鴻章『據此力爲辯論，總以刪除爲妥！』

在李鴻章看，這都是吹毛求疵。而外人不體諒當事者處境的艱難，只爲了討好慈禧太后，大放厥詞，形成掣肘，可惡之至！

因此，病起的李鴻章，親自口授覆奏，將張之洞痛駁了一頓。幕府中錄稿呈閱，李鴻章的餘怒不已，提筆加了幾句：『不料張督在外多年，稍有閱歷，仍是二十年前在京書生之習。蓋局外論事易也！』二十年前就是光緒六年庚辰，這一年慈禧太后爲了守午門的護軍打了送食物到醇王府的太監，鬧出軒然大波，病中的慈禧太后，非殺護軍不可，後來是『翰林四諫』之一的陳寶箴主稿，與張之洞聯名奏諫，居然爲慈禧太后所嘉納。張之洞亦由此得承簾眷，而有今日。

所以李鴻章親筆所添的這幾句話，不止於藐視後生之意，亦是在諷刺張之洞只善於以文字逢迎。當然，『局外論事易』五個字，亦隱隱然有指責朝廷苛求的意味在內。

儘管朝廷常有嚴旨，督促盡力補救，但和約大綱既經允准，則和局必不致決裂，是李鴻章有把握的事。而各國公使鑒於中國政府已有初步的誠意表現，敵視的態度亦大見緩和；賢良寺漸漸熱鬧，有李鴻章當日在京，經常與外賓酬酢往還的盛況了。

這天兩國公使同時相訪。一個是日本新任駐華公使小村壽太郎；一個是義大利公使薩爾瓦葛。遇到這種情形，要分交情深淺；交情淺的比較客氣，應該先見。小村壽太郎在甲午年間曾署理公使，與李鴻章是舊識，但這一次重新使華，還是頭一回來拜訪，似乎又不能不先見；但薩爾瓦葛是預先約好了的，如果先見日使，於理不合。左右爲難之下，只有一法處置，同時接見。

兩國公使都是有所爲而來的；但有事只可密談，當著另一國的公使，彼此皆有顧忌，便只好談些不著邊際的外交詞令了。

不過，利害相同，立場一致的事，還是可以談的。十二條和約大綱中，牽涉到實際利益的幾款，各有各的想法；而嚴懲禍首這一款，眾議僉同，因而成了此時的話題。

『各國的意見，禍首的前三名是：載漪、董福祥、載勛。』薩爾瓦葛以一種困惑的神情說：『何以中國政府對這三個人，不下令處死？實在不能了解其中的道理。』

『懿親是不處死的。』李鴻章答說：『這在各君主國家亦不乏先例。』

『那麼，董福祥呢？』

李鴻章笑笑答說：『小村先生對於中國的情形比較了解，想來同情中國政府的處境。能不能為中國政府作個解釋？』

『我剛到中國，對於義和團鬧事，演變成這樣嚴重的大禍，究竟原因何在，還未深入研究。至於董福祥，我對他略有所知。』小村壽太郎直接以英語向薩爾瓦葛說：『此人是個土匪將軍。在中國西北一帶，有相當的號召力；現在他手裡還握有重兵，如果壓力太大，他會起兵作亂。我以為各國對這一點，應該體諒中國政府的苦衷；不必過於堅持。』

『這一層苦衷，當然可以諒解；不過，中國政府的藉口似乎太多。』薩爾瓦葛緊接著問李鴻章：『我想問一個人。徐侍郎；亦就是現在為日本軍隊所拘禁的徐侍郎，為人如何？』

『此人不好！』李鴻章脫口相答。

為甚麼不好呢？李鴻章有解釋：七月初三殺許景澄、袁昶，是他監斬；七月十七日殺徐用儀，也是他監斬。最可惡的是，徐承煜還曾逼他父親自盡；這樣的人，在中國稱之為『梟獍』。

『還有一位，』小村壽太郎問說：『與徐侍郎一起被拘禁的啓尙書，爲人如何？』

『他是大學士徐桐的門生，很得老師的賞識。爲人如何，可想而知。不過，』李鴻章說了句公道話：『此人的私德還不差。』

就因爲這一句話，啓秀得以暫脫縲絏；原來他以老母病歿，曾向日軍司令山口素臣請假十日治喪，未獲允准。這件事是小村所知道的；此刻聽了李鴻章的話，回去便通知山口，不妨准啓秀的假。十日期滿，啓秀自行報到，言而有信，爲日軍另眼相看了。見此光景，徐承煜援例以爲父治喪爲名，請假十日。山口因爲從小村口中已得知徐承煜是『梟獍』，斷然拒絕；不管他如何『據理力爭』，始終不考慮他的請求。

由於張之洞對和約大綱的意見甚多，因而往返磋商，延到十二月十五日，才有第二次的會議。會議的地點，改在英國公使館；廳宇宏敞，並不限制中國方面代表及隨員的人數。不過，李鴻章不願多帶不相干的人，除了翻譯以外，隨員仍是陳夔龍與那桐。兩全權大臣與十一國公使，圍著一張長方會議桌坐定，作爲主席的英國公使薩道義起立發言。

大綱已經中國政府『畫押』；這一次的會議是開始討論細節。第一款派專使赴德國道歉，已經決定派皇帝的胞弟小醇王載灃爲『頭等專使大臣』，只等和約簽定，即可啓程。至於在克林德被害地點『樹立銘誌之碑』，則連碑文亦已擬就；所以第一款已無再議。

第二款就是嚴懲禍首；薩道義取起面前一張紙，揚了揚：『這是禍首的名單。不過，我離開主席的地位，有一個意見：縱容義和團的罪魁禍首，確是端王載漪。如果能將載漪從嚴處置，其餘均可不問。不知兩位全權的意思如何？』

聽得這話，慶王奕劻不覺驚愣：『端王是皇室懿親，萬難重辦；各國的法律，亦有「議親」、「議貴」，得從末減的法條。這件事，斷斷乎辦不到。』他略停一下又說：『前兩天我在私邸宴請各位，曾經跟各位已經表明過，當時並無異議，何以此刻又有這個說法？』

薩道義笑了：『我亦知道辦不到，此刻再提，是想給中國政府一個機會，只要嚴辦了載漪，就可以使好些人免罪。現在，』他看著名單說：『我宣布各國根據調查所得，認爲應加以懲罰的禍首人名。』

唸的當然是英文，但姓名用拼音，而且唸得較慢，所以李鴻章與奕劻都能聽得明白，第一名自然是載漪，接下來是董福祥、載勛、載瀾、英年、剛毅、趙舒翹、毓賢、李秉衡、啓秀、徐承煜，這十一個人，除已死者應追革官職，撤銷恤典以外，還活著的皆應處死，以謝天下各國。

奕劻與李鴻章一聽翻譯講完，不約而同地說了一句：『豈有此理！』然後小聲商量了一下，決定由李鴻章發言辯駁。

『前幾天聽各位談過罪魁，並沒有啓尙書、徐侍郎的名字；今天爲甚麼又忽然把這兩個人加進去？這是甚麼意思？』

李鴻章原以爲先抓住了一個明顯的錯處，堵住了對方的嘴，造成先聲奪人的氣勢，下面的話就好說了。誰知翻譯未終，義大利公使薩爾瓦葛已起立答覆了。

『我前天到賢良寺奉謁，談起徐侍郎，蒙貴大臣坦誠相告；這樣的人，中國不辦，各國只好代辦。至於啓尙書的罪狀，日本公使已做調查，亦有實據。』

李鴻章沒有想到挨了一悶棍，憤憤說道：『我不過隨便一句話，你怎麼可以據以入罪？』

薩爾瓦葛笑笑不答；小村壽太郎便接著發言：『條款內原有「日後指出」，仍應懲辦的規定。這兩個人經過確實調查，不能不認定他們是禍首。啓秀以軍機大臣兼總理大臣，曾經說過：「洋人可以殺盡。」而且有運用他的權力，縱庇拳匪的事實。至於徐承煜，凡是他父親徐桐的所言所行，都由於他在暗中指使，與洋人勢不兩立。所殺害的忠臣，都是他監斬，也都是他的預謀。如果兩位全權大臣不信，我可以書面列舉證據。』

於是李鴻章再回頭從原則辯起，他說：『條款上原說「分別輕重，盡法嚴懲」，如今一概要求處死，未免矛盾。』

『處死就是盡法嚴懲中最輕的。』

小村壽太郎這話似乎強詞奪理；而細細想去，竟無以爲駁。因爲處死如定爲『斬立決』，則較此大辟之刑更重的還有，如凌遲、如處死以外抄家，或者本人處死，家人亦連帶判刑等等。

這樣又只好個別交涉了，『端王是懿親，礙難加刑。』李鴻章說：『現在朝廷打算將他發遣到新疆監禁，永不釋回，這就等於死罪了。』

於是各國公使略略商量，由薩道義答話：『既然如此，何不予以假死罪的處分？』

『何謂假死罪。』

『「斬監候」。』薩道義說：『監禁一、二年以後，再發往新疆。』

『這可以考慮。』

『莊王、董福祥窮兇極惡，非殺不可！』

李鴻章奉有密旨，知道朝廷的意向，必要時不妨犧牲載勛。至於董福祥一時不能嚴辦的苦衷，各國公使早有諒解；因此，李鴻章表示，莊王載勛將由西安降旨，賜令自盡，這一重公案便算了結了。還有八個人，各國公使堅持原議，不論生死均應以斬決的罪名處置。李鴻章逐一分辯，除去毓賢以外，其餘均宜貸其一死；而各國公使只同意載瀾可比照載漪的例子辦理，此外別無讓步。結論是各國公使自行會商，另有照會提出。

散會之前，德國公使穆默面色凝重地站起來說：『像這樣一件重大的糾紛，禍首只殺兩個人，各國絕不能甘服。照目前的情況看，和局難成，八國聯軍亦絕不能撤退。本席不能不向中國政府提出警告。』

這個警告，當天就電奏西安；很快地來了回電：『懲辦禍首，辯論數月，和約大綱第二款內，載有「分別輕重」之說，今忽改均應論死，是原定條約，不足爲憑，實屬自相矛盾之至！至「日後」二字，前據電奏，難以劃清界限，但必須實有按據，方可懲辦；今又指出啓秀、徐承煜，均係空言，毫無實據。似此有意刁難，是何意見？』

兩全權大臣看罷電文，都是臉色陰沉，默無一語。好久，奕劻才說了句：『一派官腔，也不知道是哪位大軍機的手筆？』

此時在西安的軍機大臣，以榮祿爲首，其次是王文韶，再有一個是鹿傳霖；他是榮祿的岳父靈桂的門生，當陝西巡撫時，榮祿外調爲西安將軍，頗加結納，以此雙重淵源，爲榮祿保薦，剛入軍機。至於趙舒翹，由於是禍首之一，而且老家在西安，所以閉門侍母，已不到軍機上『行走』。所以榮祿在政府中不但當家，實際上是一把抓；而他是絕不會打此官腔的。

『哼！』李鴻章冷笑一聲說：『我算算應該到打官腔的時候了！』

奕劻默喻其意，怕惹是非，不敢接話。只關照李鴻章盡快與幕友商議，如何挽回天聽？希望在年內能有結果。

『過年還有十天！洋人可是不管的；他們的年，已經過了！』李鴻章將那份電報使勁搖晃著，『想起來教人寒心！那位老太太自己沒事了；就該她發狠了！』

這是指慈禧太后。她一直怕惹禍上身；如今已可確定，追究責任至懿親而止，不會波及深宮。一旦置身事外，態度便自不同；李鴻章可以斷定，電報上的那『一派官腔』，完全是她的意思，因而有此牢騷。

『咱們也別想過年了。不過，現在不是這麼想；元宵以前，不下定死罪的上諭，那一拖下去，洋人肯答應嗎？』李鴻章看著他的幕友說：『無論如何得想個法子，在年內有個確實的了結。』

李鴻章的幕友很多，此時陪坐的，卻只三個人，一個是楊士驤；另一個也姓楊，就是戊戌政變中很賣過一番氣力的楊崇伊。上年外放爲陝西漢中府，這是個『衝、繁、疲、難』的要缺，本來很可以展布一番；不想冤家路狹，端方由臬司調補藩司，成了他的頂頭上司——端方當京官時，與名士多所往還，而楊崇伊則專門跟名士作對，文廷式就在他手裡栽得好慘；度量不寬，而又好用權術、喜作威福的端方，爲故交修怨，常找楊崇伊的麻煩，已有不能安於位之勢。正好李鴻章調補直督，進京議和；誼屬至親，拜託『老姻長』電調入幕，擺脫了端方的杯葛。

再有一個叫徐賡陛，字次舟，浙江湖州人；久在廣東當地方官，是個強項令，跟洋人辦交涉，不亢不卑，毫無假借，因而李鴻章特爲將他從廣東帶進京，頗爲倚重。

徐賡陛善於折獄，在廣東的傳聞很多；問案定罪，常有出人意料的奇計。此際看兩楊相顧不言；

便慢吞吞地說道：『局面搞成這個樣子，眞該參中堂一本！』

此言一出，二楊色變；李鴻章臉上亦有些不自然，『次舟，』他說：『局面搞成這個樣子，我應該擔甚麼責任，請教！你知道的，我這幾年很虛心，只要說對了，我一定認錯！』

『中堂莫認眞！』徐賡陛笑道：『聊爲驚人之語，破悶而已。』

『次舟也是！』楊崇伊埋怨他說：『這個時候還開玩笑！』

『倒也不是開玩笑。』徐賡陛正色說道：『若要年內能結這重公案，非用條苦肉計不可。倘有人參中堂因循誤國；封奏一達御前，老太后總不忍心讓中堂替她代過吧？』

『好！』李鴻章立刻就明白了，參他『因循誤國』，實在就是指責慈禧太后，這樣旁敲側擊，言者無罪，聞者足戒，實在是個好辦法。

楊士驤也明白了，『我看這樣，給端陶齊一個密電，請他託一位都老爺放一炮。』

李鴻章點點頭，『可以！』他說：『一客不煩二主，索性就請次舟擬個稿子。』

徐賡陛的筆下很來得；聞言拈筆，一揮而就，內容是託端方代爲請一位奏劾李鴻章，道是和議數月，開議兩次；只爲洋人要辦罪魁，而李鴻章壅於上聞，不以實情出奏；因循敷衍，不知和議成爲何日。帝都蒙塵，宗廟不安，實有誤國之罪。

這些話罵的是誰，慈禧太后當然明白；尤其是抬出宗廟這頂大帽子，更可以壓倒她。所以這封電報一發，李鴻章的心事解消了一半。

到得第三天，西安尙無電旨，而十一國公使聯銜的照會，已經送到，除了照口頭上提出的辦法懲治禍首以外，並要求派員監視行刑。緊接著又有第二個照會，要求將徐用儀、許景澄、袁昶、聯元、立山等五大臣，開復原官，以示昭雪。

這兩件照會，當然亦是即時電奏西安；而覆電除了五大臣開復原官，可以曲從外，其餘一概不允。不知道徐賡陛的那條苦肉計，行而不效，還是尚未到見效的時候？而時不我待，灶王爺已經『上天』奏好事去了，『下界』卻猶未能『保平安』；李鴻章只好耐心等一兩天，再作道理。

那條苦肉計似乎見效了。十二月廿五，西安有一道上諭，第三次懲治禍首；載勛賜死，載漪、載瀾發往新疆，永遠監禁，先行派員看管；毓賢即行正法；剛毅追奪原官；董福祥革職降調；英年、趙舒翹斬監候；徐桐、李秉衡革職，撤銷恤典。另外又有一道上諭：啓秀、徐承煜即行革職；所犯罪名由奕劻、李鴻章即行奏明，從嚴懲辦。

慈禧太后讓步了，讓得不多；原意討價還價，尚有磋商的餘地。誰知各國的觀感，異常惡劣，認爲第一，載漪、載瀾二人，已經說明白予以『假死罪』，而連這一點名義上的罪名都不肯承認，足見並無悔過之意；第二，英年出過懸賞殺洋人的布告；趙舒翹助剛毅縱容拳匪，是盡人皆知的事實，而定罪爲『斬監候』，明明有貸其一死之意，對各國是一種欺騙。

於是，英國公使薩道義派參贊面告李鴻章：『載漪、載瀾改假死罪，已經從寬；如果中國政府仍舊庇護，禍將及身。』

嚴重的警告以外，還有驚人的舉動；年三十上午德國公使穆默特訪李鴻章，一見面就說：『剛才我從瓦德西將軍那裡來，他已經下了命令，在中國新年的正月初五，親自帶隊出京。』

李鴻章大驚失色，急急問道：『瓦帥帶隊到哪裡？』

『我知道。不過軍事機密，我不能洩漏。』穆默又說：『明天各國公使會議，草擬你們第三次懲治禍首的照會。不過，會議是形式，實質上並無變化。前次照會所提出的要求，已由各國政府批准，不能再改的。』

『何必如此？』李鴻章低聲下氣地說：『各國既然願意修好，何不稍微通融？』

穆默笑笑不答；停了一下方說：『今天我來奉訪，是基於友誼；公事不便再談了。』

見此光景，李鴻章只有一個要求可以提出：『穆公使，我立刻拿你的意思，電奏西安。請你無論如何勸一勸瓦帥，暫時不必有所動作；等西安的覆電到達，如果他不滿意，再定行止。可以不可以？』

穆默剛走，法國及日本相繼派人來傳話，證實了瓦德西確已作了派軍出京的決定；及至赫德來報告同樣的消息時，李鴻章的幕友，已將電報擬妥，臨時又加上幾句，並標上『即到即轉，不准片刻延擱』的字樣，發了出去。

『今天是庚子年最後一天。清朝開國到今兩百六十年，沒有比今年更慘的；今年這一年沒有比今天更慘的！我少年科甲，中年戎馬，晚年洋務，結果落得個像今天這樣仰面求人，想想眞是心灰意懶，生趣索然！』李鴻章的聲音越說越低，最後淒然淚下；一步重似一步地走回臥室，將房閉上了。

『憂能傷人！』楊崇伊悄悄說道：『中堂一身關係很重，我們總得想個法子，讓他寬心才是。』

『要寬心，只有西安回電，准如所請。』楊士驤憂形於色地，『我看還有得磨。』

『不會！』徐賡陛極有把握地，『一定會准。』

『萬一不准呢？』楊士驤問。

『不准也得准！』徐賡陛說：『今天除夕，苦中作樂，醉他一醉；爲中堂謀一夕之歡。』

『慢來，慢來！次舟，你說不准也得准，這話作何解釋？』

『今天不准，橫豎有一天准；到了時候，不管西安有沒有回電，准不准所請，回覆各國，說是已有回電旨批准才是。』

『那，那以後呢？』

『唶，莘伯！』徐賡陛不耐煩地說：『甚麼叫「全權」？遇到這時候還無「權」求「全」，莫非眞的等瓦德西帶隊出京時，死在他的馬前？』

『透徹，透徹！』二楊異口同聲地說。

事情等於已作了決定。爲了行在不致受瓦德西的威脅，從權處置，並不算錯。事實上，徐賡陛料得很準；西安回電，果然准了。

電旨一共兩道，第一道是答覆英國公使派參贊來轉達的意見，說是『英年、趙舒翹情罪較輕，是以加恩定擬，今來電稱該使語意決絕，爲大局計，不得已只可賜死。』

第二道電旨說：『朝廷已盡法懲辦禍首，而各國仍不滿意，要挾甚迫，現存諸人，即照前次照會辦理，實因宗社民生爲重，當可止兵，不致再生枝節，茲定初三日降旨，初六日懲辦，惟英、趙已無生理，或通融賜死。啓、徐並索回自行正法。該親王等迅速密籌，或請美、日等國及赫德等轉圜，能否辦到，並商明已死諸人，不再追究，即日電覆。』

『算是定局了！』楊士驤舒口氣說：『我馬上回中堂。』

等李鴻章看完電報，幕僚建議，應該立刻託赫德去聯絡，將英年、趙舒翹由斬決改爲賜死，以及啓秀、徐承煜自日本軍隊中要回來，這兩件事辦妥之後，即刻電覆行在，了卻一件大事。

『不必！』李鴻章說：『啓、徐二人正法的電旨到了再去要人，也還不遲；英、趙二人，洋人只是要他們死，怎麼死法，無關緊要，不必徵求同意。』

『然則辦照會通知各國公使？』楊士驤問。

『不必！先口頭通知，過兩天再辦照會。』李鴻章說：『趙展如是不是死得成，大成疑問。要擬個電報給榮仲華，放鬆不得一步！』

李鴻章料事很準，要趙舒翹死，眞是不大容易。

首先，慈禧太后就不以爲他有死罪，當十二月廿五第三次改定懲辦禍首罪名時，她就說過：『其實，趙舒翹並沒有附和拳匪；只是當初跟剛毅從涿州回來覆命的時候，不該以「不要緊」三個字搪塞我。』

這話傳到趙舒翹耳中，大爲欣慰，自度必可免死。及至朝命已下，定爲斬監候的罪名，先交臬司看管；他還言笑自如，不以爲意。他的家人亦很放心，因爲有個極大的奧援在！

這個奧援就是趙舒翹的母舅薛允升。此人是翁同龢的同年，刑部司官出身，由主事到郎中，歷時二十二年之久，官運是蹭蹬極了，但卻歷練成了一位律學名家；大概從清朝開國以來，刑部的書辦不但不敢欺侮司官，而且心悅誠服的，只有薛允升一個人。

到了同治十二年，薛允升方始外放爲江西饒州府，自此一帆風順，升道員、擢監司、署漕督；光緒六年內召爲刑部侍郎，在禮、兵、工三部轉來轉去，轉到光緒十九年，終於升爲刑部尚書。其後因爲他的姪子薛濟勾結刑部司官，說合官司，連累乃叔，降三級調用；做了一年的宗人府府丞，告老回到西安。

等趙舒翹一出事，刑部尙書開缺；就地取材，順理成章地召薛允升復起，補了他外甥的遺缺，而同時也就要辦外甥的罪。他說過一句話：『趙某人如果斬決，是無天理！』因此，趙家的親屬戚友，都認爲薛允升一定會保住趙舒翹的一條命；而況依律本就沒有死法。

無奈洋人的話，比聖旨還重要；李鴻章根據英國參贊所傳達的意見，急電西安。

由軍機處傳出風聲之後，西安城內的士紳攘臂而起，做了一個『公稟』，具名的三百餘人之多。除夕黎明，送到軍機處，軍機章京不敢收受；僵持到中午，並無朝旨，以爲不要緊了，方始各散。

大年初一無事，初二召見軍機，爲的是商議初三宣布第四次懲辦禍首的上諭：從早晨六點鐘開始，到十一點鐘，猶無結論。

其時西安城裡最熱鬧的鼓樓附近，已經人山人海，群情洶洶，有的要罷市，有的要劫法場，有的主張要挾，如果慈禧太后殺了趙舒翹，就請她回京城去。

然而以巡撫衙門爲行宮的慈禧太后，畢竟與軍機大臣作成了決定，趙舒翹不能免於一死，賜令自盡。英年同科，但不煩睿憂，從十二月廿五被看管那天起，就晝夜哭泣，反覆不斷所說的一句話是：『慶王不該不替我分辯！』這樣到了年初一深夜，哭聲忽停；家人還忙著過年，沒工夫理他。到第二天一早——也就是行宮議罪未定之際，發現他已經氣絕了；自裁的方法聞所未聞，是以污泥塞口，氣閉而絕。

年初三，已死未死禍首十一人均定死罪的上諭，終於發布；而就在這一天，早就奉命監視莊王載勛自盡的戶部侍郎署理左都御史葛寶華，一早到了蒲州。因爲他是欽差的身分，所以到了載勛所住的『行台』，驛官照例放炮致敬。

載勛還高臥未起，驚醒了罵人：『無緣無故放甚麼炮？』

『欽差葛大人到了！』聽差告訴他。

『莫非是爲我的事而來的？』載勛矍然而起。

聽差騙他，說是欽差過境，特來拜訪。見了面，照規矩先請聖安，然後敘話。載勛殷殷問起行在的情形，葛寶華略略敷衍了幾句，隨即起身告辭，轉往蒲州府衙門。

蒲州知府惠格，首縣永濟知縣項則齡，早就在待命了。葛寶華已看好了一處地方，行台後面有座久無香火的古廟，下令在那裡作爲載勛斃命之地。

於是項則齡親自帶人到古廟去布置；惠格則帶領親兵在行台周圍警戒彈壓。一切就緒，葛寶華到達古廟，派項則齡去傳載勛來聽宣上諭。

載勛倒也很氣概，換上全套親王的公服，大踏步走了來；一見葛寶華，用手摸著頸後問道：『要我的腦袋？』

葛寶華不答，只高聲喊道：『有旨！』

聽得這一聲，載勛及在場的官員吏役，一齊下跪，靜聽欽差宣讀上諭。

上諭是年前十二月廿五所發：『已革莊親王載勛，縱容拳匪圍攻使館，擅出違約告示，又輕信匪言，枉殺多命，實屬愚暴冥頑，著賜令自盡。派署左都御史葛寶華前往監視。』

賜死亦是恩典，照例應該謝恩；不過，載勛卻想不起這套儀注了，站起身來，脹紅了臉說：『我早知必死。恐怕老佛爺亦活不長了！欽差，跟我家裡人還可以見個面啵？』

一言未畢，廟門外哭聲震天，一個旗裝中年婦人，帶著一個十六七歲的少年，踉蹌奔來；這就是載勛的側福晉與他的獨子溥綱。

母子倆撲進門檻，抱住載勛的腿，哭得越兇；載勛亦是淚流滿面，一把拉起溥綱，嗚咽著說道：

『你總要報效國家，咱們大清朝的江山，萬萬不能送給洋人！』

溥綱只是哀哀痛哭，也不知他聽進去了沒有？她那母親更是失了常度，撲倒在地打了個滾，便即昏厥。當然，這不會影響載勛的『終生大事』，一面有人抬走了他的側福晉，一面有人引著他到了後面的一間空屋。

屋子是特意鎖上的，開鎖推門望進去，空宕宕地只有中間有張踏腳凳，上方由樑上垂下來簇新的一條白綢帶，顯得異常刺目。

『王爺請！』葛寶華低著頭，擺一擺手，做個肅客的姿態。

『欽差辦事眞周到，眞爽快！』載勛拱拱手說：『來生再見了！』

毓賢本來發配新疆，走到蘭州，有朝旨追來，就地正法，派按察使何福堃監斬。藩司李廷簫本是由山西調來的，此時署護陝甘總督的關防；心裡在想，監斬應該派他而竟派了何福堃，必是因為他在山西承毓賢之命殺了許多西洋教士之故；看起來遲早不免！於是，跟英年一樣，大年初一結果了自已的性命；是呑金屑自殺的。

毓賢從起解之時，便已有病；聽說定了死罪，更是神智恍惚，奄奄一息，所以正月初四綁上法場，不似載勛那樣死得生氣勃勃。不過，一死之後，卻傳出兩副自輓的對聯，一副是：『臣死國，妻妾死臣，誰曰不宜？最堪悲老母九旬，嬌女七齡，耄稚難全，未免致傷慈孝治；我殺人，朝廷殺我，夫復何憾！所自愧奉君廿載，歷官三省，涓埃無補，空嗟有負聖明恩。』

另一副：『臣罪當誅，臣志無他！念小子生死光明，不似終沉三字獄；君恩我負，君憂誰解？願諸公轉旋補救，切需早慰兩宮心！』

有人說，這兩副自輓聯，文字雖淺，但怨而不怒，其鳴也哀，不似毓賢的爲人；而氣息僅屬之際，亦未必能從容構思，應該是幕友所捉刀。

給洋人的照會，說得明明白白，正月初三降旨，初六處決。英年自盡，載勛賜死，毓賢處斬，都有電報到京；但趙舒翹卻無下文。

初六那天，各國公使派人到賢良寺探問動靜的，絡繹不絕；李鴻章口頭上答覆：『遵旨處分，絕無差錯。』而心裡卻是不怎麼寧帖，到得上燈時分，沉不住氣了，發了個電報到西安，催問究竟。電報到西安，已在深夜；値班軍機章京譯好了送到在『滿城』的榮祿公館。聽差接下，送入臥室；榮祿只問了一個事由，便即翻身向裡——他就在等這麼一個電報；因爲他亦深知絕不能失信於洋人，但慈禧太后猶有保全趙舒翹之意，不便固請。如今有了這一道趙舒翹的『催命符』，次日面奏，有詞可藉，他可以睡得著了。

於是第二天上午八點鐘，降旨賜趙舒翹自盡，派新任陝西巡撫岑春煊監視，限下午五點鐘覆命。岑春煊很機警，知道西安百姓對此事頗爲不平；而趙舒翹在本鄉本土，親戚故舊很多，消息洩漏，一擁而至，即無麻煩，亦多紛擾。因而只帶幾名隨從，騎著馬到了趙家，進了大門，方始說破，是來宣旨。

上諭是初三就下來的，趙舒翹早就知道了；原定初六懲辦，而又遲了一日，在他看，更是慈禧太后有意加恩，不與他人同樣辦理的確證。因此，跪著聽完上諭，趙舒翹問道：『還有後旨沒有？』

『沒有！』

『一定有的。』趙舒翹極有把握地說。

岑春煊不便跟他爭，也不便逼得太緊，只說：『展公，奉旨酉刻覆命。』

『我知道，我知道！不到中午就有後旨了。』

向來召見軍機，至遲上午十一點鐘，『承旨』、『述旨』，差不多皆已妥帖。如有特赦的『後旨』，一定也是交代軍機；『刀下留人』，遲不得半點，當然即時便有章京來送信，所以趙舒翹有那樣樂觀之語。

岑春煊無話可說，只能在廳上坐等。趙家派了人到軍機處去打聽信息，中午回報，軍機大臣已有兩位回府了，並無特赦的後旨。

『老爺，』趙夫人淚眼汪汪地說：『洋人逼著不肯饒，太后也教沒法子！我們夫婦一場，一起死好了！一定再沒有甚麼聖旨了。』

趙舒翹只是皺著眉，一臉困惑的表情。見此光景，趙太太便取了一個金戒指，用剪刀剪成一絲一絲，拿個碟子盛了；另外倒一杯茶，一起捧到丈夫面前。

趙舒翹緊閉著嘴不作聲，好半天才拈了一撮，用茶吞下肚去，往軟榻上一躺。這時室內雖只趙夫人一個人，室外卻圍滿了子媳家人，一個個眼中噙淚，默默注視。趙舒翹先是瞑目如死，不久，哼了一聲，翻身坐了起來。

『太太，』他說：『趁我還有一口氣，我交代交代後事。』

於是子孫一齊入室，跪在地上，聽他的遺囑；趙舒翹的壯碩是有名的，又當悲憤之時，嗓音更大，從他服官如何清正勤慎說起，滔滔不絕。講了有個把鐘頭，親戚來了——親戚已經到得不少，岑春煊不放進來；及至越來越多，阻不勝阻，放進一個，其餘的接踵而至，很快地擠滿了上房。

『這都是剛子良害我的！』趙舒翹向親友說道：『我的命送在他手裡，冤枉不冤枉？九十三歲的老娘，還要遭這麼一件慘事，我眞是死不瞑目！』說罷放聲大哭。

哭聲響得在大廳上的岑春煊都聽見了。先當是趙舒翹斃命，家人舉哀，趕緊往裡奔去；到得垂花門，才知道是趙舒翹自己的哭聲，中氣十足，怎麼樣也不能想像他是將死之人。

看看覆命的時刻將到，岑春煊不免煩躁；將趙府上一個管事的帳房找了來，沉著臉說道：『這是拖不過去的事！到底怎麼樣，請你進去問一聲；如果不願遵旨，索性明說，我對上頭也好有個交代。』

『不願遵旨』就是抗旨，這個罪名誰也擔不起。趙家帳房趕緊答說：『請岑大人不要誤會，絕不敢不遵旨；不過，岑大人明鑒，這件事實在很爲難，已經吞了金屑了，只爲敝東翁體氣一向很強，一時還沒有發作。』

『沒有發作是力量不夠！你們要另外想法子啊！』

『另外想甚麼法子呢？』

『嘿！』岑春煊是啞然失笑的樣子，『一個人想活也許很難，要死還不容易嗎？大煙、砒霜，哪樣不能致命？』

『那，那就服大煙吧！』

不知是分量不夠，還是趙舒翹的秉賦過人，竟能抵抗煙毒？吞下兩個煙泡，依然毫無影響；這時趙舒翹的母舅薛允升到了，見此光景，便向岑春煊說道：『雲翁，展如的情形你都看見了，罪非必死，情亦可矜；似乎也可以覆命了。』

『覆命？』岑春煊大聲問說：『人還沒有死，我怎麼覆命？』

薛允升默然。他原是一種含蓄的請託，希望岑春煊將趙舒翹吞金、服鴉片皆不能死的悽慘情形，據實奏聞；然後由朝廷據以跟洋人交涉，或許看在『人道』二字頭上，可望貸趙一死。誰知岑春煊毫不理會，答得這樣決絕；以薛允升的地位，就不能多說一句話了。

『也罷！』薛允升站起身來對趙家的人說：『服砒霜吧！』說完，掉頭向外走去，不理岑春煊。

砒霜不比鴉片那樣方便，等弄來已晚上八點鐘了。岑春煊在窗外監視著等趙舒翹服了下去，約莫一頓飯的工夫，開始呻吟了。這是毒性發作的初步，岑春煊不必再看，仍回大廳坐等。

這時首府西安府知府胡延，得知巡撫至今不能覆命，亦不願接受趙家款待，一直枵腹坐等的消息，趕緊派人備了食盒來『辦差』；岑春煊吃得一飽，問左右從人；『怎麼樣了？』

『還沒有嚥氣，只說胸口難過，要人替他揉。』

『大概也快了！』胡延說道：『趙公身體太好，平時大家都羨慕，不想今天反受了身體好的累了。』

岑春煊不答他的話；看一看錶說：『九點鐘！』

覆命的時限早就過了；岑春煊對趙家沒有決絕的處置，深表不滿。但以巡撫之尊，亦無法打甚麼官腔，發甚麼脾氣，因爲趙家上下都不理他，人來人往皆以仇視的眼光相看，若不知趣，很可能會吃眼前虧，唯有忍著一口氣，耐心等待。

看到這種情形，胡延當然不願多作逗留；當他起身告辭時，岑春煊突然一把拉住他說：『胡老哥，你不忙走，我跟你商量件事。』

『是！』胡延無奈，站住腳說：『請大人吩咐！』

『趙家不知道在搗甚麼鬼？』岑春煊放低了聲音說：『欽限是酉刻，如今過了四個鐘頭了，到十一點子時，就是明天正月初八的日子了，覆命遲幾個鐘頭，猶有可說，遲一天，公事上就交代不過去了。這件事，你看怎麼辦？』

胡延心想，要人性命的事，自己就有主意也不能出；免得一則造孽，二則結怨。因而很快地答說：『大人何不請幕友來商量？』

『來不及了！而且也不便張揚。』岑春煊說：『我拜託貴府，回去以後馬上找司獄問一問，有沒有甚麼人死而無痕跡的好法子？問清楚了以後，趕緊派人來告訴我。』

『是！』胡延答說：『我派司獄來，請大人當面問他。』

『不！』岑春煊說：『你一定要問明白，如果他沒辦法，來亦無用。』

『是了！我讓司獄去問獄卒，問清楚了，讓他當面來回稟大人。』

『好！叫他穿便衣來。』

胡延答應著走了。而岑春煊卻眞有度日如年之感。

到了十點多鐘，在趙家門外看守的撫署親軍，領進來一個穿便衣的瘦小中年人，向岑春煊行了禮，說是胡延派來的，自報履歷：『西安府司獄燕金台，河南陝州人，監生出身。』

『胡知府跟你說了沒有？』

『說過了。』

『你有法子沒有?』岑春煊問。

『有是有個法子,不過只聽人這麼說,從來沒有試過也不知道靈不靈……』

『你不必表白!』岑春煊不耐煩地說:『我知道你沒有試過,你只說這是個甚麼法子好了。』

『這個法子叫「開加官」……』

法子很簡單,一說就明白。燕金台的話剛完,自鳴鐘噹噹地敲了起來。

『十一點,是子時了!』岑春煊大聲吩咐:『到裡面去看一看!』

看了回來報告,趙舒翹依然未死,又哭又嚷;妻兒陪著淌眼淚,不知道甚麼時候才是了局?

『這可不能再拖了!把趙家管事的人,請一個出來。』

來接頭的仍是那位帳房。岑春煊這一次的話很容易說,但也很厲害;他說他雖奉旨監視趙舒翹自盡,但也僅止於趙舒翹嚥氣之後看一看而已,絕沒有逼人去死的道理。如今已交正月初八子時,無法再等,只有據實覆命,請他轉告趙家。

所謂『據實覆命』,無非奏報趙舒翹應死而不死;既然『賜令自盡』辦不到,那就只有『賜死』,換句話說:是由朝廷派人來殺趙舒翹!這不但是自取其辱,而且家屬亦可能因此而獲罪。趙家帳房識得其中的輕重,轉而請教岑春煊,如何才可以使趙舒翹斃命?

『沒法子!』岑春煊指著燕金台說:『西安府的司獄老爺在這裡,你自己跟他請教!』

岑春煊這一手很不漂亮,燕金台深爲不悅;但礙著他的官大,只好公開了『開加官』的方法。趙家帳房回進去細說緣由,趙夫人垂淚點頭。可是,誰來動手,卻又成了極大難題;最適當的人選,自然是燕金台,可是他說甚麼也不肯。最後還是趙舒翹的大兒子出來下跪,懇求『成全』,燕金台方始很勉強地答應下來。

到得上房，只見趙舒翹躺在床上，面如豬肝，輾轉反側地呻吟不止，只嚷『口渴』。趙夫人上前說道：『老爺，你忍一忍，馬上就會很舒服了。』

『啊！啊！』趙舒翹喘著氣說：『有甚麼法子，快點！別讓我再受罪了！』

趙夫人點點頭，閃身避開；岑春煊使個催促的眼色，燕金台便將預備好的桑皮紙揭起一張，蓋在趙舒翹臉上，嘴裡早含著一口燒刀子，使勁一噴，噀出一陣細霧；桑皮紙受潮發軟，立即貼服在臉上。燕金台緊接著又蓋第二張，如法炮製。趙舒翹先還手足掙扎，用到第五張，人不動了；燕金台如釋重負地舒了口氣。

室中沉寂如死，只聽得自鳴鐘『滴答、滴答』地好大的聲音。好不容易看鐘上長針移動了兩個字；燕金台上前摸一摸趙舒翹的左胸，輕聲說道：『趙大人歸天了！』

就這一聲，趙家忍之已久的哭聲，一下爆發。岑春煊走上前去，細細檢視；那五張疊在一起，快已乾燥的桑皮紙，一揭而張，凹凸分明，猶如戲台上『跳加官』的面具，這才明白『開加官』這個名稱的由來。

到第二天岑春煊進宮覆命時，才知道趙夫人也仰藥自殉了。

爲了安撫起見，榮祿特爲寫了一封親筆信，在宣達革職的同時，送交董福祥。信中無非細道朝廷的苦衷，說洋人欺逼太甚。朝廷不得不格外委屈；革他的職，是不得已而敷衍洋人。朝廷深知他忠勇性成，必當多方保全；希望他善撫舊部，待機而起，爲國報仇雪恥。

但董福祥當然亦知道，這封信的作用，是希望他安分守己。年紀大了，錢也有了——光是七月廿一洋人破京之時，縱兵大掠，出彰儀門而西，就發了上百萬銀子的財；果然朝廷有保全之意，倒亦不妨閒居納福，就怕削兵權是要他腦袋的第一步；僅僅朝廷不願深究，未必能保平安；必得洋人有何嚴厲的要求，而朝廷抵死不從，才能安度餘年。

因此，他認爲有表示態度的必要；尤其要讓榮祿心存顧忌。於是，召集幕友，幾番討論，寫成一封覆信；派專差遞到西安。

榮祿拆開信一看，上面寫的是：『祥負罪無狀，僅獲免官，手書慰問，感愧交并。然私懷無訴，不能不憤極仰天而痛哭也！祥辱隸麾旌，忝總戎任，軍事聽公指揮，固部將之分，亦敬公忠誠謀國；故竭駑力，排眾謗以效馳驅。戊戌八月公有非常之舉，七月二十日電命祥統所部入京師，實衞公也。拳民之變，屢奉鈞諭，復囑祥來京，命攻使館。祥以茲事重大，猶尙遲疑，以公驅策，敢不奉命。疊承面諭，圍攻使館不妨開礮；祥猶以殺使臣爲疑；公謂戮力攘夷，禍福同之。祥一武夫，本無知識，恃公在上，故效犬馬之奔走耳。今公巍然執政，而祥被罪，竊大惑焉！夫祥之於公，力不可謂不盡矣；公行非常之事，祥犯義以從之；公撫拳民，祥因而用之；公欲攻使館，祥彌月血戰；今獨歸罪於祥，麾下士卒解散，咸不甘心，多有議公反覆者。祥惟知報國，已拚一死；而將士憤怨，恐不足以鎭之，不敢不告。』

看完這封信，榮祿將牙齒咬得格格地響；血脈僨張，通宵不能安枕。董福祥以侮蔑爲要挾，說『圍攻使館，不妨開炮』，固是倒打一耙，瞪著眼說瞎話；而所謂『公行非常之事，祥犯義以從之』，竟是指他在戊戌政變時，有弒帝的企圖，這更是血口噴人！

最使他不服氣的，是最後那一段話；國事到此地步，董福祥竟然有叛亂之意，眞恨不得面奏兩宮，即時降旨，將董福祥逮捕處死。可是，目前是辦不到的事；要出這口氣，只有俟諸異日了。

但董福祥的隱含要挾之辭，雖可不理，甘軍的動向卻不能不察。好的是，在這方面榮祿早已下了工夫——甘軍從董福祥回甘肅後，全軍即由固原提督鄧增所統率；此人籍隸廣東新會，十七歲從軍，輾轉投入左宗棠部下；西征之役，跟著左宗棠從福建到了西北，官階是三品的游擊。

左宗棠西征，最講究兵器；而鄧增以善用炮知名，而專管開花炮隊，隸屬曾國藩『陪嫁』的劉松山一軍。劉松山陣亡，所部由他的姪子劉錦棠率領；鄧增在劉錦棠部下迭建大功，升爲總兵，先駐伊犁，後調西寧，宦轍始終不離西北。

光緒廿一年夏天，回亂復起於青海，湟水上下游，自西寧至蘭州，皆爲戾氣所籠罩，漢人被屠殺了十幾萬之多。其時董福祥以喀什噶爾提都，受命平亂，節制前敵諸軍；回亂至第二年秋天平服，董福祥加了一個太子少保的『宮銜』，又得了一個騎都尉的世職。鄧增本來拜過董福祥的門，此役中又特別出力，因而在『保案』中敘功居首，升爲固原提督，同時亦成了董福祥的心腹大將。

爲了洋人的抗議，以及劉坤一、張之洞的要求，一方面要逐董福祥遠離輦下；而一方面又以甘軍畢竟與雜湊成軍，未曾見過硬仗，一聞炮聲，不戰而潰的所謂『勤王義師』，不可同日而語，保護行在，未能全撤。因此，經過榮祿幕後的策劃折衝，董福祥將甘軍交與鄧增代領，自己隻身回甘。這一來，鄧增的身價大爲提高；榮祿亦多方籠絡，已能通過鄧增，指揮甘軍。當然，甘軍在西安的軍紀不怎麼好，亦就曲予優容了。

西安有兩個戲園，每日必到的第一號闊客，就是大阿哥溥儁。他不喜歡讀書，所好的是舞槍弄棒，馳馬逐獵；再有一項就是聽戲；每到午飯以後，戲園中只看到一個歪頭翹嘴，頭戴金邊氈帽，身穿青緞緊身皮袍，外罩棗紅巴圖魯褂子的精壯少年，由一群太監簇擁而來，那就是大阿哥。

大阿哥愛武戲，武戲中又愛短打戲；聽之不厭的是一齣連環套。雖然不敢公然彩串，但每喜司鼓；『點子』當然下得不怎麼準，無非場面跟唱的湊合著他，敷衍完事。

有一天是載瀾與大阿哥叔姪倆，到城隍廟前的慶喜園去聽戲；溥儁一時技癢，又坐到『九龍口去』權充鼓佬，打的是一齣『豔陽樓』，高登上場亮相，一個『四記頭』沒有能扣得準，台下有甘軍喝采起哄。大阿哥臉上掛不住了！

這一下當然要出事，連載瀾在一起，跟甘軍打了一場群架，很吃了一點虧。鄧增不免吃驚，趕緊先去見榮祿，引咎自責。榮祿卻派大阿哥與載瀾的不是，很安慰了鄧增一番，說是不必理這回事，凡事有他作主。

果然，載瀾來告甘軍的狀時，反爲榮祿數落了一頓。那叔姪倆一口氣不出，遷怒到戲園，跟岑春煊一說，將兩家戲園，一律封禁；園主鎖拿，四十板子一面枷，在城隍廟前示眾三天，方始釋回。沽名釣譽的岑春煊又出了一張布告：『兩宮蒙塵，萬民塗炭，是君辱臣死之秋；上下共圖臥薪嚐膽，何事演戲行樂？況陝中旱災浩大，尤宜節省經費，一切飯店、酒樓均一律嚴禁。』

其時京師逃難的官員，陸續奔赴行在；各省京餉，亦紛紛解到西安，市面正將熱鬧之際，遭此打擊，頓形蕭條。於是戲園、酒肆的主持人集會商量，決定活動內務府大臣繼祿，轉求李蓮英，請他想法子開禁。

法子很簡單，能鼓動慈禧太后傳戲，自然就可以開禁。哪知李蓮英稍微露點口風，便碰了個大釘子，『這是甚麼年頭兒？』她說：『我哪有心思聽戲？』

一計不成，又生二計；這次走的是岑春煊言聽計從的張鳴岐的路子；機會很好，久旱的關中，下了一場大雪，明年的收成有望，就有文章好做了。

這一次開禁的告示，措詞很冠冕：『天降瑞雪，預兆豐盈，理宜演戲酬神。所有園館一律弛禁；惟禁止滋鬧，如違重懲。』弛禁的那天，岑春煊還穿了行裝，帶著手捧大令的戈什哈親自到各戲館去巡視；打算抓到鬧事的人，就在戲園前面正法，藉以立威。

鬧事的人不曾遇見，卻遇見了一班宗室來消遣；岑春煊所出的告示中，雖有『本部院久已視官如寄，不知權貴爲何如人』，但對眞正有權的貴人，還是很巴結的，管李蓮英就叫『大叔』。此時見了一班宗室，想起該報慈禧太后的特達之知，正好把自己的主意提出來徵詢大家的意見。

『皇太后的萬壽快到了！』他說：『今天十月初六，只有四天，就是正日。天降瑞雪，也正好慶賀慶賀。』

話還未完，只聽有人厲聲說道：『國家衰敗到此地步，最近聽說東陵都讓洋人給佔據了，不知道怎麼才對得起祖宗！這樣子還要做生日嗎？如果有人上奏，我非反對不可！』

敢於公然指責慈禧太后的，是宣宗的長孫載治之子溥侗；他是在未立大阿哥之前，有繼承皇位之望的『倫貝子』的胞弟，行五，都稱他『侗五爺』

這位『侗五爺』別號『紅豆館主』，年紀雖輕，在宗室中很有名，多才多藝，尤精於顧曲、崑腔、亂彈，色色皆精。在大家的心目中是個不理世務的濁世佳公子；不道出言鋒利，如此鯁直！對慈禧太后尚且不懼，此外復何所畏？

岑春煊自知惹不起他，改容相謝，就此不談這件『做生日』的不合時宜之舉了。

不過，戲園雖已弛禁，溥儁的興致已經大殺；因為十一月初一開議，第一件事就是談懲處禍首，而眾目所集，在於載漪。畢竟父子天性，而且休戚相關，所以形跡倒收斂了不少。

甘軍亦復如此。那是鄧增的約束之功；為此，榮祿頗為嘉獎。如今由於董福祥的要挾，榮祿格外籠絡鄧增，特為邀了他來，說了好些推心置腹的話；鄧增亦不斷為董福祥解釋，並致歉意，這一來，榮祿放心了；董福祥的那封信，自然也不必當它一回事了。

趙舒翹賜令自盡，業已畢命的消息到了京城，李鴻章立即分別照會各國公使；接著便單獨與日本交涉，索回啓秀、徐承煜二人。

交涉很順利。日本公使小村壽太郎一口應允照辦，約定第二天由刑部到日軍司令部提人。

這天晚上，日軍司令山口素臣設宴款待啓秀、徐承煜二人；接到邀請，徐承煜大為興奮，斷定將被釋放，所以日軍司令為他們設宴祝賀。

啓秀卻不是這麼樂觀，在筵席上一直默然無語。酒到一半，山口方令通事說明，中國政府已經決定將他們正法。徐承煜頓時顏色大變，極口呼冤，大罵洋人狼心狗肺。

啓秀卻很鎮靜，還勸徐承煜，應該痛悔前非。徐承煜哪裡肯聽，整整鬧了一夜；但等天一亮，反而寂然無聲，已是神智昏迷，嚇得半死了。

到得十點鐘，刑部來提人——京中大小衙門，盡為聯軍所佔，唯一交還的是刑部；因為百姓犯了罪，洋人不便代審，都要移送刑部懲辦。因此只有刑部尚書貴恆、侍郎景灃、胡燏芬最為忙碌；司官星散，提人也只好景灃帶著差役，親自辦理了。

兩乘沒頂的小轎，先抬到刑部大堂過堂，做完了照例的驗明正身手續，原轎抬到菜市口。洋人聞風而至，不計其數；有的人還架著照相機，東一蓬火、西一蓬火地燒藥粉照明，將徐承煜的下場，紛紛攝入相機。

『天道好還！』大家有著相同的感慨，『徐承煜監斬袁昶、許景澄，是何等得意。誰想得到，曾幾何時，當時侍候「二忠」的劊子手會來侍候他？』

和議終於可望達成了。最主要的一條，賠償兵費的數額及年限，取得了協議，賠款四萬萬五千萬兩，以金價計算，四十年清償；未償之款另加年息四釐。預計要到『光緒六十六年』方能償清。

這筆空前龐大的賠款中，俄國獨得一億三千多萬，佔總額的百分之二十九。照微德自己的計算，俄國戰事上的損失，總共不過一億七千萬盧布；而所得賠償，折合盧布達一億八千四百萬之鉅，收支相抵，淨賺一千四百萬盧布；而刦掠所得，則更無法計算。因此，拉姆斯道夫在他國內洋洋得意地說：我國這一次進兵東三省，是有史以來最夠本的戰爭。

於是四月廿一下詔，和局已定，擇於七月十九回鑾。預定出潼關，經函谷，到開封；由彰德、磁州到保定，坐火車回京。

其時吳永亦正回西安——他是上年秋天，由於岑春煊的排擠，軍機處的不滿，被派了個赴兩湖催餉的差使；在武昌過的年，而且又續了絃。三月裡結束公事，料理西上之時，在荊門接到一個電報，催回行在。

一到照例宮門請安。第二天頭一起就召見；行禮既罷，慈禧太后彷彿如見遠歸的子姪一般，滿面春風地問起旅途中的一切。然後說道：『如今和局定了，回鑾的日子也有了；我想還是要你沿路照料，所以打電報把你催回來。』

『是！臣亦應該回行在來覆命了。』

『我前些日子才知道，原來岑春煊跟你不對；他們把你擠出去的。』慈禧太后停了一下又說：『你出去走一趟也好。如果你們兩個混在一起，不定鬧出甚麼花樣來！』

『臣並不敢跟他鬧意見，只是岑春煊過於任性，實在叫人下不去。』

『我知道，我知道。』慈禧太后連連點頭，『岑春煊脾氣暴躁，我知道的。』

看樣子一時還談不完，而吳永吃過一次虧，已有戒心；奏對時間太久，遭軍機大臣的怪，所以抓住這道空隙，跪安而退。

回到寓所不久，慈禧太后派了太監來，頒賜親筆書畫摺扇一柄，銀子三千兩，袍褂衣料十二件，准吳永到內庫中，親自去挑選。接著，軍機處派人來通知『奉懿旨，吳永著仍侍候宮門差使』。

此時，湖廣總督張之洞，湖南巡撫俞廉之，在奏覆吳永催餉辦理情形的摺子中，都有附片密保，吳永才堪大用。因此，兩宮定期正式召見；一起三個人，除了吳永以外，另外兩個是孫寶琦與徐世昌，出於慶王及袁世凱的密保。

吳永不知見過兩宮多少回，但這一次儀注不同；高坐在御案後面，手中執著寫明召見人員履歷的『綠頭籤』的慈禧太后，俯視一本正經，行禮報名的吳永，自覺滑稽，忍俊不禁，幾乎笑出聲來。

等退了朝，慈禧太后忍不住向李蓮英笑道：『吳永今天也上了場，正式行起大禮來；眞像唱戲似地！』

這話與『奉旨以道員記名簡放』的喜信，同時傳入吳永耳中。感激之餘，頗思報答；因而想起張之洞的一段話。

張之洞是這樣說的：『這一次的禍端，起於大阿哥；釀成如此的大變，而此人還留在深宮，備位儲貳，何以平天下之心？況且禍根不除，宵小生心，又會釀成意外事故，他一天在宮中，則中外耳目，都不安，於將來和議，會增加無數障礙。因此，如今之計，亟宜發遣出宮。如果等洋人指明要求，更失國禮，何不及早自動爲之。老兄回到行在，最好先把這番意思，密奏皇太后；不妨道明，是張之洞的主張。只看老兄有沒有這個膽量？』

吳永膽量是有，但有當初奏保岑春煊而招致軍機不滿一事的前車之鑒，決定先問一問榮祿的意向。於是找個能單獨相處的機會，吳永將張之洞的話，細細說了一遍；並又問道：『這件事我不能冒昧，能不能跟皇太后說，請中堂的示。』

榮祿一面坐著用橡皮管子抽鴉片，一面瞑目沉思，直到抽完三筒『長、黃、鬆』的煙泡，時隔十餘分鐘之久，方始張目開口。

『也可以說得！』榮祿慢慢點著頭，一臉籌思已熟的神情，『以你的地位、分際，倒是恰好。像我們就不便啓齒。』

吳永知道，這倒不是他怕碰釘子；是怕說了不見聽，以後就不便再說了。如今照他的看法，自己不但可以說，而且說了會有效，不由得勇氣大增。

『不過，你措詞要格外愼重，切戒魯莽。』

『是！』吳永加了一句：『當然不能當著皇上陳奏。』

『那還用說嗎？你好好用點心；奏准了，就是爲國立了功，也幫了我們的忙。』

榮祿的鼓勵，自比張之洞的激勸更有力量；吳永從此一刻起，便以找尋機會，向慈禧太后進言，列爲宮門侍候的第一件大事。

這天上午是慈禧太后單獨召見，問過一些瑣碎的事務；吳永發覺她神氣閒豫，頗有想聊聊閒天的意向，而左右恰好無人，認爲這是個很好的機會，再不開口，等到何時？

於是他定定神，盡力保持著從容的語氣說：『臣此次從兩湖回來，聽到外面的輿論，似乎對於大阿哥，不免有閒話。』

『喔，』慈禧太后略有詫異之色，『外面說點甚麼？跟大阿哥有甚麼關係？』

『大阿哥隨侍皇太后左右，當然與朝政毫無關連。』吳永將心口相商，不知琢磨了多少遍的話，慢慢說了出來：『不過大家的看法，以爲這一次的事情，總由大阿哥而起，如今仍舊留在宮裡，中外人民，不免胡亂揣測；就是在對外的交涉上，亦怕徒增妨礙。如果能夠遣出宮外，則東西各國，必定稱頌聖明，和約就容易就範了。臣在湖北的時候，張之洞亦這麼說，命臣奏明皇太后、皇上。張之洞又說，此中曲折，必在慈聖洞鑒之中，不必多奏；只是事事要皇太后親裁，太忙或者容易遺忘；只要一奏明了，皇太后定有下慰臣民、外安列邦的區處。』

後面這段話，措詞極其婉轉，亦很像張之洞的口吻，慈禧太后的臉色變得很嚴肅了！凝思了好一會兒，放低了聲音說：『這件事，你在甚麼人面前都不必提起！到了開封，我自有道理。』

『是！』吳永恭恭敬敬地答應；心裡在想，這張『無頭狀子』大概可以告准了。

辭出宮來，又將奏對的經過回想了一遍；慈禧太后雖有謹守愼密之諭，但對榮祿，應是唯一的例外。於是，吳永即刻謁見，要求摒絕從人，將此事的結果，密密相告。

『很好！漁川，你這件事辦得很妥當。』榮祿又似自問，又似徵詢地說：『該怎麼酬庸呢？』

『中堂栽培之日正長，』吳永客氣地答說：『不必忙在一時。』

榮祿不答；想了一會兒，接著他自己的話說：『現在倒有一個道缺，地方遠一點。好在上頭一時也還不肯放你走，路遠路近無所謂；你先佔了這個缺，隨後再想法子替你調。』

這個缺是廣東的雷瓊道；韓文公流放之鄉，海剛峯出生之地的中國版圖中極南之區。不過，補缺的同時，另有一道上諭：『新任廣東雷瓊道吳永，著緩赴新任，監辦回鑾前站事宜，並仍照舊承應宮門事務。』

這一下很快地傳了開來，吳永是皇太后面前，第一紅人。包括孫寶琦等人在內，紛紛登門道賀，嘖嘖稱羨，形於詞色。而吳永卻是苦在心裡，知道以後做事做人更難了。

本來由懷來到太原的宮門事務，都由吳永一手承辦。所謂『宮門事務』，即是地方官及各省差官，有事向宮門接頭時，由吳永居間聯絡折衝。他是地方官，深知個中苦況；所以持平辦事，不讓太監有淩逼勒索的情事。『宮門費』不豐不儉，按股勻分，倒也相安無事。

可是，此番重掌前職，情況完全不同了。因爲自太原至西安，他的職司改歸岑春煊接替。此人善於投機，獵官不擇手段；是肯管李蓮英叫『大叔』的人，當然不會放棄借花獻佛，巴結近侍的機會，所以一反吳永所爲。凡是各省解餉進貢的差官，岑春煊都出面替太監『講斤頭』，使費不足，多方挑剔，讓人交不了差；每到一州縣，第一件事就是談『宮門費』，多則上萬，少亦七八千。此外只要跟宮門打到交道，他一定代爲需索。這一來，太監們自無不高興，衆口一詞地說：『岑三兒夠交情。』

相形之下，吳永便招恨了，太監幾乎沒有一個不是氣量小的；所以當吳永初回行在，奉懿旨仍舊照料宮門時，便有個李蓮英的親信，專管各省貢品的太監趙小齋，當面向他詰責。

『我們從前都蒙在鼓裡，被你吳大老爺刻薄死了！還虧得岑三懂交情，肯幫忙，動是千兒八百的，作成我們吃口飽飯。橫豎使的人家的錢，百姓頭上搜括，來路容易，也落得大夥兒做個人情；偏是你掂斤播兩的，區區幾兩銀子，還要叫人請安謝賞，這不存心要我們嗎？』

當時吳永知道此番歸來，召見『過班』，必蒙外放實缺，照料宮門，是個短局；既然太監有此怨言，大可撒手不管。可是這一次明文奉了上諭，而且督辦回鑾前站事宜，不能不管宮門，也就不能不做惡人。而況如今的太監，居安而不思危，已恢復了在京的氣燄；渾非去年流離道路，求一飽而不可得，所望不敢過奢的境況。吳永意料到以後的麻煩不但會多亦不會小。

本來定期回鑾的上諭一宣布，人心原已大定；但朝廷內部有異見，各省疆吏亦有難處，因而慈禧太后的心又活動了。

朝廷中，軍機大臣鹿傳霖首建幸陝之策；至今亦仍不以亟亟乎回鑾爲然。因爲他是同情舊黨的；提起剛毅、趙舒翹，言下之意，總覺得他們死得可惜。

有時酒後大言，鹿傳霖說洋人如不肯就範，不妨再決雌雄。他的話誰也不會理他；但側面主張兩宮仍留西安，亦可以看出他始終有『固守關中，俟機東向出擊』那種兩千年前的兵略思想。

在疆吏，主要的是怕期限太促，誤了差使；第一個近在咫尺，接替岑春煊而爲陝西巡撫的升允，上摺奏報：『天時炎熱，道路泥濘，請展緩行期。』

其次是河南巡撫松壽上奏，說是今年夏天，積雨連旬，黃河大水氾濫，蹕路多被沖毀；靈寶、閿鄉一帶爲古函谷道，深溝一線之路，山洪暴注，尤爲危險，至今泥深數尺，步步阻滯。此外鞏縣的行宮，亦由於洛水漫溢，工程有所損失，刻正設法趕修之中。同時又說，七月間的『秋老虎』很厲害，聖母高年，不宜跋涉。因而建議，將回鑾之期改至中秋以後。

這一次蹕路所經，橫貫河南全境；松壽的責任特重，他的話亦就格外有力量。不過展期啓駕，雖成定局，卻不便過早宣布，怕影響了沿路整修橋道的工程，更怕引起無謂的揣測。而揣測終於不免。流言紛紛，說來亦有道理。一說，慈禧太后怕回京以後，各國會提出釀成拳禍的首要責任，促請歸政，所以不許皇帝回京。又一說，慈禧太后倒還坦然，是李蓮英怕她失權就會失勢，極力慫恿，暫留爲佳。

至於展期的次第，亦言之鑿鑿；說第一次改期在中秋以後；第二次改期在九月初三；第三次必以慈禧太后萬壽爲藉口，改期十月半中旬；第四次則以時序入冬，不宜道路，改至明年春天，這樣一改再改，結果是遙遙無期。

當然，這些流言，亦非全無根據。慈禧太后確有一個堅定不移的宗旨，洋兵不撤，絕不回鑾。而各國的意見恰好相反，要等兩宮自西安啓鑾，方肯全撤。爲此和約雖經定議，就爲撤兵確期一節，所見相左，遲遲不能簽訂。

費了好大的勁，拖到七月廿五終於在賢良寺訂了和約。李鴻章抱病出席，與慶王奕劻佔大餐桌的一面；正對面是外交團領袖，西班牙公使葛絡幹，其餘德、奧、比、美、法、英、義、日、荷、俄十國公使，列坐三面。略一寒暄，由葛絡幹宣讀條約全文，共計十二款：第一、對德謝罪；第二、懲辦禍首；第三、對日謝罪；第四、於外國墳墓被掘處建碑；第五、禁止軍火運入中國；第六、賠款四萬萬五千萬兩；第七、使館駐軍；第八、削平大沽炮台；第九、各國於北京、山海關間駐軍；第十、張貼禁止仇外之上諭；第十一、修濬白河、黃浦江；第十二、改總理衙門為外務部。

讀完法文本，再由中國方面的隨員宣讀中文本；然後由奕劻與李鴻章先畫押，是畫的幾十年不曾用的『花押』。

等各國公使依序簽署完成，慶王奕劻雖覺心情沉重，但亦不無仔肩一卸的輕鬆之感；只有李鴻章，心事反而愈重！公約雖成，俄約棘手；公約未成之際，俄約猶可暫時擱置，如今則推無可推，拖無可拖，而且預料古爾斯等人的催逼，會日甚一日。八十老翁，竟陷於內外交迫，擺脫不能，動彈不得的困境，想起來眞如一場噩夢，而且是不醒的噩夢。

回到賢良寺，上上下下，一片沉默。李鴻章整夜失眠，長吁短歎，令人酸鼻；可是沒有人敢勸他，也不知如何相勸？唯一敢在他面前發議論，談得失的張佩綸，從發了辭差的電報，就請假回江寧了。此外，只有一個于式枚，比較起來，能夠使李鴻章不至於因為肝火太旺而大發脾氣，所以大家公推他去伺機勸慰。

于式枚長於文筆，拙於言詞；一清早見了李鴻章，只請個早安，竟別無話說。

『慶邸怎麼交代？』李鴻章問道：『畫押一事，是否先發電報，請代奏？』

『是的。已經發了；只說已畫了押，不及他語。』

『你看，是不是應該將這次議約的苦衷，詳細奏報？』

『看中堂的意思。』

『我看一定要有此一奏。昨天晚上我想了一夜，心事如潮，反不知從何說起，你倒擬個稿子來看。』

『是！』于式枚說：『請中堂列示要點。』

李鴻章想了一下說：『前一陣子我聽人說，軍機上還有類似剛子良之流所發的論調。眞正是國家的氣數！中國元氣大傷，若再好勇鬥狠，必有性命之憂。』

『這一層意思，只有擺在最後說。』于式枚問：『前面呢？』

『自然是談和議之難，非局外人所能想像。』

于式枚點點頭又問：『請從速回鑾的話，要不要提？』

『不必提了！既有明諭，不必曉舌。』

于式枚很快地擬好奏稿；李鴻章看上面寫的是：『查臣等上年奉命議和，始而各使竟將開議照會駁回，幾莫測其用意之所在。嗣於十一月初一日，始據送到和議總綱十二款，不容改易一字。臣等雖經辦送說帖，於各款應商之處，詳細開說，而各使置若罔聞。且時以派兵西行，多方恫嚇。臣等相機因應，筆秃唇焦；所有一切辦理情形，均隨時電陳摺奏。』

看完這一大段，李鴻章停了下來，沉吟著說：『「筆秃唇焦」之下，應該有兩句話，表示苦衷。』

『是力不從心之意？』于式枚問。

『不止於此！』李鴻章提起筆來，在『筆秃唇焦』下面，添上一小段：『卒以時局艱難，鮮能補救，撫衷循省，負疚良深。』

中間是敘議定以後，枝節叢生，種種委屈。最後，于式枚將李鴻章的話敘了進去：『臣等伏查近數十年內，每有一次搆釁，必多一次喫虧。上年事變之來，尤爲倉卒，創深痛鉅，薄海驚心！今和議已成，大局少定，仍望我朝廷，堅持定見，外修和好，內圖富強，或可漸有轉機。譬諸多病之人，善自醫調，猶可或復元氣；若再好勇鬥狠，必有性命之憂矣！之愚，伏祈聖明垂察。』

『沒有能說得透徹。可也沒有法子了！』李鴻章說：『拜發吧！』

『中堂，』于式枚問：『是不是要請慶王先過一過目？』

『爲甚麼？』李鴻章忽然又發脾氣了，『他事事掣肘，專聽日本小鬼的話，不必理他！』

這頓脾氣，發得于式枚心裡很難過。李鴻章的『中堂脾氣』是出了名的；于式枚相從多年，司空見慣，而況又非對他而發，更無需介意。他難過的是，李鴻章的『中堂脾氣』，向不亂發；甚至以發脾氣作爲一種親暱的表示——北洋與淮軍中很有人知道他的脾氣；他喜歡用一句合肥土話罵人：『好好搞你娘的！』若有人得他此一罵，升官發財就大有望了！

然而，如今不同了！李鴻章鬱怒在心，肝火特旺，常常忍不住大發一頓脾氣；八旬老翁，何堪常此喜怒無常？于式枚感到難過的是，怕李鴻章的大限不遠。

電報到達西安，軍機處連鹿傳霖自己在內，都知道『若再好勇鬥狠，必有性命之憂』這句話，是對他而發的。其實，鹿傳霖自己又何嘗不知道，既無可戰之兵，亦無可戰之餉，連紙上談兵的資格都不夠；不過，慷慨激昂，究不失爲沽名釣譽最方便的法子。如今官到戶部尚書軍機大臣，只要循分供職，善自養生，再有三五年，何愁不能『大拜』？這樣一想，自然心平氣和，覺得就算發一套慷慨激昂的議論，亦無味得很。

而況眼前便有一大難關，第一年的賠款連攤付利息二千二百萬兩，在西曆明年正月初一，亦即華曆十一月廿二，即需付足，爲期不過三個月，如何籌措這筆鉅款？大是難事。

經過多次會商，就開源節流兩大端去用工夫，首先想到的是虎神營、驍騎營、護軍營，當初爲了整軍經武打洋人，在載漪力爭之下，自光緒廿五年起，加發津貼，年需一百四十餘萬兩銀子；如今吃了敗仗，偃武修文，準備『變通政治』，這筆津貼，當然可裁。

此外，神機營、步軍營添練兵丁的口分；以及滿漢官員、八旗兵丁額外加發的『米折』，凡是戊戌政變以後，打算跟洋人周旋到底，爲了激勵士氣而額外增撥的津貼及『恩餉』，一律裁減。每年可省出來三百萬兩銀子。

其次是南洋、海防、江防、各省水陸練勇、以及舊制綠營的各項費用『率多事涉虛糜』，而且經此大敗，足見『難期實濟』，一律酌加裁減。不過所省減費用的確數無法計算；估計至多亦不過三百萬兩。節流所得，至多不過每年賠款的七分之二；其餘大數，要靠開源。

難題來了！不管廣東新開辦的房捐、鹽斤加徵、『土藥』、茶、糖、煙、酒從重加稅，怎麼樣算也算不出一千幾百萬銀子的額外款項來！

爲此曾屢屢集議，但聞一片嗟歎之聲，細帳越算越心煩；最後只有出之於攤派一途，按省份大小、財力多寡，負擔最重的，自然是江蘇，派到二百五十萬兩；其次是四川，二百二十萬兩；再次是廣東，二百萬兩，以下浙江、江西各一百四十萬兩；然後湖北、安徽等省，以次遞減，最貧瘠的貴州，亦派到二十萬兩。上諭中特別說明，開源節流各條辦法，『有與該省未能相宜及窒礙難行之處，各該督撫均有理財之責，自可因時制宜，量爲變通，並准就地設法，另行籌措』；暗示只要湊足數目，甚麼法子都可以用。但必須『如期匯解，不得短少遲延，致有貽誤。』而緊接著又有句話：『倘期限已屆，而短少尚多，即惟各督撫是問。』換句話說，是有個折扣在裡頭。倘或各省攤派，照額收足，而有必須開支的用途，亦可截留一小部分。

吃過月餅，從行宮到京官的寄寓，都在綑紮行李，準備回京。只見滿街的車馬伕子；偏偏西安官場又來個全班更動，因為陝西巡撫升允奉旨特派為前路糧台，由藩司李紹芬護理巡撫印信；由榮祿幕府中外放的臬司樊增祥署理藩司；於是糧道署臬司；西安府升署糧道；另外再派人署西安府，交卸上任，道喜謀差，忙上忙下，大概從唐朝以來，一千多年之中，這個關中名城就從沒有這麼熱鬧過。

啓鑾期近，乘輿出東門還是南門，發生了爭議。照路程來說，應該出東門；但有人以為大駕必自北而南，朝廷體制攸關，而且『南方旺氣，嚮明而治』，所以必出南門。這一來多費周折，光是出城這一段路程要加出兩倍；而輦道加鋪黃土，亦頗費事，所以議論不定。最後是請慈禧太后裁決；不用說，體制猶在其次，取旺氣，討吉利最要緊，面諭軍機大臣：『出南門，繞赴東關，在八仙庵拈香打尖後再走。』

最先走的是二班軍機章京；前一天啓程，趕到閿鄉，準備接替頭班軍機章京辦事。第二天八月廿四，天色未明，軍機、御前、六部、九卿及西安全城文武，均已齊集行宮侍候；當行李登車時，兩宮循例召見了軍機大臣，方始升輿。辰初三刻，前導馬隊先行，接著是太監，然後是領侍衛內大臣開路，靜鞭之響，黃轎出宮，頭一乘是皇帝，第二乘是慈禧太后，第三乘是皇后，第四乘是瑾妃，都掛起了轎簾，不禁臣民遙瞻；惟有第五乘黃轎的轎簾是放下的，內中坐的是大阿哥。

黃轎之後便是以軍機大臣爲首的扈從大員，隨後是各衙門的檔案車輛。首尾相接，一直到十點才過完。

一路上家家香花，戶戶燈綵，跪送大駕；到得南關，地方耆老，獻上黃緞萬民傘九把。然後繞向東門外，在八仙庵拈香打尖。飯罷即行，迤邐向東偏北而行，蹕道兩旁，又是一番氣象，只見無數官兒，匆匆趕路；原來升允先期傳諭：文官佐雜，武官千把以下，在十里舖恭送；逾此以上的文武官員，在灞橋恭送。另外派人點驗，無故不到者查取職名，停委兩年。所以衣冠趨蹌，十分熱鬧。

一過灞橋，轎馬都快了；三點多鐘，頭一天駐蹕的驪山宮在望了。

此處已是臨潼縣該管。但打前站的吳永竟未找到臨潼縣令；再看供應，亦全未預備，不由得困擾而著急，抓住管行宮的一名典史，厲聲問道：『夏大老爺呢？誤了皇差是何罪名，莫非他不知道？』

『吳大人，』那典史哭喪著臉說：『你老別問了，我們都還在找他呢！』

『到底怎麼回事？』

那典史遲疑了一會兒，毅然決然地說：『我也不怕得罪人，說吧！』

原來臨潼的縣官夏良材，本來是個候補知縣，只爲是藩司李紹芬的湖北同鄉，夤緣而得臨時派委署理。此人在西安多年，難得派到一個差使，實在窮怕了。所以這趟得了這個署缺，存心不良，有意拿他的七品前程，作個孤注之擲。

辦皇差照例可以攤派；但除非在膏腴之地而又善於搜括，否則千乘萬騎，需索多端，沒有一個不焦頭爛額的。所貪圖的只是平安應付過去，將來敘勞績時，靠得住可以升官。夏良材本非良材，不過頗有自知之明，就升了官也幹不出甚麼名堂來；吃盡辛苦，還鬧一身虧空，何苦來哉？所以心一橫攤派了兩萬七千銀子，死死地捏在手裡，絲毫不肯放鬆。這一來，自然甚麼預備都談不上了。

聽得有這樣荒謬的情事，吳永既疑且駭。心裡在想，反正有升允在，不妨靜以觀變。

誰知果如那典史所說，夏良材眞個避匿不出；升允一到，看見這般光景，急得跳腳。但亦只能勉力敷衍了行宮中的御膳；竟連王公大臣亦顧不得了。於是只聽得到處是咬牙切齒的詛咒聲。若非怕驚了駕會獲重咎，侍衛與太監都要鬧事了！

第二天一早啓駕，新豐打尖，零口鎭駐蹕，供應依舊草率異常；入夜殿上竟無燈燭。而夏良材總算讓升允找到了！

『好啊！夏大老爺！』升允氣得發抖，『從古到今，你這個縣官是獨一份，眞正讓我大開眼界！』

『良材該死！不過死不瞑目。』夏良材哭喪著臉說：『實在是連日王公大臣的護衛隨從，一班來、一班去，要這樣，要那樣；不由分說，把預備的東西搶光了。第二天再預備，還是搶光。地方太苦，時間倉促，實在沒法子再預備了。』

『你說的是眞話？』

『不敢撒謊。』

『你倒說，是哪些王公大臣的護衛隨從，敢搶爲兩宮預備的供應？』

『官卑職小，不認識；而況來的人又多。』夏良材答說：『橫豎縣裡總是革職的了；求大人不必再問了吧！』

『哼！』升允冷笑，『你以爲丟了官兒就沒事了？沒那麼便宜。』

說完，升允將袖子一甩，連端茶碗送客的禮節都不顧，起身往裡就走。夏良材如逢大赦似地，踉蹌退出，仍舊躲在一個幕友的寓處；只待兩宮一啓鑾，隨即打點行李，靠那兩萬多銀子回湖北吃老米飯去了。

升允哪知他是怎樣的打算？想起還該責成他辦差，卻又找不到人了。升允這一氣非同小可！一面連夜繕摺，預備第二天一早呈遞；一面派人四下找夏良材，牙齒咬得格格響地在盤算，要怎麼樣收拾得他討饒，才能解恨。

結果找了半夜也沒有找到夏良材；而榮祿卻派人來找升允了。一見面就問：『鎭裡可有好大夫？』

升允抬頭一望，只見榮祿滿面深憂，眼眶中隱隱有淚光；不由得驚問：『是……？』

『小兒高燒不退，偏偏又在這種地方。唉！』

升允知道榮祿只有獨子，名叫綸慶，字少華，生得穎慧異常，只是年少體弱。如今忽發高燒，看來病勢不輕，就怕這零口鎭沒有好醫生。

這樣想著，也替榮祿著急；無暇多問，匆匆說道：『我馬上去找。』

醫生倒有，不是甚麼名醫；病急也就無從選擇，急急請了去爲綸慶診脈。時已三更，轉眼之間，便得預備啓駕；升允無法久陪，急急趕到宮門侍候。

到得天色微明，兩宮照例召見臣工；第一起便叫升允。料想有一番極嚴厲的訓斥，所以升允惴惴然捏一把汗；進得屋去，連頭都不敢抬，行過禮只俛首跪著，聽候發落。

『這夏良材是哪裡人？』非常意外地，竟是皇帝的聲音。

『湖北。』升允簡短地回答。

『你摺子上說：「該縣輒稱連日有冒稱王公僕從，結黨攫食」，到底是冒充，還是故意指他們冒充？』

有沒有這回事，在疑似之間；但即會眞有其事，奏報非說冒充不可。否則不定惹惱了哪位王公，奏上一本，著令明白回奏，究竟是哪些王公的『僕從結黨攫食』？這個亂子就鬧大了；所以升允毫不遲疑地答說：『確是冒充。』

『冒充就該查辦！我看那縣官是藉口搪塞；這樣子辦差，不成事體，革職亦是應該的。』

『算了，算了！』慈禧太后接口說道：『論起來，當差這樣荒唐，原該嚴辦。不過這一辦，一定會有人誤會，以爲朝廷如何如何地苛求！我們娘兒倆也犯不著落這個名聲。我看，加恩改爲交部好了。』這是慈禧太后與皇帝商量好的，有意如此做作，藉以籠絡人心。而在升允，卻是大出意料；這樣便宜了夏良材，也實在於心不甘！不過，表面上亦還不能不代夏良材謝恩。

『慈恩浩蕩，如天之高，眞正是夏良材的造化。』升允磕個頭說：『奴才督率無方，亦請交部議處。』

『姓夏的亦不過交部，你當然更無庸議了。』慈禧太后說：『不過，以後可再不准有這樣荒唐的事了！』

『是，是！奴才亦再不敢大意了。』升允想想氣無由出，遷怒到李紹芬頭上，『這夏良材是藩司李紹芬的同鄉，保他署理臨潼；原說怎麼怎麼能幹，哪知道是這樣子不成材！』

『李紹芬不是署理巡撫嗎？』

『是！』

『他這樣子用私人，誤了公事；我看，』慈禧太后微微冷笑：『他的官兒，只怕到藩司就算頂頭了。』

聽得這話，升允心裡才比較舒服。跪安退出，一面照料車馬，一面等候消息；不久，軍機處就傳出來一道明發上諭，說是『此次回鑾，迭經諭令沿途地方官，於一切供應，務從儉約，並先期行知定數。內監人等及扈從各官，亦均三令五甲，不准稍有擾累情事，朝廷體恤地方之意，已無微不至；乃該署縣夏良材於應備供應，漫不經心，藉口搪塞，多未備辦。所有隨扈官員人等，不免枵腹竟日，殊屬不成事體。以誤差情節而論，予以革職，實屬咎有應得。朕仰承慈訓，曲予優容，著加恩改爲交部議處，升允自請議處，著從寬免。』

正看到這裡，發覺眼前有人影晃動，抬頭一看，氣就來了；是夏良材。

『夏大老爺，』升允繃著臉說：『該給你道喜吧？』

『都是大人成全！』夏良材跪下來道謝：『如果不是大人代求，縣裡不會這麼便宜。』

『不是，不是！你別弄錯。』升允亂搖著手說：『我沒有替你求情，你用不著謝我；你該去謝你的同鄉李大人，他的前程讓你兩萬七千兩銀子賣掉了！』

此言一出，夏良材面如死灰。升允到此才算胸頭一暢，長長地舒口氣掉頭而去。

兩宮到達鄭州，接到電報，李鴻章病歿。追念前勞，慈禧太后痛哭失聲。第二天召見軍機，擬定撫恤的上諭：『大學士一等肅毅伯直隸總督李鴻章，器識湛深，才猷宏遠。由翰林倡率淮軍，戡平髮捻諸匪，厥功甚偉，朝廷特沛殊恩，晉封伯爵，翊贊綸扉；復命總督直隸，兼充北洋大臣，匡濟艱難，輯和中外，老成謀國，具有深衷。去年京師之變，特派該大學士爲全權大臣，與各國使臣妥立和約，悉合機宜。方冀大局全安，榮膺懋賞；遽聞溘逝，震悼良深！李鴻章著先行加恩照大學士例賜恤，賞給陀羅經被，派恭親王溥偉帶領侍衛十員，前往奠醊，予謚文忠，追贈太傅，晉封一等侯爵，入祀賢良祠，以示篤念藎臣至意。其餘飾終之典，再行降旨。』

『李鴻章留下來的缺，奴才等公同擬了個單子在這裡，請旨簡放。』榮祿將一張名單，呈上御案。

這一次慈禧太后就不再讓皇帝先看了。名單上擬的是：『王文韶署理全權大臣。袁世凱署理直隸總督；未到任前，命周馥暫行護理。張人駿調山東巡撫。』看完，慈禧太后說一聲：『就這樣辦。』卻緊接著又問：『皇帝有甚麼意思沒有？』

名單遞給皇帝，一看袁世凱又升了官；心裡非常難過——儘管整日無事，拿紙筆畫一隻烏龜，背上寫上『袁世凱』的名字；消遣完了又撕掉，何嘗能消滅得胸中的這口惡氣？

既然慈禧太后已作了裁定，他還能說甚麼？隻言不發將名單遞了給榮祿。

慈禧太后卻還有話：『這山東藩司張人駿，可是張之洞一家？』

『不是張之洞一家。張之洞是南皮；他是豐潤。』

『張佩綸不是豐潤嗎？』

『是！』榮祿答說：『張人駿是張佩綸的姪子。』

『原來他們是叔姪！』

聽慈禧太后有惘然若失之意，彷彿懊悔做錯了一件事；榮祿知道是因爲她對張佩綸還存有惡感的緣故，覺得不能不替張人駿稍微解釋一下，免得已籌劃好了的局面，有所破壞，又得費一番手腳。

『張家是大族，張人駿年紀比張佩綸大。他是同治七年洪鈞那一榜的翰林；張佩綸比他還晚一科。』

『喔！』慈禧太后問：『他的官聲怎麼樣？』

『操守不壞。』榮祿又說：『如今大局初定；袁世凱調到直隸，張人駿由藩司坐定，駕輕就熟，比較妥當。』

『這話也是。就這樣好了。』慈禧太后又問：『奕劻哪天可以到？』

『大駕到開封，他亦可以到了。』

兩宮與奉召而來的慶王奕劻都是十月初二到開封的。慶王於中午先到，兩宮早晨八點鐘自中牟縣啓蹕，中午在韓莊打尖，下午四點鐘駕到行宮。

開封行宮，已預備了好幾個月，加以經費充裕，所以比西安行宮還來得華麗寬敞，已頗有內廷氣象。慈禧太后看在眼裡，胸懷爲之一暢；但一到見了慶王奕劻，卻又忍不住垂淚了。

『宮裡怎麼樣？』

『宮裡很好，一點沒有動。』奕劻答說：『奴才當時奉旨回京，聽說各國軍隊分段駐兵，大內跟後門一帶歸日本兵管；奴才隨即派人去找日本公使，跟他切切實實交涉了一番。總算日本公使很尊敬皇太后、皇上，跟奴才也還講交情，所以看守得很好。各國兵弁進宮瞻仰，定有章程，不准胡來；人到乾清門爲止，不准再往裡走了。』

這番『丑表功』，大蒙讚賞，『眞難爲你！』慈禧太后說：『當時京城亂糟糟，我實在不放心回去；可是除了你，別人又料理不下來！』

慶王奕劻少不得還有番效忠感激的話。然後接談李鴻章，談京中市面、洋人的情形，當然，最要緊的是談各國軍隊的撤退。

『皇太后萬安！』奕劻用極有把握的語氣說：『自和約一畫押，各國使臣的態度都改過了；對我皇太后、皇上仍如從前那樣，十分尊敬。鑾駕到京，不但洋兵早已撤退，各國使臣還會約齊了來接駕。』

這是慈禧太后極愛聽的話。各國使臣來接駕，當然是件有面子的事；而更要緊的是，這表示洋人對她並無惡感——從談和以來，她一直擔心的就是，怕洋人對她有不禮貌的言詞。只要有一言半語的批評，她就算在皇帝面前落了下風。這是她最不能忍受，而不惜任何代價要防止的一件事。

『此外，洋人還有甚麼議論？』

『議論很多，無非是些局外人不關痛癢的浮議。』奕劻答說：『洋人的習性，喜歡亂說話；說錯了，也不要緊。所以洋人的議論，沒有甚麼道理，聽不得。』

『總有點兒有關你的事吧？譬如說，』慈禧太后向左右窗外望了一下：『提到過大阿哥沒有？』

『提過。』奕劻偷窺了一眼，從慈禧太后臉上看不出甚麼來，就不肯多說了。

『洋人是怎麼個說法？』慈禧太后問：『是覺得是咱們自己的事，與外國無關不必干涉呢？還是覺得應該有個交代？』

這話透露出一點意思來了。奕劻心想，國家出這麼一場大難，死多少人，破多少財，吃多少苦，搞得元氣大傷；慈禧太后對載漪一定恨得不知怎麼才好。而大阿哥溥儁歪著脖子嘶著嘴，模樣兒既不討人歡喜，又不愛唸書，一定也是慈禧太后很討厭的。既然如此，不妨說兩句實話。

『回皇太后，各國使臣跟奴才提過，提過還不止一次。奴才覺得很爲難，因爲這件大事，不是臣下所能隨便亂說的。所以奴才只有這麼答覆他們：兩宮必有妥善處置，到時候你們看好了。』

慈禧太后點點頭：『你這樣答他們很好。這件事……』她沉吟了好一會兒，『再商量吧！』

『是！』奕劻略等一會兒，見兩宮別無垂詢，便即跪安退出。

回到行轅，直隸總督衙門已派了專差，將李鴻章的遺疏送了來，另附周馥的一封親筆信，拜託他當面遞上御前；因爲李鴻章與他同爲全權大臣，臨終前彼此共事，一切艱難境遇，只有奕劻最了解，遺疏中恐有未盡的意思，亦只有他能補充。遺疏未曾封口，慶王奕劻取出來細看，認為於己無礙，決定替李鴻章多說幾句好話。

因此，第二天明發上諭，所予李鴻章的恤典，更為優隆，說他『輔佐中興，削平大難』。盛讚他此番和議，『忠誠堅忍，力任其難，宗社復安，朝野攸賴』而『力疾從公，未克休息，忠靖之忱，老而彌篤』，當茲時局艱難，『失此柱石重臣，曷勝愴慟』！

至於加恩賞恤，除已予謚文忠，追贈太傅，晉封一等侯爵，入祀賢良祠以外，『著再賞五千兩治喪，由戶部給發。原籍及立功省份，著建專祠；並將生平戰功政績，宣付國史館立傳。靈柩回籍時，沿途地方官妥為照料，任內一切處分，悉以開復；應得恤典，該衙門察例具奏。』

恩恤中最要緊的是澤及子孫；這又往往尊重死者的願望，李鴻章的侯爵，當然歸嫡子承襲，所以上諭中指明：『伊子刑部員外郎李經述，著賞給四品京堂，承襲一等侯爵，毋庸帶領引見；工部員外郎李經邁，著以四五品京堂用；記名道李經方著俟服闋後，以道員遇缺簡放；伊孫戶部員外郎李國傑，著以郎中即補；李國燕、李國煦均著以員外郎分部行走；李國熊、李國燾均著賞給舉人，准其一體會試。』

凡此恩恤，除了配享，應有盡有了。死者如此，同為全權大臣的慶王奕劻當然亦很有面子；事實上奕劻這幾天在開封之行，連榮祿亦為之黯然失色。慈禧太后無日不召見，而且每次召見，總要談上個把鐘頭。這樣到了十月初七，奉旨先行回京，慶王奕劻面奏，等過了初十萬壽再走；慈禧太后表示，京中要緊，非他趕回去主持，她不能放心。至於祝嘏虛文，無關緊要。十月初六午刻，並在行宮賜宴，敘的是家人之禮；所以奕劻的兩位格格，亦得入席。父女相見，回想去年逃難之時，老的被逐回京，小的被挾爲人質，一時似有不測之禍的光景，眞的恍同隔世，不覺喜極涕零了。

萬壽一過，有好些人在注視著一件大事，應該有廢大阿哥的懿旨！

慈禧太后原答應過吳永，到了開封，自有道理；吳永也將這話，悄悄寫信告訴張之洞。因此，張之洞自兩宮駕到開封，便在翹首以待。起初毫無動靜，所以猜想得到，等高高興興過了萬壽，再辦這件事，也算慈禧太后對大阿哥最後一次的加恩，亦是人情之常。但萬壽已過，猶無消息，張之洞可忍不住了，打了個電報給軍機處催問其事。

『怎麼辦？』榮祿茫然地問同僚。

『當然據實轉奏。』鹿傳霖說。

『事與人似乎應該分開來論，不宜混爲一談。』瞿鴻機說：『此事，我看不宜操之過急。』

他的意思是，論人則溥儁不足爲儲君，廢之固宜；而論事則應爲穆宗另行擇嗣，庶幾大統有歸。用心不能不說他正大，但畢竟不免書生之見；榮祿笑笑說道：『子玖，你看近支親貴中，溥字輩的，還有甚麼人夠資格？』

一句話將瞿鴻機問住了；算算宣宗的曾孫，除溥儁以外還有八個，但年齡不大而又跟慈禧太后有密切關係的，一個也沒有！

『自雍正以來，原無立儲的規矩；爲了載漪想做太上皇，破例立一位大阿哥，鬧出這麼一場天翻地覆的大禍！罷、罷；立甚麼大阿哥，一之爲甚，其可再乎？我想，言路上亦不至於連眼前的覆轍都見不到，會像當年吳柳堂那樣，拚命替穆宗爭繼嗣。』

『是的。』瞿鴻禨見風使舵，把自己的話拉了回來，『我原是怕言路上會起哄，就像當年吳柳堂掀起來的風波，鬧到不可開交。中堂既已顧慮到此，就論人不論事好了。』

榮祿心想，慈禧太后原有一到開封，對溥儁就會有所處置的諾言；這樣的大事，她當然不會忘懷；而久無動靜，必有難處。看來這件事還需造膝密陳，但自己不便撇卻同僚，單獨請起。略想一想，有了計較。

『張香濤這個電報，未便耽擱；而且也要給兩宮從長計議的工夫。我的意思，光寫一個奏片，把原件送上去，看兩宮作何話說？諸公以爲如何？』

大家都無話說，於是找『達拉密』來，即時辦了奏片，連同原電，裝匣送上。不久，如榮祿所料，慈禧太后只召榮祿『獨對』。

『你們必以爲我沒有留意這件事？不會的！打離西安起，我就一直在琢磨。我有我的難處。』慈禧太后停了一下說：『從正月裡到現在，不斷有人抱怨，說我太遷就洋人，對近支親貴辦得太嚴了！如今洋人沒有說話，我們自己又辦這麼一件事；倒像是我有意作踐他們似地。榮祿，你說呢？我是不是很爲難？』

『是！皇太后的苦衷，奴才深知。如今近支王公在開封的也很不少；奴才也聽說，很有人關心這件事。不過，奴才提醒皇太后，洋人不說話，是因爲知道皇太后聖明，必有妥當處置；果眞到洋人說了話，再辦這件事可就晚了！』

『啊！』慈禧太后憬然驚悟，『這一層我倒沒有想到。』

『再說，大阿哥的人緣也不怎麼好。皇太后若有斷然處置，沒有人不服。』

『就怕口服心不服！』

『那可是沒法子的事。皇太后事事爲國家宗社，豈能只顧幾個人的心服口服？』

『你的話不錯！』慈禧太后斷然決然地，『咱們說辦就辦吧！』

『是！』榮祿答說：『怎麼個辦法，請皇太后吩咐，奴才好去預備上諭。』

慈禧太后想了一下說：『也不能沒有恩典。賞他一個公吧！』

『那就得在京當差。』

『不用他當差。』

『這就是「不入八分」的公了。』榮祿又說：『當然也不必在京裡住。』

『當然！』慈禧太后說道：『送他到他父親那裡去好了。』

『是！』

『另外賞他幾千銀子。』

處置的辦法已很完備了。榮祿退了出來，將奏對的情形，密密說與同僚，隨即將河南巡撫松壽請了來，當面商量決定：溥儁出宮，先住八旗會館，由松壽特派三名佐雜官兒照料。另外派定候補知縣一員、武官一員，帶同士兵將溥儁護送到蒙古阿拉善旗交與他父親載漪。

到得第二天上午，榮祿派人將內務府大臣繼祿找了來，含蓄地問道：『今天要辦件大事，你知道不？』

『聽說了。因爲未奉明諭，也沒有辦過，眞不知道該怎麼辦？』

『誰也沒有辦過這樣的事！』榮祿說道：『這孩子的人緣不好，怕出宮的時候，會有人欺侮他；就請你照顧這件事好了。』

『是了。』繼祿又問：『是他的東西，都讓他帶走？』

『也沒有好帶的。隨他好了，能拿多少，就拿多少。』榮祿又格外叮囑：『總之，這件事不能鬧成個笑話，免得有傷國體。』

聽得這話，繼祿倒有些擔心了。素知溥儁頑劣，而且很有把蠻力；萬一到了那時候，撒賴胡鬧，不肯出宮，這可是個麻煩。

榮祿看出他的心事；隨即說道：『我教你一招兒。那孩子最聽一個人的話；你把那個人說通了，就沒事了。』

『啊，啊！』繼祿欣然，『我想起來了！我去找他的老奶媽。』

『對了！快去吧。』榮祿將手裡的旨稿一揚，『我們也快上去了。』

全班軍機到了御前，只見慈禧太后的臉色頗爲沉重；等榮祿帶頭跪過安，她用略帶嘶啞的聲音問道：『都預備好了嗎？』

『是！』榮祿答說：『已經交代繼祿跟松壽了；先在八旗會館住一宿，明天就送阿拉善旗。』

慈禧太后點點頭，稍微提高了聲音問：『皇帝有甚麼話說？』

皇帝是這天一早，才聽慈禧太后談起這件事，當時頗覺快意，因爲他的這個胞姪，對他精神上的威脅極大；倒不是怕他會奪自己的皇位，而是不知道甚麼時候會吃他的苦頭？有一次皇帝在廊上倚柱閒眺，突然發覺背後有樣東西撞了過來，勁道極大，不由得合撲一跤，摔得嘴唇都腫了；等太監扶了起來，才知道是大阿哥無緣無故推了他一下。當時眼淚汪汪地一狀告到慈禧太后面前，大阿哥畢竟也吃了大虧，慈禧太后震怒之下，『傳板子』痛責；行杖的太監都爲皇帝不平，二十板打得他死去活來。但從此結怨更深，時時要防備他暗算；所以一聽到他被逐出宮，心頭所感到那陣輕快，匪言可喻。

不過，此刻卻忽然有些微兔死狐悲之感；同時以他的身分，亦不便表示個人的愛憎，只說：『宗社大事，全憑太后作主。』

『既然皇帝這麼說，我今天就作主辦了這件事。寫旨來看。』

『已經寫好了！』

榮祿將旨稿呈上御案，慈禧太后看過，皇帝再看；更動了一兩個字，便算定局。

『誰去宣旨？』

像這種處置宗親，近乎皇室家務的事；向來總是派輩分較尊的親貴擔任。但隨扈的王公，或則在懲辦禍首一案，已被放逐；或則房分較遠，爵低，不宜此任。榮祿心想，眼前只有一個人合適：載洵。

載洵是皇帝同父異母的胞弟，行六；這一次與他胞弟老七載濤，一起到開封來給太后拜壽，當天就都賞了差使，載濤是『乾清門行走』；載洵是『御前行走』。這個差使的身分，合乎御前大臣與御前侍衛之間，正適於幹這種事。

想停當了，便即答說：『可否請旨派鎮國公載洵，傳宣懿旨？』

慈禧太后想了一下，搖搖頭說：『這個差使得要老練的人去；載洵不行！就你自己去一趟吧！』

『是！』榮祿答應著。

兩耳已有毛病，時聽時聞的鹿傳霖，忽然開口：『回奏皇太后，』他說：『臣有愚見。大阿哥之立是件大事；廢黜亦是一件大事。似乎宜請皇太后召大阿哥入殿，當面宣諭；以示天下以進退皆秉大公，無私見雜於其間。』

此言一出，滿殿愕然；慈禧太后心裡很不高興，卻不便發作，只是板著臉問：『鹿傳霖的話，你們都聽見了！怎麼說？』

這當然還是應該作爲軍機領袖的榮祿發言：『奴才以爲不必多此一舉！』他說：『進退一秉大公，上諭中已宣示明白，天下共喻……』

『對了！』慈禧太后迫不及待地說：『就照上諭辦吧！』

等榮祿辭出殿去，繞西廊出了角門，繼祿已在守候；迎上來請了個安，低聲說了一句：『劉嬷嬷那裡都交代好了。』

榮祿點點頭問道：『他本人怎麼樣？』

『大概昨兒晚上就得到風聲了！威風大殺，像換了個人似地。』

『唉！』榮祿唸著大阿哥的師傅高賡恩的話說：『「本是候補皇上，變了開缺太子」，走吧，好歹把這齣唱了下來。』

說罷，邁腿就走；繼祿搶先兩步，在前領路。到了大阿哥所住的跨院，拉開嗓子唱一聲：『宣旨！』

榮祿站停稍候；只見門簾掀處，白髮盈頭的劉嬷嬷一手打簾，一手往裡在招；接著，愁眉苦臉的大阿哥溥儁出現，彷彿脖子歪得更厲害，嘴唇當然也噘得更高了。

於是榮祿走向門前，在滴水簷下，面南而立；溥儁便在院子裡面向北跪下聽宣。

『上諭！』榮祿唸道：『朕欽奉慈禧端佑康頤昭豫莊誠壽恭欽獻崇熙皇太后懿旨：已革端郡王載漪

之子溥儁，前經降旨立爲大阿哥，承繼穆宗毅皇帝爲嗣，宣諭中外。慨自上年拳匪之亂，肇釁列邦，以致廟社震驚，乘輿播越，推究變端，載漪實爲禍首。得罪列祖列宗，既經嚴譴；其子豈宜膺儲位之重？』

等榮祿唸到這裡，只聽已有窸窣、窸窣的聲音；往下一看，溥儁身子已在發抖。榮祿本想先勸慰兩句，旋即想到，於禮不合，便略略提高了聲音，繼續往下唸。

『溥儁亦自知惕息惴恐，籲懇廢黜；自應更正前命。溥儁著撤去大阿哥名號，立即出宮；加恩賞給入八分公銜俸，毋庸當差。至承嗣穆宗毅皇帝一節，關繫甚重，應俟選擇元良，再降懿旨，以延統緒，用昭慎重。欽此！』

榮祿唸完，繼祿提示：『謝恩！』

溥儁大概是沒有聽見他的話，伏在地上，已哭出聲來；劉嬤嬤便大聲說道：『阿哥，快說！說謝老佛爺的恩典。』

這下溥儁聽清楚了，嗚咽著語不成聲；七個字的一句話，很吃力地才說完。

榮祿對他改了稱呼，用對王公的通稱，名字帶排行，叫他『二爺』；他說：『別難過！等事情過去了，老佛爺一定還讓你回來當差。金枝玉葉，自己該知道體面；哭個甚麼勁兒，沒的叫人笑話。』

溥儁倒想爭氣，無奈眼淚不聽使喚，依然流得滿臉。榮祿不顧，上前攙著他，往外便走。

其時整座行宮已傳遍了大阿哥被逐的消息，太監宮女都想來看看熱鬧。溥儁的人緣極壞，所以一路看到聽到的景象十分難堪，大多都浮著笑容，樂見其人之去，甚至也還有拍手稱快的——只有他養的那條狗倒不勢利，依舊俯首貼耳地跟在眼淚汪汪的主人後面，由行宮一直到八旗會館。

這件事辦得大快人心；各國公使亦表示滿意。可是，慈禧太后還有顧慮，不願即時進京；只是沒有交代未免影響人心，所以延到十月二十四下了一道上諭，還得有十天才能從開封啓鑾。

顧慮的是俄約未定，怕將到京時，俄國會有甚麼動作，弄出一個令人進退兩難的尷尬局面。因此，慈禧太后要等兩個人的消息；消息倘或不妙，十一月初四啓程之期，還會更改。

這兩個人，一個是奕劻，他在陛辭時已受命繼李鴻章而與俄國公使繼續交涉；一個是袁世凱，接事以後，預備接駕，對於京畿的中外情形，必有奏報。特別是袁世凱，慈禧太后的期望更切；因為他在山東力拒拳匪的態度，頗得各國好感；德國公使穆默，甚至表示，希望袁世凱能調為直隸總督——這是慶王到開封以後才談起的。所以慈禧太后有個想法，如果俄國的態度有欠友好，袁世凱亦會聯絡各國，合力約束俄國。

果然，袁世凱不負所望，十一月初一打了個電報到開封，轉述他所極力保薦的署理津海關道唐紹儀，會見駐京各國公使的情形，說是『均無困我的語氣，且互有意見，不能協以謀我。』而俄約則『利在延宕』，保證『斷無戰事』。此外又提到董福祥，指他是禍首，『禍國殃民，罪不容於死，未加顯戮，無以示天下，請明正典刑，以紓公憤』。這當然是無法處置的一件事，只好『留中』了。

十一月初四，兩宮自開封啓駕，繁華熱鬧，又過於在西安動身之時。因為各省大員，或則親到，或則派藩司、臬司侍候，翎頂補褂，衣冠輝煌；更何況新裝的鹵簿儀仗，名目繁多，一路上令人目不暇給。更湊趣的是，天氣極好，旭日當空，秋風不起。鑾駕自行宮出北城，只聽見新鋪黃沙的蹕道上，馬蹄、車輪、腳步，雜沓應和，沙沙作響；偶爾有招呼前後的一兩聲清脆掌聲，反更顯得莊嚴肅穆。

一出了城，又是一番光景；扈駕的官兵，夾道跪送，一望無際的紅纓帽，恰如萬樹桃花，盛放於豔陽天中。鑾輿到得黃河渡口，地名柳園；預先已備好黃幄，兩宮下轎御幄，略微休息；等河邊設好香案，請皇帝致祭河神，焚香奠酒，撤去香案，方始登船。

船是新打的龍船，在正午陽光直射之下，輝煌耀眼，不可逼視；但見黃羅傘下，皇帝扶著慈禧太后，徐步行過文武大員與本地耆老跪送的行列，踏上加長加寬的跳板，步入平穩異常的船頭，慈禧太后轉過身來，放眼遙望，一片錦繡江山，太平盛世的景象，不由得破顏一笑，記不起一年以前，倉皇出奔、飢寒交迫的苦楚了。

『老佛爺請進艙吧！』李蓮英說：『不然，扈從人等不能上船，不知多早晚才到得了北岸。』

慈禧太后點點頭，一面往裡走，一面說道：『總算難為他們，辦得這麼整齊！不知道比當年康熙爺、乾隆爺南巡的情形，比得上比不上？』

『自然比得上！』李蓮英答說：『不說別的，光說這天氣好了；奴才就沒有見過，十一月初四，快冬至了，會像桃紅柳綠的春天一樣。』

『這倒是眞的。你們看，風平浪靜；要說黃河的風浪是多麼險，簡直就沒有人相信。』

『這是老佛爺鴻福齊天，奴才們全是沾的老佛爺的福氣。』

話雖如此，李蓮英卻就此上了心事。俗語說的，『不到黃河心不死』；可知波濤險惡，出乎想像。倘或船到中流，狂飆陡起，可眞不是件鬧著玩的事。

幸好，等隨扈的王公大臣、侍衛兵丁都上了船，萬槳齊飛，劃過波平如鏡的河面；不過傳膳剛畢，已經到了北岸，駐蹕新店行宮。自此經延津、汲縣、淇縣、宜溝驛、安陽，再往北就是直隸的第一站滋州。

直隸辦皇差，由藩司周馥總司其事，特爲設立總局，定下『大差章程』；行宮膳食，重價包給御膳房；鑾輿及王公與軍機大臣所坐的轎子，預先與河南商量，多給津貼，聯站抬送；此外一切供應，都有河南的先例在，加以首站的滋州知州許之軾，勤慎細密，所以一切順利，周馥放了一半的心。

滋州駐蹕一日，十一月十三日啓蹕，下一站是邯鄲。不想崔玉貴出了花樣。

原來邯鄲北面，有座山，名爲葛山。山上有潭，名爲黑龍潭。大致潭一望深黑，幽祕陰森，令人凜然的寒潭，往往取名爲黑龍潭，視爲龍王的別府；如遇亢旱祈雨，自然要禱之於黑龍潭。不過，邯鄲的黑龍潭，因爲在明朝嘉靖年間，勅建一座龍神廟，所以它的名氣大於京師西山的黑龍潭。如果北方久旱不雨，希望龍王發威，沛降甘霖；則禮部就會奏請降旨，到邯鄲的龍神廟來『請鐵牌』。據說這方鐵牌請到，雷公電母，雨師風姨，便如奉到綸音，即時各顯神通，來一場『既霑且足』的傾盆大雨。因此，這座黑龍潭所在地的葛山，俗名就叫祈雨山。

若說慈禧太后順路祈雨山去燒一燒香、逛一逛山，那麻煩之大，不堪想像。光是扈從上山的轎馬，預備一頓素齋，已非即時可辦，而猶在其次；最糟糕的是，整個供應調度，大亂特亂了。

原來乘輿巡幸，擾民最甚；此所以有道之君，力以爲戒。事先多少心血籌劃，何處設行宮駐蹕，何處設尖站午膳，皆有一定日程。大致鑾輿一天只行得三、四十里；總在十五到二十里的鎭甸上設尖站；道路稍長，中間歇一歇腳，略略進用茶點，名爲茶尖。一切供應，事先早已預備妥當；即如劈站、宿站應備二十萬斤，茶站減半，而尖站只得一萬斤。如果因遊山拈香，多出半天行程；則宿站變爲尖站，還不要緊，尖站變爲宿站，臨時哪裡去覓一座行宮；更何處可以變出隨扈貴人的二、三十座公館？因此，周馥得信，急得跳腳，恨不得跪倒在鑾駕面前，擋住入山的去路。

幸好，袁世凱趕來接駕來了。周馥迎了上去，攔住馬頭告急；袁世凱想了一下說：『不要緊！到了尖站，你去找李總管；說我未見皇太后請安，不便去看他；拜託他務必想個法子，打消此事。心感心照！』

周馥聽得這話，心放了一半。近午時分，到了尖站；這個地方雖小，卻有乾隆年間所建的一座行宮，因為這個地方雖小，名氣甚大——唐朝盧生，在邯鄲道上做一個夢；黃粱未熟，便已歷盡富貴繁華，即在此處。有座點化盧生的呂洞賓祠；祠西便是行宮。

因此，這座鎮便叫作『黃粱鎮』。黃粱一夢，萬緣皆空，本非佳名；只是另外有個名字更不妙，謂之『叢塚鎮』。當年秦始皇攻邯鄲，殺人盈野，戰況慘烈；趙國既亡，寡婦不知幾許？為保衛邯鄲而死的壯丁，在邯鄲城外，就地掘坑埋葬；想來『叢塚鎮』的得名由此。這雖是兩千多年前的事，幾經滄桑，叢葬的遺跡早已湮沒；但一聽到這個鎮名，不覺便有與鬼為鄰之懼，所以比較之下，還是稱之為『黃粱鎮』來得妥當。

周馥是早已快馬加鞭，搶先到了黃粱鎮的；等行宮跪接，看李蓮英扶著慈禧太后的轎槓經過大門，腳步放慢，在吆喝『小心』時，周馥在他的行裝下襬上，拉了一把。

李蓮英低頭一看，恰好與周馥仰望的視線碰個正著；瞬間目語，便獲默契，李蓮英將身子橫著挪開一步，在門洞中等候，周馥等皇帝的轎子一過，隨即起身趕了過去。

先匆匆為袁世凱致了意，周馥愁眉苦臉地說：『可是皇太后要上祈雨山拈香？這一來，可不得了！』

『這時候還逛甚麼山！都是崔玉貴出的餿主意。』李蓮英慨然答說：『不要緊！我總不讓你為難就是了。』

周馥沒有想到，李蓮英是這樣痛快，不覺喜出望外；若非通道觀瞻之地，眞會給他請個安道謝。

『你說給袁大人，』李蓮英又說：『老佛爺這幾天老惦念著火車，不知道坐上去是怎麼回事？』

『是了。』周馥急忙表示：『一切都請李總管關照！有甚麼不合適的地方，儘管交代下來，好照著上頭的意思改。』

『我知道，我知道。』說著，李蓮英匆匆而去。

果然，李蓮英力可迴天；進膳未畢，便已傳旨：派禮部官員赴黑龍潭，致祭龍神。大駕仍照預定行程，在臨洛關駐蹕。

到達宿站，天色將晚，因而不曾召見袁世凱，但軍機照常見面；遞呈的奏摺之中，有慶王奕劻的兩個摺子，必須請旨辦理。

一個摺子是據北京內外城的紳董兩百七十多人聯名公稟，請爲李鴻章在京師建立專祠。清朝開國以來兩百多年，從無漢大臣的祠宇；事出創議，軍機議論不定，就只有請求上裁了。

『向來漢大臣有功，加恩亦只是在原籍跟立功省份建祠。漢大臣的原籍既不在京，京師又不是立功之地，所以從無此例。』榮祿往後指一指說：『鹿傳霖以爲該駁，他亦有一番理由。請皇太后、皇上問他。』

『鹿傳霖是怎麼個意思，說來大家商量。』

於是瞿鴻禨拉一拉鹿傳霖的衣服——這是預先約定的，遞到這個暗號，鹿傳霖知道該陳述自己的意見了。

『李鴻章功在國家，自當酬庸。公稟中說他「以勞定國，以死勤事，始終不離京城」，拿這個理來請在京師建立專祠，理由很牽強；李鴻章到京，「開市肆以通有無、運銀米以資周轉」，對百姓誠然有益，不過身爲重臣，這亦是分內該做之事，何足言功？李鴻章的功勞是議和；議和在那裡，不能說是爲那裡立了功。譬如中日和約是在日本馬關訂的，莫非可以說他在馬關立了功？』

『這話倒也不錯。』慈禧太后點點頭，『不過，既然京師有這麼多人聯名公稟，似乎也不便過拂民意。』

這話鹿傳霖與王文韶都不曾聽見；榮祿聽見了卻不願與鹿傳霖公然在御前爭辯，所以這樣答奏：『請皇太后、皇上問問瞿鴻禨，看他有甚麼獻議。』

『那，』慈禧太后說道：『瞿鴻禨就說吧！』

瞿鴻禨當然識得榮祿的用意。心想，鹿傳霖的氣量狹，與他意見不同，必致忌恨；但榮祿卻會心感。取捨之間，無所猶豫，自是支持榮祿。

『臣愚昧，』他不慌不忙地說：『竊以爲事出非常，恩出格外，不可以常情衡量。聖明在上，李鴻章的功績，全在皇太后、皇上洞鑒之中。是否逾格加恩，以示優異；使中外曉然於皇太后、皇上惓惓於老臣之至意，則非臣下所敢擅請。』

話雖如此，態度已很明白，是贊成李鴻章在京師建立專祠。慈禧太后便問：『皇帝是怎麼個意思？』

『似乎可以許他。』皇帝仍然是極謹愼的回答：『不過，到底該怎麼辦，請皇太后作主。』

『其實也沒有甚麼。就准吧！』

於是，在鹿傳霖與王文韶茫然不辨所以之中，這一個摺子有了著落。另外一個摺子，也是奕劻代言；說英美兩國公使送來一件照會，請求將張蔭桓開復原官。

提到這件事，慈禧太后可就不高興了。在她心目中，張蔭桓是不折不扣的『帝黨』；而且認爲皇帝之想學洋人，主要的是出於張蔭桓的教唆。所以這時候聽榮祿請示，便冷冷地說道：『張蔭桓開復不開復，與洋人甚麼相干？這種閒事不是管得沒道理嗎？』

『是！』榮祿答說：『只有委曲求全。』

『我不管這件事！』慈禧太后很快地說：『你們問皇上。』

皇帝要避嫌疑，急忙說道：『張蔭桓荒謬絕倫，罪有應得，不能開復。』

這一下成了僵局，榮祿很勉強答應一聲：『是！』卻抬眼望一望慈禧太后，有著乞求之意。

聽皇帝那樣說法，慈禧太后心裡比較好過了些；同時也想到，京師的民情不可拂；英美兩國公使的面子又何可不給。不過，話說得太硬了，一時改不過口來，只能先宕開一筆：『且擱著再說。』

『是！』這一次，榮祿答得很響亮。

等退出行宮，瞿鴻機找個機會，悄悄問道：『中堂，這件事該怎麼辦？洋人性急，等他們來催問，就不合適了。』

『太后已經准了。』榮祿很有把握地，『你辦個旨稿，准予加恩開復原官，明天一早送上去；看過就發。』

『是！』瞿鴻機又問：『如何措辭？』

『越簡單、越含糊越好。』榮祿想了一下又說：『不必談張樵野的功過，把交情賣給英美公使。』

於是瞿鴻機略想一想，振筆直書：『據奕劻奏：英美兩國使臣，請將張蔭桓開復等語；已故戶部左侍郎張蔭桓，著加恩開復原官，以昭睦誼。』

接著又寫個奏片，更爲簡略，只說擬就上諭一件，恭候欽裁；連同旨稿一起用黃匣子裝好，遞入寢宮。第二天一早發下，奏片上硃批『知道了』，是認可了那道上諭。

這天駐蹕順德府治的邢台，是個大站，傳旨多留一天；因爲在邢台接駕的人很多，爲了籠絡起見，不能不破工夫召見撫慰。當然，召見袁世凱，絕不止於撫慰籠絡，別有一番指示。

這又是皇帝一件心頭憤懣的事。慈禧太后很了解皇帝的心境；也略微有些不安，怕『仇人相見，分外眼紅』，皇帝會對袁世凱說幾句很嚴厲、很不得體的話，將局面搞僵了。因此，存著戒心，避免對袁世凱有何優禮的詞色。

這一來，召見遠道入覲的封疆大吏，照例有的詢問旅況的親切之詞，在袁世凱就聽不到了。只聽慈禧太后問道：『你是哪一天接事的？』

『臣是皇太后萬壽那一天在山東交卸，十月十一日起程，十六接印，十七在保定接的事。』

『直隸地方很要緊，又兼了北洋大臣，責任很重，你總知道？』

『是！臣蒙皇太后、皇上特加拔擢，恩出格外；日夜戰戰兢兢，惟恐不符報稱。好得是，密邇九重，有事隨時可以請訓；謹守法度，當能稍減咎戾。』

『你能記住「謹守法度」這句話，就是你的造化。』慈禧太后又說：『你接事快一個月了，直隸的情形，大概也很清楚了；不知道你打算怎麼樣整頓？』

『上年拳匪作亂，直隸受災嚴重；這次攤派賠款，直隸的負擔也不輕，民窮財盡，實在爲難。不過，』袁世凱緊接著提高了聲音說：『事在人爲！臣受恩深重，絕不敢絲毫推諉。上解京餉，下紓蘇民困，唯在剔除中飽；直隸的吏治，廢弛已久，臣只有破除情面，將貪劣各員，指名嚴參，庶幾一面可以除弊興利，一面可以振作民心。』

聽得這番話，慈禧太后不能不心許；特別是『上解京餉，下紓民困，唯在剔除中飽』那句話更覺動聽。因而點點頭說：『你能這樣做，很好，你要參的人，只要庸劣有據，朝廷沒有不准你的。』

『是！』袁世凱碰個響頭，『皇太后聖明！臣一定實心實力，放手去辦。』

『現在國家的難處是，出項多，進項少；從前北洋花的錢不少，可是練兵的實效在哪裡？提起來叫人傷心！』慈禧太后停了一下又說：『你練兵、帶兵，一向是好的。這軍務上頭的整頓，你也要格外費心才好。』

提到這一層，袁世凱就更有話說了。但以關礙著榮祿，卻不能暢所欲言，因而反不能即時回答。

『北洋積習，不是一朝一夕之事。』他一面想，一面說：『自經榮祿整頓，已有績效；上年拳匪之亂，若非董福祥不聽節制，不會有那樣不可收拾的局面。整頓軍務，首要在整飭紀律，驕兵悍將，萬不可容；臣到任後奏請嚴辦董福祥，明正典刑，不僅是爲了一紓公憤，亦是爲了整頓軍務著想。』

『董福祥自然該死。不過，』慈禧太后的聲音有點洩氣，『朝廷亦有朝廷的難處。』

『是！投鼠忌器，臣亦明白。只是臣耳聞目擊，到處聽人咒罵董福祥，不能不上摺子說話。』

『這件事暫且不必辦了。』慈禧太后顧而言他，『李鴻章去年奏請開辦「順直善後賑捐」，不知道順手不順手？』

這一問，是在袁世凱估量之中；不慌不忙地答道：『此次賑捐，已收起兩百多萬銀子；臣一到任後，關照藩庫，暫時封存。如今餉源支絀，難得湊成鉅數，拉散了未免可惜；至於如何開支，臣要請旨允准以後，方敢動用。』

最後這句話，大慰慈懷，不自覺浮起了笑容，『袁世凱，』慈禧太后問道：『你打算怎麼樣動用呢？』

『臣目前還不敢說。皇太后、皇上回鑾以後，刷新庶政，百廢待舉，用款必多；當然要先顧到部庫。』

聽這一說，連皇帝都動容了。自從親政以來，十來年召見過的督撫，不知多少；提到『錢』之一字，無不哭窮，富庶省份最好自己收，自己用；貧瘠省份則最好朝廷有嚴旨，規定確數，督飭他省接濟。從沒有一個人顧到部庫；所以聽見袁世凱這樣說法，不免有耳目一新之感。

皇帝如此，他人可知！慈禧太后連聲誇讚：『好！好！你能這樣存心，才眞是顧大局的人。朝廷自然很爲難，不過也不會不顧到各省。提撥各省賑捐這件事，部裡正在擬章程，最多也不過提個三、五成。你那裡既然已經收起兩百多萬銀子，自己也很可以辦一兩件大事。』

『是！』袁世凱這才說到他想說的話：『直隸幅員遼闊，大亂之後，門戶洞開；臣打算先招募精壯，練成一支得力的隊伍，分布塡紮，守住了各處要緊的地方，然後淘汰冗弱，才不至於引起變故。這筆練新軍的經費，分年籌措；目前打算從賑捐中提一筆支用。是否可行，請皇太后、皇上的旨。』

『可以！可以！』慈禧太后說：『你跟榮祿去商量。』

接著，慈禧太后又細問他以前在小站練兵，以及在山東剿拳匪的情形。袁世凱詳於前而略於後；因爲雖說義和團那套裝神弄鬼的伎倆，慈禧太后早已識破，但畢竟亦受過愚，聽在心裡，不是滋味，故而以少說爲妙。

『你手下可有好的人才？』慈禧太后問道：『想來練兵總有幫手？』

『幫臣綜理營務的，是編修徐世昌。他的見識、才幹都是好的。』

『編修？』慈禧太后詫異，『是翰林嗎？』

編修當然是翰林。但翰林有紅有黑，大不相同，第一等的入値南書房，是眞正的所謂『天子文學侍從之臣』；第二等的選入講幄，加日講起注官銜，例得專摺言事；第三等的，三兩年總能派到一趟差使，譬如國史館、實錄館的文字之役等等。當然，翰林必應『考差』，不然不但出不了頭，而且日子都會混不下去。

徐世昌就是個不入流的黑翰林，凡應考差，必定落選，從未點過考官，所以慈禧太后不知其人，而皇帝是知道的。

『徐世昌是光緒十二年丙戌的翰林。』他爲慈禧太后做說明：『跟陳夔龍一榜的。筆下不怎麼樣，從未派過差使。』

慈禧太后點點頭，又問袁世凱：『徐世昌是甚麼時候到你營裡的？』

『臣在小站練兵的時候。』

慈禧太后心想，其時的袁世凱還只是直隸臬司。翰林的身分尊貴，非有特別的緣故，疆臣不准奏調翰林；當然，翰林自願相就，亦無不可。但愛惜羽毛的翰林，入疆臣幕府，必須府主是名督撫，而又爲翰苑前輩，如曾國藩、胡林翼、沈葆楨、丁寶楨、李鴻章之流，方肯降心相從。袁世凱官不過臬司，出身雖是世家，但連學都不曾進過；徐世昌肯委屈如此，或者別有原因，其人無足深談了。

於是慈禧太后問到另一個人；『你保的津海關道唐紹儀，想來是洋務上的一把好手？』

『是！』袁世凱答說：『他是故爵臣曾國藩第一批選派赴美的幼童，從小生長在美國；對洋人的政務、風俗、習性，十分熟悉。臣奏派到北洋，與洋人的交涉甚多，故而奏請以唐紹儀署理津海關道，已蒙恩准。以唐紹儀的實心任事，必不至於辜恩溺職。』

『你要叫他格外出力才好。』慈禧太后說：『他既然從小由朝廷派到美國，完全是國家培植的人才，與別的人可不一樣。』

『是！』袁世凱答說：『臣一定剴切曉諭。』

問到迎鑾的情形，袁世凱靈機一動，想到一件事；他從保定動身南來時，唐紹儀正由北京到保定，談到駐京各國公使，曾有一件照會致送外務部，說是兩宮從正定府乘火車進京，隨扈王公大臣、文武官員座車，以及裝運行李的車廂，共需二百輛之多，已抽調齊全，點交鐵路局道員孫鍾祥。至於兩宮到京的確期，請外務部先期告知，以便各國公使在京準備迎接。此事必爲慈禧太后所樂聞，不管外務部曾否奏報，這時候不妨再提一提。

於是，等將迎鑾的部署，由此地談到正定，該換火車時，乘機說道：『皇太后、皇上所御花車，由督辦鐵路的盛宣懷預備；其餘扈從人等座車、行李車，共需車廂兩百節，臣已督飭唐紹儀向各國公使交涉，調撥齊全。唐紹儀曾面詢各國公使，皇太后、皇上回京，應如何恭迎？各國公使表示，先要知道大駕蒞京的確期；當照會外務部詢問。照目前行程，如果正定、保定各駐蹕一天，本月廿五可以到京；是否照這個日期通知各國公使？請旨辦理。』

聽得這話，慈禧太后又驚又喜；各國公使已預備迎駕，這個面子很可以過得去了！當時想一想說道：『外務部還沒有奏上來。正定、保定總要多住一兩天，準日子不能定；反正月底以前一定到京。』

『是！臣照此通知好了。』

『這唐紹儀很能辦事。』慈禧太后用嘉許的口氣說：『我還沒有見過這個人，你叫他到保定來等；我要問問他。』

『是！』袁世凱答說：『唐紹儀原該送部引見，因爲乘輿在外，從權辦理。臣遵諭讓他即日到保定來候旨。』

慈禧太后點點頭，又說：『盛宣懷有病，不能到直隸來；他預備的火車，妥當不妥當，也不知道。你不必隨扈了，明天就先回正定，替盛宣懷照料照料。』

『是！』袁世凱立即答說：『鐵路雖由盛宣懷督辦；但在臣的轄境之內，臣自然不敢漠視。盛宣懷預備的花車，臣已去看過兩次；現奉慈諭，臣明天趕回去再仔仔細細看一看，務期妥善，請皇太后萬安。』

『好！好！你跪安吧！有事到保定再談。』

袁世凱答應著，恭恭敬敬地磕頭退下；隨即去見榮祿，將召見的情形，細細說了一遍。只瞞著一件事，就是各國公使如何如何；因爲這是無端冒功，而瞿鴻機是外務部尙書，怕他知道了不高興。

然而瞿鴻機還是知道了。因爲慈禧太后問到此事，少不得轉述袁世凱的話。瞿鴻機立即電詢慶王：回電說是照會已經接到，由於兩宮回京確期需到保定才能決定，不必亟亟，所以此項照會不用電奏，仍照平常規矩譯遞，估計日內當可到達行在。

瞿鴻機跟沈桂芬一樣，辦事勤愼謹密，是一把好手，就是氣量太狹。各國公使是不是跟唐紹儀說過那些話，固可不論；但袁世凱知道了這回事，竟不告訴外務部而直接上奏，心裡覺得很不舒服。於是一個找機會報復的念頭，就此橫亘在胸頭了。

到得正定，第一件事是去看花車。前兩次去看，多少有些觀摩的意味；對鐵路局的道員，彷彿接見隔省的差官，儘管人家按規矩，口口聲聲：『是！大帥。』而他說話，卻需帶著請教的語氣。可是，這一次不同了，奉旨查看，全然照欽差的派頭行事了。

花車原預備了五輛，太后、皇帝、皇后、大阿哥、瑾妃各一輛；大阿哥被逐出宮，多來一輛，自然移歸慈禧太后，作爲臥車。

袁世凱先看座車。迎門是一架玻璃屏風；轉過去在右面開門，穿過一段甬道，裡面是半節車廂成一大間，中設寶座；兩面靠窗設長桌，黃緞繡龍的椅墊、桌圍；地上鋪的是五色洋地毯。壁縵黃絨，摸上去軟軟地，因爲裡面還墊著一層厚厚的俄國毛毯。

寶座之後，左右兩道門，通至臥車；此時正在加工裝修，最矚目的是，靠窗橫置一張極寬的洋式大鐵床；袁世凱略扭一扭臉問道：『這合適嗎？』

陪在他身旁的一個官員叫作陶蘭泉，是盛宣懷特爲從上海派來的；此人出身洋行，對一切起居服用十分內行，置這張鐵床是很經過一番心思才決定的。原來慈禧太后在西安，因爲憂心國事，兼以起居不適，肝氣痛的毛病，愈來愈厲害；李蓮英便弄來一副極精緻的煙具，熬得上好的『大土』，勸她『香兩口』玩兒。偶爾一試，果然肝氣就不痛了。先是發病才抽，漸漸地有了癮，大有『不可一日無此君』之勢。

抽大煙必得用大床橫躺著，不然起臥不便，煙盤亦無放處。可是，火車上抬上一架紅木大床去，狼犺不便；陶蘭泉心想，上海的長三堂子，自從改用鐵床，由於名爲『席夢思』的床墊特厚特軟，大行其道；何不仿照以行？只是西洋鐵床照洋人的身材設計，床腳高了些，上下不便；然而這也不礙，鋸短了就是。

如今聽袁世凱問起，陶蘭泉不便說破，是爲了便於慈禧太后抽大煙，更不能明告，這是來自長三堂子裡的靈感，只得陪笑答道：『御榻不宜過小，如用紅木大床，又以搬運不便，不得已從權。大帥如以爲不合適，應該怎麼改，請吩咐。』

袁世凱擺架子、打官腔的目的，是要人知道，不管是哪個衙門派到直隸來的官員，都得聽他的號令；如今陶蘭泉既已當他頂頭上司般看待，自然不爲已甚。而況，盛宣懷交通宮禁，已非一年；或許這張鐵床的設置，正是李蓮英的授意，如果自作主張，要陶蘭泉更換，那不就誤蹈馬蜂窩，惹來的麻煩小得了？

這樣想著，心中一動；隨即說道：『兩宮的起居習慣，外廷無從得知；等我問了內務府大臣，再作道理。』

他是試探陶蘭泉；意料中如經李蓮英指點授意，或許就會這麼回答：似乎不必再問內務府，因爲已經問過李總管。但陶蘭泉很深沉，附和地答一聲：『是。』使得袁世凱始終無法了解，備這張御榻到底問過李蓮英沒有？

兩宮到正定的那一天，謎底就揭曉了，並未問過李蓮英；但頗爲讚許，表示慈禧太后一定會中意——這是袁世凱所派的人，陪同李蓮英去看花車時，聽他親口所說。

接著，又聽人來說，慈禧太后召見陶蘭泉，竟花了三刻鐘的工夫，除了對盛宣懷主持的鐵路總公司，以及正在興工中的蘆漢鐵路南段的情形，問得很詳細以外，還殷殷垂問盛宣懷的病狀。

這兩件事加在一起，使得袁世凱心頭大起波瀾。盛宣懷一直是他心目中的一個勁敵；不過一個辦輪船、辦電報、辦鐵路；一個練兵、帶兵，彼此並無利害上的直接衝突，不妨客客氣氣。但自他接了李鴻章的遺缺，情形就完全不同了。

盛宣懷自北洋起家，固由於李鴻章的一手提拔；但輪船、電報、鐵路，由北洋發端創辦，亦一直受北洋的支配。蕭規曹隨，例不可廢；而盛宣懷竟迄無表示，彷彿招商局、電報局、鐵路總公司與北洋風馬牛不相及似地。本以為自己接事未幾，盛宣懷又在病中，一時還來不及通款曲；此刻一看，情形不妙。很顯然地，他有這麼硬的靠山，自然會趁此機會，脫離北洋，自立門戶。果然所願得遂，總督兼北洋大臣這個頭銜，不過虛好看而已。

袁世凱向來謀起即動，不稍猶豫；他已經看清楚，要保持北洋的局面，有所展布，非得先制服盛宣懷不可。而制敵機先，此刻就應該動手。

於是，他找了新近羅致入幕的智囊楊士驤來，屏人密議，決定在榮祿以外，更結奧援；而從各種條件，各種跡象去看，瞿鴻禨的勢力方興未艾。不結奧援則已，要結，第一個就要在瞿鴻禨身上下工夫。

這就少不得要委屈自己了！若要親近，最有效的辦法是『拜門』。其實，細想起來也不算委屈，瞿鴻禨是同治十年的翰林，那時自己還只有十三歲，跟著叔叔在南京唸書，論年歲、論學業，皆足以為師；至於論官位，直隸總督兼北洋大臣的頭銜，雖然煊赫，但畢竟這兩三年才巴結到紅頂子，而瞿鴻禨是早就放過學政的了，況且現任軍機大臣，宰相之位，則總督又何以不可拜之為師？

不過，話雖如此，卻也要兩廂情願才好。料想瞿鴻禨不至於會將當總督的門生，摒諸於門牆之外；就怕他受寵若驚，謙辭過甚，搞得成了僵局。因此，細細商量下來，仍然以先作試探為主。

『不妨先寫封信，微露其意。』楊士驤說：『當然，意思要懇切。』

袁世凱點點頭說：『如果碰了釘子呢？』

『釘子是不會碰的。也許瞿大軍機不肯受門生之稱，約為昆季，那也一樣。』

實際上是不一樣的。拜門雖說關係較為親近，到底矮了一截；若能換一份蘭譜，結為兄弟，說起來把兄是大軍機，儘夠唬人的了。

這是袁世凱心裡的盤算，不便說破。只請司筆札的幕友寫了一封四六信；先盛讚瞿鴻禨道德文章，次道久已仰慕之意，最後表示。想執贄請益，但怕冒昧，意思是只要瞿鴻禨答應一聲，門生帖子立刻就會送上。

收到這封信，是在兩宮自正定啓蹕的前夕；袁世凱正在指揮辦差，忙得不可開交的當兒，戈什哈送來一封信，是軍機章京寫的，說瞿鴻禨希望跟他見一面，如果得空，請即命駕。

自己不寫回信，而由軍機章京出面，事情就有眉目了。在袁世凱想，這是瞿鴻禨已經允諾，而又不便遽以師弟相稱；信中的稱謂很為難，所以託軍機章京代約。當時便將早已備好的一份一千兩銀子的贄敬，帶在身上，到瞿鴻禨的公館去拜會。

一會兒了面，只見瞿鴻禨雙手高捧著他的那封信，連連打拱：『慰翁，慰翁，你眞會開玩笑！』他說：『足下疆臣領袖，怎麼說要拜我的門？我又何德何能，敢如此狂妄？慰翁，我連信都沒法子覆，只有當面請你來，一則道謝，再則道歉。大札請收了回去吧！』

這是實實足足的一個釘子，碰得袁世凱好久說不出話來；只道得一聲：『世凱一片誠心……』便讓瞿鴻禨把話打斷了。

『慰翁，請你不必再說。萬萬不敢當，萬萬無此理！』

碰了釘子回來，袁世凱心裡自然很難過，平生沒有做過這樣窩囊的事！不過，善於作假，有喜怒不形於顏色的本事，所以沒有人知道他此行所遭遇的難堪。

十一月廿四慈禧太后與皇帝由正定府乘火車抵達保定，傳旨駐蹕四天，定廿八回京；這個日子由欽天監慎重選定，是宜於回宮的黃道吉日。

就在這一天下午，慶王由北京到了保定。火車剛一進站，只聽洋鼓洋號，喧闐盈耳；慶王從玻璃窗中望出去，只見一隊身材高矮胖瘦一律的新建陸軍，高擎洋槍，肅立正視；領隊的軍官，出刀斜指；再前面就是全副戎裝的袁世凱，率領紅頂輝煌的好些文武官員在迎接。等火車徐徐停下，車門剛好接著月台上所鋪的紅地氈，袁世凱卻從地氈旁邊，疾趨上車，進門立正，行的是軍禮。

這使得慶王大感意外，不等他開口，便即問道：『慰庭，你今天怎麼換了軍服？』

總督是一品服色，就算帶隊來迎接，亦不妨換穿戰袍馬褂的行裝；如今袁世凱頭上雖仍是紅頂花翎的暖帽，身上卻著的是黃呢子、束皮帶的新式軍服，在慶王看，他不免自貶身分了。

而袁世凱另有解釋，『回王爺的話，』他說：『世凱不敢故違定制，只是負弩前驅之意。』

這層意思是慶王所不曾想到的，等弄明白了，卻深爲感動。負弩前驅是漢朝地方官迎接天子之禮；袁世凱師法其意，固不僅在於對親貴的尊禮，而是他自己表明，在慶王面前他不過如亭長之流的末秩小吏而已。以疆臣領袖的直隸總督，肯如此屈節相尊，在慶王是極安慰、極得意之事，因此，即時就另眼相看了。

『慰庭，你言重了！眞不敢當。』慶王攜著他的手說：『咱們一起下車。』

車門狹了一點，難容兩人並行；袁世凱便側著身子將慶王扶下踏級，步上地氈。而擎槍致敬的隊伍，卻又變了隊形，沿著地氈成爲縱隊；隊官一聲口令，盡皆跪倒。地氈的另一面是以周馥爲首文武官員，垂手折腰，站班迎接。慶王經過許多迎來送往的場面，都不甚措意；惟獨這一次，覺得十分過癮。不由得笑容滿面，連連擺手，顯得很謙抑似地。

到得行邸，布置得十分講究；親王照例得用金黃色，所以桌圍椅帔一律用金黃緞子，彩繡五福捧壽的花樣，益覺富麗堂皇，華貴非凡。慶王心裡在想，難爲他如此費心；大概雖不及兩宮，總賽得過李蓮英。

這時，袁世凱已換了衣服，全套總督的服飾，率領屬下參見，行了兩跪六叩的大禮，方始有一番照例的寒暄。

『世凱本想親自進京去接的，只爲消息來得晚了。』

這話就說錯了。兩宮入境，總督扈蹕，何能擅自進京去接親王？不過，袁世凱的神情異常懇切，所以慶王不以爲他在撒謊；只是任封疆不久，不懂這些禮節而已。

於是，他說：『這樣，已經深感盛情了，哪裡還敢勞駕？』他又問：『兩宮甚麼時候到的？』

『下午兩點鐘。』袁世凱答說：『皇太后曾提起王爺；說是本不忍再累王爺跋涉一趟，不過京裡的情形，非問問王爺不可。』

『皇太后無非擔心洋人，怕他們有無禮的要求；其實是杞憂。』

『有王爺在京主持一切，當然可以放心。不過，聽皇太后的口氣，似乎對宮裡很關心。』

『喔！』慶王很注意地，『說些甚麼？』

因爲有其他官員在座，袁世凱有所顧忌，答非所問地說：『王爺一定累了！請先更衣休息；世凱馬上過來侍候。』

『好！好！』慶王會意，『咱們回頭再談。』

等袁世凱告退，時將入暮；隨即有一桌燕菜席送到行邸。慶王吩咐侍衛，請榮祿、王文韶、袁世凱一起來坐席；但隨即又改了主意，只請了袁世凱一個人。

這爲的是說話方便；慶王要問的是慈禧太后緣何關心宮禁？於是袁世凱將得自傳說的一件新聞，悄悄說了給慶王聽。

據說，慈禧太后從開封啓駕之後，經常夜臥不安；有幾次夢魘驚醒，徹夜不能闔眼。起先，宮中對此事頗爲忌諱，沒人敢提一個字；這幾天才漸漸有人洩漏，說是慈禧太后常常夢見珍妃。

夢見珍妃而致驚魘，當然是因爲夢中的珍妃，形象可怖之故。日有所思，夜有所夢；由於禁城日近，記憶日深，所以慈禧太后才會夢見珍妃，而一夢再夢，無非咎歉甚深，內心極其不安之故。慶王在想，消除不安，唯有補過；拳禍中被難的大臣，已盡皆昭雪，開復原官，然則何嘗不可特予珍妃恤典？安慰死者，不正就是生者的自慰之道嗎？

想停當了，便即說道：『如果太后問起，我自有話回奏。慰庭，你還聽說了甚麼沒有？』

『還有，聽說太后當初只帶了瑾妃，沒有帶別的妃嬪，不無歉然。這趟回宮，很怕有人說閒話。王爺似乎也該有幾句上慰慈衷的話。』袁世凱緊接著說：『宮闈之事，本不該外臣妄議，而況又是在王爺面前。只是愛戴心切，所以顧不得忌諱了！』

『慰庭，你不必分辯，你的厚愛，我很明白。提到只帶瑾妃……』

慶王奕劻說到這裡，突然頓住。他本想告訴袁世凱，慈禧太后帶瑾妃隨行，並非有愛於瑾妃，相反地，是存著猜忌之意，才必須置之於肘腋之下。就如他的兩個女兒，慈禧太后帶在身邊，是當人質，若以爲格外眷顧，豈非大錯特錯？

不過，這都是過去的事了，就眼前來說，簾眷復隆，則又何苦再提令人不怡的往事。這就是他話到口邊，復又噤住的緣故。

見此光景，袁世凱自然不會再多說——他要說的話還多；此刻先提一件很要緊的事，『王爺，』他說：『從恭王下世，親貴中全靠王爺在老太后面前說得動話，無形中不知道讓國家、百姓受多少益處。此番回鑾，督辦政務，有許多新政開辦，王爺忙上加忙，世凱可有些替王爺發愁呢！』

前面那段話很中聽，最後一句卻使慶王不解：『喔，』他率直地問：『慰庭，你替我愁些甚麼？』

『事多人多應酬多。不說別的，只說太后、皇上三天兩頭有賞賜，這筆開銷頒賞太監的花費就不小。』

這一說，說中了慶王的痛癢之處，不由得大大地喝了口酒，放下杯子，很起勁地說：『這話你不提，我也不便說。既然你明白我的難處，我就索性跟你多談一點苦衷。我管這幾年總署，可眞是把老本兒都貼完了！外頭都說總理衙門如何如何闊，這話不錯，不過闊的不是我，是李少荃、張樵野；不是他們人都過去了，我還揭他們的舊帳，實在是有此情形，爲局外人所想像不到。總理衙門的好處，不外乎借洋債、買軍火器械之類有回扣；可是有李少荃、張樵野擋在前面，你想有好處還輪得到我嗎？』

以親王之尊，說出這樣的話來，若是正人君子，必然腹誹目笑；而袁世凱卻是欣喜安慰。因爲這不但表示慶王已拿他當『自己人』，所以言無顧忌；而且慶王的貪婪之性，自暴無遺，只略施手段，怕不把他降服得俯首帖耳，唯命是聽。

可是在表面上，他卻是微皺著眉，替慶王抑鬱委屈的神情，『怪不得從前恭王不能不提門包充府中之用！』他說：『不過，恭王的法子，實在不能算高明；局外人不說恭王無奈，只說他剝削下人。如今王爺的處境與恭王當年很相像；等世凱來替王爺好好籌劃出一條路子來。』

『那可是承情不盡了。』

話雖如此，袁世凱卻不接下文；這是有意讓慶王在心裡把這件事多繞幾遍，好教他一次又一次地體認到，這件事對他是如何重要？

果然，慶王每想一遍，心便熱一次；恨不得開口動問，他打算怎麼樣替自己籌劃？袁世凱看看是時候了，始將籌思早熟的辦法說了出來。

『北洋的經費，比起李文忠公手裡，自然天差地遠，但也不能說就沒有騰挪的餘地。如今北洋的局面，好比式微的世家，誠不免外強中乾；不過江南有句俗語：「窮雖窮，家裡還有三擔銅」，不說別樣，只說北洋公所，在京裡，在天津，空著的房子就不知道多少，倘能加意整頓，不能奏銷的額外用度，就有著落了！』袁世凱略停一下，用平靜但很清晰的聲音說：『以後，王爺府裡的用度，從上房到廚房都歸北洋開支好了。』

『甚麼？』慶王問一句：『慰庭你再說一遍。』

『以後，王爺府上的一切用度，不管上房的開銷還是下人的工食，都歸北洋開支，按月送到府上。』

有這樣的事？那不就像自己在當北洋大臣嗎？事情太意外，慶王一時竟不知何以爲答了。

『王爺如果賞臉，事情就這樣定局。』

『是，是！多謝，多謝！不，不！』慶王有些語無倫次地，『這也不是說得一聲多謝就可以了事的！總之，慰庭，有我就有你！』

當然，如果他想享受這一份『包圓兒』的供給，就非支持他當直隸總督北洋大臣不可；這是再也淺近不過的道理，慶王自然明白。袁世凱為了表示他說話算話，即時便有行動，一面起身道謝，一面取出一個早備好了的紅封袋，封面上公然無忌地寫著『足紋一萬兩』，雙手捧了過去，口中說道：『請王爺留著賞人！』

凡是對親貴獻金，都說『備賞』，已成慣例；不過脫手萬金的大手筆，實在罕見。慶王將紅封套接在手中，躊躇了一會兒說：『「卻之不恭，受之有愧」。我亦不必多說甚麼了！』

第二天，慈禧太后兩次召見慶王。第一次有皇帝在座，有些話不便問；第二次『獨對』，殿外只有李蓮英在侍候，不妨細談宮中的情形。其實，慈禧太后所知道的情形已經不少了；宮中雖有文宗的兩位老妃，而論位號之尊，有穆宗的敦宜榮慶皇貴妃，亦就是同治立后時，慈禧太后所屬意的刑部侍郎鳳秀之女；但『當家』的卻是瑜貴妃。

瑜貴妃亦是穆宗的妃子。同治十一年大婚，先選后妃；次封兩嬪，瑜貴妃即是其中之一。自穆宗因『天花』崩逝，慈禧太后所恨的是皇后阿魯特氏，所寵的是初封慧妃的敦宜皇貴妃，而所重的卻是今已晉位貴妃的瑜嬪。因為她知書識禮，極懂規矩，而且賦性淡泊，與人無爭。誰知德行之外，才具過人。當兩宮倉皇出奔，宮中人心惶惶，不知多少人日夕以淚洗面；幸虧瑜貴妃鎮靜，挺身而出，指揮太監，分區守護宮門；又撫慰各處宮眷，力求安靜。以後聯軍進京，大內歸日軍管轄，一切交涉，都由瑜貴妃主持，內務府大臣承命而行，處理得井井有條。宮中不致遭到兵災，而且居然能保持皇室的尊嚴，瑜貴妃的功勞，實在不小。

因此，慈禧太后不但對她更爲看重，而且也存著畏憚之意，召見慶王，首先便問到她的意向態度。

『當時的情形，大家都是親眼看見的；洋人進了城，宮裡都不知道。頭天晚上召見軍機，只剩下王文韶、趙舒翹兩個；要車沒有車，要人沒有人，赤手空拳，怎麼能帶大家走？可是，說起來總是我做當家人的，丟下大家不管。其實，我們娘兒倆吃的那種苦，別人不知道，你是知道的；倒還不如她們在宮裡還好些。』慈禧太后略停一下又說：『我想，別人不明白，瑜貴妃總應該體諒得到吧？』

『是！』慶王答說：『瑜貴妃召見過奴才兩次，每次都是隔著門說話；奴才這次來接駕之前，還特爲請見瑜貴妃，請示可有甚麼話讓奴才帶來？瑜貴妃吩咐：「你只面奏老佛爺，寢殿後院子，我特別派人看守，一點都沒有動！」』

這話旁人不解，慈禧太后卻能深喻，而且頗爲欣慰。原來在長春宮與樂壽堂的後院，慈禧太后埋著幾百萬的現銀；瑜貴妃說這話，即表示這批銀子毫末短少。

由此可見，瑜貴妃是一片心向著太后；這更值得嘉許。慈禧太后心想，回宮以後，自然沒有人敢當面發怨言；可是私下竊議，亦最好能夠抑止。這還得靠瑜貴妃去疏導。

『你回去告訴瑜貴妃，就說我說的，一起二十多年，到這一回，我才知道她竟是大賢大德的人；以前眞正是埋沒了她。宮裡多虧得她，我是知道的；盼她仍舊照從前一樣盡心，宮裡務必要安靜。』

最後這句話的聲音，稍微提高了些。慶王心領神會，隨即答說：『是，奴才一定照實傳懿旨：盼瑜貴妃照舊盡心，宮裡務必要安靜，別生是非。』

『正是這話。』慈禧太后停了一下，以一種不經意閒聊的語氣問道：『這一年多，有人提到景仁宮那主兒不？』

慶王一時不解所謂，細想一想才明白，珍妃生前住東六宮的景仁宮；便即答道：『奴才沒有聽說。』

『總有人提過吧？』

『奴才想不起來了。』

『你倒再想想！』慈禧太后加強語氣說：『一定有人提過。』

這樣淒豔的宮闈之事，當然會有人談論；只是不便上奏，因爲所有的議論，都認爲慈禧太后這件事做得太狠，而且也不必要。即使珍妃隨扈，她難道就能勸得皇帝敢於反抗太后，收回大權？不過慈禧太后這樣逼著問，如果咬定不曾聽人談過此事，不免顯得不誠；甚至更起疑心，以爲有甚麼悖逆不道，萬萬不能上聞的謬論在。因此慶王不能不想法子搪塞了。

於是，他故意偏著頭想；想起讀過的幾首詞，可以用來塞責。

『奴才實在不知道有誰提過這件事；只彷彿記得有人做過幾首詞，說是指著這件事。不過，奴才也沒有見過這些詞。』

居然形諸文字；慈禧太后更爲關切，『是哪些人做的詞？』她問：『說些甚麼？』

『做詩做詞的，反正總是那些翰林。』慶王答說：『詞裡說些甚麼，奴才沒有讀過原文，不敢胡說。』

慈禧太后想了一下，斷然決然地說：『你把那些詞找來，我倒要看看，是怎麼說？』

『是！奴才馬上去找。不過……』

『一定要找到！』慈禧太后不容他說完，便即打斷：『越快越好。』

於是退出行宮，慶王立刻派人去訪求；有個軍機章京鮑心增抄了一首詞、十二首詩來。詞是當代名家朱孝臧的一首〈落葉〉，調寄〈聲聲慢〉，註明作於辛丑十一月十九日，只是十天以前的事。慶王在親貴中算是喝過墨水的；但詞章一道，很少涉獵，所以得找一本詞譜來，按譜尋句，方能讀斷：

鳴蛩頹砌，吹蝶空枝，飄蓬人意相憐。一片離魂，斜陽搖夢成煙；香溝舊題紅處，拚禁花憔悴年年！寒信急，又神宮凄奏，分付哀蟬　終古巢鸞無分，正飛霜金井，拋斷纏綿。起舞迴風，纔知恩怨無端，天陰洞庭波闊，夜沈沈流恨湘絃。搖落事，向空山休問杜鵑！

讀是讀斷了句，卻以典故太多，到底有何寄託？不甚了了。不過除卻『飛霜金井，拋斷纏綿』這兩句刺眼以外，別無悖逆忌諱之句，不妨進呈。接下來再看詩。

詩是十二首七律，題目叫作〈庚子落葉詞〉；下註『重伯』二字。這個名字，慶王是知道的；曾國藩之孫，曾紀鴻之子曾廣鈞，號叫重伯，是光緒十五年的翰林。

七律而在一個題目之下做到十二首之多，自然非多搬典故不足以充篇幅；可是有些典故的字面，看得慶王直皺眉，提筆加點，作爲記號，第二首的『清明寒食年年憶，城郭人民事事非』；第三首的『姑惡聲聲啼苦竹，子規夜夜叫蒼梧』；第四首的『朱雀烏衣巷戰場，白龍魚服出邊牆』；第五首的『漢家法度天難問，敵國文明佛不知』；第七首的『景陽樓下胭脂水，神岳秋毫事不同』；第十首的『鸞輿縱返填橋鵲，咫尺黃姑隔畫屏』；第十一首『三泉縱涸悲寧塞，五勝空成恨未灰』。這些句子寫得皇帝與珍妃生死纏綿，看在慈禧太后眼中，自然不會舒服；說不定會替皇帝找來麻煩。

最大膽的是『姑惡聲聲啼苦竹，子規夜夜叫蒼梧』這一聯。慶王清清楚楚地記得蘇東坡詩中的註，說『姑惡』是水鳥之名；習俗相傳，有婦人受婆婆的虐待，死而化爲水鳥，鳴聲聽來似『姑惡』二字，因而以此爲名。慈禧太后與珍妃不就是婆媳？如此率直指斥，是大不敬的罪名；如果懿旨著令曾廣鈞『明白回奏』，只怕不是革職所能了事的。

因此這十二首詩，慶王決計留下來；可是只進呈朱孝臧一首詞，似乎有敷衍塞責的意味，亦頗不妥。想來想去，只好派人再去看鮑心增，說是好歹再覓一兩首來。

鮑心增居然又抄來兩詞一詩。詞牌叫作〈金明池〉詠的是荷花；一首是朱孝臧所作，另一首具名〈鶩翁〉，可就不知道是誰了？

遍詢左右，盡皆不知此翁何許人？少不得還要再去請教鮑心增。就這擾攘之際，袁世凱又來拜訪；請進來相見，慶王將這天慈禧太后兩番召見的經過，約略相告，同時也訴說了他所遭遇的困擾。

『王爺早不跟我說。』袁世凱微笑答道：『這種詩詞，要多少有多少。』

『那好啊！』慶王很高興地，『拜託多抄幾首來，我好交差。』

『是！明天一早送來。』袁世凱略想一想說：『不但曾重伯的那十二首詩用不得；朱彊村的那首詞，甚麼「飛霜金井」、「恩怨無端」，措辭亦很不妥當，請王爺不必往上呈，免得多生是非。』

『是的！只要另外有比較妥當的文字，能夠敷衍得過去，這首詞當然可以不用。』

『包管妥當。』

是揣摩著慈禧太后的心理，臨時找擅詞章的幕友趕出來的『應制』之作，自然不會不妥當，不獨『姑惡』的意味絕不會有，連『金井』的字樣亦極力避免。好在天子多情，美人命薄，光是在這八個字中，就可以找到無數詩材詞料；而其事又與明皇入蜀，差可比附，取一部洪昇的《長生殿》來翻一翻，套襲成句，方便之至。

其中有一首香山樂府體的長歌，卻頗費過一番心血，作用在於取悅於慈禧太后；所以獨彈異調，以譴責珍妃弄權爲主。

但最後一段筆掀波瀾，忽然大讚珍妃；說聯軍進京，她不及隨扈，投井殉國，貞烈可風。歿而爲神，一定會在冥冥中呵護兩宮。

對於這一結，慶王深爲滿意，也很佩服，更覺高興；因爲在慈禧太后面前，足可以交差了。

果然，第二天一早送了上去，慈禧太后頗爲嘉許；言語與前一天不同了，認爲她的心事，能爲人所諒，是值得安慰之事。於是慶王乘機建議，爲了慰藉貞魂，特請懿旨，將珍妃追贈爲貴妃。

『我亦有這個意思。』慈禧太后一口應諾，『你就傳旨給軍機擬旨好了。』

軍機自然遵辦。不過認爲懿旨以回宮以後，再行頒發爲宜。慈禧太后也同意了。至於回京以後應該有體恤百姓的恩詔，以及與民更始的表示，則宜在啓蹕之前發布；於是兩天之中，發了七道上諭。

一道是從大處落墨，而以『欽奉懿旨』的名義陳述，說：『上年京師之變，蝥賊內訌，激成大事，震驚九廟，國步阽危，皇帝奉予西狩，始念所不及此；創鉅痛深，蓋無時不引咎自責。』等於慈禧太后的『罪己詔』。當然，著重的是懲前毖後，『惟望恐懼修省，庶幾克篤前烈，以敬迓天庥。若復徼幸圖存，宴安逸豫，尙安有興邦之一日？』而最切實的一段話是：『値此國用空虛，籌款迫切，何一非萬姓脂膏，斷不忍厚欽繁徵，剝削元氣，自應薄於自奉，一切當以崇儉爲先。除壇廟各處要工，已飭核實估修外，其餘可省及應裁之處，皆應力杜虛糜。』這也就等於明白宣示，像修頤和園這種大工，再也不會興辦了。

第二道亦是懿旨，在撫慰洋人，語氣極其友好，說『現在回鑾京師，各國駐京公使，亟應早行覲見，以篤邦交，而重使事。俟擇日後皇帝於乾清宮受各國公使覲見後，其各國公使夫人，從前入謁內廷，極特款洽，予甚嘉之。現擬另期於寧壽宮接見公使夫人，用昭睦誼。著外務部即行擇定日期，一併恭錄照會辦理。』

第三道是定於十一月二十八日回京，當天由皇帝恭詣奉先殿、壽皇殿行禮：次日在太廟、大高殿告祭。至於圜丘。社稷壇等處擇日祭告。

第四道上諭，是奉懿旨宣布慈禧太后明年春天謁陵。回鑾的皇差還未辦了，馬上又需浩繁的供應，似乎說不過去。因此這道上諭，很費了瞿鴻機一番心血；『鑾輿播越，倏忽一載有餘，當時禍亂猝乘，倉皇西幸，非常之變，至今實用痛心。每念宗社驚危，山陵震駭，歲時祭謁，廢缺不修，循省多愆，曷勝疚悚！茲幸安抵京師，克循舊物，理宜虔伸祀事，肅展微忱，除太廟、圜丘各壇殿，皇帝已定期告祭外；東陵西陵，理應親行恭謁，以昭妥佑，而達明禋，著於來歲之春，敬謹諏吉，予率皇帝祇謁東陵，所有由京啓鑾及御道行宮，一併均著加意簡省。王公各官，除每日值班及從行人員外，其餘均毋庸隨扈。我朝謁陵大典而外，如行圍、閱伍，以及巡幸各行省、臨視河工海塘諸役，列聖皆乘時順動，常著勤勞，與古昔帝王巡狩省方，觀民敷教之意，正相吻合，況現值時局艱難，尤宜不憚辛勤，躬覽萬方，用知庶務；嗣後亟應恪遵家法，勤舉時巡，惟需輕輿減從，不致勞民傷財，方稱朝廷實事求是之本旨。若如此次回鑾，車馬猶覺繁多，供億亦復浩大，其應如何斟酌變通，破除常格，務使輕而易舉之處，著御前大臣、軍機大臣，遵即會同悉心覈議，具御請旨遵行。』

緊接著第五道，是根據左都御史呂海寰的奏請，以各項捐輸太重而頒發的恤民恩旨：『去歲以來，畿輔蹂躪特甚，各省亦多水旱之災，小民困苦流離，朝廷時深憫念，前已明降諭旨，斷不忍厚歛繁徵，剝削元氣。茲據該左都御史所奏各節，著各該督撫各就地方情形，悉心體察，將如何籌捐之法，明白曉示，嚴禁紳董吏役蒙混中飽，藉端需索，務除壅蔽，以通上下之情。總之於籌款之中，必以恤民爲主，不准稍涉苛刻，擾累閭閻，以副朕視民如傷之至意。』

第六道亦是由於呂海寰所奏，爲了籌措賠款，新增的兩項捐稅，就屋、就地而徵的房捐、畝捐，過於繁苛，降旨督撫，各就地方情形，悉心體察，將籌捐辦法，明白曉示，並嚴禁蒙混、中飽、勒索。

第七道上諭最耐人尋味：『原任戶部尚書立山、兵部尚書徐用儀、吏部侍郎許景澄、內閣學士聯元、太常寺卿袁昶，該故員子嗣幾人，有無官職，著禮部迅即咨行內務府鑲紅旗滿洲浙江巡撫查明申覆。』

自從聯軍入京，指斥朝貴的輿論，已不能再加壓制；所以七月間冤死菜市口的五大臣，被稱『五忠』；徐用儀、許景澄、袁昶都是浙江人，合稱爲『浙江三忠』。昭雪五忠，早在上年十二月間，即有明詔，但亦僅止於開復原官而已。

原官既已開復，則大臣身死，照例應有恤典；可是上諭很難措辭，當初是『明正典刑』，此時便不得謂之爲『慷慨捐軀』。但如無恩恤，士論不平，迫不得已只好出以這種暗示將加恩五大臣的子孫，以慰忠魂的方式。

就這樣打點得面面俱到，慈禧太后方於十一月廿八進入回鑾的最後一程。從保定到京城，坐火車不過三個多鐘頭的途程，所以這啓蹕極其從容；上午八點鐘上車，午刻便已到達北京永定門外馬家堡車站。

車站已臨時搭了一個極大的蓆棚，即是巡幸途中供御駕稍憩的所謂『黃幄』，不過張燈結綵，踵事增華。裡面尤其講究，陳設由古玩舖承包，佳瓷名畫，只擺一天的工夫，便需花上好幾萬銀子；當然商人到手，最多三成而已。

這一列車，共計掛了三十多個車廂；除了太后、皇帝、皇后、妃嬪、隨扈大臣的座車以外，大部分車廂裝的是慈禧太后的行李，亦就是各省進貢的珍異方物。花車進站停住，迎駕的百官，早已沿著兩旁跪好；也有許多洋人，含笑在看熱鬧。早就到了馬家堡在照料的內務府大臣繼祿便大喊一聲：『洋人脫帽！』

一面喊，一面做手勢；洋人盡皆會意，紛紛照辦。只見首先下車的是李蓮英，彷彿沒有看到跪接的百官，逕自掉身往後，去照料行李。接著是皇帝下車，亦不理百官，匆匆上轎，爲的是先要趕到宮門口去跪接慈駕。

然後，慈禧太后由崔玉貴攙扶著下車；此時車頭已經解卸遠駛，站中肅靜無聲，只聽崔玉貴扯開雌雞嗓子不斷在吆喝：『老佛爺，慢慢，慢慢！』

踩著『花盆底』的慈禧太后，只有在下火車踏板的那兩步，稍顯艱難；一踩到地上，步履便很自如了。搖曳生姿地走了幾步，站定一望，用略帶驚喜的聲音說：『這裡好多外國人！』說著，稍微揚一揚手，有點對脫帽肅立的洋人答禮的意思。

這時居首跪接的慶王站起身來，趨蹌而前，復又下跪，口中說道：『奴才奕劻恭請皇太后聖安！』

『起來！』慈禧太后很謙和地說：『起來說話。』

『是！』慶王起身又說：『請皇太后上轎。』

『不用忙！』她回身向隨扈的榮祿、王文韶等人說道：『咱們總算又到了地頭了！離京一年三個月了。』

『是一年四個月。』崔玉貴插了句嘴。

慈禧太后沒有理他，游目四顧，臉色怡然；於是袁世凱以地主的身分，上前說道：『請皇太后入黃幄暫息一息；以便進茶。』

『好！』慈禧太后剛一移步，發見李蓮英走了來，便站著等候。

『請老佛爺過目。』李蓮英將一張隨帶箱籠的清單，用雙手呈上。

『這不用看了！皇后、格格她們，你好好照料。』

交代完了，復又前行；一入黃幄，如到寢宮，王公大臣們，便都留在外面了。

坐下剛喝了半碗茶，奏事太監來奏：『直隸總督請謁。』

慈禧太后點點頭，准袁世凱進見；原來他亦只是跟那執事太監一樣，充當傳宣的任務——蘆漢鐵路的總工程司傑多第，受鐵路總公司督辦盛宣懷的委託，主持兩宮回鑾，乘坐火車到京的一切事宜；從向比國訂購花車開始，一直到此刻抵達馬家堡，功德圓滿，可以交差了。能有這麼一番經歷，在傑多第看，自是平生的殊榮，盼望能夠面謁慈禧太后致敬。而袁世凱爲了籠絡傑多第，特意親自爲他奏請召見。

及至一起進謁，袁世凱才發覺爲洋人『帶班』的滋味，很不好受。面對玉座，一個站，一個跪；他在洋人身旁，憑空矮了半截。另一面還跪著一個當翻譯的外務部司官，成了個『山』字形；而傑多第軀幹特偉，肅然正立，頗有一柱擎天之概，相形之下，矮胖而又跪著的袁世凱，越顯得臃腫猥瑣了。

通過翻譯，傑多第少不得有一番效勞不周的客氣話，然後很懇切地表示，請慈禧太后指出所發現的缺點，以便改進。

『我還是第一次坐火車。以前……』

以前，慈禧太后也坐過火車。西苑紫光閣，曾鋪過短短一段鐵路，運進去幾節小火車；一時徐桐等輩，以禁中居然有此『怪物』，都有痛心疾首之概。慈禧太后好奇曾坐過一回，但爲怕出事，不准用機車拖帶，只是找了些太監前挽後推，走了十來丈遠便即停止。這件事此刻來說，成了笑話，所以她頓住不言，換了嘉許之詞。

『這一次你辦得很妥當。我雖是第一次坐火車，已經知道火車的好處了，明年謁陵，仍舊要坐火車。』

『有了這一次的經驗，明年會辦得更好。』傑多第說：『希望下一次能夠使太后更覺得滿意。』

『這樣才好！』慈禧太后很高興地，略停一下問袁世凱：『他是哪一國人？』

『傑多第是比國人。』

『對了！蘆漢鐵路借的是比款。比國是小國，不過這個洋人倒很知道規矩，辦事也很實在。』慈禧太后問道：『袁世凱，你看該怎麼酬謝他？』

『恩出自上，臣不敢擅擬。不過，洋人多想得賞寶星，將來回國，好在他的同胞面前炫耀。』

『好！賞他一顆寶星，你傳旨給外務部，看哪一等的寶星，跟他的職位相當。至於鐵路上還有好些華洋司事，這一次辦差很出力，一起賞五千兩銀子；我另外撥出來，不必動部款了。』

『是！』袁世凱答說：『賞傑多第寶星一節，臣遵慈諭傳懿旨。賞鐵路華洋司事的款項，萬無請內帑之理。蘆漢鐵路在臣轄境之內，皇太后賞人的款項，自當由臣敬謹預備。』

『你這一說，我成了慷他人之慨了。多不好意思！』

慈禧太后是笑著說的；而袁世凱卻似乎很緊張，碰著頭說：『直隸的一切，皆在慈恩庇護覆載之下。慈諭「他人」二字，臣萬萬不敢受。』

『我是隨便說的，你別認眞。』慈禧太后含笑望了傑多第一眼，『他如果沒有別的話，你就帶他下去吧！』

『是！』

於是袁世凱與外務部司官，雙雙跪安；傑多第則深深鞠躬辭出。接著，李蓮英來請駕；由於進京的日子與時辰，是經過欽天監愼重選定，這一天的未正，也就是午後兩點鐘進大清門，上上大吉。所以慈禧太后不敢耽擱，一請即行。

鑾輿到達正陽門，剛是午後一點；預定兩點鐘吉時進大清門。路程費不到一個鐘頭，有個消磨時間的法子：借關帝廟拈香之便，在那裡等夠了時間再上轎。

清朝的家法，對武聖關公，特表崇敬。早在建都瀋陽時，便爲關公建廟。世祖入關，復在京師建廟地安門外，順治九年勅封『忠義神武關聖大帝』；雍正三年，追封三代公爵；關公在洛陽及山西解州原籍的後裔，仿崇祀『四配』之例，授五經博士，世襲承祀。

不過，地安門外的關帝廟，靈異不及正陽門外關帝廟。此廟在月城之右，建於明朝嘉靖年間。相傳明世宗在西苑修道，因爲禁中關帝廟內的法身太小，因而命木工另雕一座大像。完工之後，準備易像時，曾命人問卜；卜者說是舊像曾受數百年香火，靈異顯著，棄之不吉。明世宗甚以爲然，因而在正陽門月城之右，另建一座新廟，而以禁中舊關帝像，移此承受香火。及至李闖破京，大內遭劫，新像不知下落，反不如舊像依然無恙。

更以位居衝要，佔盡地利，所以香火益盛。慈禧太后每遇山陵大事，出入前門，必在此廟拈香；城門內外，警蹕森嚴，惟獨這一次是例外，竟然在正陽門城樓上，有人居高臨下，堂而皇之地俯視慈禧太后的一舉一動。

可想而知的，除卻洋人，誰也不敢；亦就因為是洋人，誰也奈何他們不得。慶王唯有惴惴然捏著一把汗，但願洋人肅靜無聲，而慈禧太后不曾發現，才可免除詰問誰應負此『大不敬』罪名的責任。入廟之時，由於洋人都聚集在月城上，所以慈禧太后不曾發覺；及至行禮已畢，休息得夠了時候，一出殿，視線稍微上抬，洋人便已赫然在目。扈蹕群臣，無不色變，預料著慈禧太后會勃然震怒，即使當時不便發作，那鐵青的臉色，亦就夠可怕的了！

那知不然！慈禧太后看得一眼，居然忍俊不禁地笑了；就像那些慈祥喜樂的老太太，看見年輕人淘氣那樣。接著，把頭低了下去，佯作未見地上了轎子。

首扈大臣一路看著錶，指揮輿伕的步伐，扣準了時間，準兩點鐘，進了作為紫禁城正門的端門；於是經午門過金水橋入太和門，循三大殿東側，到後左門，外朝到此將盡；再往裡走，便是『內廷』，非有『內廷行走』差使的人，不得入。

慈禧太后是在這裡換的軟轎，向東入景運門，越過奉先殿，進錫慶門，便是寧壽宮的區域。慈禧太后在轎中望見九龍壁屹立無恙，不由得悲喜交集，眼眶發熱了。

皇帝以及近支親貴，趁慈禧太后在後左門換轎的片刻，先趕到皇極門前跪接；等軟轎過去，只有皇帝跟隨在後，一進寧壽門，觸目又是另一番大不相同的景象了。

原來宮眷是在這裡跪接，慈禧太后亦在這裡下轎。領頭的是同治年間與蒙古皇后阿魯特氏爭中宮而落了下風的榮慶皇貴妃；一見慈禧太后，只喊得一聲：『老佛爺！』尾音哽塞，趕緊掩口，已是哭出聲來。

『想不到，咱們娘兒們還能見面！』慈禧太后勉強說了這一句，噙著淚笑道：『到底又團聚了。大家應該高興才是。』

此言一出，自然沒有人再敢哭；但都紅著眼圈，照平日的規矩行事，默默地跟在身後，直往樂壽堂走去。

入殿才正式行禮；亂糟糟地不成禮數。慈禧太后一半是去年倉皇逃難，慘痛的記憶太深，亟待一吐；一半也是有意想沖淡大家可能有的怨懟，顧不得休息，便從當時出京的情形談起，一發而不可止。

這一談，談了整整一個時辰；直到傳晚膳的時刻，方始告一段落。這時慈禧太后才發現有個極重要的人物未在場。

『瑜貴妃呢？』

『瑜貴妃病了。』敦宜皇貴妃急忙答說：『她讓奴才跟老佛爺請假；奴才該死，忘了回奏了。』

『甚麼病？』慈禧太后很關切地問：『莫非病得不能起床？』

這讓敦宜皇貴妃很難回答。瑜貴妃不是甚麼大病，但不知是何原因，說是不能恭迎太后，請她代爲奏明。此時如果說了實話，則慈禧太后必然生氣，說不定就會有一場大風波；想到遭難的那一陣子，多虧瑜貴妃維持，亦不忍讓她受譴責。再說，留在宮中的妃嬪，數自己的地位最尊；如果瑜貴妃能接駕而不到，就該說她。照現在的樣子，自己亦有責任。

這樣想下來，便只有硬著頭皮答一聲：『是！』

『病這麼重！』慈禧太后便喊：『蓮英，你看看瑜貴妃去！要緊不要緊？拿方子來我看。』

李蓮英答應著，隨即到了瑜貴妃所住的景陽宮；宮女一見李蓮英，都圍著他叫『李大叔』，一個個驚喜交集地，都想聽聽兩宮西狩的故事。

『這會兒沒工夫跟你們聊閒天。』李蓮英亂搖著手說：『快去跟你們主子回，說老佛爺讓我來瞧瞧，瑜貴妃怎麼就病得不能起床了？』

『病得不能起床？』有個宮女答說：『李大叔，你自己瞧瞧去！』

『怎麼？』李蓮英詫異，『瑜貴妃沒有病？』

進殿一看，瑜貴妃好端端坐在那裡；李蓮英可不知道怎麼說了？反而是瑜貴妃自己先開口：『蓮英，是老佛爺讓你來的嗎？』

『是！』李蓮英說：『敦宜皇貴妃跟老佛爺回奏，說主子病了，不能接駕。老佛爺挺惦念的。』

『多謝老佛爺惦著。實在不是甚麼了不得的病，只是受了點涼，有點咳嗽。不過，我不能去接駕，就不能不說病了。』

『是！』李蓮英問道：『奴才回去該怎麼跟老佛爺回奏？』

『託你把我不能接駕的緣故，說給老佛爺聽。』

『是！』

『喏，』瑜貴妃向上一看，『你看。』

李蓮英向裡望去，正面長桌上，端端正正擺著三個黃緞包袱；一時竟想不起是甚麼東西，楞在那裡作不得聲。

『你打開看看！』

李蓮英答應著走上前去，手一觸摸到黃袱，立刻想到了，『是玉璽？』他看著瑜貴妃問。

『不錯，是玉璽。』

清朝皇帝的玉璽，藏之於乾清宮與坤寧宮之間，共有二十五方。相傳最重要的一方，是高宗御製『寶譜』中列爲第二的那方碧玉璽，方四寸四分，厚一寸一分，盤龍紐，文曰『皇帝奉天之寶』，被視作傳國璽。此刻就供在長桌的正中。另外兩方，一方是白玉盤龍紐的『皇太后寶』；一方是金鑄的『皇后之寶』。

『我守著這三方玉璽，不敢離開，所以不能去接老佛爺。蓮英，請你在老佛爺面前，替我請罪。』

一聽這話，李蓮英不由得在心裡說：這位主子好角色！其實，就守著這三方玉璽，又哪裡有不能離開之理。她故意這麼做作，無非要表示她負了極重的責任而已。

想想也是，兩宮西狩，大內無主；掌護著傳國璽，便等於守住了祖宗傳下來的江山，保住了皇帝的位子。莫道玉璽無用，跟各國訂的約，非要用了寶才作數。這樣說來，瑜貴妃的功勞實在不小。

於是李蓮英莊容說道：『奴才知道了。奴才一定細細跟老佛爺回奏。眞是祖宗積德，當時偏偏就能留下主子，料理大事。老佛爺一定不會埋沒主子的大功勞。』

『也談不到功勞。』瑜貴妃矜持地說：『我只要能完完整整把這三方玉璽，親手交到老佛爺手裡，就算對得起自己了。』

『是！是！』李蓮英請個安說：『奴才馬上就去跟老佛爺回。』說著，退後兩步，轉身而去。

『慢點！蓮英，我還問你句話。』

『是！』李蓮英站定了腳。

『珍妃的屍首還在井裡。總有個處置吧？』

這話，李蓮英就不敢隨便回答了，『聽說有恩典。』他說：『至於屍首怎麼處置，倒沒有聽說。想來總要撈起來下葬。不過……』

『你還有話？』

『這麼多日子了！可不知道屍首壞了沒有。』

『沒有壞！壞了會有氣味。』瑜貴妃說：『我打那兒經過好幾回，甚麼氣味也沒有聞見。』

『那可是造化！』李蓮英說：『若是主子有甚麼意思，要奴才代奏，請吩咐。』

『我沒有別的意思。只望早早撈上來，入土爲安。』

『是！入土爲安，入土爲安！』李蓮英答應著走了。

回到寧壽宮，只見慈禧太后在迴廊上『繞彎子』。這是她每次傳膳以後例行的功課；陪侍在側，只宜於說閒話，不便談正經，所以李蓮英靜靜等著，直到慈禧太后回到屋裡，方始去覆命。

『瑜貴妃說，讓奴才在老佛爺跟前，代爲請罪。她沒有病，可是守著一樣重要的東西，不能來接老佛爺的駕。』

『甚麼重要東西？』

『是老佛爺的玉寶。』

『喔，喔！』慈禧太后突然想到了，『我倒忘了！在開封的時候還想到過，一回宮，先得看看交泰殿，收著的那些玉璽，可是一顆不缺？如今可都是在瑜貴妃那裡？』

『瑜貴妃那裡只有三顆，是最要緊的。』李蓮英說：『除了老佛爺的玉寶，萬歲爺的「奉天之寶」跟皇后的金寶，也在那裡。說實在的，也眞虧瑜貴妃想得到。』

慈禧太后不語，想了一下才問：『你看她的神情怎麼樣？可有點兒自以爲立了功勞的樣子？』

瑜貴妃的榮辱就看李蓮英的一句話了。經過這次的風波，李蓮英參透了許多人情世故；尤其是載漪父子的下場，觸目驚心，發人深省，一個人得意之日要想到失意之時；平時擅作威福，無緣無故得罪許多人，說不定有一天就會發覺，那簡直是自己跟自己過不去。廢了的那位『大阿哥』倘或平日稍微修修人緣，出宮的時候，又何至於那樣難堪？

因此，李蓮英毫不遲疑地答說：『奴才看不出來。想來瑜貴妃也不是那種人！』

慈禧太后點點頭，表示滿意，『她如果是那種人，就算我看走眼了。』略停一下又問：『如今該怎麼呢？總算難爲她，該給她一點兒面子。』

『老佛爺如果要賞瑜貴妃一個面子，不如此刻就召見，當面誇獎誇獎。』

『也好！』慈禧太后說：『我也還有些話要問她。』

李蓮英答應著，立即派人去傳宣瑜貴妃，然後又回寢殿，還有話面奏。

『回老佛爺，瑜貴妃還有點事，讓奴才回奏；就是，』李蓮英很吃力地說：『就是珍主子的事。』

這一說，慈禧太后很注意問：『她怎麼說？』

『說是屍首該撈上來下葬。』

『那當然。不能老擱在井裡。不過……』慈禧太后沉吟著說：『這件事我也常常想到，不知道該怎麼辦？瑜貴妃有主意沒有？』

『瑜貴妃沒有說，奴才在想，這件事全得老佛爺作主，別說瑜貴妃，誰也不敢亂出主意。』

『那麼，你倒出個主意！』慈禧太后說：『反正擱在井裡，總不是一回事；也不知道屍身壞了沒有？』

『還好，沒有壞。』

『你去看過了？』

李蓮英還沒有到珍妃畢命之處去過，不過聽了瑜貴妃所談，已知是怎麼回事，就不妨說幾句假話：『是！奴才去過，雖沒有揭開井蓋看，可是問過，井裡從沒有氣味，可知沒有壞。那口井很深、很涼，屍身就像冰鎮著，壞不了。』

『這也算是她的造化。』慈禧太后催問著，『你快想，該怎麼辦？』

『是！』李蓮英想得很多，但想到的話不能說；只能說個簡單的辦法：『只有交代內務府，看哪兒有空地，先埋著再說。』

慈禧太后不作聲；她覺得這樣辦，似乎委屈了珍妃。死者不甘則生者不安；但如用妃嬪之禮下葬，又覺得有許多窒礙。而且她也還不甚明瞭妃嬪葬禮的細節，一時更無法作何決定。

就在這時候，宮女來報，瑜貴妃晉見；等打起簾子，只見前頭走的不是瑜貴妃，而是一名太監，手裡捧著一個托盤，上覆黃袱，再上面就是那三顆玉璽了。

進了殿，捧璽太監往旁邊一站；瑜貴妃整整衣襟，跪下去說道：『奴才恭請老佛爺萬福金安！』

『起來，起來！』慈禧太后就像見了親生女兒似地，『快過來，讓我看看你！』

『是！』瑜貴妃從從容容磕了頭又說：『等奴才先拿皇太后玉寶繳回。』

帶來的那名太監，是瑜貴妃宮中的首領，人很能幹；這套自定的繳璽儀注，就是他斟酌出來的，此時便不慌不忙地將托盤捧了過去，彎下身子，等瑜貴妃接了過去，他才後退兩步，跪在側面遠處。

接托盤在手的瑜貴妃，連璽帶盤，往上一舉；這使得慈禧太后倒有些茫然了。當了四十年的太后，甚麼隆重的儀注都經過，就沒有見過眼前這一套。不過，也難不住她；略想一想，站起身來，一面向李蓮英使個眼色，一面將托盤略扶一扶，就算接手了。

於是，李蓮英躬著身子，將托盤捧了過去，供在上方案上；慈禧太后便順手拉了瑜貴妃一把，笑容滿面地說：『眞難爲你！』

瑜貴妃卻是眼圈紅紅地，強笑著說：『到底又在老佛爺跟前了；奴才一顆心可以放下來了！老佛爺這一趟，可眞是吃了苦了！』

『是啊！』慈禧太后只要一提道路流離之苦，就忍不住要掉眼淚，『那一路上艱難，跟你三天三夜都談不完。』

於是慈禧太后又開了『話匣子』，從京師談到懷來；從懷來談到太原；又談西安行宮的狹隘偪促，話中反似有羨慕安居深宮中人之意。

李蓮英先不敢攔她的興致，直到看她有點累了，方找個空隙，提醒她說：『老佛爺也該問問瑜貴妃，在宮裡的情形。』

『對了！我、皇上、皇后都不在，虧得還有你！你倒不怕？』

『奴才也怕！不過怕亦無用，只好硬著頭皮，找了內務府的人來商量。奴才擅專之罪……』

『不，不！』慈禧太后連連搖手，『如今再別說這話；我還要獎賞你。』

『老佛爺的恩典已經太多了，奴才福薄，再承受不起。不過，有件事，奴才斗膽要跟老佛爺回。』

『你說，你說！是不是珍妃的事？』

『是！』瑜貴妃說：『這件事得求老佛爺格外加恩。』

『當然！在路上我就跟皇上提過了，追封她爲貴妃。明天就可以降旨意。』

『是！珍妃一定感激慈恩。可還有件事，奴才不敢不跟老佛爺回。』

『甚麼事？』

『珍妃兩次託夢給奴才，三魂六魄飄飄蕩蕩的，沒有個歸宿，一夜到天亮，只在景仁宮跟榮壽宮之間晃來晃去，可眞是件苦事！』

也眞巧，就說到這裡，窗戶作響，西風入戶，吹得燭燄明滅不定；慈禧不由得毛骨悚然，臉色都變了。

李蓮英也有些害怕，急忙去關緊了窗戶，又叫人添燈燭。慈禧太后等驚魂略定，方又問道：『那，該怎麼辦？珍妃託夢給你的時候，說了甚麼沒有？』

『說了。奴才不敢辦。』

『怎麼？』

『她說，魂魄無依，都只爲沒有替她設靈位的緣故。她想要在井旁邊的那間小屋子裡，替她設個靈位。這怎麼行？奴才跟她說，榮壽宮是老佛爺頤養的地方，怎麼能替她設這個？』

『這……』慈禧太后想了一下說：『她的靈位應該設在哪兒呢？總也不能設在景仁宮吧？』

『奴才問過內務府的人，說妃嬪都是下葬的時候，在園寢的饗堂設靈位。』

這就難了！還得替珍妃造園寢才能設神主；而妃嬪園寢附於皇帝陵寢，當今皇帝一直未曾經營山陵，又何能單獨爲珍妃造園寢？

這個難處，瑜貴妃當然也能想像得到，而且有了辦法，只是不便直接說出口。她所能採取的手段，唯有旁敲側擊，或者說是危言聳聽，希望由慈禧太后口中逼出一句話來。

『奴才心裡在想，珍妃託夢的時候，只說對不起老佛爺；愧悔之心，確是有的。如今老佛爺回宮了，她當然不敢驚駕；只是飄泊無依，遊來逛去，難免跟太監、宮女碰上了，大驚小怪地，那就不好了。』

這一說，慈禧太后更覺毛骨悚然，想一想問道：『照這麼說，今天就得給她安神主？』

『若是能讓她即刻有個歸宿，不受那飄泊之苦；想來珍妃一定感激老佛爺天高地厚的恩典。』

慈禧太后爲難了；好一會兒才說：『我也願意她三魂六魄有個歸宿；只是照她所說的，在那間小屋子裡設神主，行嗎？』

聽語氣不是慈禧太后自己有忌諱，而是怕爲宮規所不許。李蓮英摸透了她的心理，便敢說話了。『其實也沒有甚麼，譬如一家人家，老太太健旺得很，小輩反倒不如上人，先故去了，還不是在偏屋裡供靈設位。只要不是在正廳，一點關係都沒有。』

慈禧太后心想，這話不錯。如果有上人在，小輩去世，莫非就不准在家設靈？天下沒有這個道理。於是斷然作了決定：『好吧！就替她在那間小屋子供靈好了。』

『是！』瑜貴妃答應著；怕惹誤會，她不敢代珍妃謝恩。

『今晚上總不成了！』李蓮英說：『奴才有個主意，不知道成不成？珍妃既然是給瑜貴妃託夢，不如就請瑜貴妃到井邊祝告，把老佛爺的恩典告訴她，讓她好安心；好歹委屈這一晚，別出來亂逛。』

『好，今天就這麼辦。明天就有旨意；到時候傳繼祿來，我當面交代他。』

第二天召見軍機，只有兩道上諭，一道是扈蹕有功的直隸總督袁世凱，加恩賞了『宮銜』與『朝馬』；另外一道就是有關珍妃的：『欽奉慈禧皇太后懿旨：上年京師之變，倉卒之中，珍妃扈從不及，即於宮內殉難，洵屬節烈可嘉。加恩著追贈貴妃位號以示褒恤。該衙門知道。』

應該『知道』的衙門有三個，一個當然是內務府。一個是禮部，因爲封妃照例有金冊金印；如果生前晉封，便需重新鑄冊鑄印，遣使行禮；死後追贈則用絹冊，以便焚化在靈前。再有一個便是工部，需爲珍貴妃預備下葬。

不過，這一回事無先例，不按常規，工部不必插手；禮部亦只需辦理追贈貴妃的儀典，不用擬議貴妃的喪儀，因爲上諭中並未宣示爲珍貴妃治喪。

喪事當然要辦的，歸兩個人負責，一個是李蓮英，一個是內務府大臣繼祿。事先曾經由慈禧太后當面指示，以貞順門內的三楹穿堂，作爲治喪之所；並准設靈致祭，爲珍貴妃立神主。

『這件事可怎麼辨？』繼祿愁眉苦臉地跟李蓮英說：『無例可援，竟不知道該怎麼樣下手？李總管，寧壽宮有老佛爺在，錯不得一點兒，可全仰仗著你了！』

『事情可還是要內務府辦……』

『是，是！』繼祿搶著打斷，『要人有人，要錢有錢，要東西有東西，只待你老吩咐下來，無不照辦。』

『如今先要一塊墳地。』

『有！你說在哪兒。西直門外行不行？』

『可以。』李蓮英沉吟著自語：『要不要通知珍貴妃娘家人去看一看？』

『喏，這就是爲難的地方！』繼祿恰好訴苦：『照規矩，大殮之前，得通知珍貴妃娘家的女眷，進宮瞻仰遺容。如今是不是照規矩辦呢？』

『進宮得先奏准，犯不上去碰這個釘子。不過墳地可以讓他們去看，你多撥幾處地方，讓他們挑一塊；挑定了，我來回奏。這件事馬上得辦，不然來不及。』

『是了。第一件，挑墳地，我記住了。第二件，挑哪一天入殮？』

『這得問欽天監。不過，越快越好；倘或沒有甚麼大沖剋，最好今天就辦。』

『是了。』繼祿又問：『第三件，大殮的時候，該有哪些人在場？』

『瑾妃總少不了的；瑜貴妃也得請了來。』李蓮英想了一下說：『這件事你別管了，我來請旨。』

『那再好不過。可有一件，今兒一早，我到養心殿，皇上叫住我問，珍妃的事，皇太后可有交代。我回說還沒有，不過皇太后已經傳旨召見，大概就爲這件事。皇上這麼關心，到時候也許會來。李總管，你心裡可得有個數兒。』

『我想過了，不要緊！到時候我請老佛爺到西苑去逛一天；皇上自然隨駕，不就避開了。』

『到西苑不如到頤和園；能在頤和園住一兩天，咱們在這裡辦事就方便了。儀鸞殿燒掉了，到西苑當天還得回宮，又接駕、又辦珍妃的大事，都擠在一塊兒，怕施展不開。』

『這也可以。不過，我得跟著老佛爺走，這兒照料不到，可全歸你了。』

『只要商量妥當了，辦事用不著你老下手。到那天，咱們各管一頭，頤和園歸你，寧壽宮歸我。』

『好！就這麼說定了。如今兩件大事，一件挑大殮的日子，一件看墳地，請趕緊去辦，最好今天就給我個信。』

等繼祿一走，李蓮英靜下來從頭細想，發覺有個不可原諒的疏忽，頤和園先後經俄、英兩國軍駐紮，大受摧殘，雖然勉強可以駐蹕，但觸目傷心，最好在慈禧太后面前提都不提，更不用說去巡視。繼祿的意思，大概以爲這一來便可提到興工修復的話，內務府又能大嘗甜頭；果然存此想法，未免荒唐！

不過，珍貴妃屍首出井之日，慈禧太后以避開爲宜，這一點無論如何不錯。好在現成有『西六宮』的長春宮在；不妨早早奏請移駕。

爲珍貴妃盛殮的日子，排在十二月初三。前兩天，慈禧太后便已挪到長春宮；要住到年下再回來，以便新正接受皇帝及群臣的朝賀。

珍貴妃的喪事，既不能照天家的儀制，亦不可依民間的習俗，爲了遷就種種禁例，唯有從權處置；爲了招魂，未曾殯殮，先行成主，在慈禧太后移居之日，就在貞順門內的三楹穿堂，面西設置供桌。小小的神龕之中，供著一方木主，題的是『珍貴妃之神位』；位字上的一點，照例應由孝子刺血點染，再以墨塡，此時自亦無法講究了。

到了十二月初二，宮中各處皆顯得有些異樣，太監、宮女相遇，往往先以眼色相互警戒，看一看周圍，若是沒有甚麼要避忌的人，便會悄悄相語，提出許多好奇而無法解答的疑團。

『不知道珍貴妃出井，是怎麼個模樣？她死得冤枉，一定口眼不閉。』

『誰知道呢？泡在井裡一年多了，你想想會成個甚麼樣子？』

這是怎麼樣也不能設想的一回事，唯有當面看了才能明白。

『我想去看一看，可又怕攔著不准進去。得想個甚麼法子才好？』

『只有到時候看。能進去最好，不能進去也沒法子。』

又是個沒有結論的話題，徒然惹得人心癢癢地更想談下去。

『可不知道皇上會不會去？』

『他想去也不成啊！』

『這也不見得。你想，能在寧壽宮給珍貴妃設供桌，這話說給誰也不信。可是結果呢？』

『話是不錯。不過，這件事也許瞞著皇上，到現在他都還不知道。』

『如果知道了呢？皇上一定要見珍貴妃一面，老佛爺眞的攔住不許？』

『老佛爺或許不會攔；就怕皇上根本就不敢說。』

這個說法，看起來一針見血，誰知適得其反，慈禧太后對於料理珍貴妃身後這件事，不但不打算瞞著皇帝，而且是採取很開明的態度。

『你知道我爲甚麼挪到長春宮？』慈禧太后用此一問，作爲開頭。

『兒子不知道。』皇帝率直答說。

『我是打算在貞順門那間穿堂裡面，替珍貴妃供靈。』慈禧太后又說：『屍首擱在井裡，總不是一回事；我老早就想好了，一回京第一件要辦的，就是這件事。如今日子挑定了，十二月初三丑時大殮。我是不能去看了，我倒想，你該跟她見最後一面。』

聽得這話，皇帝有茫然不知所措之感；因爲慈禧太后的話是眞是假，是體諒還是試探，一時亦覺不辨。從西狩共過這一場大患難以後，雖然國家大政，她還是緊緊把持，毫不鬆手；但處家人母子之間，已非從前那種一見面便板起了臉的樣子，常是喣喣然地頗有慈母的辭色。可是有關珍妃的一切，應該是個例外。

『怎麼?』慈禧太后用鼓勵的語氣催問：『這有甚麼好爲難的?到時候我讓蓮英陪了你去。』

這不像是虛情假意;皇帝也想到，不能不識抬舉，因而答說：『皇額娘一定要讓兒子去，兒子就去一趟。』

『我想，你應該去!她也死得挺可憐的。』慈禧太后緊接著又說：『喔，我還告訴你，內務府跟她娘家的人，一起在西直門外挑了一塊地，替她下葬。入土爲安，你說是不是呢?』

『是!』皇帝低低地說：『兒子在想，珍妃如果泉下有靈，一定感激皇太后的恩典。』

『但願她有個歸宿，早早超生。』慈禧太后又說：『等晚膳過了，你早早歇著去吧，到時候我讓蓮英到養心殿去。』

於是傳膳以後，宮門下鑰;皇帝回到養心殿，已是掌燈時分。這天很冷，火盆中的炭不夠旺;皇帝吩咐：『多續上一點兒!』

結果還是不夠多;偌大的雲白銅火盆，只中間一小圈紅。皇帝忍不住生氣，找了首領太監孫萬才來罵。

『你聽見我的話沒有?叫你多續上點兒炭，爲甚麼還是這麼一星星鬼火?』

『回萬歲爺的話，炭不多了，後半夜更冷，不能不省著用。』

『炭不多了?分例減了?』

『分例倒沒有減，就是不給。』

『誰不給?』皇帝問說。

就在這皇帝忍無可忍，震怒將作之時，門簾一掀，閃進一個人來，一面請安，一面說道：『奴才給萬歲爺請晚安！』

見是李蓮英，皇帝胸頭一寬，怒氣宣洩了一半；他對李蓮英視爲教滿洲話，教騎射的旗人，稱之爲『諳達』，他說：『你看看這火盆！屋子裡哪裡還有熱氣兒？問起來，說是領的炭不足數，得省著用。到底是誰在搗鬼？』

李蓮英一看是孫萬才，心裡雪亮；此人是崔玉貴一夥，以爲皇帝還是從戊戌政變到義和團鬧事那段期間的倒楣皇帝，這就大錯而特錯了。不過崔玉貴在太后面前說話，十句之中還是能聽個三四句，自己也犯不上得罪他們那一夥；因而陪笑答道：『萬歲爺請歇怒！內務府最近改了章程，一定是他們沒有弄清楚；要裁減甚麼，也絕不能裁到寧壽宮、養心殿這兩處。』說到這裡，扭臉向孫萬才輕喝：『還不快到茶膳房取紅炭來續上。』

孫萬才見機，趕緊退了出去；不多片刻，帶著小太監另外抬來一個極旺的火盆。李蓮英親自動手，幫著替換妥當；然後倒了一碗熱茶，用托盤送到皇帝面前。步履行動，又快又穩，而且悄無聲息；最使皇帝感受深切的是，執役的態度跟在慈禧太后面前，毫無不同。

等皇帝喝過兩口熱茶，臉上顯得比較有血色了，李蓮英方始不徐不疾地說道：『老佛爺派奴才來請旨；打算甚麼時候去看珍貴妃的最後一面？』

皇帝又茫然不知所答了，只覺得心亂如麻；而又像胸頭有塊大石頭壓著，氣悶得無法忍受，直一直腰，仰著脖子長長吁了一口氣，想出一句問話：『撈起來了沒有？』

『撈起來了。』

平淡無奇的四個字，落入皇帝耳中，心頭便是一震；有句話急於想問，而又不敢問，怔怔地好一會兒，方鼓足勇氣開口：『人怎麼樣？還像個樣子不？』

見此光景，李蓮英不敢說實話，慢呑呑地答道：『沒有變，衣服也是好好兒的，只掉了一根紮腳的帶子。』

『這太好了。』皇帝又皺眉問道：『差不多一年半了，怎麼會沒有變。』

『那是因爲井底下太冷的緣故。』

『對了！』皇帝想起宋仁宗的故事，『宋朝的李宸妃，仁宗的生母；去世的時候，仁宗不知道，大臣恐怕以後仁宗會查問生母的下落，就拿李宸妃的金棺用鍊子在四角拴住，臨空懸在開封大相國寺的一口井裡，也就是取其寒氣，能夠保住屍身不壞。』

屍棺臨空懸於井內，與屍首泡在井水之中，是兩回事；李蓮英心想，皇帝如果以爲珍貴妃的容貌，雖死如生，則目睹眞相，一定悲痛難抑。不如想法子攔住，不讓他臨視爲宜。

想是這麼想，卻不敢造次進言。他深知慈禧太后的用心，經此一番鉅變，洋人更偏向於皇帝，而太后則不免有孤立之勢；回鑾之前，總算外有李鴻章與慶王，內有榮祿與瞿鴻禨，多方調護，不讓洋人說一句對太后不滿的話，也沒有提出歸政的要求，體面得保，大權不失，眞正是來之不易。

然而慈禧太后的基礎並未穩固。回鑾以前，可以將皇帝與洋人隔絕；而母子之間依然貌合神離，亦易於遮掩。

到京之後，情形就大不相同了；尤其不能放心的是，皇帝心裡到底打的甚麼主意，誰也不知道。積威之下，而且皇帝的羽翼，已盡被翦除，誠然不能有何作爲；可是，皇帝積憤難平，只要發幾句牢騷，經新聞紙傳布，便如授人以柄，爲反對太后的人，出了一個極好的題目。

因此，慈禧太后曾特別叮囑李蓮英，回鑾途中，一切供御，要格外檢點，絕不可以顯得太后與皇帝有所軒輊。她的作法是，盡量使人覺得宮廷之間，母慈子孝，融洽無間。這樣，不但易於脫卸縱容拳匪的過失；而且也堵住他人之口，說不出請太后歸政的話，因爲母子同心一德，歸政不歸政無關緊要。倘或有人一定要在太后與皇帝之間，畫一條截然不同的界限，說『訓政』與『親政』有如何如何的差異，亦可課以『離間』的罪名，由皇帝出面降旨去箝制。

這一切作法的成敗關鍵，是在皇帝身上；因此不能不善爲安撫。慈禧太后知道，以她做母親的身分，任何嚴厲的要求，爲人子者承歡順志，都當逆來順受；只有兩件事，自己做得不像個母親了！一件是立大阿哥，明擺著打算廢立；等於做母親的要將兒子攆出大門。既然如此，做兒子的亦就可以不認自己這個出於繼承關係的母親。俗語說的是，『虎毒不食子』；那樣作法，未免過於絕情。不過，這個錯誤已經彌補過來了；在開封驅逐溥儁出宮，皇帝內心的感激，是可以從辭色中清清楚楚地覺察到的。

再一件就是將珍妃處死，如今追贈爲貴妃，爲她設靈，重新殯殮，都是補過的表示；皇帝當然不能無動於衷。但最要緊的是要表示尊重皇帝的意願；珍妃既然爲他所寵愛，而又死得這麼慘；那麼當此唯一可以讓他見最後一面的機會，而竟加以阻抑，無論如何是件說不過去的事。

慈禧太后本來打算得好好地，但等妃屍出井，聽說形容可怖，便要考慮讓皇帝看到，會有甚麼感想？

很顯然的，驚痛悲憤之餘，一定會問，這是誰的罪過？舊恨本已快將泯滅，無端加上刺激，拿它勾了起來，絕非聰明的辦法。因此，慈禧太后變了主意，決定還是不能讓皇帝看到珍貴妃的面目。不過，話已說出口，不能出爾反爾；只好交代李蓮英來見皇帝，見機行事。

這是個很難辦的差使。李蓮英一直到此刻才能決定，以皇帝見了珍貴妃的遺容，定會傷感作理由而諫阻，徒增反感，並無用處。唯有採取拖的辦法，拖過入殮的時刻，皇帝亦就無可如何了。

拖又有兩種拖法，一是陪著皇帝閒談，談得忘了時候；再一種是設法讓皇帝熟睡，睡得誤了時候。這兩個法子，哪個比較好，一時還無法斷定，眼前亦只有拖著再說。

於是，他精神抖擻地，只在珍貴妃的喪事上找話題；而忘不了時時提到，慈禧太后是如何關切。由此又有意無意地談起，珍貴妃入宮之初，在長春宮、在西苑、在頤和園侍奉遊宴時，如何得慈禧太后的寵愛？

這卻不是假話，因爲皇帝自己就曾見過；此刻聽了李蓮英的話，很容易地勾起了記憶。記得最清楚的是，那時也正是慈禧太后的『清客』繆太太入宮不久；太后學畫每每命珍貴妃侍候畫桌，自己親眼見過不止一次。

慢慢地，珍貴妃也能畫得像個樣子了；有時太后賜大臣的畫，由她代筆，經繆太太潤飾以後，便發了出去。其後，珍貴妃由怡情書畫一變而爲喜歡照相；於是，大禍由此而起了。

他記得那是甲午戰後，慈禧太后正開始痛恨洋人的時候；珍貴妃傳了一個照相舖子的掌櫃，悄悄兒到景仁宮來照了幾張相，事爲慈禧太后所知，大爲不悅，傳了珍貴妃來，很責備了一頓。如果就此改過，也還罷了，偏偏不改，而且變本加厲。說起來，珍貴妃也有點兒咎由自取。

不過有件事，皇帝始終在懷疑，此刻想到，不妨一問：『諳達，會照相的那個太監，後來傳杖處死的，你總記得，叫甚麼名字？』

『是……』李蓮英想起來了，『叫戴安平。』

『說他在東華門外開了一家照相舖子，可有這話？』

『有。確實不假。』

『他開舖子的本錢，說是珍貴妃給的。你聽說過沒有？』

『聽說過。』李蓮英答說：『不過是不是眞的珍貴妃給的本錢，那就難說了。』

『莫非以後就沒有查個水落石出？』

『這件事，奴才記不大清楚了。』李蓮英說：『等明兒查明白了來回奏。』

『不必！』皇帝搖搖頭，慢慢拉開抽屜，取出一張褪色的照片，放在桌上凝視著。

自然是珍貴妃的照片；不過不是在景仁宮，而是在西苑所攝。皇帝記得，她那天穿的是一件粉紅色的長袍，上套月白緞子琵琶襟的坎肩，鑲著極寬的玄色絲織花邊。慈禧太后都曾說過，這樣嬌嫩的顏色，宮裡只有珍妃一個人配穿，可見得寵愛猶在；而曾幾何時，杖責、降封、幽閉、入井，這變化不是太厲害了嗎？

『諳達，』皇帝痛苦地問：『我實在不明白，到底要怎樣，才能讓老佛爺高興呢？』

這能讓李蓮英說甚麼？母子之間的不和，所謂『冰凍三尺，非一日之寒』，化解也絕不是一朝一夕間所能收功的。他略想一想，唯有一方面勸慰，一方面爲慈禧太后解釋。

『如今不慢慢兒好了嗎？順者爲孝，萬歲爺凡事遷就一點兒，老佛爺沒有不體恤的。』李蓮英略停一下又說：『怪來怪去怪那些小人，從中撥弄是非。奴才斗膽跟萬歲爺提一聲，有些話不妨跟老佛爺當面回奏；找人去說，或許就會變了樣兒。好好的一句話，變得不中聽了。』

『這倒是眞的。』皇帝點點頭，『以後有話，我如果自己不便說，就說給你！』

『是！』李蓮英有些誠惶誠恐似地，『萬歲爺只要交代奴才，奴才一定原樣轉奏。』

『喔，有件事，我要問你。如今有六國的公使，都是打咱們離京以後才到任的；照條約得要見我，面遞國書。我可不知道該怎麼辦？你看老佛爺的意思怎麼樣？』

這話驟聽不解；李蓮英細細琢磨了一會兒，才辨出意思。所謂『不知道該怎麼辦』是說應該持何態度？儘管慈禧太后自己對洋人，今非昔比，頗假以辭色；但皇帝與洋人相見之時，如果態度上較爲親切，就會引起她的猜忌。皇帝亦必是顧慮這一層，才會發此疑問。

了解了本意，就容易回答了：『奴才不懂甚麼，怕說得不對。』他說：『依奴才的拙見，君臣之分，中外一律；公使是客，固然應該客氣一點，不過到底也是外邦之臣，萬歲爺也得顧到自己的身分。』

『你的意思是說，不亢不卑就可以了？』

『是，是！不亢不卑。』李蓮英順口又加了一句：『不太威嚴，可也不太隨和。』

『我懂了。不過，』皇帝忽然皺起了眉，『我實在有點怕見他們。』

李蓮英不知道他爲甚麼怕？但宮中的規矩，除非皇帝是在垂詢；否則，像這樣的話是不必也不該接口的，所以他保持沉默。

『我是怕他們問起咱們逃難的情形，就不知道該怎麼說了。』

『不會的！』李蓮英答說：『如果是那樣不知趣的人，也不會派來當公使。』

『這話倒也是。』皇帝點頭同意，『不過，就人家不說，咱們自己不覺得難爲情嗎？』

李蓮英心想，皇帝眞是不可救藥！永遠不知道慈禧太后心裡的想法；照她想，大清朝的天下，當初不是送給長毛，就是爲肅順所篡奪。安邦定國都虧得有她！四十年臨朝聽政，外而李鴻章、左宗棠；內而恭王、醇王，不管跋扈也好，驕慢也好，誰不是俯首聽命，感恩懷德？至於國事之壞，是皇帝親政以後的事；知人不明，好高騖遠，新進之輩，不知天高地厚，任意妄爲，新舊相激，以至於鼓盪成這麼一場空前的大禍；而收拾殘局，還是要靠效忠自己的一班老臣。儘管洋人有意捧皇帝，其實是借題發揮，不曾安著好心。

總而言之，論到治國，慈禧太后絕不肯承認不如皇帝；而皇帝每每好說這種『滅自己威風，長他人志氣』的話，雖非有意譏訕，但傳入慈禧太后耳中，當然不是滋味；再經人一挑撥，便越發恨在心裡了。

他很想勸一勸皇帝，卻苦於難以措辭，正在思索之際，只聽得『噹啷』一聲大響；餘音未歇，已可辨出是一只銅盤掉在磚地上的聲音。

這也是常有的事，至多不過驚得心跳一下而已。可是在皇帝卻嚴重了！只見他嚇得臉色蒼白，冷汗淋漓；手扶著桌子，有些支持不住的模樣。

這種情形，李蓮英見過不止一次；聽慈禧太后說過更不止一次——皇帝從小身體弱，抱進宮來時，肚臍眼上一直在淌黃水；慈禧太后親自撫育也頗費了些心血。皇帝最怕打雷；霹靂一下，必是往太后懷中躲，在書房裡，就得翁師傅將他摟著。

及至長大成人，膽子更小；雷聲以外，就怕金聲，所以聽戲在他是一大苦事，尤其是武戲，因爲怕大鑼。此外，打槍的聲音也怕；拳匪與虎神營圍攻西什庫教堂時，槍聲傳到瀛台，害他通宵不能入夢，是常有的事。

這樣的皇帝，實在不能讓任何有魄力、有決斷的人看得起，但也實在不能不讓人覺得可憐。李蓮英眞不忍見皇帝那副慘相，急忙上前扶住，半拽半扶地讓他在椅子上坐下；只說：『沒有甚麼！沒有甚麼！』

皇帝總算緩過氣來了；自己也覺得有些窩囊，怔怔地望著李蓮英，是一種乞求諒解的眼色。

『萬歲爺早早歇著吧！』李蓮英試探地說。

皇帝想說：哪裡睡得著？而終於只是抑鬱地點點頭。

於是，李蓮英招手喚了小太監來，爲皇帝卸衣脫靴，預備上床；李蓮英便退後兩步，打算悄悄溜走。

『諳達！』皇帝突然喊住他說：『你能不能替我辦件事？』

皇帝提出一個看似意外，其實在情理之中的要求；他希望李蓮英替他找一件珍貴妃的遺物來，不論甚麼，釵環衣服，只要是她生前用過的就行。

這是一個難題。因爲景仁宮早就封閉；珍貴妃貼身的宮女，亦已打發得一個不剩，更從何處去求她的遺物？但看到皇帝眼中所流露的渴望的神色，他實在不忍說實話；且先硬著頭皮答應下來。

出得養心殿，撲面一陣凜冽的西北風；李蓮英打了個寒噤，但腦子卻清醒了。一下子想起兩處地方可以取得珍貴妃的遺物，一處就是貞順門穿堂中，珍貴妃殯殮之處，入井的舊綢衣與鞋子已經換了下來，現成取來就是；再一處就是瑾妃那裡，必有她妹妹遺留下來首飾玩物之類。

只稍作考慮，李蓮英便定了主意。入井的衣物，自然更堪供追憶，但觸目心驚，怕皇帝所受的刺激過重，而且不祥之物留了下來，慈禧太后知道也會不高興。只有到瑾妃那裡找一兩樣東西送上去，比較適宜。

掏出錶來看，長短針都指在十字上。在平時，瑾妃宮中早已下鑰熄燈；這一夜因爲要送珍貴妃大殮，事先已經奏准慈禧太后，宮門可以不上鎖，瑾妃亦尚未歸寢，去了一定可以見得著。

通報進去，瑾妃略有意外之感；當然，沒有不見之理。

李蓮英照宮中的規矩，只在窗子外面回話，『奴才剛打養心殿來，萬歲爺想要一樣珍貴妃留下來的東西。想來瑾主子這裡，一定能夠找得出來。』

聽得這一說，瑾妃的眼圈又紅了。她正在檢點她妹妹留在她那裡的衣物，哪些可以帶入棺，哪些不妨留下來送親戚作遺念？皇帝來要，當然儘先挑了送去；不過，她有極大的顧慮。

『東西有。』她遲疑著說：『只怕送上去了，會有麻煩。』

言外之意，李蓮英當然能夠深喻；想一想答道：『不要緊！交給奴才就是。』

這表示慈禧太后如或詰問，自有李蓮英擔待。『既然如此，』瑾妃在窗子裡說：『你自己進來挑吧！』

『奴才不必進屋子了，請瑾主子自己作主。』

這下，瑾妃大費躊躇。照她的想法，最好將她妹妹被幽禁時所用的，連鏡子都已破了一塊的那個舊梳頭匣子，交李蓮英帶去，好讓皇帝時時記得，他的寵妃曾經受過怎樣的虐待？可是她不敢！因爲她想得到的用意，慈禧太后一定也想得到，萬一知道了這回事，問一句：『爲甚麼不拿別樣，偏拿個破梳頭匣子給皇上；是何居心？』那一來就吃不了，兜著走了。

在一桌子的雜物中細細搜索，終於找到一樣好東西；這本來是瑾妃想自己留下來作遺念的，如今送給皇帝，自然比留在自己身邊，更得其所。

拿起那個製作得十分精細美觀的金荳蔻盒，瑾妃眞有些愛不忍釋。然而畢竟還是找了珍妃用過的一方紫羅手絹包了起來，又灑上些珍貴妃用剩下來的香水，找個黃匣子盛好，親手隔窗遞與李蓮英。

『煩你勸勸皇上，人死不能復生；又道是「沒有千年不散的筵席」，請皇上千萬別傷心。』

李蓮英心知瑾妃言不由衷，但仍舊答一聲：『是！』

『還有，』瑾妃又說：『聽說老佛爺准皇上親自臨視珍貴妃的遺容；這，實在可以不必。你務必給攔一攔；皇上是不看的好。』說到最後一句，瑾妃的聲音哽咽了。

『奴才知道。』李蓮英心想，這倒是很好的一個勸阻的藉口。

於是，讓隨行的小太監捧著黃匣，李蓮英又回到了養心殿；西暖閣中一燈熒然，窗紙上映出晃蕩的影子，想是皇帝等得有些著急了。

李蓮英微咳一聲，窗紙上的影子立刻靜止了；接著門簾打起，他從小太監手裡接過黃匣，疾趨數步，走到門口說道：『奴才給萬歲爺覆命。』

『好！拿進來。』

李蓮英將匣子放在桌上，然後退後兩步請個安說：『是瑾妃宮裡取來的。瑾妃還有話，讓奴才回奏。』

『甚麼話？』

李蓮英將瑾妃所說的話，前面一段，是照樣學了一遍；後面一段就完全改過了：『瑾妃又說：半夜裡寒氣很重，那兒是個穿堂，前後灌風；萬一招了寒，聖躬違和，那就讓珍貴妃在地下都會不安。萬歲爺如果體恤珍貴妃，就千萬別出屋子了。』

皇帝沉吟了好一會兒，方始很吃力說：『既是這麼說，我就不去。』

『是！』李蓮英如釋重負；問一聲：『萬歲爺可還有別的吩咐？』

『你跟皇太后回奏，就說我沒有去看珍貴妃的遺容。』

『是！』

『這，』皇帝指著黃匣說：『這東西，別跟皇太后提起。』

『奴才知道。』

『好！你回去吧！』

李蓮英便即跪安退出；順便向屋裡的太監使個眼色，示意他們盡皆退出。

於是親手打開盒蓋，一陣濃郁的香味，直撲到鼻；頓覺魂消骨蕩，剎那間，眼、耳、口、鼻、意，無不都屬於珍貴妃了。

那曾聞慣了的香味，將他塵封已久的記憶，一下子都勾了起來。他記得這瓶香水是張蔭桓出使回來，連同幾樣珍奇新巧的玩物，一起託一個太監——彷彿就是開照相館的戴太監，轉到景仁宮去的。由於皇帝喜愛那種香味，從此珍貴妃就只用這種香水；算起來已四五年不曾聞見過了。

解開羅巾，觸目更不辨悲喜；金盒中還留著兩粒荳蔻，不由得就想起杜牧的詩句：『娉娉裊裊十三餘，荳蔻梢頭二月初』，正是珍貴妃初入宮的光景。

算一算快十二年了，但感覺中猶如昨日；那年——光緒十五年，珍貴妃才十四歲，雖開了臉，梳了頭，仍是一副嬌憨之態。皇帝想起她那一雙烏溜溜的大眼珠，不時亂轉；而一接觸到皇帝的視線，立即眼觀鼻，鼻觀心，強自矜持忍笑的神情，便不由得神往了。

那四、五年的日子，回想起來眞如成了仙一樣。煩惱不是沒有，外則善善不能用，惡惡不能去，縱有一片改革的雄心壯志，卻是甚麼事都辦不動；內則總是有人在太后面前進讒，小不如意，便受呵責，而皇后又不斷嘔氣，眞是到了望影而避的地步。可是，只要一到景仁宮，或者任何能與珍貴妃單獨相處的所在；往往滿懷懊惱，自然而然地一掃而空。也只有在那種情形之下，才會體認到做人的樂趣。

如今呢？皇帝從回憶中醒過來，只覺得其寒徹骨，一顆心涼透了！一年半以前，雖在幽禁之中，她仍舊維繫著他的希望；想像著有一天得蒙慈恩，赦免了她，得以仍舊在一起。誰知胭脂井深，蓬萊路遠，香魂不返，也帶走了他的生趣！

人亡物在，摩挲著他當年親手攜贈珍貴妃的這個荳蔻盒子，心裡在想，這不就是楊玉環的『鈿盒』嗎？將古比今，想想眞不能甘心，『六軍不發無奈何，宛轉蛾眉馬前死』，在珍貴妃並無這樣非死不可的理由；『君王掩面救不得，回看血淚相和流』，誠然悲慘，但自己竟連相救的機會都沒有，甚至不能如玄宗與玉環的訣別，這豈能甘心。

而況『承歡侍宴無閒暇，春從春遊夜專夜』；『金屋妝成嬌侍夜，玉樓宴罷醉和春』；『緩歌慢舞凝絲竹，盡日君王看不足』，玄宗與玉環畢竟有十來年稱心如意的日子，而自己與珍妃呢？轉念到此，皇帝不但覺得不甘心，且有愧對所愛而永難彌補的哀痛。

『說甚麼「但教心似金鈿堅，天上人間會相見。」唉！』皇帝嘆口氣，將荳蔻盒子闔了起來；不忍再想下去了。

可是湧到心頭的珍貴妃的各種形象，迫使他不能不想；究竟她此刻在何處呢？是像楊玉環那樣，在『樓閣玲瓏五雲起』的海上仙山之中？

也許世間眞有所謂『臨邛道士鴻都客』，當此『悠悠生死別經年，魂魄不曾來入夢』的苦思之時，翩然出現，爲自己『上窮碧落下黃泉』，去覓得芳蹤，又如漢武帝的方士齊少翁那樣，能招魂相見。果然有這樣不可思議之事，自己該和她說些甚麼呢？皇帝癡癡地在想；除了相擁痛哭以外，所能說的，怕只有這一句話：『天長地久有時盡，此恨綿綿無盡期！』

國家圖書館出版品預行編目資料

胭脂井（下）（平裝新版）／高陽 著. -- 二版. --
臺北市：一皇冠, 2013. 06　面；公分. --
（皇冠叢書；第4320種）（高陽慈禧全傳作品集；8）

ISBN 978-957-33-2997-8(平裝)

857.7　　102010028

皇冠叢書第4320種
高陽慈禧全傳作品集 8

胭脂井（下）（平裝新版）

作　　者—高陽
發 行 人—平雲
出版發行—皇冠文化有限公司
台北市敦化北路120巷50號
電話◎02-27168888
郵撥帳號◎15261516號
皇冠出版社(香港)有限公司
香港上環文咸東街50號寶恒商業中心
23樓2301-3室
電話◎2529-1778　傳真◎2527-0904
美術設計—王瓊瑤
著作完成日期—1976年12月
二版一刷日期—2013年6月
二版二刷日期—2019年11月
法律顧問—王惠光律師

讀者服務傳真專線◎02-27150507
電腦編號◎434108
ISBN◎978-957-33-2997-8
Printed in Taiwan
本書定價◎新台幣300元/港幣100元